纯洁之血

[美] 迈克·奥默（Mike Omer） 著　李少波 译

中国出版集团　现代出版社

版权登记号：01-2023-2060

图书在版编目（CIP）数据

纯洁之血 / （美）迈克·奥默 (Mike Omer) 著；李
少波译 . -- 北京： 现代出版社， 2023.5
  ISBN 978-7-5231-0226-8

  Ⅰ. ①纯… Ⅱ. ①迈… ②李… Ⅲ. ①推理小说—美
国—现代 Ⅳ. ① I712.45

中国国家版本馆 CIP 数据核字 (2023) 第 078678 号

纯洁之血

作　　者：〔美〕迈克·奥默 (Mike Omer)
译　　者：李少波
责任编辑：王传丽　王　羽
封面设计：袁　涛
出版发行：现代出版社
通信地址：北京市安定门外安华里 504 号
邮政编码：100011
电　　话：010-64267325　64245264（传真）
网　　址：www.1980xd.com
印　　刷：固安兰星球彩色印刷有限公司
开　　本：880mm×1230mm　1/32
印　　张：15.75
字　　数：336 千字
版　　次：2023 年 7 月第 1 版　印　次：2023 年 7 月第 1 次印刷
书　　号：ISBN 978-7-5231-0226-8
定　　价：69.80 元

第一章

2016 年 10 月 14 日，星期五

凯瑟琳一直相信她的灵魂并没有重量，而是由思想、感受和信仰构建而成。所有这一切都是无形的，轻如阳光一般。然而，灵魂也延续着一个人的秘密。这些秘密会随着光阴的流淌而日渐变得轻盈。

如果她能背负这份重量，也许就能像以往一样继续下去。她设想出一个坚实的背包，包上带有纽扣和软垫肩带，与她叔叔过去常用的那种一模一样。她把自己所有的秘密都一股脑儿地装了进去，调整臀带，让重量均匀分布。

然而，她的秘密却会自行寻找去处。这些秘密今天还缠绕在她的脖颈，一点点把她拖垮，让她直不起腰来；在第二天上午却又爬进了她的肠道之中，让她弯下腰来，一阵阵痉挛，每隔一个小时就要去跑一趟厕所。而此刻，这些秘密潜藏在她的心里，挤占了心中所有的空间，直至整个心脏像是要被胀破，抑或是已然停止了跳动。

那天上午她请了假，这是她在那一周的第三次请假。父亲非常

担心她，而她只是通过说一些"女士的问题"之类的解释，就将父亲的询问全部搪塞过去。此刻已是深夜，她坐在自己的卧室里，试图哭出声来，电视屏幕的亮光还在眼前闪烁着。

她的眼泪早就不知所踪。苦涩不断地充斥在喉咙里，让她的声音变得尖厉而又琐碎。可是，连日来却又不曾见有眼泪出现。如果她能哭出来，或许情绪就可以得到释放，又或许秘密的重量就不再那么难以承受。然而，她的双眼依旧是干燥无泪。她的嘴唇颤抖着，而这只会让她看起来既幼稚又愚蠢。

秘密着实黏稠，它们会在你漫不经心的时候堵住你的泪腺。

她摆弄着手机，在过去的几周里她有好几次都是这样打发时间。当她打开联系人列表，收藏列表里第一个人就是她的父亲。这也在情理之中，因为他毕竟是她最爱的人，是她在这个世上最爱的父亲、最爱的人、最爱的一切。她可以告诉父亲真相，而如此一来，秘密在她心里的重量就会荡然无存。她的手指在屏幕上方晃来晃去。有那么一秒钟，她几乎可以感受到预想中的解脱。

接着，种种画面席卷而来：他受伤的面孔；他不再年轻；他去年心脏病发作，被医生告知"命不久矣"。这对他会有什么影响呢？

想象中的解脱变成了痛苦的恐惧与内疚。她不能这样做。

她发出一声粗野的抽泣。干燥如尘，并无眼泪流下。

突然有人敲门，她的心一下子提到了嗓子眼儿。天已经这么晚了，一瞬间，她也想不出可能会是谁在外面。朋友和邻居在来她家门口之前，一定会给她发信息的，尤其是在这个点儿。但她很快就想到了答案——门口站着的是她父亲。他很担心她，想来看看她过得怎么样。

他只消看一眼她的脸，就会知道发生了很严重的事情。因为，即便真是她口中所说的"女士的问题"，那这些事情也绝不会是女士们每月都经历的月事。有没有可能在他询问她的时候，她对他撒了谎？此刻她没办法继续隐瞒，不得不在今晚把一切统统告诉他。

在她站起身来跌跌撞撞地走向门口时，释怀、恐惧、罪恶一股脑儿地向她席卷而来。她透过窥视孔快速地瞥了一眼。

"啊！"她惊讶地叫了一声。她认识这个人，但他并不是自己的父亲。

她走到门前握住固定锁闩，这更多的是出于困惑，根本就不太情愿。经过漫长的一天之后，她的大脑早已一片迷茫。在即将打开门的时候，她突然感到有点不对劲。在惊慌失措中，她的大脑试图命令手指停下来，这样门就不会被打开，这个男人也不会进来。他的眼里闪烁着某种东西，危险而又不稳定。

然而，有那么一刻，她的大脑和身体彼此脱节。她似乎在慢动作中转动固定螺栓旋钮，打开了门。

门被推开，猛地撞到她的脸上，顿时令她感到一阵令人眩晕的疼痛。她后仰着倒在了地上，整个左脸火辣辣地抽搐着，视线变得模糊不清。眼泪夺眶而出，终于找到了它们的出路。她试图呼喊，试图开口说话。

一只手钳住了她的脸，堵住了她的嘴和鼻子。她无法呼吸，无法发出声音。她挣扎着，迎来的是他的暴揍。

世界陡然变得昏天暗地。

她睁大了眼睛，感觉嘴巴里有异样，里面毛茸茸的，过了一会儿她才意识到嘴里被塞了东西。她抬手想把它取出来。

"不许拿出来！"

这声命令令她瞬间石化。

"我必须用它堵住你的嘴，不然你就要大喊大叫的。"

她盯着那张熟悉的面孔，眨了眨眼，无声地恳求他放过自己。

"只需几分钟，很快就完事了。"他用近乎道歉的语气说道。他手里拿着某样东西。哦，是一根针。

他把她的右手拉向自己一侧，举起针头，准备给她扎上一针。她发出一声低沉的喊叫，试图把自己的手挣脱。她很虚弱，而他的握力足以使她受伤，但突然的抽搐使他感到很惊讶，这一次并没有扎中。

"你看看，你逼我做了什么！"他怒气冲冲地咆哮着，而她再次看到了他眼中流露出的情绪。他紧紧抓住她的手腕，弄痛了她，然后又把针扎了进去。她试图用另一只手去抓他的脸，却被他反手扇了一巴掌。

"我不能这样扎你的静脉。"他咕哝着。针又往里插进去了一些。他沮丧地摇摇头，喃喃自语。

她挣脱了他的手，针头一下子扭曲变形，之后一阵令人眩晕的疼痛在她的手臂上翻腾着。血液从她手臂上的破口处渗出。她感到一阵头晕目眩，以为自己要晕倒了。

"该死！"他愤怒地把针头扔了出去，针头在房间的角落里落地时，发出响亮的撞击声。他看着她，气得咬牙切齿。然后，他低头瞥见了她流血的手臂，眼睛顿时睁得很大。他喉咙收紧，咽了口唾液。

　　他把头伏到她的胳膊上，舔了舔上面的血，这令她感到厌恶。他的舌头在她皮肤上带来的粗糙感，使她恶心而又恐惧地扭动着身体。她试图把胳膊抽回来，但被他紧紧抓住，而他同时也发出一种奇怪的声音——一种咆哮。

　　他将双唇紧紧贴在她的皮肤上，开始吮吸。当他从她扎破的皮肤上吸血时，她沉默地盯着他看。他终于抽身而退，一滴血顺着他的下巴缓缓流下。

　　"我不得不这样做。"他的脸因为羞愧而变得扭曲，"对不起！"

　　世界又一次变得暗淡。

　　当她渐渐恢复意识的时候，他已经从她眼前消失了。附近的某个地方回荡着一种奇怪而尖锐的噪声。哭泣声？是的，是他在哭。他还待在她家里没有离开，而且他正在哭泣。

　　警察。她必须报警。她试图尽力让自己移动身体，慢慢站起来，但她的四肢已经不听使唤。血液从胳膊里渗出来，滴落在地板上。

　　最终，她成功地慢慢挪动了身子，拿掉了嘴里的东西。她正准备站起身来，身后的一个噪声让她整个人都愣住了。

　　之后，一块布料紧紧地缠绕在她的喉咙上，让她喘不过气来。她试图用手去抓，却无法抓住那块布料。她的嘴张得很大，试图尖声呼喊出来，却发不出声音来，甚至连气都无法喘出来。当她的视线模糊时，眼里的斑点开始翩翩起舞。

一声低沉的窃笑，充满恶意，接着一个咆哮的声音在她耳边低语：“好戏现在才刚刚开始！”

第二章

2016 年 10 月 15 日，星期六

霍莉·奥唐纳警探站在大厅里，看着医务人员将凯瑟琳·兰姆的尸体轻轻地放在担架上。尸体被塞进了尸袋，拉链慢慢拉上，从她的视线中消失。然而，这个画面却深深烙印在她的脑海里，难以消除。受害者脸上的血迹已经变干，几缕头发粘在了上面。皮肤上的瘀伤与死者身体的苍白形成了鲜明的对比。从被撕破的衣服可以判断，凯瑟琳不可避免地遭到了侮辱。面对这种场景，奥唐纳有时可以保持冷眼旁观，让自己避免情绪波动。但是，今天她却没能做到。

抬担架的两名男子颇费了一些时间，才将尸体抬出客厅，因为他们尽最大努力避免踩踏地板上那一大块干血污渍。在他们离开之后，奥唐纳花了好长时间才让自己回过神来。尸体被移走后，案发现场的气氛总是会发生变化，比如声音会变大。警察们活动起来顾虑更少，行动也更加有条不紊。大家都松了一口气。死者已经离开，现在是活着的人来收拾残局的时候了。

在透过窗户的柔和光线中，她仔细地观察着周围的环境。这个房子很小，但有一间舒适的卧室和一个令人愉悦的客厅，客厅里有

一张沙发和一台小型的电视机。她想象着，在这起可怕的事件发生之前，这里一定是一个温馨的住所。厨房有点拥挤，但凯瑟琳·兰姆巧妙地利用了有限的空间，把锅碗瓢盆挂在墙上，看起来就像是装饰的一部分。通过厨房的窗户，可以瞥见后院的风光。草坪变得荒芜，点缀着斑驳的杂草和干枯的树叶。

奥唐纳转向加尔萨警官，后者站在厨房里，翻看着素描本。

"把客厅画下来。"她说道。

他过了很长时间才慢慢点了点头，脸上闪过一丝怨恨。她对那些充满怨恨的时刻越来越习以为常。在那些警察的眼中，好像她不配称自己为警探或者警察一样。而且，她也绝对不配去发号施令。

好吧！不管她有没有资格发号施令，她都这样做了。而加尔萨则必须按照她说的做。

他走进客厅，手里拿着素描本，等着她进来。她犹豫了片刻，地板上的大片血迹让她感到十分沮丧。对于像加尔萨这样高个子的人来说，从这片血迹上面一脚迈过去根本不费吹灰之力，但她却没办法做到。她不得不像前两次那样跳过去。而且，由于她坚持让现场的每个人都穿上鞋套，此刻的她很容易在跳过去的过程中滑倒。她甚至觉得自己这样做看起来很滑稽，像一只穿着廉价西装的兔子一样跳来跳去。

她跳了过去，的确有些踉跄，险些摔倒在地。然后她直起身子，眼睛盯着加尔萨，警告他不准笑话自己。他当然不敢笑。

她专注于手头的工作，开始用卷尺测量房间，测完就向加尔萨喊出测量结果，后者随即在纸上记下数据。加尔萨和他的搭档是最先到达现场的。奥唐纳来到现场后，便让加尔萨担任素描员，而他的搭档则负责现场周边的工作。他们已经完成了洗手间和卧室的工作，等待尸体被移走后才开始开展客厅的工作。

她在被丢弃在地板上的受害者的手机旁边放置了一个编号为八的证据标记牌，把九号证据标记牌放在了受害者被撕裂的胸罩旁，把第十号至第十五号证据标记牌放在满地的血脚印旁边。在她刚入行时处理的一次凶杀案审判中，他们差点输掉了这个案子，因为他们只用一个标记牌标记了三个脚印，导致拍出来的照片质量较差。她不会再让这样的事情发生了。

"一定要在草图中指出足迹的方向。"她说道。

"会的。"加尔萨正在测量受害者的手机到房间门口的距离。

"并分别对每个距离进行三角测量。"

他向她投去厌恶的目光，但嘴上什么也没说。当然，他知道自己该怎么开展工作，认为她没有必要对自己管得那么细致入微。但确保万无一失总比留下遗憾要好。在过去的几个月里，奥唐纳遭遇的遗憾已经够多的了。

她在房间里踱来踱去，小心翼翼地避开血迹，寻找她可能遗漏的东西，但什么也没发现。然后，她大步走到加尔萨身边，瞥了一眼那张草图。她不得不承认，这个人干得还不错。草图很整齐，三角测量很仔细，很有条理。

嘈杂的声音引起了她的注意。外面的警察正在与人争吵，而且语气越来越激烈。媒体已经到达现场了吗？还是某个爱管闲事的邻居？

她再次跳过血迹，这次没有滑倒——在这方面，她肯定是越来越厉害了。然后她走出房子，眯起眼睛，慢慢适应阳光的强度。

　　他们封锁了凯瑟琳·兰姆的房子和小前院以及人行道上的一块地方。加尔萨的搭档，一个刚从学院毕业的新秀，正手拿犯罪现场记录本站在警戒线内的人行道上。站在警戒线另一边的是一男一女。女人穿着一件米色长风衣，双手插在口袋里，她戴着配套的棕色羊毛帽和围巾。那名男子则穿着一件黑色大衣，里面穿着一件灰色西装。

　　女人提高嗓门，让声音盖过嘈杂的交通噪声，她正在责备这个新人："我们只需要几分钟。你最好——"

　　"对不起，"奥唐纳叫道，大步走过来，她的呼吸在冷空气中变得混浊，"有什么问题吗？"

　　"联邦调查局的人来了，"新手说道，"他们想进入犯罪现场。"

　　奥唐纳皱着眉头，转身面对两名联邦调查局的人。这名男子一头黑发，身材高大，肩部宽阔。他的姿势几乎是懒洋洋的，随意得令人发指，就像一个试图显得很酷的高中生。在某种程度上，这个女人则与他完全相反。她甚至没有男人的肩膀高，几缕乌黑的头发从她的毛线帽下探出。她精致的嘴唇因不满而紧紧抿着，整个身体似乎蓄势待发，仿佛要冲向某个人。她的鼻子又长又弯，因寒冷而呈粉红色。她把目光转向奥唐纳，令奥唐纳几乎向后退了一步。这个女人的眼睛是青草的颜色，炯炯有神，让人深感不安。仿佛她不只是在看奥唐纳——她实际上是在仔细观察她的每一个毛孔。

　　"我是奥唐纳警探。"奥唐纳强迫自己迎着女人的目光看去，

"你是哪位？"

"泰腾·格雷探员。"那人展示着他的联邦调查局徽章，"这位是佐伊·本特利博士。"

"探员们，这里是芝加哥警方负责的犯罪现场。你们不能进来。待我们处理完毕，再请你们进入。"

佐伊说："这起谋杀案可能与我们正在调查的一起案件有关。我们只需要几分钟时间——"

"谁说这是谋杀案？"奥唐纳问道。

泰腾向他的搭档流露出恼怒的表情，但她似乎并没有注意到。他叹了口气："马丁内斯警督打电话告诉我们，一位名叫凯瑟琳·兰姆、二十九岁的女子在家中被勒死。"

奥唐纳保持着她那副不动声色的表情，尽力掩饰着她的愤怒。她一直很欣赏马丁内斯，他和她一样，也在中区警察局工作。他在想什么呢？联系联邦调查局，告诉他们关于本地谋杀案的事，给他们提供初步的、未经证实的信息，比如死亡原因，这是一个连新手都不会犯的错误。"这起谋杀案与你们的案子有什么联系吗？"

"我们不方便透露。"就在佐伊打算开口的时候，泰腾迅速地抢先说道。

奥唐纳冲他们挤出了一个微笑："我要去处理犯罪现场了。祝你们拥有美好的一天，探员们。"

"等一下。"佐伊声音很尖，眼睛里闪着怒火。

奥唐纳转身离开了。她稍后要和马丁内斯谈一谈，弄清楚这一切到底是怎么回事。

"奥唐纳警探，"格雷探员在她后面叫道，"占用你两分钟的时间好吗？我们可能有一些信息提供给你。"

奥唐纳叹了口气，走了回来。格雷似乎很尴尬，周身流露出一种谦逊的态度。

"介意我们私下谈几句吗？"他问道。

奥唐纳俯身从警戒线下出来，走到离房子几码远的地方，并没有听清楚他说的话。

"你说什么？"她询问跟在身后的探员。

"我们正在调查一名名叫罗德·格洛弗的连环杀手。"格雷探员说，"他使用假身份在芝加哥住了大约十年。"

"他和这起谋杀案有什么联系吗？"

"我们也不确定他是否跟本案有关联，但罗德·格洛弗通常会勒死受害者。我们获悉，他最后一次出现也是在这片街区的麦金利公园。"

"这听起来像是一种非常随意的联系，"奥唐纳指出这一点，"你是否会出现在本地区的每一起涉嫌勒死受害者的凶杀案调查中？"

佐伊不耐烦地哼了一声："在这附近地区，并不是每天都会发生将受害者勒死的性谋杀案——"

"性谋杀案？马丁内斯告诉你们这是一起性谋杀案吗？"

"他说受害者的衣服被撕烂了。"

"他到底为什么要告诉你们这些？这个案子和他没有任何关系，而且这些信息还没写进任何报告。他竟然——"拼图的碎片一瞬间被拼到了一起，"本特利博士？你是罪犯行为特征分析员佐伊·本特利。你和马丁内斯在联手侦办'勒杀凶犯'一案时有过合作。"

"没错。"

三个月前，芝加哥被一名连环杀手闹得人心惶惶，这名杀手谋害年轻女性，并对尸体进行了防腐处理，然后将其抛掷到城市各处。马丁内斯警督一直负责调查此案，他向联邦调查局寻求了帮助。本特利博士和格雷探员也是此案侦查组的成员，在他们的参与下，凶手最终落网。

"你们不是来自联邦调查局芝加哥分局。"

"不是，"格雷回答道，"我们来自联邦调查局行为分析部。"

"你们是今天碰巧在芝加哥吗？"奥唐纳难以置信地问道。行为分析总部位于弗吉尼亚州的匡提科，在国家的另一端。

"也不全是。我们一直在追踪格洛弗。我们在芝加哥已经待了一周了。"

"所以，现在你们想要接管本案吗？仅仅因为你们认为这起案件可能与格洛弗有关？"

"我们并不打算接管任何事情，"格雷举起双手，试图安抚对方的情绪，"我们只是希望如果格洛弗与本案有关，能够让我们参与进来。"

"好吧！"奥唐纳耸了耸肩，"跟你们分局的同事去谈吧。他们可以从我们这里获得案件报告，你们可以去查看。"

佐伊脱口而出："如果我们能够亲眼看一下现场，那就更好了！"

"更好了？对谁而言？"

"好吧，对每个人而言。我们在侧写这类袭击案件方面经验更丰富。如果我们能查看现场——"

奥唐纳对这位女士的傲慢态度感到很不耐烦："现场照片也会放到案件报告中。"

正当佐伊准备开口的时候，泰腾碰了碰她的胳膊，她于是闭上了嘴。

"听着，"他说道，"我们可以尽力为本案提供一些帮助。我们可以调动联邦调查局的资源。"

这是奥唐纳一直希望听到的。芝加哥的 DNA 测试积压了很多，但如果联邦调查局参与进来，自愿提供自己的实验室呢？奥唐纳可以利用这样一个幸运的机会。

除此之外，她也很好奇。她听到过很多人谈论佐伊·本特利和"勒杀凶犯"案件。人们热衷于谈论佐伊，一如他们热衷于谈论奥唐纳和最近的丑闻。在人们口中，犯罪侧写师从名不副实的冒牌货到天才，被描述为各种不同的形象，传得神乎其神。在"勒杀凶犯"的案件中，出现了一些混乱。比如佐伊在调查过程中设法让自己受了重伤，她和她的搭档可能向警察隐瞒了一些关键信息。奥唐纳甚至听到一个荒谬的传言，说他们逮捕凶手时，佐伊还半身赤裸着。犯罪侧写师确实让人们议论纷纷。

她想见识一下佐伊是怎么开展行动的。

"好吧，"她说道，"你们可以查看现场。但是，如果我要你们离开，你们不得停留。"

"当然，这是你负责的现场。"格雷探员向她微微一笑。

她领着他们进入了房间。佐伊和泰腾在日志上签完名字，便跟着她走了进去。加尔萨还在客厅里画着素描。摄影师加入进来，并对其中一个血淋淋的脚印进行了近距离拍摄。奥唐纳做了一个笔记，确保他能拍到几张包含所有脚印的广角照片。

"手套和鞋套。"奥唐纳指了指门口的箱子。当佐伊注意到大片血迹时，奥唐纳观察着这位犯罪侧写师的表情。

"受害者在流血。"佐伊一边戴上手套，一边喃喃自语。

到目前为止，奥唐纳并没有对这个女人的推理能力留下特别深刻的印象。"马丁内斯没有提到这个？"她天真地问。她知道他没有。第一批到达现场的警察提交的初步报告中并没有提到这一点。

佐伊没有理会她，而是穿上了鞋套。她走近那片血迹，甚至没有停顿，就跃过了它，来到客厅里。

奥唐纳感到很恼火。佐伊·本特利比她还矮，却成功地跳过了血迹，动作像一只该死的羚羊一般优雅。

第三章

佐伊仔细观察了大面积的血迹和房间地板上纵横交错的脚印。起初，她很难理解这些乱七八糟的东西；这些脚印被涂抹了，而且相互交叉。慢慢地，她设法在脑海中破解它们。有人在房间门口附近转了几圈，然后去了远处的角落，之后又走了回来。他在血泊中踩了好几次，这可能表明他很困惑或是心烦意乱。

丢弃在地板上的胸罩被强行撕裂，背后的金属扣子已经扭曲。其他的衣服呢？也被撕碎了吗？她努力不让这个明显的问题影响她的判断。这会出自格洛弗之手吗？

如果她一直专注于格洛弗，她就会无一例外地将事实扭曲变形，使其符合她想看到的情况。但她不确定她是否能避免这个问题。越来越多个格洛弗在她的脑海中浮现，就像一条寄生的藤蔓，爬进了每一个角落和缝隙，窒息了其他的想法。

在过去的几个星期里，她和泰腾一丝不苟地追踪着格洛弗的足迹，仿佛回到十年前，就像是一部倒放的电影。他们从他最后待过的地方开始着手，那是她住的那栋楼里的一间公寓。他以丹尼尔·摩尔的名字租下了它，跟踪佐伊和她的妹妹安德丽雅一个多月。当佐伊离开公寓去调查得克萨斯州的一个案子时，格洛弗出手了。安德丽雅能够安然无恙地逃脱，这纯属运气使然。格洛弗在这个过程中中枪了，蜷缩在他潮湿的公寓里休养。法医小组估计格洛弗凶多吉少，但仍然设法替他止住了血。而他一能站起来，就逃跑了。

相关的事情还有很多。格洛弗快要死了，不是因为子弹，而是更为普通的东西。他患有晚期脑瘤，这使他变得比以前更加危险。一头垂死的野兽已经没有什么可以失去的了。

她转身面向奥唐纳。这位警探站在房间的远处，她的黑眼睛紧紧盯着摄影师。摄影师正半跪着对布满血迹的脚印进行一系列的拍摄。

"我能看看尸体的照片吗？"佐伊问奥唐纳警探。

奥唐纳皱了皱眉头，沉思了几秒钟，似乎认为这个要求是不合理的。最后，她还是请摄影师给他们看了这些照片。

他站起身来，用一根细细的手指把宽框眼镜扶正。然后，他开始摆弄他的相机，皱着眉头浏览图像。

泰腾走进客厅。"她的卧室里有一些血迹。"他指着身后的门口说道，"她的床头柜和墙上有更多的脚印和血迹。"

"有没有指纹？"佐伊问道。

"并没有，除了污迹之外，我用肉眼看不到任何东西。房间里的法医说，看起来每个离开这个房间的人都戴了手套。"

佐伊说："戴手套表明这是一起蓄谋的案件，但现场的混乱看起来完全是一个失误。"

"洗手间水池和地板上也有血迹。"

"他在那里清洗了自己身上的血迹？"

"看起来是这样的。"

佐伊正试图想象着事态的发展，这时摄影师说："看这里。"他走到他们面前，向他们展示了相机后面的屏幕。

佐伊一时难以理解自己在看什么。"那是尸体吗？"她问道，"它被盖住了吗？"

"是的，"奥唐纳在她身后回答，"她被一条毯子盖住了。"

"谁发现了受害者？"泰腾问道。

"她的父亲，艾尔伯特·兰姆。"奥唐纳说。

"是他给她盖上毯子的吗？"

"他说没有，他发现她的时候就是这样了。"奥唐纳回答道，"证据也证实了这一点。看到毯子上的污渍了吗？"

摄影师翻找照片，找到了一张上面有两大块棕色斑点特写的照片。

"血迹。"奥唐纳指着照片说道，"在血迹还很新鲜时，她就被盖住了。但是我们到这里的时候，尸体已经处于高度僵硬状态，血迹都干了。她死了已经有一段时间了。盖住她尸体的人在她死后不久就这么做了。"

"有没有考虑过另一种情况？父亲可能是凶手。他可能给她盖上了毯子，然后数小时后才报警。所以他发现她的尸体被毯子覆盖着，就这样离开了她？"泰腾难以置信地问道。

"并不是。他把毯子拿开，看到她已经死了，尸体僵硬了。根据他最初的陈述，他当时仍然试图叫醒她。然后他又把毯子盖在了她身上，拨打911报警。"

摄影师翻阅了多张被遮盖尸体不同角度的照片，然后他停了下来。屏幕上的图像显示着没有遮盖的尸体。

很容易理解父亲为什么再一次将毯子盖在了她身上。这个女人的身体被折叠起来，膝盖向后弯曲，裙子被拉到脚踝处。她的衬衫被撕破了，左胸暴露无遗。她没有穿内裤。她的腿蜷曲着，即便这位父亲想维护女儿的体面，也很难帮她拉起裙子。

佐伊瞥了一眼扔在地上被撕裂的胸罩，上面留有证据标记牌。"你找到她的内裤了吗？"

"还没有，我们还在垃圾堆里翻找。"

"如果在那里找不到，就可能真的找不到了，"佐伊说道，"他把内裤拿走了。这是他的战利品。"

她仔细检查着这张照片。尸体的手臂上沾满了鲜血，女人的脸上也溅满了血迹，一簇簇头发紧贴在血淋淋的脸颊上。她的左腿上也涂满了血，但看起来好像不是来自伤口。从某种程度上看，受害者的腿可能擦到了地板上的血。她的脖子上有淤青——很可能是勒痕，但是在这个不大的相机屏幕上很难辨认，尤其是在广角下更难看清。

摄影师不断地滚动着照片，加快了速度，好像这些照片都很难看清一样。佐伊对此觉得很奇怪，因为这些照片都是他自己拍的啊。

"等等，"她说，"往前翻一张。"

他向前滚动了一张照片。这是一张关于受害者脖子上瘀伤的特写。它们看起来确实像是勒痕，但佐伊仍然不能完全确定。这个女人脖子上的一条精致的银线引起了她的注意。

"她有没有戴珠宝首饰？"她问道。

奥唐纳回答："戴了一条银项链，上面有一个十字架。她父亲说她一直戴着它。"

"他为什么不把项链当作战利品呢？"佐伊咕哝着。

"也许他不喜欢珠宝。"泰腾猜测道。

佐伊点了点头。这是有可能的，尽管喜欢带走战利品的连环杀手通常会将珠宝拿走。尤其是在本案中，受害者是被勒死的，而项链就在她的脖子上。凶手肯定会注意到这一点。他有没有可能用这条项链来勒死这个女人？她仔细检查了这张照片。这似乎不太可能。项链会断裂，它太过精细了。

"你说她的床头柜上有手指污迹，"佐伊问泰腾，"那里有珠宝首饰吗？"

"不清楚。"

"那里有一个珠宝盒，"奥唐纳说，"盒子里有两个手镯。"

"两个手镯和一条项链，"佐伊断言，"凶手可能搜遍了她的东西，拿到项链，在她死后戴在她的脖子上。"

"我表示怀疑，"奥唐纳说，"她的父亲说她总是戴着它。很可能凶手只是在寻找他能带走的任何贵重物品。手镯是廉价的小饰物，所以他把它们留下了。我们会询问受害者的父亲这里是否有贵重珠宝。"

佐伊感到一阵恼怒，但她没有反驳这一点。当摄影师滚动浏览其余的照片时，她一直在看，也许这是一段时间以来她第一次看到格洛弗的作案手笔。

当她和泰腾发现格洛弗的化名时，他们追踪了他的足迹。他们已经知道他过去几年一直住在芝加哥。他们找到了他在麦金利公园的旧公寓，现在有几个学生住在那里。他们还查到他以前做过技术支持的工作，但在六个月前失去了这个职位。他们花了几天时间与他的前同事和经理交谈，试图收集任何有用信息。他的大多数同事都说他是个很好的人，总是乐于助人，而且很幽默，在讲笑话时思维很敏捷。他的经理实际上使用了"充满团队合作精神"这个短语来形容他。

他的两个女同事认为他有一些令人感到毛骨悚然的地方，但她们无法说清楚具体原因。

佐伊很清楚这种感觉。在十四岁的时候，她就曾亲身体会过。罗德·格洛弗当时是她的邻居。起初，他似乎是个好人，迷人而有趣。之后，他那奇怪又令人不安的行为模式开始出现。而就在那个时候，开始有年轻女性被杀害。

"这是最后一张。"摄影师说着，放下相机。

"有使用凶器的痕迹吗？"泰腾问道，转过身来面对奥唐纳。

"嗯，"奥唐纳回答，"我觉得凶手使用了两件凶器。她脖子上的痕迹看起来像是勒痕，所以他用了某种绳子或皮带。流血是由于她手臂上有一个令人不忍细看的伤口造成的。所以，凶手也使用了某种刀刃。此外，她的衬衫看起来像是被刀刃切除了一部分，但我们找不到任何一件合适的凶器。"她指着地上的脚印，"看起来像是凶手穿过房间从地板上捡起了什么东西。你们有没有注意到脚印恰巧在墙边戛然而止？我敢打赌，他一定是停下来蹲在那里的。"

佐伊对这名警探的看法略有改善。"你认为用的是刀吗？"

"我几乎可以肯定就是刀。如果你走到那个位置，你会看到几滴血，就在十六号证据标记牌旁边。我认为这是从刀刃上滴落下来的。"

佐伊走到房间的角落，蹲下来看地板，确实有几滴血迹，几个正圆形的棕色污渍。泰腾蹲在她身边。

"血滴是垂直滴落的，"他说，"这就是为什么它们是圆形而不是椭圆形的。这意味着它不可能从房间的另一边溅落。很可能是凶器掉在这里了。"

佐伊点点头，试图去设想这个画面。"他可能拿着刀走到这里，然后停了几秒钟。这也可以解释为什么血会滴落下来。"

"我不是法医专家，"泰腾小心翼翼地说，"但是你看，这些血滴周围怎么没有飞溅形成的图案呢？如果它们是从一英尺或两英尺的高度掉下来的，你会看到每一滴血周围有一个小的圆形喷溅痕迹。这些血滴却没有，这意味着血迹是从几英寸高的地方掉下来的。我认为奥唐纳警探是对的。凶器放置在这里，血从上面滴下来，凶手蹲下身来捡起了它。"

佐伊表示同意。这是最简单的解释。她想象了一下，凶手袭击了受害者，用刀威胁她。在挣扎中，刀子割伤了受害者的手臂。然后呢？受害者是否设法解除了凶手的武装，将刀扔到了角落里？也许吧。

她直起身来，努力思考着。整个场景中存在着相互矛盾的行为模式。凶手脚踩到了血迹，掩盖尸体，在公寓里到处留下血迹。这一切都散发着一种混乱、恐惧，可能还有羞耻的气息。但凶手戴着手套作案，说明他们有预谋。失踪的内衣是凶手的一个战利品。项链显得很别扭，怎么都解释不通。是意外致死吗？这很难猜测。佐伊甚至不确定受害者是死于失血还是窒息。

通常她可以很容易地在脑海中想象出可能的情景。但在这里，各种不同的细节无法融合在一起。

他们一定漏掉了某些信息。

第四章

泰腾再次扫视房间，试图了解受害者的感受。

某种意义上讲，他是借此来舒缓一下情绪。他看到佐伊潜入杀手的脑海，如同穿毛衣那般轻而易举。这一直都给他留下了深刻的印象，也让他多少有些紧张。泰腾的情况则不一样。当然，他了解统计数字；他阅读了无数的研究论文和连环杀手审讯记录，研究了连环杀手的个人资料，直到几乎每晚都能梦见他们。但对他来说，潜入杀手的脑海就如同穿了一件小了两码的紧身毛衣。这会让他倍感痛苦和疲惫，所以他做不到这一点。

然而，他们的很多工作都是围绕着了解受害者展开的。了解受害者的生活习惯，可以查到是什么吸引了凶手。受害者在受到攻击时的反应会对凶手的心理产生重大影响，所以，搞清楚这一点也会对案情侦破很有帮助。一些杀手在面对温顺的受害者时会变得更加暴力，而有些杀手只有在受害者挣扎时才会痛下毒手。了解受害者，你就已经在了解凶手的道路上走了半程。

凯瑟琳·兰姆在遇害之前心烦意乱，也许情绪也十分低落。房子里到处都有迹象表明她近来疏于做家务——没有浇水的植物，满是灰尘的窗台，堆得满满的洗衣篮，无不说明了这一点。当然，这也可能说明她是个懒人，但有数不清的迹象又都表明她绝不是这样的人。她的衣服叠得整整齐齐；除了最近的血迹外，洗手间很干净；冰箱里的食物很新鲜。这种混乱和忽视反映了她最近的状态，漫不经心中夹杂着一层淡淡的不快乐。

她在受害之前的那段时间里是否感到很孤独？她可能在约会，也许是网恋。如果她神经特别大条，她可能会接受邀请，跟网恋对象出去约会。这就能解释为什么没有强行闯入的痕迹。但事实并非如此，这与他在照片中看到的撕破的衣服不相匹配。凯瑟琳被袭击时并没有打算要离开家。

他瞥了一眼佐伊，正准备提一提衣服的事情，但见她咬着嘴唇，皱着眉头。这是她的勿扰模式：她在思考一些问题。

奥唐纳也在看着佐伊。这位探员金发碧眼，身穿灰色裤子和深蓝色外套，波浪形头发剪得略微超过肩膀。她那双巧克力色的棕色眼睛因陷入怀疑而眯成了一条缝。泰腾喜欢吃巧克力，而且偏爱异国风味——咸口巧克力和辣口巧克力，但他以前从未见过陷入怀疑的巧克力。她把头向左倾斜，就像她早些时候在外面遇到他们时那样。

奥唐纳看起来像是一个厌倦了魔术表演的观众。这场景就如同她想让他们从帽子里拽出一只兔子，这样她就可以说兔子一直都在那里，他们把它藏在袖子里了，当场拆穿他们的把戏。再来看看泰腾·格雷，这位神奇的侧写师。抽出一张牌，任何一张牌。你抽到的牌是……黑桃杰克。失业，可能是白人，年龄在二十岁到二十五岁之间，他小时候尿床，虐待小猫。

她发现他看着她，于是说道："那么，你认为凶手会是你们要找的人吗？"

"现在下结论还为时过早。"泰腾条件反射似的回答。

她的眉毛上扬。"你觉得这起案件与他的其他受害者有什么共同点吗？她长得跟她们像吗？他在其他谋杀案中是否也会拿走战利品？他遮盖了其他尸体吗？"

"罗德·格洛弗没有掩盖过其他尸体，"泰腾承认，"但本案与之前的案件存在一些相似之处——"

"那么，他为什么要盖上这具尸体？"

"可能有几个原因。"泰腾耸耸肩，"一些连环杀手感到羞愧的时候会掩盖住他们的目标。这也是一种抽象的形式——将受害者变成一种物品。"

"他掩盖住她的尸体跟他把项链戴在她脖子上是出于相同的原因。"佐伊转过身来面对他们，"他认识她。"

奥唐纳双臂交叉在一起。她似乎要说什么，这时外面的警察叫道："奥唐纳警探！"

奥唐纳连忙说了一声"不好意思"，然后大步走了出去。

泰腾又看了一眼现场，跟着她走了出去。一名男子站在犯罪现场警戒线的另一边，双眼充血，头发蓬乱。泰腾估计他大约六十岁，但他看起来就像有九十岁。他身形佝偻，双手不停地颤抖着。泰腾很熟悉这种表情，他以前见到过很多次。这是一个因悲伤而崩溃的人。他可能是凯瑟琳的父亲艾尔伯特·兰姆，早些时候就是他发现凯瑟琳的尸体的。他手里拿着一个小塑料袋。

"兰姆先生。"奥唐纳的语气发生了变化，收敛起了之前的冷酷表情，"对不起，但您还不能——"

"我给她带来了一些衣服，"兰姆先生声音嘶哑地说，"给她穿上衣服。我家里有她的一些衣服，我想——"

"兰姆先生，现在还没有必要这样做。您之后可以把她的衣服送到殡仪馆，他们——"

"但是她的衣服被撕破了！"泪水顺着那人的脸颊流下，"她不想……她需要……求求你，这件衬衫有扣子，穿在她身上很容易。我可以自己做，给她穿好之后我就走。让我进去一分钟……"他蹲下身来，准备从警戒线下面经过。手拿日志的警官刚准备去抓住他，但见奥唐纳走上前去，把手放在兰姆先生的肩膀上，似乎在帮助他渡过难关，但同时也有效地阻止了他进入房子。

"您女儿的尸体已经不在里面了。他们把她带到了停尸房。"她说，"他们将在那里进行尸检。尸检后，她的尸体会被送到殡仪馆，您可以把衣服给殡仪馆的人，让他们帮她穿上衣服。"

他无助地低头凝视着手中的袋子，一滴眼泪从眼角滑落，顺着下巴滴到了地上。

"您想让我把这个带到停尸房吗？"奥唐纳问道，"我可以告诉他们去做。"

告诉他们去做什么？泰腾感到好奇，但他能从那人的脸上看到解脱。他听到了他想听的，警探的权威和公事公办的态度令他感到安慰。

"是的，谢谢你。"他低声说道。

"兰姆先生，您现在可以多回答一些我们的问题了吗？"

"是的。我……我为之前拒绝接受询问表示抱歉。我只是没办法……没办法……"

"没关系，先生。"奥唐纳翻了翻笔记本上的一页，"您能告诉我——"

"他是另一个警探吗？"那人指着泰腾说道。

奥唐纳回头看了一眼。"还有哪位警探？"

"难道不应该有两个警探吗？你们不都是结对开展调查吗？"

"是的，我们确实如此。"奥唐纳似乎大吃一惊。

的确存在某种问题。奥唐纳的搭档显然不在身边，她不想让眼前的这个男人知道这个情况。也许，她想避免让他知晓警方这次只派了一名警探来调查凯瑟琳·兰姆的死因。这时，泰腾走了过来。"我是泰腾·格雷。我正在和奥唐纳警探合作侦破此案。"

兰姆先生点了点头，有些心不在焉。当奥唐纳再次对他皱起眉头时，泰腾迎上了她的眼睛——显然，他从这位警探那里得到的只有皱眉。

她转过身来，对那个心碎的男人说道："您能再给我讲一下今天早上发生了什么事情吗？"

"我打电话给凯西……凯瑟琳。她昨天病了。她最近病得很厉害，所以我很担心她。她没有接电话。我打了好几次电话，她都没有接。所以我就过来了，我想她可能需要帮助。"

"发生在什么时间？"

"时间……我记不清楚了。"

"您什么时候第一次给她打电话？"

"八点左右。"

"过了多久之后您才决定亲自去找她？"

"我想大概半个小时吧。"

"在您最后一次打电话之后半个小时？"

"是的……不。我在路上还给她打过两次电话。"

"所以您大约八点半离开，途中又打了两次电话。那您是什么时候到这儿的？"

"步行了十五分钟，应该是在八点四十五分到的。"

奥唐纳点了点头，把这条记在笔记本上。"您敲门了吗？"

"敲了几下，但是她没有回应。所以，我试着推开门，而门并没有锁。"

"凯瑟琳平常会有不锁门的情况吗？"

"不会，她每次都会把门锁上。"

"接着讲吧。"

"我进了门，看到房间里很乱，地板上有一条毯子，上面布满血迹。还有她……我可以看到她的手从毯子下面露出来。"

"兰姆先生，您确定您进来时毯子就盖在她身上吗？"

"是的！"他提高了嗓门，声音有些嘶哑，"我来的时候就盖在她身上。我把毯子拉开，她……她很冷，衣服也破了。全身都是血迹和淤青。我喊着她的名字，摇了摇她。她都没有反应，身体很僵硬。"当回忆起那噩梦般的时刻时，他的眼神变得恍惚，"我拨打 911 报了警。"

"然后您做了什么？"

"警方说他们马上就来。她的衣服被撕破了。所以我……我又给她盖上了。然后我走出了房子，我不得不离开这个房子，我不能待在那里，我在外面等待警察的到来。"

"我们到这里时，看见她戴着一条项链，一条带有十字架的银项链。您发现她的时候，她脖子上有戴项链吗？"

"是的。她几乎每时每刻都戴着那条项链。"

奥唐纳不停地询问他还做了什么，仔细地把握着每一个细节，而泰腾则在一旁认真听着。艾尔伯特神情迷茫，心烦意乱。奥唐纳不得不多次重复她的一些问题，直到他开口回答为止。泰腾很希望奥唐纳别再继续追问下去。不知在什么时候，佐伊走出了房子，站在泰腾身边，安静地听着。

"您能想出是谁想要伤害凯瑟琳吗？"奥唐纳问道。

"不能！所有人都很喜欢她。"

"她与人争吵过吗？发生过什么不同寻常的事情吗？"

他犹豫了片刻，然后说道："没有。"

奥唐纳微微歪着头。"您提到凯瑟琳上周生病了。"

"是的，她没去工作。"

"她在哪里工作？"

"她是我教堂的行政人员。"

"在您的教堂里？您是一位牧师？"

"没错，我在河滨浸信会教堂担任牧师。"

奥唐纳停顿了一下，记下了这一点。泰腾猜测，她会相应地调整自己对案件的看法。他本人并不是特别适应芝加哥的内部政治，但他认为，在媒体和官员眼中，一名被谋杀的牧师的女儿（她本人在教堂工作）将会使本案备受瞩目。

　　"所以她最近打电话请过病假，"奥唐纳说，"请了几次？"

　　"两次……不是，在过去的一周里有三次。但……在此之前的一些工作日她也没有来上班。"

　　"她说过出了什么问题吗？"

　　"没有。"

　　"在您看来，她像是生病了吗？"

　　"是的，她这段时间一直很累。凯西是一个精力充沛、充满快乐的女人，在过去的一个月里……"他的声音消失了。他用了一般现在时的时态，这个时态像一把剑悬在空中，看不见，但锋利无比。过了一会儿，他清了清嗓子，"她也错过了一些志愿者工作。"

　　"兰姆先生，"奥唐纳说，"您提到她看起来很累。她看起来像是生病了吗？她有没有抱怨过身体难受？是否有发烧？流鼻涕了吗？有没有表现出一些症状？"

　　"不，不是那样的。她说她有女性问题。"

　　"有没有可能是什么事在困扰着她呢？她的问题是私人问题，而不是身体上的问题？"

　　"她从来不会旷工，不是因为这类事情而不去工作。"他的眼睛里闪烁着湿润而又绝望的光芒。

　　"教堂和她的志愿者工作对她来说就是一切。"

"她在哪里做志愿者？"

"在教堂。作为一名宗教顾问。我们的教堂有两名宗教顾问，她是其中之一。"

"为谁提供宗教顾问服务？"

"任何需要帮助的人。"

"兰姆先生，她经常给谁提供建议？"

"各种各样的人。麻烦缠身的年轻人、贫穷的家庭、迷失方向或信仰的人……"他的讲话速度放慢了，让他突然听起来像是一个思考速度比说话要快的人，"任何需要帮助的人。"

奥唐纳眯起眼睛。她可能也注意到了兰姆的行为变化。

"身陷麻烦的人，"她说道，"指的是女人和男人？"

"是的。"兰姆先生回答道。

泰腾推测道："是那些正在努力改过自新的人吗？"

"是的，没错。"

"有犯罪前科的人？"泰腾问道。

现场陷入了一段很长时间的沉默。

"凯瑟琳是前罪犯的顾问吗？"奥唐纳问，与泰腾快速交换了眼神。

"有些人是。但你们也需要理解。这些人可能会对凯瑟琳做任何事情，但他们永远不会……这样对她。"

"我理解。"奥唐纳说。

她转移了话题，好像她对这个话题不再感兴趣，开始会问一些琐碎的东西，试图降低牧师的警惕。当谈话结束时，她跟兰姆先生要了一些人的联系方式，而他毫不犹豫地就给了她详细信息。其中，包括另外一位宗教顾问的联系信息。

最终，奥唐纳得到了她所需要的一切。牧师佝偻着身子离开了，这是他生命中最糟糕的一天，已经令他精疲力竭。

"嗯，你是说杀凯瑟琳的人认识她。"奥唐纳说。

"我就是这么认为的。"佐伊说。

"如果凶手是她在教堂提供建议的前罪犯，他就不是你要找的人，对吧？"

"罗德·格洛弗从未被监禁过。"

"很好。"她语气坚定，"有新进展我会随时通知你的。"

泰腾说："什么时候验尸？"

"可能明天上午的第一件事就是这个。"

"我们可以到场吗？我们一旦拿到验尸报告，就不会再来打扰你们了。"

她皱了皱眉，再次倾斜了一下脑袋，但最后还是点了点头。"好的。给我你的电话号码，我知道时间后会通知你。"

第五章

2016 年 10 月 16 日，星期日

　　佐伊和泰腾在停尸房外面等候。法医是一位名叫特雷尔的中年女医生。在三个人的注视下进行验尸时，她内心毫无波澜。"这里的人已经够多了。"她指了指她身后一排排的尸体冷藏柜说道。佐伊感觉这不是她第一次用这个笑话了。他们利用这段时间在附近的一家咖啡馆吃了点早餐，阅读了零星的关于谋杀案的新闻报道。两小时后等他们回来时，才发现验尸工作还没有结束。

　　佐伊已经对这个案子失去了兴趣。凯瑟琳·兰姆在格洛弗之前活动过的街区里被杀，而这一点已经开始让人觉得这只不过是个巧合而已。本案与格洛弗通常的作案手法和作案风格相去甚远。

　　格洛弗此前都是在户外袭击妇女，通常是在水体的附近，作案的位置相对偏远，这样就不可能有目击者存在。格洛弗最后一次在室内作案是在一个月前，当时他袭击了佐伊的妹妹安德丽雅。这给他带来的后果几乎是致命的，佐伊觉得他绝不太可能再这样做了。

　　遮盖住受害者的尸体也不是他典型的作案风格。在所有的袭击中，格洛弗对受害者的尸体都完全不感兴趣。佐伊没有在本案中发

现任何与前几次作案相同的地方。

不。佐伊判断凯瑟琳·兰姆被她认识的人袭击了。凶手使用手套，表明受害者的死亡可能不是意外，凶手有计划地强奸并杀害了她。但在谋杀案发生后，他曾有过片刻的歉意。他当时一定犯了迷糊，踩在血里，留下了脚印。他把尸体遮盖起来以减轻心中的内疚感。关于这条项链的情况，佐伊并不清楚，也许奥唐纳是对的，从一开始就戴在受害者脖子上，并没有引起凶手的注意。

那为什么要拿走女人的内衣？这令她感到不安。拿走"战利品"则并不是一种内疚的行为。也许他撕破内衣后把它塞进了口袋。每一宗谋杀案都有其小小的反常之处。

她不耐烦地检查了一下手表。他们在浪费宝贵的时间。这项关于格洛弗的调查不可能是无限期的。部门主管曼卡索同意让佐伊和泰腾在芝加哥停留十天，搜寻罗德·格洛弗的踪迹。留给他们的时间已经不多了，仅剩下短短的两天。在他们决定放弃之前，佐伊还想跟进一些线索。他们在这里等验尸结果，而每次听到的结果都与格洛弗无关。所以他们每多等一分钟，就等于多浪费了一分钟。

停尸房的门打开了。奥唐纳警探站在门口，示意他们进去。她看起来脸色苍白，不过这也可能是她站在白色荧光灯下的缘故。

佐伊屏气凝息地走进了房间，预感到会有一股典型的尸体腐臭与化学药品夹杂在一起的味道。凯瑟琳·兰姆的尸体躺在验尸台上，她的身上有一个很大的 Y 形疤痕。这是佐伊第一次亲眼看到凯瑟琳的尸体。现在她可以近距离地检查死者脖子上的伤口，一股寒意涌上她的脊背——被格洛弗杀害的受害者都有着类似的伤痕。

特雷尔博士说："我已经完成了验尸，验尸过程中的一些发现已经与奥唐纳警探分享过了。初步报告将于明天完成，但是奥唐纳警探希望我来跟你们讲述一下我的发现。"

泰腾说："谢谢你，我们很感激。"

特雷尔漫不经心地点了点头。"我最开始检查尸体时，尸体处于完全僵硬状态。通常情况下，这意味着受害者在十二至二十四小时之前死亡。但在某些情况下，特别是当受害者死前肌肉活动剧烈时，死亡时间可能还不到十二小时。"

泰腾说："比如说，如果受害者当时在挣扎的情况。"

"没错。不过，我在检查淤青时确实发现了一些有意思的东西。"

紫色淤青是死亡后出现在身体皮肤上的黑色瘀伤。这是由于淤血沉淀在体内造成的，在受害者死亡后，血液就只会受到一种力的影响，即重力。

"受害者左侧身体有明显的淤青。"特雷尔指着凯瑟琳左臂和大腿上的黑色淤青说道，"但如果你仔细观察受害者的右侧身体，你也会看到那里有淡淡的淤青。"

佐伊说："尸体死后被移动了，有人把它转到了另外一侧。"

奥唐纳说："受害者被发现时身体向右侧躺着。我推断这意味着受害者尸体在死亡相当长的时间之后被移动过，在尸体移动时新的淤青就已经存在。"

泰腾说："所以你认为是她父亲移动了尸体？"

佐伊点了点头，这的确讲得通。艾尔伯特·兰姆发现了凯瑟琳。根据他自己的说法，他摇晃过她的尸体，试图叫醒她，却没有意识到自己在这个过程中把她的尸体转了过去。如果事实真是这样，那这就给了他们一个可能的死亡时间范围，因为他们知道艾尔伯特·兰姆在什么时候发现了尸体。

这很有意思。犯罪现场最基本的原则就是在警察处理之前不要动任何东西。但在这个案例中，由于艾尔伯特移动了女儿尸体，他们误打误撞地获得了比之前更准确的死亡时间。

特雷尔说："我不可能知道尸体最初是朝向左侧，还是右侧。很有可能身体一开始朝向右侧，几小时后被挪向了左侧，当淤青呈青紫色的时候尸体又被挪向了右侧。"

"你能估计她身体朝向左侧躺了多久吗？"泰腾问道。

"我估计有八到十小时。"

在这种情况下，如果奥唐纳提出的设想是正确的，那么，凯瑟琳·兰姆应该是在晚上十一点到凌晨一点之间被谋杀。

"我在受害者小阴唇上发现了最近有性交的迹象和擦伤。虽然这不一定意味着受害者被强奸，但这些伤害不太可能是自愿性交造成的。"

现场也没有发现受害者的内裤。特雷尔医生一向对工作做到尽可能地准确，但佐伊对凯瑟琳被强奸一事毫不怀疑。

"面部、手臂、膝盖和左侧乳房都有瘀伤，但没有一处划破皮肤。死亡原因是窒息。她喉咙上的痕迹符合结绳勒死的情况。其位置和角度清楚地表明，勒痕不是由上吊造成的，这就说明很可能是他杀。勒痕又宽又浅，没有留下任何擦伤或瘀伤。所以我据此推断，凶手使用的是一种宽而光滑的东西，比如皮带。"

或者领带。佐伊无法抑制这种想法，就像她无法阻止自己的心跳一样。罗德·格洛弗曾用领带谋杀受害者。他在那些受害者身上留下的勒痕与特雷尔描述的完全一致。

"我没有在她的脖子上找到与那条项链相对应的凹痕或划痕。"特雷尔的目光从尸体上移开，抬头看了过来，"我不能肯定，但我认为她在被谋杀时并没有戴项链。"

奥唐纳的目光与佐伊的目光相遇了几秒钟。

"关于刀伤，你有什么能告诉我们的？"泰腾问道。

"首先，我可以告诉你这根本不是刀伤。"特雷尔围着尸体转了一圈，指了指手臂上的伤口说道，"如果仔细看，你会看到三个伤口，而不是一个。两个小的穿刺伤口和第三个较大的伤口。这些伤口是由针头造成的。她的手腕上有淤青，这里，表明她的手腕被用力抓过。这可能是因为他在插入针头时抓紧了她。"

"受害者被注射了什么吗？"泰腾问道。

"在得到毒理学报告之前，我无法确定，但很可能是这样。然而，凶手用的是一根很粗的针。直径在 0.06 ~ 0.07 英寸。这意味着它是一根 16 号或 15 号的针。通常，在注射时会使用较细的针。这种针的尺寸更适合献血。此外，我也不明白他为什么一直把针戳进她的身体。"

泰腾皱了皱眉说："凶手很可能根本不懂针头。"

特雷尔点了点头说："是的。看这里，看到这个瘀伤了吗？"她指着最大伤口周围一块大面积的紫色瘀伤解释，"这可能是由于注射过程中血管破裂造成的。"

佐伊弯下腰看了看。伤痕的形状和大小让她想到了其他事情。"伤口是不是太大了，不可能是针头造成的吧？"她问道。

特雷尔说："这就要看情况了。伤口大表明针头移动得相当粗暴。"佐伊觉得她能听出医生声音中的轻微犹豫。

"如果瘀伤是由抽吸引起的呢？"佐伊问道。

特雷尔仔细检查了伤痕。"我觉得这是有可能的。"

奥唐纳警探似乎明白了。"你认为这是个咬痕吗？"

佐伊指出："就像法医说的那样，这个伤口宽且不规则，注射用的针头根本就做不到。凶手可能试图从她身上抽血，供个人饮用。当他看到血溢出来时，就变得情不自禁。"

泰腾、奥唐纳和特雷尔都带着不同程度的厌恶和惊讶看着她。佐伊无视他们的怀疑。嗜血并非闻所未闻，过去曾多次在性侵和连环凶案中发生。

特雷尔说："如果是这样的话，就解释了伤口的原因。前两处刺伤深入肌肉，无法触及她的静脉。第三次，凶手把针插进了受害者的贵要静脉，却不小心将其撕裂。也许受害者与凶手展开了搏斗，把手臂挣脱，结果就是产生了这样的伤口。出血就是这一撕裂导致的。而这一处瘀伤，则是因为凶手用力吮吸造成的。"

"我们能用什么办法来验证一下吗？"奥唐纳问道。

特雷尔思索片刻说道："我可以用荧光光谱仪检测唾液残留物。"

"你认为凶手是否很有经验？"佐伊问道，"或者他只是在能看到静脉的地方扎针？"

"很难说，因为看起来她很抗拒。即使是专业护士在这种情况下也很难使用针头。但专业人员可能会瞄准肘部中央静脉。看起来凶手可能知道如何做，也许是在网上了解过，但从未亲自尝试过，更不要说接受过专业的指导。"

特雷尔博士指出了一些其他的小细节，但佐伊并没有全神贯注地听她讲。在格洛弗犯下的所有谋杀案中，他从未对受害者的血液表现出任何兴趣，更不用说饮血了。正如他们在过去一周调查到的所有线索一样，这条线索也将他们引进了死胡同。

第六章

　　他们一离开停尸房，奥唐纳就说："项链的事你说得对。他可能是在杀了她之后把项链戴在了她的脖子上的。"

　　佐伊似乎对此并没有表现得特别激动。这位侧写师似乎比前一天更加疲惫。的确，这个案件令她们两个人都十分疲惫。奥唐纳也已精疲力竭，一部分原因来自验尸结果。这些工作总是让她觉得自己刚刚跑了一场令人不快、臭气熏天的马拉松。然而，前一天的工作也让她付出了代价，加重了她此刻的疲累。

　　挨家挨户地对邻居进行询问，结果一无所获。街上似乎没有人听到或看到任何不寻常的事情，也没有人特别了解凯瑟琳·兰姆。奥唐纳花了几个小时和凯瑟琳两个最亲密的朋友聊了聊。在过去的几个月里，她们见到凯瑟琳的次数越来越少。凯瑟琳告诉她们自己正忙于教堂里的工作。她们都提到，每次见到凯瑟琳，她都显得异常疲倦。其中一人甚至认为她可能一直都患有抑郁症，情绪低落。

　　奥唐纳没有再询问凯瑟琳的父亲。据了解，凯瑟琳的母亲三年前去世了。此前，凯瑟琳一直担任教堂的行政人员，当她的母亲去世时，凯瑟琳先是非正式地接管了教堂，后来才正式接管。

她与教堂里的另一位宗教顾问帕特里克·卡朋特进行了简短的交谈。当她与他交谈时，他对这个消息感到震惊，那时他在处理自己的难事——他的妻子一周前因突然对怀孕产生恐慌而住院。他有好几天没见到凯瑟琳了，但在周五，也就是凯瑟琳去世前的几个小时，他和她通了简短的电话。当奥唐纳问他凯瑟琳最近是否生病或显露疲态时，他回答说，他没有在凯瑟琳身上发现任何异常。奥唐纳要他提供一份教会中有犯罪前科的人员名单，这时谈话变得冷淡起来。他直接拒绝了她的要求，最后才勉强同意第二天再谈。

"让我请你们两个喝一杯。"奥唐纳现在主动提出邀请。

"谢谢，"泰腾说，"但我们真的应该——"

"耽误不了太多时间。"奥唐纳走向大厅对面的自动售货机。她刷了卡，给自己买了一杯可乐。她付完账，那令人满意的咝咝声已经预示着甜蜜的快感。她喝了一大口，这有助于缓解她的恶心和头痛感。然后，她转过身来看着佐伊和泰腾，困惑不已。"你们想喝什么'毒药'？验尸后我需要补充一些糖。"

他们也都要了可乐。他们三人在停尸房外默默地喝着罐装的可乐。此情此景真是一个很棒的广告材料："可口可乐，一种新鲜的味道，最适合在看到大脑从头骨中被挖出来之后饮用。"

也许它需要一个文案人员来写一个更好的口号。

她的电话响了，是凯尔打来的。

"嗨。"她接电话的语气是想向丈夫表明，现在不是说话的时候。

"妈咪？"

奥唐纳声音立马柔和了起来。"嘿，宝贝，"她说，"我现在真的不方便说话。一切都好吗？"

"不好！"内莉的声音听起来快哭了，"发生了一个紧急情况。"

内莉才只有五岁，但她已经知道什么是紧急情况。因为她只被允许在紧急情况下给她妈妈打电话。因此，紧急情况意味着任何需要给妈妈打电话的情况。

奥唐纳叹了口气："怎么了，宝贝？"

"爸爸找不到我的紫色裤子了。我需要穿这条裤子去参加安娜的茶会，我告诉过你我需要它，你说你会把这条裤子洗了，这样我就可以穿了。爸爸找不到，所以他说我只能穿我的黑色裤子，我不要穿那条黑色的裤子。"

电话里面传来奥唐纳的丈夫凯尔的声音，他对着内莉喊道："内莉，不要打扰妈妈，这条裤子很好。过来。内莉，别……"他的声音突然消失了。

"内莉？"奥唐纳说，"你还在吗？"

"在的。我把自己反锁在了洗手间里。"

奥唐纳叹了口气。"告诉爸爸你的紫色裤子在晾晒衣服的沙发上。"洗衣沙发只是起居室里的一张普通沙发，但由于它经常被衣服覆盖，所以从来没有人坐在上面。

"爸爸已经在晾晒衣服的沙发上找过了，他把那里弄得一团糟。"内莉听到有机会告爸爸的状，声音变得兴奋起来。

"它在左边第三堆，在白衬衫下面。"

"爸爸!"内莉尖叫着,声音从锁着的洗手间传到外面,"紫色的裤子在晾晒衣服的沙发上,在第三堆里的白衬衫下面。"

奥唐纳听到内莉说紫色时感到一种莫名其妙的高兴,尽管这不是一个应该高兴的完美时机。在此之前,内莉说到"紫色"这个词时总是有点慢,好像很难把音节说对似的。内莉这次说得却很顺畅,对奥唐纳而言,最甜蜜的事莫过于此。

"我已经找过那里了。"凯尔的声音低沉而又沮丧。

"再去看一遍!"内莉尖叫着。

奥唐纳瞥了一眼泰腾和佐伊,用眼神告诉他们"再稍微等我一下"。

"他找到了。"内莉报告说,"谢谢,妈咪!"

"再见,宝贝。玩得愉快!"

内莉挂断了电话,奥唐纳把她的手机放进了口袋。

"我昨天和马丁内斯谈过了,"她告诉两位联邦探员,"嗯,我冲他嚷嚷来着。他没有理由不事先跟我沟通就告诉你们关于这个案件的信息。"

泰腾说:"我们无意越过任何界限。"

"你们也不在乎越界,"奥唐纳反驳道,"不过没关系。马丁内斯说你们俩都很难搞。"

"我们的关系很复杂。"泰腾解释道。

"但他也说你们俩很清楚自己在做什么。而且在这个问题上,我真的很需要你的意见。我以前曾调查过两起性谋杀案。一起谋杀案的凶手是受害者前男友;另一起是失去控制的强奸案。这些案件我都能想得通。但我从来没有遇到过凶手喝受害者血的案件，或是在离开之前花时间给她戴上一些漂亮首饰的案件。马丁内斯说，如果你们能为我侧写出这起谋杀案凶手的轮廓，那么——"

佐伊说："我们目前正在处理另一个案件。"

"你们的罗德·格洛弗案——你告诉过我了。如果凶手是同一个人呢？"

"这不太可能。"

"为什么不可能？"

"这起谋杀案似乎与格洛弗的案件大不相同——"

奥唐纳的电话又响了。"别这样想。"她面带愠色地掏出手机。但这次打电话的是法医拉森，他是凯瑟琳·兰姆谋杀现场的负责人。她接了电话。

"奥唐纳。"拉森说，"我有新的发现。"

奥唐纳等着他把话说完。拉森也在等着奥唐纳接话。他是那种希望别人接他话茬的人。她叹了口气问道："你发现了什么？"

"我们检查了从现场获得的鞋印。"昨天，他告诉她，他们已经得到了凶手的左右鞋印，尺码为9。拉森告诉她，如果她能找到鞋子，他可以很容易地将鞋子和鞋印匹配起来。这在出庭时将大有帮助。"我们在不同的房间里拿了一堆鞋子。所以，我今天把它们做了归档，其中一个看起来不太一样。我们在洗手间里得到的脚印并不完整，但它看起来像是来自另一只鞋——一只绝对不属于受害者的鞋。既然你确保每个人都戴上了鞋套，那洗手间里的这个脚印也绝对不是我们的。"

"受害者的父亲在我们之前进入过现场，"奥唐纳指出，"也许他去了洗手间。"她可以想象他跑到洗手间呕吐的场景。对他来言，隐瞒这个细节也是情理之中。

"受害者父亲脚的尺码是 7.5 码。我们得到的脚印尺寸为 8.5 码。所以我们又检查了一遍所有的东西，你猜发现了什么？"

她真的要猜吗？不，她决定直接问："什么？"

"我们在现场随处发现的那些沾满血迹的手指污迹，肯定是属于两双不同的手。我把它们交给了指纹识别专家，他也证实了这一点。尽管凶手戴着手套，但有一系列特征可以识别除了指纹以外的手印，我发现这些特征存在一些关键区别。"

"那么，凶杀案发生后，受害者家里有两个人。他们是否都是男性？"

"根据鞋的尺码和手部特征来判断，我们几乎可以肯定他们都是男性。而且，我们还有其他发现……"

说完，他又停顿了一下。"什么发现？"奥唐纳问道。

"我认为需要更仔细地检查一下房屋外面。如果门口出现了两个人，也许，他们会留下一些痕迹。我们在院子里发现了另外一个脚印，与 8.5 码的鞋相匹配。门框上还有另一个手印。别激动，没有指纹，但手印与第二个人的手部特征匹配。"

"明白。还有其他发现吗？"

"只有这些。"

"如有新发现，请及时通知我。"她说道，尽管知道他早就对此心知肚明。接着，她补充道："干得好，拉森！"挂断电话后，她转过身来面对联邦调查局的两位探员。

佐伊的神色发生了转变。她不再是以前那个疲惫不堪、神情沮丧的人，现在她紧张又急切。"有两名凶手作案？"她问道。

奥唐纳认真地回答道："看起来似乎是这样。"

"这可以解释矛盾之处了。"佐伊瞥了一眼泰腾，"如果格洛弗与其他人合伙作案——"

泰腾说："另外一个人经验不足，而且可能很容易被他操纵。"

佐伊说："这种操纵以格洛弗能够满足他某些幻想为前提。这个人可能已经对凯瑟琳产生了幻想。这就是为什么他们特别选定了凯瑟琳。这一定是个认识她的人。"

泰腾说："而且，他可能让凯瑟琳为他打开了门。"

"格洛弗先鼓动他，然后他们事先就达成了一致意见。也许，他甚至不知道格洛弗会杀害她，但格洛弗心里就是这么盘算的。"

"然后格洛弗杀害了她。他的同伙对此感到内疚，于是盖上了她的尸体，并找到她的项链，戴在她的脖子上。"

"然后，格洛弗拿走了自己的战利品。"

奥唐纳看着他们陷入了彼此充满活力的互动状态之中，顿时感到一阵嫉妒。她以前和她的第一个搭档也是这样的状态。当她成为一名凶杀案警探时，她和吉姆组成了搭档。他们一同工作了十四个月。她不知道自己有多幸运，能有这样的搭档。她认为他们之间心有灵犀的关系在探案过程中会一直存在，而这已经成为他们工作中必不可少的一部分。但后来吉姆获得晋升并被调任，她就与曼尼·谢伊结成了搭档。那可真是一团糟啊！对于曼尼，她要么心生厌烦，要么就对他视而不见。当曼尼见不得人的交易最终失败时，她也因此付出了代价。当然，她现在已经没有能与她并肩作战的搭档。

看着泰腾和佐伊你一言我一语的，交换着一些她无法解读的信息，就像回到了孩提时代——看着其他孩子在校园里玩耍，而她却独自呆站着。

"我不想给你们泼冷水，"奥唐纳说道，尽管她也这么做了，"但没有证据表明你们在追查的杀人凶手格洛弗与此案有关。我不希望你们对本案有任何先入为主的想法，把案件搞砸。"

"你说得对，"泰腾迅速接过她的话，"但我们很乐意帮忙。"

奥唐纳怀疑地说："我不需要你们侧写这个杀人犯的特征，也不需要你告诉我本案的凶手听起来确实很像你们在追查的人。"她想得到他们的帮助，但他们的日程安排显然是围绕着格洛弗展开的。

佐伊说："我们可以从侧写另外一名嫌疑人开始。那个吸受害者血液的人，他可能就是那个盖住尸体的人。"

"你无法确定这一点。"奥唐纳说道。

佐伊直接回应了奥唐纳的目光，侧写师的眼神让奥唐纳想到了猫科动物在猛扑猎物之前的凝视。"我们可以提供帮助。"

坦白地说，能得到佐伊竭尽所能的帮助，奥唐纳还是很乐意的。

第七章

处于控制状态的那个人不喜欢睡觉。至少，他最近不太喜欢睡觉。

在此之前，他甚至都没有想过这个问题。他服用的各种药丸使他很容易就陷入昏睡，每天睡上十到十二个小时，有时甚至十四个小时。陷入深度睡眠，他感觉自己被湿漉漉的水泥给淹没了。据他所知，他根本没有做梦。他知道，每个人都会做梦，就算他记不起来梦的内容，又有什么关系呢？

但现在，他停止服药将近一周，睡眠越来越少。

他现在可以记住自己的梦了。这就像自己站在恐惧、愤怒和欲望的风暴中。他醒来时，毯子被团成奇怪的形状，有时甚至被撕碎，就好像他在睡觉时把毯子掐死了一样。

在睡着时，他就失去了控制。他知道，这就是现在最重要的事情——控制。他以前失去了控制，而且最终总会带来可怕的结局。这样的事在以后再也不会发生了。

他知道，控制并不是自己真正拥有的东西。这更像是一套衣服，穿在自己身上，是给别人看的伪装。只要你表现得像是尽在掌控之中，你就进入了控制状态。有人说，控制是一只披着羊皮的狼，似乎控制本身是件不好的事情。但这不是每个人都想要的吗？让你成为羊群中的一只羊？

他起床了。白天的小睡大多是无梦的，帮助他在晚上保持清醒。他瞥了一眼镜子里的自己，衬衫上有一个污点。处于控制状态的这个人没有穿这件脏衣服。他换了件衬衫，梳理了头发。他礼貌性地对镜子里的自己微笑，镜子里的人也冲着他微笑。

下次不要露出那么多牙齿，一个处于控制状态的人不会这样龇牙咧嘴。他是用嘴唇微笑的。

他想象着自己扣上控制服的纽扣，深吸了一口气，走出了卧室。客房的门是关着的。他犹豫了一下，在就要敲门的一瞬间突然决定改去厨房。

他给自己冲了一杯咖啡。咖啡是他的新朋友，现在他已经忘记睡觉了。也许他应该给自己做一个三明治。他打开冰箱，扫视储物架，寻找上周五买的奶油奶酪。

五个装满深红色血液的小瓶立刻吸引了他的目光。在丹尼尔杀死她之前，他已经设法从她那里收集到了这些东西。他一看到这些瓶子就开始流口水。他记得那夹杂着金属味的咸咸味道，如此爽口，如此不同于动物的血液，如此充满活力。他只喝一杯难道也不行吗？他甚至不用把一整瓶都喝完，只要喝上一小口就会让他感到浑身舒爽。

控制。这些小瓶里的血液不是给他喝的。

他找到了奶油奶酪，关上了冰箱。一个味道不错的三明治，辅以更多的咖啡，刚好可以让他感觉舒服。他甚至不需要那些血液，现在已经好多了。

仅仅在三天前，情况却与现在大不相同。那时，他病得像条狗。头痛、喉咙痛、恶心、心跳加快。医生说他很好，但他上网搜索却得到了不一样的答案。他几乎可以肯定自己得了败血症或心脏病。医生并不关心这个问题。就像丹尼尔说的，在这个国家，如果你没有百万美元的健康保险计划，没有人会真正关心你。

没关系，他早就发现了真相。他们当然不想让任何人知道。但你若想一想，这完全有道理。只要从别人那里得到一点血液，就能治疗几乎所有的疾病。这种方法可以丰富自己的白细胞，增强免疫系统。如果血液是纯净的，真正的纯净，那就更好了。

如果这次选中的不是凯瑟琳，而是别人就好了。但正如丹尼尔所说，"你想要尽可能纯净的血液，对吗？"

他担心的不仅仅是自己，是在为他们两个人着想。

这些血液已经奏效了。从那天晚上起，他一直都感觉很好。真的很好，甚至很美妙。他的身体是大写的健康。他做的梦变得更糟糕，所以不得不少睡一会儿，但这也是他意料之中的事。他似乎并没有选择的余地。

他意识到自己正站在打开门的冰箱旁边，手里已经拿着一个小瓶。有意思的是，他太沉迷于思考了，却不假思索地把它拿在了手里。他打开瓶盖，只是为了闻一下里面的东西，并没有做其他的事情。

这东西闻起来就像是生命的味道。

他轻轻地把它放在唇边。它尝起来有点凉。虽然不一定会减损它的味道，但的确有所不同。一切都很好，他还有另外四小瓶。

他洗了洗小瓶，然后走到客房门口，敲门。

"怎么了？"丹尼尔的声音有些心不在焉。

他打开了门。房间里一片漆黑，百叶窗被拉下了。丹尼尔坐在桌子旁边，笔记本电脑放在他面前。显示器上白色的轻灵光线反射在丹尼尔的脸上，使他凹陷的脸和苍白的皮肤看起来比平时更加虚弱。

"我好奇你是否想吃点什么，或是喝点什么。"

"不用，谢谢你，伙计。"丹尼尔瞥了他一眼，笑了笑，一脸倦意，"你看起来好多了。"

"我感觉好多了。"

"治疗起到了作用，是吧？"

丹尼尔一直这么称呼它——治疗。他是唯一能理解的人。

他舔了舔嘴唇。"是的，它确实奏效了。你确定你不想——"

"谢谢，没必要，"丹尼尔说，"你知道我做不到。"

"如果你尝试一下，就会感觉好多了。"

"嗯，那是不可能的。"

"好吧，"处于控制状态的那个人沉默了一会儿后说，"如果你改变主意，请告诉我。"

"你对我们所做的事情感觉如何？"丹尼尔问道，"有没有感觉好一些？"

他咽了一口食物，说："我们只是做了我们必须做的，对吧？"

"这不是我们的错，"丹尼尔说，"是那些该死的保险公司的错，对吧？如果他们能为像我们这样的人提供适当的医疗保障的话，我们就不用这样做了。"

"没错，没错！"

"你确定你没事吗？因为昨天你哭了，你说我们应该去自首。你把我吓坏了，伙计。"

"那只是暂时失控，我现在没事了。"

"啊哈。"丹尼尔与他的眼神相遇。

"我待会儿再来找你聊。"他关上门，试图让自己剧烈跳动的心脏平静下来。如果控制是一种伪装，丹尼尔是唯一能看穿它的人。

他突然感到筋疲力尽。完全忘记睡觉，这并不是一个好主意。也许他应该睡个好觉。哪怕就一次。一旦他睡着了，他就会具有更多的控制感。那他就不会像前一天那样吓到丹尼尔了。

他走进洗手间，打开药柜。药丸都在那里等着他，装在小盒里，上面贴着日期标签。他几乎有一周没有吃药了。也许他应该只吃今天的药，然后再停药。他打开标有星期天的小盒，从中抠出一粒药丸。

"你在干什么？"这个声音吓了他一跳，他手里的药丸差点儿掉下来。

他转过身来。丹尼尔正站在洗手间门口。

他说："我想我应该把今天的药吃了，然后能睡个好觉。我想昨天我只是太累了，你知道吗？"

"当然，当然。"丹尼尔点点头，"也许这不是一个坏主意。"

"你也这么认为吗？"

"可能吧。睡眠很重要。你确定吗？因为你之前曾告诉我说你讨厌那些药片带给你的感觉。"

"不过只吃一天也无妨。"

"而且你不喜欢药物从你喉咙里经过的感觉，对吧？这感觉就像药丸在剐蹭你喉咙的内壁。"

确实如此。他自己不记得了，但现在听丹尼尔说了，他就又想起了那种可怕的感觉。他连吃了六片药，整整六片！

丹尼尔说："我觉得你看起来好多了。好像你现在能够完全控制自己。但今天，也许吃药是个好主意，吃药只是为了维持控制状态。"

"我现在就处于控制状态。"他看到丹尼尔脸上带着怀疑的表情。他突然冲动起来，把整个药盒倒进马桶，然后冲掉。

丹尼尔笑了笑。处于控制状态的人也笑了，看到他的朋友笑起来真是太好了。

"你知道吗？你绝对不是这样的！"丹尼尔拍了拍他的肩膀，转过身去。

他看着丹尼尔回到自己的房间，向他点了点头。他真的不需要这些药。他控制了局面。

第八章

佐伊透过偌大房间远端的窗户向外凝视着。这是一个雨天，给街景增添了一些压抑的氛围。话说回来，这扇窗户正对着库克县青少年中心，即使在阳光明媚、鸟儿在树上欢快歌唱的时候，这个地方也并不令人感到愉快。

她和泰腾一来芝加哥城就被分配到联邦调查局芝加哥分局四楼的两张工位。在他们刚到任的时候，他们两个完全是局外人，同事们对他们很有礼貌，但抱有一种怀疑的态度。同事之间有一些她和泰腾并不知道的专属笑话。一些探员有着神秘的昵称，而她并不关心这些昵称的来源。在芝加哥入职的第二天，他们就赶上了一位探员过生日。她正要忽略这件事，泰腾却拉着她加入了无聊的蛋糕和贺卡仪式。她自己站在那里，听着这位探员发言，而这位探员的名字她也已经记不清了。大家一起为过生日的探员准备了一份礼物，而佐伊没有随份子。宝贵的二十分钟匆匆而过。这个蛋糕本来就很普通。

现在，已经过了一周时间，她依然是一个局外人。但泰腾却不一样，他知道所有人的昵称。探员们都爱和他开玩笑。他似乎能听懂许多他们讨论的内容。而且，其中一位分析师肯定在和他调情。

显然，这一切都无关紧要。他们打算几天后就离开这里。她不想浪费时间来谈论政治、天气或是芝加哥小熊队。

但不知何故，周末办公室里的座位大多是空的，这倒让她松了一口气。这几天，办公室里只有她和泰腾。

她为自己思绪游离而苦恼。于是，她又回到了工作中。最后，他们好不容易有了一条线索，一种他们可以追寻的气味。她不能再浪费任何时间了。

首先，她要放一些背景音乐。她犹豫了一下，看了看自己的音乐库。泰勒、凯蒂和碧昂丝都在等待她的选择。一个突然的瞬间，她从三张专辑中挑选了一张。片刻之后，她又将莉佐的 *Big GRRRL Small World* 和阿黛尔的 *25* 加入了组合，感觉几乎要眩晕了。她把音乐设置为随机播放。第一首歌开始通过她的耳机播放，播放的是凯蒂·佩里的《孔雀》。她随着节奏摇晃着脑袋，强迫自己不要跟着唱。泰腾就在旁边，会听得一清二楚。

照片被贴在她的小隔间的矮墙上，她把它们一张一张地拿下来。这些都是格洛弗以前所犯谋杀案的犯罪现场照片，佐伊希望她的临时办公室不受格洛弗的影响。奥唐纳说他们必须避免对这个案子有任何先入为主的想法。她说得没错。有证据表明，有两名男子参与了凯瑟琳·兰姆的谋杀。关于他们的身份，目前尚无定论。

取下所有照片后，她把散落在桌子上的文件收了起来。大多数文件是他们花了很多时间采访认识格洛弗的人的记录，这些人中大部分都是他的前同事。另外，还有各种各样的文件，其中包括三份公寓租赁合同、丹尼尔·摩尔的超速罚单、丹尼尔·摩尔名下的银行账户记录，这些文件都指明了他的行踪。佐伊一直在想，格洛弗到底是如何拼凑出这样一个如此可靠的假身份的。一定有人帮助过他。

但现在不是考虑这个问题的时候。一个新案件，不能依靠任何假设。

她的手机响了，是她的"照片墙（Instagram）"应用程序发出的通知。除了在这短暂的两周时间里登录"脸书（Facebook）"和勉强维持的"领英（LinkedIn）"个人资料外，佐伊以前从未理会过社交媒体。现在她开始关注这些东西了。安德丽雅有一个"照片墙"账户，自从她搬走后，佐伊就创建了自己的账户，只是为了关注她的妹妹。她从未发布过任何信息，没有个人照片，她的个人资料名称是"____ZBentley"，而且她只关注安德丽雅一个人。

她的妹妹告诉她这很恐怖，但佐伊并不能真正理解她这么说的原因。

她点击通知，应用程序打开，显示了安德丽雅的新帖子。她发了一个自拍照，并在自拍照中加了文字，以纪念过去住在"大姐姐"公寓里的日子。佐伊眨了眨眼，认出了背景中的海报，这是她最喜欢的电影《移魂女郎》中薇诺娜·瑞德的脸部特写。她在看完电影的第二天就买了这张海报，挂在自己的床头。现在，房间里其他的家具都成了焦点——熟悉的桌子、旧床头灯和小床头柜。照片中的安德丽雅微笑着，但她的眼睛充满忧伤；她看起来更年轻了，几乎如同孩子一般。佐伊突然感到思乡之情一下子涌上心头。

她本想以一句尖刻的评论回应，指出安德丽雅现在本可以睡在"大姐姐"的公寓里。但她没有，反而写下了"想念你"，并添加了一个心形符号。

在过去的两个星期里，她们几乎没有交谈过。佐伊不清楚为什么会这样。她们为数不多的几通电话都不是很顺畅，安德丽雅试图寻找谈话的话题，佐伊努力不让谈话完全中断。这是因为格洛弗曾经袭击过安德丽雅吗？与佐伊的谈话是否会让她妹妹想起那个夜晚，或者那些谈话实际上让佐伊想起了安德丽雅是如何因她而差点儿被强奸和谋杀？

也许两种原因多多少少都存在。

她放下手机，打开案件文件夹。

奥唐纳给他们发了一份当前案件档案的电子版，佐伊打印了初步报告和八张犯罪现场照片。她把这些照片一张挨着一张地摆成两排，每排各四张。两张凯瑟琳·兰姆的照片，盖着毯子和不覆盖毯子的尸体照片；一张满是血脚印的照片，一张卧室的照片，一张洗手间的照片，洗手间的水池里也沾满了血迹。

这是一种野蛮的行为——两名男子闯入一名女子的公寓，强奸并谋杀了她。乍一看，这一切都是暴力所致。当然，这就是凯瑟琳的经历。

但仔细一看，她发现这并不是一个单一的行为，而是一系列的行为。这些行为都是由凶手中的同一个人发起的。

是谁选择了受害者？是谁策划了这次袭击？是谁用针刺了她？每种行为都能透露出攻击者的一些情况。通常情况下，犯罪的细节交织在一起，会构成一个人的形象。但在这里，她首先不得不煞费苦心地将这些行为分成两类。

小时候，她有一个很喜欢的智力拼图盒。盒子里有两组不同的米老鼠拼图，每个拼图都有一百块。这两组拼图分别是《打高尔夫的米奇》和《滑雪的米奇》，这些碎片是混在一起的。在开始组装拼图时，她总是要先把它们分成两堆，之后才能真正开始拼。拼图的背面有标记，所以她可以把它们分开。X代表滑雪的米奇，圆圈代表打高尔夫的米奇。

从某种程度上讲，这里的情况也与儿时拼拼图的场景类似。如果不知道每个凶手在凯瑟琳谋杀案中扮演的角色，她就无法对凶手进行分析。她必须先对他们进行分类。不幸的是，没有任何标记可以将他们区分开来。

她拿起她的笔记本，开始列清单。

与受害者相熟

选择受害者

计划

针孔伤口

强奸

通过勒死来谋杀

盖上受害者尸体

带血的脚印

战利品

项链

她看了看清单，设想了一下这两个杀手以及他们之间的关系。有几起谋杀案是两名凶手结对作案的。有些凶手"浪漫地"组合在一起，关系平等地作案，但她怀疑情况是否果真如此。在本案中，凶手在行动上存在太多不一致的地方。一个凶手占主导地位，另一个凶手则是他的追随者。这是联合作案的暴力罪犯之间一种常见的融洽关系。她将不明嫌犯命名为不明嫌犯阿尔法和不明嫌犯贝塔。

这个计划是阿尔法策划出来的。可能不仅仅是计划，而是整个想法。他是主导这个计划的人，也是他选择了受害者。但这并不一定意味着他就是认识受害者。也许另一个凶手，贝塔，是那个熟悉受害者的人。阿尔法通过选择受害者，来说服他的伙伴贝塔，或是以此来操纵他。

尽管她决心把对格洛弗的假设放在一边，但她还是无法避免地注意到尸体的姿势和勒痕与格洛弗谋杀的受害者——那些在被强奸时被他残忍勒死的妇女相同。谋杀和强奸是同时发生的。凶手通过这种行为，彰显对权力和统治地位的痴迷。这也是阿尔法所为。

她咬着嘴唇，圈出了她认为是阿尔法做出的每一个行为。在背景音乐中，阿黛尔正用轻柔的嗓音唱着"If you're gonna let me down, let me down gently"。（如果你想放弃我，请温柔地放弃）某人轻轻地将她放下。有人拍了拍她的肩膀，让她感到一阵烦躁。她讨厌在歌唱到一半时被打断。她暂停了音乐，转头看向泰腾："怎么了？"

他咧嘴一笑，迎着她尖锐的语气挑了挑眉毛说："奥唐纳刚刚打电话给我，法医用显微镜做了那件事。"

"哪件事？"佐伊反复点击她的笔，敲出暂停的歌曲中将要播放出来的节奏。

"你知道我在说什么，检查唾液。"

"荧光光谱学。"

"没错。"

"那用不着显微镜。"

"你有兴趣听听她发现了什么吗？还是想继续嘲笑我的无知？"

"她有什么发现？"佐伊一边说，一边用她的拇指不停地敲打着节拍，虐待着她的笔。

"大的穿刺伤口周围有人类唾液的痕迹。你说得没错。"

佐伊点点头，拇指停顿了一下，说："他吸了她的血。"

"看起来就是这样。她说他们还在等待毒理学报告，无法确定他有没有用针头给她注射东西。"

"啊哈。"佐伊翻到她的单子，划掉了"针孔伤口"，在旁边写下"吸血"两个字。

"听着，我饿了。你想去吃晚饭吗？"

"一会儿再去，"她心烦意乱地咕哝着，"我正忙着呢。"

"不要等太久，不然我可能会吃了我的键盘。"

泰腾前脚刚离开，阿黛尔就重新开始唱歌，但佐伊没有加入她，甚至没有加入歌里的合唱。吸血——其中一个凶手吸了受害者的血，也许还抽了一些血供以后饮用。

仅仅饮用人血并不是精神错乱的明确标志，这一点可能与人们可以理解的想法恰恰相反。这种行为表明了一种非常极端、有违传统的幻想。有一些转向食人或饮血的人，从医学上讲并没有精神错乱。而且，这些人当中并非所有人都是杀人犯。

如果你跟心理学界的人交谈，他们要么告诉你雷恩菲尔德综合征是虚构的，要么说它是真实存在的，莫衷一是。肯定存在一些人饮血的案例，但许多心理学家声称这只不过是精神分裂症等其他疾病的并发症，而不是一个真正的独立疾病。虽然佐伊并不确定哪种说法更为流行，也不清楚有多少关于雷恩菲尔德综合征案例的记录，但她认识亚特兰大的一位研究人员，他在过去七年里一直在研究这一现象。

她在网上找到了他的电子邮件地址，并草拟了一条简短的消息。她解释说，她可能在一次调查中遇到了一个临床吸血鬼症的案例，并询问他是否知道芝加哥有人患有这种疾病。

发完邮件，她又回过神来继续研究清单。到目前为止，她把所有的攻击行为都归咎于不明嫌犯阿尔法。可能不明嫌犯贝塔只是一个旁观者，所有事情都是由阿尔法做的，但佐伊对此表示怀疑。盖住尸体、给她戴上项链的那个人，和拿走战利品的那个人不是同一个人。前者是一个感到内疚的人。这意味着他所做的不仅仅是在一旁观看。他参与了这起谋杀。这可能意味着他就是那个喝了血的人。

艾尔伯特曾告诉他们，凯瑟琳总是戴着那条银项链。这表明给受害者戴项链的人是与她相熟的人。他看到项链不见了，就去找到它，然后给她戴上。

她不断对清单进行分类，偶尔瞥一眼照片，试图看到任何能支持她的推论的迹象。最后，她列出了两个小清单。

阿尔法——选择了受害者，计划，强奸和谋杀，战利品

贝塔——熟悉受害者，饮血，覆盖受害者尸体，项链

那么关于这些带血脚印的情况呢？她查看案情报告，发现卧室里有多个9码鞋的带血脚印，贝塔可能从卧室里拿走了项链。所以，大多数带血脚印来自贝塔。是他踩到了血里，然后又在尸体周围来回踱步了好几次。

在整个公寓里发现了另一个鞋码的部分脚印。阿尔法注意到他踩了受害者的血，擦了擦鞋底。他小心、冷静，非常介意自己留下的痕迹。阿尔法可能是个惯犯。贝塔则是第一次。

她的胃咕噜作响。她饿坏了，于是暂停音乐，摘下了耳机。

"嘿，"她对隔壁的隔间喊道，"你还饿吗？"

"必须……吃点东西了。"泰腾粗声粗气地说，听起来像是一个在沙漠中干瘪的人。

佐伊翻了翻眼睛。"好吧，好吧。但是我们得找个好地方。我需要换个环境。"

第九章

男人的肚子是一个变化无常的东西。

这场关于食物选择的谈判持续了很长时间。泰腾不得不承认这主要是他的错。他突然想去汉堡店，拒绝了佐伊的好几条建议，因为这几条建议中都不包含汉堡。于是，佐伊很生气，要求他必须做出决定，这时他又不想去吃汉堡了。

他们最终来到了一个名为 Niko's Taverna 的地方，这家店在网上评价不错，甚至有一篇打出五星的评论："在这里与我心爱的托尼订婚了！！！他是我一生的挚爱！希腊烤肉串很不错。"

这个地方很拥挤，但远处的拐角有一张两人空桌，窗户面向熙熙攘攘的街道。里面很吵，夹杂着几十个人的谈话声和厨房用具的叮当声，头顶上的扬声器播放着布祖基琴演奏的欢快的背景音乐。

他们的侍者是一个胖乎乎的人，头发呈灰色，胡子浓密，咧着嘴大笑。他建议他们尝尝"情侣特价"，这是一种小菜，足够两个人吃。尽管不是夫妻，但他们立刻同意点这道听起来很完美的菜。泰腾还为自己点了一杯茴香烈酒。

佐伊说："音乐快把我逼疯了。"

"我觉得很好。"泰腾咧嘴笑道，"非常有气氛。"

佐伊摇了摇头。他们沉默了一会儿。音乐还在继续播放。在附近的一张桌子上，一个女人笑了起来，声音很大，听起来有点像鬣狗。在餐厅的另一边，一群人唱着"生日快乐"，这首歌与音乐格格不入。泰腾希望这里的食物不要让他们失望。

"马文怎么样？"佐伊问道。

泰腾叹了口气。他的祖父一小时前给他发了一条神秘的短信："我们有钢锯吗？"虽然泰腾确实有一个，但他本能地回答没有，然后他收到了第二条短信："骗子，我找到了。"泰腾感觉到与祖父互动时总是伴随着轻微的恐慌，他仔细地问马文要用钢锯做什么。他的祖父没有回复，也没有接泰腾的三个电话。泰腾仍在考虑是否让邻居确认马文没有因操作失误而锯断自己的手。

"他很好，"他说，"他忙得不可开交。他有一个低俗的读书俱乐部，每周聚会两次，活动地点主要是在我的公寓里。他和十几个女人参加。他还在努力学习吹口琴，我怀疑他这样做是为了吓唬我的猫。噢，他还在练太极。"

佐伊说："练太极是个好主意。这真的是很好的锻炼，而且很有冥想性。"

"他不是那样做的。"泰腾咕哝着。马文打太极的时候，就好像他是李小龙，在和一群挥舞双节棍的恶棍搏斗。"你打过太极吗？"

"没有，但安德丽雅练习过一段时间。整整一年，她每天早上都会打太极。"

"她还好吗？"

"她挺好的，只是我妈妈可能快把她逼疯了。"

泰腾点了点头。这几乎涵盖了他们与工作无关的生活。

他知道佐伊最终会利用谈话的间歇来开始谈论这个案子，他想引开这个话题。一方面，佐伊对罗德·格洛弗的关注在过去一周近乎痴迷。她几乎把醒着的每一个小时都用来思考凶手，分析他过去的行为，试图预测他的行为。随着他们返回匡提科的最后期限越来越近，她每天都变得越来越疯狂。另一方面，谈论谋杀往往会破坏他的胃口。

"那么你觉得奥唐纳警探怎么样？"他问道。

佐伊说："她看起来很能干，但她不喜欢我。"

"你为什么这么说？她似乎对你的意见很感兴趣。"

"我跟她说话时，她很不耐烦。她多次打断我，每当我发表意见时，她的语气中都有些恼火。"

"我认为这只是她的风格，她对我也是这样。"

"好吧，她的风格让我觉得她不喜欢我。"佐伊耸了耸肩。

泰腾正要问另一个问题，这时给他们上菜的服务员出现了，手臂上拿着十几个盘子，没用托盘，这在拥挤的餐厅里似乎很危险。只要走错一步，一个无辜的就餐者就会被一碗酸奶黄瓜酱浇个满头。他们的桌子很小，需要一定的俄罗斯方块相关知识才能把所有的盘子都放上去。服务员一边上菜，一边报着菜名。"希腊红鱼子泥沙拉，这是鱼子。这些是洋蓟加土豆和柠檬。葡萄叶加酸奶……"一个个菜名被报了出来，一直摆到桌子被完全盖住，服务员就离开了。

佐伊似乎有些不知所措。她总是仔细考虑自己怎么吃东西、先吃些什么，以及把哪些食物放在一起吃。似乎存在太多的可能性，使她的大脑暂时短路。

泰腾把叉子插在其中一个塞满葡萄的叶子上，咬了一口。

他们说，气味会引起回忆，但泰腾不知道味道也会有同样的效果。突然，他回到了威肯堡，坐在桌子旁，他的母亲试图再次教他如何握刀，她的语气十分恼火，而他的父亲则告诉她"别管这孩子了"。

"我妈妈做的葡萄叶馅就是这样的。"他说，嘴里快塞满了。

佐伊想办法摆脱困境，现在把一片烤花椰菜蘸进了一碗酸奶黄瓜酱里。"我不知道你母亲是希腊人。"

"她不是希腊人，但她喜欢尝试新的食谱。她的厨房里有一个架子，上面有几十本食谱。"泰腾笑着说，"他们有这些令人惊叹的照片，我过去常常翻看它们，想象它们的味道。"

"这真的很棒！"

泰腾哼了一声："对一个孩子而言并非如此。我的大多数朋友晚饭吃牛排和炸薯条。我们吃北京烤鸭或炸豆丸子。我过去常常乞求我妈妈做一些普通的东西来换换口味。"

佐伊将叉子上的西红柿片和一片洋蓟结合起来，其专注程度就像核物理学家处理铀一样。"孩子们的味蕾几乎是成年人的三倍，所以他们体验到的味道不同，更喜欢简单的口味。"

泰腾笑了："无所谓了，我只是想吃一些薯条。"

佐伊咬了一口，闭上眼睛，用鼻子呼吸。泰腾嘬了一口茴香烈酒，眼睛注视着她，一时之间竟无法将目光移开。当她的眼睛睁开时，佐伊总是像一个致命的捕食者，随时准备扑过来。但当她闭上眼睛时，她的整张脸突然变得如此精致，几乎像是一个瓷娃娃。

"你祖父母家的食物怎么样？"她问道。

泰腾的笑容有些动摇："嗯，这本应该让我高兴的。土豆泥、烤牛肉、汉堡包、薯条。我奶奶每个周末都给我买香草冰激凌，因为她知道这是我的最爱。当然，作为一个小捣蛋鬼，我的反应是告诉她，她做得很糟糕，我妈妈以前做得更好。"

"嗯，你失去了父母，可能生活得也很苦吧。"

"这也没有什么好抱怨的。"

她耸了耸肩，说："我没说这是抱怨的借口，但你不应该为此感到内疚。"

"谁说我感到内疚？"泰腾问道，语气变得生硬、愤怒，"如果我真的感到愧疚又能怎样呢？"他拿起叉子，注意到自己的手在颤抖，就放下了。然后，他尴尬地把手掌平放在桌子上。

她惊讶地瞪着他，然后把手放在他的手上。她的皮肤又热又干，彼此触碰到的瞬间使他的手不再那么颤抖。"你应该吃点洋蓟，真的很好吃。"

泰腾眨了眨眼，盯着盘子。盘子里只剩下最后一块洋蓟，其他的显然已经都被佐伊吃掉了。"我真的不饿，谢谢。"

"你应该试试，"佐伊声音紧张地说，"这会让你感觉好一些。"

"好吧。"他拿起叉子,把它插在剩下的洋蓟里。

"蘸点酸奶黄瓜酱,这样才最好吃。"她指着碗,似乎是在怀疑他是否有能力分辨她在说什么,"只要蘸一下就可以了。"

他顺从地蘸了酸奶黄瓜酱,然后将洋蓟放进嘴里。"味道不错。"

看到他开始咀嚼,佐伊似乎放松了下来。他情不自禁地露出了微笑。他吞下了洋蓟,这真的非常好吃。

"我十几岁的时候经常对妈妈说一些可怕的话。"过了一会儿,佐伊说道。她叉起一个烤茄子。"从来没有对我爸爸说过那些话,只针对我妈妈。我们过去经常吵架,每当这个时候爸爸会工作,安德丽雅会躲在她的房间里,我们只是……"她摇了摇头。

"你们争论什么?"泰腾问道。他心不在焉地把一块面包蘸到酸奶黄瓜酱里。佐伊几乎从不谈论她的父母。

"啊,任何事情。我选择的衣服,我读的书,我看的节目,我为什么不多出去……她会用这种非常微妙的语调开始每一次争论。"佐伊使劲握住叉子,眯起眼睛,"啊,现在想想……'佐伊,你为什么不放下那本书去见一个朋友呢?'"她用甜美、高亢、抑扬顿挫的语调复述了最后一句话。

"大多数父母都喜欢孩子读书。"

"我想她不满意的是我的品位。连环杀手传记、关于法医学的书……"佐伊目光冷淡,"还有一些热情洋溢的浪漫小说。"

"真的吗?"

她吃下了茄子。"你知道,我还是一个十几岁的孩子。然后我会说一些讨厌的话，只是为了让她不再继续以一种把我当成一个白痴的口吻来跟我讲话。她会生气并尖叫……"她在旋转着叉子。"一切都从那里开始走下坡路了。她让我很生气。"

"我想大多数青少年都会生父母的气。"

"不只如此，我还责备他们。因为格洛弗，因为他们不相信我，因为他们那天晚上把安德丽雅和我单独留下。"

当格洛弗跟佐伊做邻居时，她发现他就是梅纳德的连环杀手。她告诉了警察和她的父母，但没有人相信她。不久之后，他来找她。她把自己和妹妹锁在房间里，格洛弗在门外咆哮着，试图破门而入。最后，另一个邻居报了警，他逃走了。泰腾甚至无法想象这个创伤在佐伊成长过程中带给她多么大的影响。

佐伊的声音变得越来越轻，几乎成了窃窃私语，泰腾俯身尽力透过音乐倾听着她说的话。"后来我责备了他们。"

"之后发生了什么？"

她沮丧地笑了笑："没什么，格洛弗消失了。我告诉了警察，但没有人认为他是凶手。他们找到了一个看起来更'靠谱'的嫌疑人。他们认为我只是被格洛弗吓坏了，然后他就跑了。消息后来传开了。那是一个小城镇。我就成了那个把邻居赶走的疯女孩。孩子们开始在学校里躲着我。我的意思是，我仍然有一个好朋友。但我想她的父母一定告诉过她要离我远一点之类的。"

她咬着嘴唇，眼睛看着远方。泰腾心头一紧。

"无论如何，我把这一切都归咎于我的父母。"佐伊说，她的声音提高了很多。她摇了摇头。"青少年都这样，对吧？"

"是的，"泰腾轻声说道，"青少年们。"

"你知道我在想什么吗？"佐伊说。

"什么？"

"我觉得我可以吃点甜点。"

第十章

保持控制带来的结果就是压力不断上升，他一直都很清楚这一点。失控这个词很有误导性。他并没有像牛奶或燃料那样失去控制。[①]相反，小心翼翼维持的控制可能会在体内形成巨大压力的作用下而最终破碎。人们是行走的压力锅，如果他们没能时不时地放出一些蒸汽，他们就会爆炸。

通常情况下，控制者在睡觉时会释放蒸汽。但这在最近并没有发生。他不得不承认，以前他通过药物调控压力。虽然这些药物是有害的，甚至有毒的，但把它们冲进厕所或许有点过于草率。

他最近感觉到压力越来越大。当他与人交谈时，他的皮肤会刺痛，有时他似乎处于尖叫、流泪，甚至把头发抓成一团的崩溃边缘。人们能看到压力在他体内慢慢堆积起来吗？也许他咬牙切齿的时候太用力了，或者他的皮肤已然发红了？

他不能让这种情况继续下去。他需要采用一些方法来减轻压力。

---

① 把控制感消耗殆尽，与一点点喝完牛奶或消耗完燃料是截然不同的，因为它可以在一瞬间发生。

答案就在那里。喝凯瑟琳的血的时候才是他最平静的时刻。他的冰箱里不是还有几瓶吗？

它们本不应该只供他自己饮用，但现在是紧急情况。

他飞快地穿过客厅，匆忙赶到厨房。他不能和丹尼尔说话，现在不行，他已经处在爆炸的边缘。他首先要做的是直接拿走血液。

他在手摸到冰箱门还未打开时停了下来，在冰箱门发出的光线下眨着眼睛。只剩下最后一小瓶了，怎么办？

朦朦胧胧的记忆向他袭来。白天，他已喝下了四瓶。他回忆起当时的感觉：他的手颤抖着，拧开瓶盖，匆匆吞下三口，咸金属的味道很美妙。他怎么会忘记呢？

他伸手去拿最后一小瓶，然后停在了那里。这瓶不是给他的。

他应该和丹尼尔谈谈，告诉他，他们需要更多血液吗？他已经能想象出他的朋友失望的表情了。丹尼尔会问他是不是把所有的血都喝光了。他该怎么回答呢？

他必须自己去搞来更多的血液。他穿上外套，悄悄地溜出了房子。丹尼尔无论如何都不会注意到，他对他的频繁外出早就习以为常。

走到外面，使他感觉更糟糕。房屋里才是他的主场。而在外面的街道上，他就暴露了。街边房子的窗户亮着灯，如同黑暗中有一双双黄色的眼睛在注视着他。他的邻居可能站在那些窗户后面，他们会发现他有些不对劲；他们一定看到了奇怪的事情。他克制住匆忙返回室内的冲动，转而在街上大步流星地走着，让自己看起来正常一些。在匆忙走路的人和惊慌失措的人之间有一条细微的界限。他不想给看见他的人任何怀疑的理由。

起初，他看到街上只有一个人在遛一条凶猛的大狗，但当他走近购物中心时，街上已经挤满了人。他张开了鼻孔，闻到了那个味道。

血液的味道。

这些人中每一个人身上平均都有九到十二品脱的血液。这个数量让他感到头晕目眩。他想象着他的冰箱里有十五个啤酒瓶，都装满了血。当然，这并不现实。他不可能真正有效地把一个人的血液完全放空，然后收集起来。他只需要足够的血来让自己多活几天。

一个女人从他身边走过，身上散发着香水的味道。她试图掩盖住血液的气味，就像数百万年来猎物们一直在做的那样。但他没有被愚弄，仍然可以轻易地闻到掩盖之下的气味。一旦尝到了血的味道，他就会一直念念不忘。它无处不在。他小心翼翼地转过身，开始跟着她。她穿着高跟鞋，在人行道上轻轻敲打着地面。

他嘴里流着口水，大概跟踪了她五分钟，但始终保持着一定的距离。她回头看了一眼，立马加快了脚步。她注意到他了吗？他有些惊慌失措，愣在原地，而她已经走远了。

他生气地转过身，想要回家，然后喘了口气。

两个十几岁的女孩，不到十四岁，在街道的另一侧漫步。她们在聊天，有说有笑的。他能在车水马龙的臭味中闻到她们的味道。

这种味道更美妙、更新鲜，也更纯净。

血液如此纯净，他每天只需呷上几滴即可满足。

凯蒂后悔吃了巧克力蛋糕。当然，梅尔也吃了一块蛋糕，但从梅尔的样子来看，她每天都能吃得起蛋糕。凯蒂知道自己没有那么幸运。蛋糕对她而言，吃完一次，不知道下次吃是在什么时候。

值得一提的是，这块蛋糕甚至不是很好的巧克力蛋糕。它太甜了，还有点干，现在她觉得有点恶心。

梅尔一直在谈论咖啡馆里那个可爱的服务员。凯蒂点了点头，在适当的时机笑了笑，尽量不让自己呕吐出来。

"让我们看看有没有人评论我们的照片。"梅尔拿出手机。她们在梅尔的"照片墙"账户上发了一张以蛋糕为背景的自拍。在这张自拍中，蛋糕看起来很不错，尤其在梅尔使用了路德维希滤镜之后显得更加好看。梅尔在所有发出照片上都使用了路德维希滤镜。她把这个词当动词用了——"我刚刚路德维希了一下"或"让我们路德维希一些"。

"二十七个赞，"梅尔满意地说，"帕特说她很嫉妒，但我告诉她我们要走了，她说天气太冷了。"

凯蒂目光掠过梅尔的肩膀凝视着手机屏幕，她已经为自己摆姿势拍照感到后悔。和梅尔一起自拍只是暴露她所有缺点的另一种方式——奇怪的耳朵，圆胖的脸颊，还有一口大门牙。无论是否添加路德维希滤镜，梅尔的照片总是完美的。就算把世界上所有的路德维希滤镜都添加进来，都无法让凯蒂变得和她一样美丽。

梅尔点击手机，回复着评论，而凯蒂的注意力则开始转移。街上几乎空无一人，只有一个人走在她们后面。他是不是跟踪她们有一段时间了？她试着回忆起第一次听到他的脚步声是在什么时候。她偷偷向后瞥了一眼。那是一个男人。她一转头，他们四目相对。

她连忙转过身来，心脏怦怦直跳。这家伙看起来很古怪。他步履蹒跚的样子、他的姿势、他的脸，都有点不对劲。

"哦，快看。"梅尔笑着说，"现在她说——"

"我觉得后面那个人在跟踪我们。"凯蒂低声说道。他大约只距离她们十码开外。他能听见凯蒂的声音吗？

梅尔突然回头看了一眼。

"不要回头看！"凯蒂嘘了她一声。

"他只是在走路，"梅尔漫不经心地说，"凯蒂，这是一条大街。人们走在大街上很正常啊。"

然而，现在她们两个人都不说话了，紧张地往前走着。这里几乎没有任何车辆和人流。他是不是在加快步伐？他肯定在加速。他正在一点点地追上她们。街道上真的再没有其他人了。这怎么可能呢？已经这么晚了吗？

梅尔抓住凯蒂的手。她试图微笑，但她嘴唇颤抖着，眼睛睁得大大的。她们一言不发，都开始暗暗加快步伐，呼吸变得越来越急促。她不敢回头，但她听到了他的脚步声，甚至听到了他的呼吸声。这声音深沉，刺耳，而又不太正常。

她们现在已经跑起来了。梅尔回头看了一眼，尖叫了一声。凯蒂觉得她的心好像卡在了喉咙里。晚上的空气很冷，她大口吸了一口气，感到肺部一阵灼热。

然后，她看到了街对面的巴迪药店。她拉住梅尔的手，拽着她的朋友穿过马路，穿过停车场，穿过玻璃门，径直进入了药店。幸好玻璃门没有上锁。她们一进门，凯蒂就砰地关上门，透过玻璃向外张望。她的呼吸使玻璃上立马结了雾，让人无法透过玻璃来看清黑暗的街道。

"嘿，你们到底怎么了？"巴迪从柜台后面问道，她的脸因愤怒而扭曲，"你们想把门弄坏吗？"

梅尔抽泣着，她的裆部有一块淡淡的污渍。凯蒂擦了擦玻璃，向外张望。外面并没有人。

他低下头往家走，心脏怦怦直跳。他脑子里乱七八糟的，很难集中注意力。在他离家越来越近的时候，他一直在想象着那两个女孩。他的拳头紧握，又慢慢松开。对于血液的渴望正在他的内心深处啃噬着，蒙蔽着他的思想，使他的动作变得笨拙，蹒跚而行。他需要回家，让自己处于控制的状态——

一个怀里抱着婴儿的女人朝他走来。他能闻到婴儿的气味，像花蜜一样甜。他不记得自己要去哪儿了。婴儿不能反抗，不能跑，他所需要做的就是在离孩子足够近的时候一把抓住，带着他跑到没人的地方。他知道，只要跟这个孩子单独待上几分钟，他就会好起来的。

那个女人从他身边走过，离他只有几英尺远，差一点点就能抓住婴儿了。

只差一点。

但他及时阻止了自己，仔细思考着这整件事情。这个女人可能会跟他打起来。她会知道他长什么样。他住的地方离此处也不远。警察很容易就能找到他。

他转过身，看着她消失在黑暗中。他这是怎么了？他本应该控制住局面的。

他要回家和丹尼尔谈谈，他一定知道该怎么办。

但回家的路怎么走？他暂时迷了路，周围看起来很陌生。他有些惊慌失措，呼吸浅而急促，整个人头晕目眩。他张开嘴，正要大喊大叫，这时一辆车从他身边开过，按了按喇叭。他眨了眨眼，吓了一跳，街道变得清晰起来。他当然知道自己在哪里。他住的地方离这里不远。

就在街对面有一家他非常熟悉的商店。他以前曾无数次被这家店吸引，在橱窗前驻足停留。

道路的右侧有一家巨大的水族馆，里面满是闪闪发光的鱼，水族馆的蓝光在水中荡漾着，照亮了它左边的几个笼子。一个笼子里有一对白兔，另一个笼子里是几只仓鼠。还有一个很大的笼子，里面有四条拉布拉多幼犬。

他曾经来过这家店，想买两三条小狗，但当柜台后面的女孩问她是否能帮他时，他有些不知所措。现在柜台后面没有人。除了水族馆的蓝光，商店里一片漆黑。

这家店矗立在一条小巷的角落里，靠近小巷的一侧有一个小窗口，但仍然足以让一个成年男子爬过去。

就算用一块砖头也能把它打碎，在车流声中几乎听不到玻璃的碎裂声。

在丹尼尔开门时，他已经开始清理自己的房间了。丹尼尔的眼睛睁得很大。

"这里到底发生了什么？"丹尼尔问道。

处于控制状态的人举起双手，做了一个示意他放心的手势。"这只是仓鼠。"他说。

丹尼尔的脸因厌恶而变得扭曲。"仓鼠？"他的眼睛扫视着一桶肥皂水，地板上的血迹，凌乱的切肉刀和砧板，骨头和皮肤碎片，"你做了什么？"

"我只是需要一些血液，用来治我的病。这没什么大不了的。"

"大半夜的你从哪里弄来的仓鼠？有夜间配送仓鼠的服务吗？"

"我闯进了一家宠物店。"他的声音真真切切，他重新控制了一切，"它们的笼子很小，很容易拿。"

"在哪里？"丹尼尔的脸突然变得苍白，"你在哪里做的这件事？"

"离这里不远有一家宠物店。"

丹尼尔用手掌猛击了一下门，这声音使处于控制状态的人一阵畏缩。这是他第一次看到丹尼尔发脾气。他总是那么和蔼可亲，令人愉悦，这是他最棒的地方之一。丹尼尔此刻一言不发，转身离开了房间。

他决定留给丹尼尔一些空间，而他自己则专注于清理血迹。当他喝完血后，桶里的水表面上漂浮着一簇簇肮脏的粉红色毛皮。他把菜刀和砧板拿到厨房，开始在水槽里清洗。他感觉到丹尼尔已经走进房间，看着他做这些事。

"听着，"丹尼尔说，他的声音柔和，"你不能这样做。警察正在追查我们。你不能闯进你家附近的宠物店，懂吗？"

"我不得不这么做，"他开始说，"我需要——"

"我知道你需要什么。我明白。你不要单独行动，好吗？你来找我。我们一起去，你懂的。"

"当然，但我需要一些血，能快速获得的血。它们只是几只仓鼠。这没什么大不了的。"

丹尼尔似乎仔细考虑了一下，然后低下头。"与凯瑟琳有关的整件事给你带来了太多压力。我……对不起。你不应该为我冒险。我应该去自首。"

"不！绝对不可以！"他吓了一跳，"你不能那样做。我很好……我真的很好。"

"你显然不太好，但我能理解你的遭遇。警方调查给你带来了很大的压力，难怪你会有这种无法控制的冲动。"

"我发誓再也不会发生这种事情了！我又重回控制状态了。"

"是吗？"

"这只是一次性的事情，确实很愚蠢。以后如果我有任何冲动，我会马上来找你。"

两人陷入了短暂的沉默。他洗完了切肉刀，双手颤抖着，把它放在一边晾干。

"我们还会再去狩猎，"丹尼尔突然说道，"我和你一样需要。"

"什么时候？"他感到一股如释重负的浪潮在冲刷着他。他们不再谈论丹尼尔自首的事。

"很快。我需要你明天在回家的路上买一些东西。"

"什么东西？"

"白色油漆和一把刀。方便的话，再带一些蜡烛回来。"

"这是做什么用的？"处于控制状态的人问道，他心中感到很困惑。他们从来没有讨论过这个问题。

丹尼尔说："我们下次需要它，你能做到吗？"

"能，但是——"

"很好。"丹尼尔仔细地端详着他，然后似乎做出了决定，"把东西拿来，我们明天晚上去狩猎。"

第十一章

2016 年 10 月 17 日，星期一

　　那天早上，奥唐纳决定不去警察局。凯瑟琳·兰姆的尸体已经被发现四十八个小时，她的队长罗伊斯·布莱特认为这个数字赋予了一种神秘的意义。当一宗谋杀案没能在四十八小时内告破，他就会召集指派的警探来开会。围绕这个令人敬畏的四十八小时开展的会议可能需要持续两个小时，从而将本来就令人敬畏的四十八个小时变成了五十个小时。这次会议的主要内容通常是一堆建议和威胁，以及那些关于过去的偶然故事。

　　她可以不参加会议，这也不会对她造成任何影响。她不可能永远躲着他，但她希望在他把她逼入绝境之前能找到一条明确的线索。帕特里克·卡朋特似乎很可能掌握着这条线索。

　　当她走进西奈山医院时，看到格雷探员和佐伊·本特利已经在大厅里等着她了。她看了一眼时间——九点零五分。必须把这件案子交给联邦调查局的人来办，因为他们很准时。

　　"对不起，我迟到了。"她走了过去，"路上堵车了。"

　　"没关系的，"泰腾说，"你在电话里说帕特里克·卡朋特想

在这里见我们？"

"他的妻子在这里。"奥唐纳领着他们进了电梯，"他问我们是否可以在这里跟他见面，这样她就不会独自待太久。我想这可能会让他更愿意配合我们的调查。"

他很可能还没有告诉妻子凯瑟琳被谋杀的事，以免让她感到不安。如果是这样的话，他就会想要尽快摆脱警方，而最好的办法就是如实回答警方的问题。希望在这个过程中，他提供一些人的名字。

"你以前跟他谈话时，他是不是不太愿意合作？"佐伊问道。

"在我开始询问会众情况之前，他倒还是挺配合的。"奥唐纳走进电梯，其他人紧随其后，"然后，他开始谈论侵犯隐私和破坏信任的问题。我希望你们晃眼的联邦调查局徽章能让他更加配合。"

电梯门通向一条长长的走廊，在他们的右边有一个护士服务站。一位下巴上长着一颗大痣的丰满护士正在热情高涨地装订着厚厚的文件。

奥唐纳走近这名护士。"打扰一下，我们在找卡朋特太太的房间。"

护士连眼睛都不抬，她叠了半沓纸，把它们放在订书机下面，然后用手猛击，好像在砸一只虫子。她检查了一下结果，满意地点了点头。"你们是她的家人吗？"

"我们需要和她丈夫谈谈。"奥唐纳向她展示了一下自己的徽章。

护士似乎有些不为所动。她又拿了一沓纸放在柜台上。当护士那只肉嘟嘟的手落在订书机上时，奥唐纳发现自己竟然退缩了一下身子。这显然是一个滥用文具的案例，但这不属于芝加哥警察局的管辖范围。

"309号房。"护士开始准备下一沓。

奥唐纳匆匆离去，另一个砰砰的声音响彻她的脑海。

309房间的门是开着的，但奥唐纳还是礼貌地敲了敲门。

"有事吗？"里面传来了一个令人愉悦的女性声音。

"卡朋特太太？"奥唐纳朝房间里瞥了一眼，"您好，我们想和您丈夫帕特里克谈谈。"

"哦，帕特里克几分钟后就到了。"女人说，"请进来吧。"

"我们可以在大厅里等他。"奥唐纳略带不安地说。

"那怎么可以？大厅里没有椅子，我这里还有一些饼干。快请进来，一定要进来等。"

他们三人拖着脚走进房间，坐在卡朋特太太床边的椅子上。

卡朋特太太面颊红润，长着栗色长发。尽管躺在医院的病床上，她还是穿着一件鲜绿色的衬衫，这件衬衫在她怀孕的肚子上略微隆起。她的脚上盖着医院里的毯子。在他们进来时，她放下了手里的书——《为你未出生的孩子祈祷》，冲他们热情地笑了笑。

"你们是在教堂工作吗？"她问道。

奥唐纳摸索着该如何答复她。"不是定期的，但我们对一些会众很感兴趣。"

卡朋特太太说："我觉得这真的太好了。"她显然误解了他们三人的"兴趣"。同样明显的是，奥唐纳先前的直觉是正确的——帕特里克并没有告诉妻子关于凯瑟琳的事。

"我叫莱昂诺。"

"我是霍莉，"奥唐纳犹豫地说，"这是佐伊和……泰腾。很高兴见到你。您知道帕特里克还要多久才能回来吗？"

莱昂诺说："他正在赶来的路上，但我耽搁了他，因为我需要他从家里带些东西过来。我在这里已经快一个星期了，你可以想象帕特里克为我来回奔波了多少次。这不仅仅因为他需要照看我们的房子，也因为我还要他去我父母那里帮他们洗衣服。帕特里克是一个了不起的丈夫，但洗衣服并不是他所擅长的，更不用说叠衣服了。"

"他真是太好了。"泰腾说。

"的确如此。他为我做了很多。我列的长长的清单让他有些抓狂。但是你能想象在医院的病床上待了整整一个星期是什么样的感受吗？如果没有护士看护，你甚至都站不起来。我需要自己的衣服，只是为了让我自己感觉自己一切正常。我本来是要回家的，但帕特里克坚持要我留在这里，继续接受观察。你知道男人在这种情况下会有多担心。至少我还有书，如果没有这些东西的话，我就会数地板砖。"她默念着低语，"一共有五十二块。"

莱昂诺显然很喜欢聊天，奥唐纳可以想象自己被困在那个房间里一个星期是什么感受，这会让她渴望身边有人陪伴。难怪她这么坚持邀请他们进来坐坐。尽管如此，奥唐纳还是忍不住想知道这个女人为什么需要实实在在的人来陪伴。对话完全是单向的，三个人本可以用盆栽植物来代替，而这也不会明显改变对话的情况。她现在正在谈一些关于她怀孕期间的事情。奥唐纳听得有些漫不经心。

"……这是我第四次怀孕。前三次怀孕都早期流产了。"她的声音微微颤抖，"但这一次又怀上了，一切似乎都很顺利！上帝会奖赏纯洁无私的灵魂，我们一直都在努力成为这样的灵魂。上周，当我开始流血时，我真的很害怕，我以为我会失去这个孩子。但当我们到医院时，我感觉到他踢了我，便松了一口气。他们说我必须在这里待一段时间。起初，我以为他们指的是几个小时——"

有人在奥唐纳身后礼貌地咳嗽，她转过身来。一名男子站在门口，肩上挎着一个粗麻袋，手里拿着一个大塑料杯。他穿着白色衬衫和黑色裤子，脸颊刮得很干净。但他的黑色头发显得有些蓬乱，眼睛肿胀充血。

"你好。"他紧咬着下巴。

莱昂诺说："我请你的同事们进来，在这里和我一起等你来。"

莱昂诺提到"同事"二字时，他的肩膀松弛了下来。他可能一直在担心他们会告诉她自己的身份，甚至更糟糕的是，他们把凯瑟琳的事也跟她讲了。

"好的。"他试图微笑，"我给你带来了你要的书和一管新牙膏。我希望我把你想要的衣服都带来了。"

"我相信你做到了。"她身体倚靠在一侧，似乎想要站起来。

他马上走到她身边，轻轻地把她扶回去，轻轻亲吻了一下她的额头，然后递给她一个塑料杯。"快喝吧，"他说，"鲜榨果汁。"

她笑了一声："每天都是你和你的鲜榨果汁陪着我。"她从吸管里啜了一口，有些难为情。"这次怀孕让一切都变得有点奇怪，你知道吗？"她朝奥唐纳微笑道。

"我记得，"奥唐纳说，"我怀孕的时候吃不下辣椒。我以前很喜欢吃辣椒。"

帕特里克转过身来再次看着他们："你们想去外面谈吗？"

"当然。"奥唐纳说。"很高兴见到您。"她对莱昂诺说。

他们走进走廊，走到一个僻静的角落。帕特里克转过身，逐个打量了他们一番。

"有什么进展吗？找到那个……"他眨了眨眼，把目光移开，"这是谁对凯瑟琳做的？"

"我们掌握了一些线索，"奥唐纳说，"卡朋特先生，这是联邦调查局的格雷探员和他的搭档本特利探员。"

"联邦调查局？"帕特里克有些目瞪口呆，困惑不解，"凯瑟琳的事跟联邦调查局有什么关系？"

"我们想再问你几个问题。"奥唐纳说道，并没有理会他的询问。

"你们需要我做什么？"

"我们能再回顾一下你上次和凯瑟琳谈话的内容吗？"奥唐纳问道。他们以前在电话里谈论过此事，但她想在他们谈及此事时观察他的面部表情。

"当然。嗯……大概在三天前的中午。凯瑟琳打电话给我，说她病了，不想去教堂。她想知道我是否可以代班，见一些有咨询需求的会众。"

这与凯瑟琳的通话记录相吻合。"你们经常会有替对方代班的情况吗？"她问道。

"这种情况确实会发生，并非经常如此。但有时会遇到紧急的咨询会议，或者我们两个当中有人身体不舒服。"

"那天有紧急会议吗？"

"我认为没有，她只是想让我代班。"

"你代班了吗？"

"我告诉她我会去的，但后来我妻子又开始流血了。"帕特里克瞥了一眼大厅，"我忘记了。后来我又想起来了，就打电话给凯瑟琳告诉她这件事，但她没有接电话。"

"你留在医院陪妻子了吗？"

"那天晚上的大部分时间我都在这儿。中间我出去给我妻子买了点东西。她睡着以后，我就离开了。"

"那是在什么时候？"

"我不记得了，大概午夜时分吧。"

"你能告诉我们凯瑟琳那天应该去见的人的名字吗？"

"不能，这是保密的。"

奥唐纳扬起眉毛说："向你和凯瑟琳咨询的成员中有没有人有过犯罪史？"

帕特里克的下巴绷紧了。"我不打算在这里谈论会众。我不会向你泄露他们的秘密，这样做会破坏他们的信任。"

"我不需要这些秘密，只需要给我们名单就可以了。"

"绝对不行！"

"卡朋特先生，我们在调查一起谋杀案。"

"没错。我们帮助过的人当中没有任何一个人会伤害凯瑟琳。我可以为他们每一个人担保。与其浪费你们的时间去追问和骚扰那些尽最大努力把过去抛在脑后的人，倒不如去找到那些真正做过这件事的人。"

佐伊清了清嗓子。"你具体怎么为他们担保？"

帕特里克皱了皱眉头。"我非常了解这些人。我曾花了几个小时与他们交谈，跟他们一起祈祷。这些人正在尽最大努力改过自新。"

"如何改过自新？"

"他们拥抱了上帝，想成为更好的人。他们——"

"他们中有人被判处过性侵犯罪吗？"佐伊问道。

帕特里克惊讶地眨了眨眼。"如果他们中有人是这样的话，他们已经承担了应有的惩罚，给了社会应有的交代。他们已经认罪并请求原谅。他们——"

佐伊说："凯瑟琳·兰姆在被杀害前遭受了强奸。无论是谁杀了她，这个人一定有前科。如果你的教会里有强奸犯，你需要让我们知道。他们可能已经认罪道歉了，但侵犯惯犯不会有任何改变。"

"每个人都可以改变。"帕特里克说。

佐伊耸了耸肩说："他们可能会害怕被抓，但他们仍然想去强奸。"

帕特里克叉了叉手，说："我不想再谈这个了。"

"卡朋特先生，"泰腾说，"人们普遍错误地认为警察的工作就是寻找罪犯。"

帕特里克瞥了泰腾一眼。"嗯，难道不是吗？"

泰腾说："当然是。但警察还需要确保嫌疑人在法庭上被判有罪。你告诉我们你为教堂里的每一个人担保。假设我相信了你，但当我们抓到这个嫌疑人，把他带到法官和陪审团面前时，你认为他的律师首先会说什么？"

帕特里克保持沉默。

过了一秒钟，泰腾自己回答了这个问题。"他会说：'我的当事人无罪，我知道谁有罪。这是与凯瑟琳·兰姆共事过的前罪犯之一。警方甚至不屑于与他们谈话，他们只是直接跟踪了我的当事人。'"

奥唐纳补充道："他们会围绕着这件事来推进整个案件。凶手就会因此逍遥法外。"

帕特里克犹豫了一下，说道："我会和兰姆牧师谈谈。我们一起决定我可以透露哪些内容。"

奥唐纳点点头："很好。"事情好歹有了转机。

"还有一件事。"佐伊把手机递给帕特里克，"你认识这个人吗？"

他盯着手机屏幕，眼睛微微睁大。奥唐纳瞥了一眼屏幕。这是一张男人的照片，他的手臂搭在一个女人的肩膀上。奥唐纳很容易看出照片中的女人和佐伊有几分相似之处。

"你认识这个人吗，卡朋特先生？"

他并没有回答奥唐纳的问题。但她心中已经有了答案。当他注视着这张照片的那一刻，答案就已经很明显了。

"是的，"他说，"这是丹尼尔·摩尔。"

奥唐纳几乎能感觉到他们三人之间突然爆发的能量冲击。

"他是你们会众中的一员吗？"泰腾问道。

"之前是，"帕特里克说，"不过，他几个月前就离开了。"

"你有他电话号码吗？或者你能找到他吗？我们真的很想和他谈谈。"

"没有。他从来没有给过我他的电话号码。"

"会众里有和他走得近的人吗？他有朋友吗？"

"我不知道。这是怎么回事呢？"

"丹尼尔·摩尔的真名是罗德·格洛弗。"佐伊从帕特里克手中拿回手机，"他因强奸和谋杀五名妇女而被通缉。卡朋特先生，他承认并请求宽恕了吗？他拥抱了上帝吗？"

"你错了。丹尼尔是个好人——"

"不，他不是。他是个虐待狂杀手，也是个演技高超的骗子。"

第十二章

佐伊几乎没有意识到她周围的世界在闪闪发光，朦胧而虚幻，盖过了人们的声音。

她觉得自己的脑袋像是着了火，各种想法、理论以极快的速度在她的脑海中闪现。她的注意力集中在头脑风暴上，甚至泰腾和奥唐纳警探和她说话也听不见。她意识到他们三个人正在走路，却心不在焉的，像条件反射似的跟着泰腾。

她现在确信罗德·格洛弗在这里，在芝加哥这座城市。他就是谋杀凯瑟琳·兰姆的两名凶手之一。他就是她早先代称为阿尔法的凶手。

这可能只是一个巨大的巧合，但佐伊显然不这么认为。作案手法和标志性特征已经指向他了。他肯定认识受害者这一事实佐证了这一点。

她凝视着车窗外面，模模糊糊地想他们将要驱车前往何处，此刻她的嘴里充满了一种苦涩的味道。她的心脏剧烈地跳动，是害怕，还是兴奋？也许两者兼而有之。她一直在寻找梅纳德连环杀手，时隔许久，她再次遇到了他所犯下的案件。如果她这次能抓住他。那么，安德丽雅从此就会安全了，而他也将会永远停止杀戮。

引擎熄火，车停下了，泰腾走了出来。佐伊待在车里，盯着挡风玻璃，思绪万千。几秒钟后，一阵猛烈的敲击声打破了她的注意力。泰腾敲打着窗户，看起来很是恼火。她打开车门想要走出去，结果被猛拉了回去。哦，对了，安全带没解开。她解开安全带，下了车，跟着泰腾走进了一个名叫"鹿角兔"的地方。

"我们现在在哪儿？"她问道。

"哦，你回过神来了，"泰腾说，"这是鹿角兔咖啡馆。我跟你说过我们要来这里，说过两次。"

"我们为什么要来这里？"佐伊跟着泰腾走了进去。鹿角兔咖啡馆的内部装饰色彩鲜艳，波普风格的绘画覆盖了整个墙面。墙上挂着几个有鹿角的兔子头——这很可能就是神话中的鹿角兔。

"奥唐纳说这是一个很不错的地方，离警察局很近，我们可以在那里聊一聊，你还记得吗？我们问你有没有异议，你盯着我们，口水顺着下巴流了下来。"

"我才不会流口水。"

"我真的告诉过你把口水擦干净。"

"肯定都是你瞎编的。"

奥唐纳坐在其中一张桌子旁，等候着他们的到来。泰腾走到咖啡师那里，点了一杯咖啡。

"你想喝点什么？"他问佐伊。

"我不知道，"佐伊不耐烦地说，"当然，咖啡听起来不错。"

泰腾付钱给咖啡师，然后他们坐在奥唐纳旁边。

"嗯，"奥唐纳说，"所以，你们在追查的罗德·格洛弗肯定认识凯瑟琳·兰姆，他很可能就是其中的一个凶手。"

佐伊说："这极有可能——这是肯定的。他认识受害者，一定对她产生了迷恋，或者可能是另外一位凶手对她产生了迷恋，格洛弗对此做出了回应。我需要仔细想一想，另外一名凶手也认识她，我认为他认识受害者——不，他肯定认识她。因为那条项链，格洛弗肯定不会在意，他实际上只会收集珠宝首饰作为自己的战利品。我曾经就见到过一次。所以，他并不会在意项链的事。把它戴在受害者脖子上的是另外一个人——不明嫌犯贝塔。这是他做的，而且——"

"佐伊，"泰腾说，"我们需要的是一次真正意义上的谈话。"

"这就是一次谈话。"

"不，这只是你在向我们吐露你的想法。"

看着他们俩这样，奥唐纳显然十分开心。这时咖啡师说道："奥唐纳，你点的咖啡好了。"

当奥唐纳去取她的咖啡时，佐伊试图将自己的想法组织成具体的句子：格洛弗的同伙也去了同一座教堂，格洛弗在那儿见过他吗？格洛弗信教吗？她回忆起小时候在教堂见过他一两次，但她从未注意到这一点。

"你的咖啡要凉了。"泰腾说。

"噢！"她惊讶地看到面前有一杯咖啡，便喝了一口。味道不错。

"我刚把你妹妹的事告诉了奥唐纳。"

"我妹妹的什么事？"

"她和格洛弗都在这张照片里，"奥唐纳指出，"我觉得这很奇怪。"

佐伊点点头。"是的，那就是格洛弗……你在喝什么？"

"热巧克力。"奥唐纳说着抿了一口。

佐伊目不转睛地盯着她的杯子。上面覆盖着鲜奶油和可可粉。佐伊突然觉得自己的咖啡变得毫无味道。她注意到奥唐纳还吃了一个三明治。天啊，她饿得要死。

"等一下。"她脱口而出，说着走到咖啡师跟前。她要了一杯热巧克力和一个叫作"半人马"的三明治。她站在柜台旁等着，试图整理自己的思绪，偶尔瞥一眼泰腾和奥唐纳。他们身体相互向对方微微倾斜，泰腾低声说着话。他可能会跟她讲格洛弗的过去，还有他跟佐伊的联系。

几分钟后，咖啡师把热巧克力和三明治递给佐伊。佐伊把它们拿到桌子上，坐了下来。热巧克力香气扑鼻，她浅尝了一下，奶油的香甜瞬间填满了她的口腔，让她感觉周围的世界变得更加清晰，更重要的是让她一扫头脑中的混乱状态，专注起来。她让热巧克力液体顺着喉咙进入身体，让她感觉整个人都温暖起来。

"我认为两名凶手都认识凯瑟琳·兰姆，"她说，"我们知道格洛弗认识受害者，但并不是他喝了她的血、用毛毯盖住了她的身体，或者把项链戴在了她的脖子上。而是另外一名凶手。我们可以叫他贝塔。"

"这是在假设格洛弗真的杀了凯瑟琳·兰姆。"奥唐纳说。

佐伊咬了一口三明治，要么是这"半人马"肉尝起来有点像火鸡，要么这就是一个火鸡三明治。"警探，在某些时候，你需要把注意力缩小到真正的犯罪嫌疑人身上。我不是在告诉你如何开展你的工作……"

　　"我只是想说，一切都还没有定论。"奥唐纳皱起了眉头，微微倾斜了一下头。

　　佐伊瞥了泰腾一眼，扬起了眉毛，确定他看到了奥唐纳的表情。然而，他没有理会。

　　"格洛弗大概是在教堂里认识贝塔的。"佐伊说。

　　"要么就是格洛弗早就认识贝塔了，贝塔把他介绍给了教堂。"泰腾补充道。

　　奥唐纳喝完了她的热巧克力，说："所以，罗德·格洛弗几个星期前从戴尔市来到了芝加哥。据我所知，他受了伤，又身患绝症，需要一个住的地方。"

　　"他至少有一个朋友可以帮助他。"泰腾说。

　　"他可能真的和他住在一起。"佐伊用小勺从热巧克力里舀出一些泡沫，"格洛弗回到芝加哥是有道理的。这是他觉得最安全的地方。在过去的十年里，他一直在这里建立自己的生活。现在他病了，没有工作，他就回来找朋友帮忙。"她舔了舔勺子，但当奥唐纳困惑地皱着眉头看着她时，她就停下了嘴上的动作。

　　"他可能正在接受癌症治疗，"奥唐纳说，"我们可以拿到搜查令，在医院检查一个叫罗德·格洛弗或丹尼尔·摩尔的病人。"

　　"我们已经这么做了，"泰腾说，"拿到搜查令，让他们在医院记录中寻找他。但是一无所获。我们也到处展示他的照片，但芝加哥有一万多名癌症患者。所以，这无异于大海捞针。更不用说医院并不乐意泄露病人信息。我们在匡提科有一名分析师仍在跟进文件线索。"

奥唐纳若有所思地点了点头，"如果他在这里住了十年，那这是一条对我们有利的信息。我们可以利用媒体，把他的照片曝光。也许最近有人见过他，这可能会把他所谓的朋友给揪出来。"

佐伊也考虑过这一点。"我认为这是个好主意，"她慢悠悠地说道，"即使没有人出来指认，这也会给格洛弗增加压力，而且很可能会让他做出错误的行动。"

"如果媒体的关注促使他再次杀人呢？"泰腾问道。

佐伊说："这不太可能。格洛弗从来没有表现出以那种方式来应对媒体的意愿。他对名声不感兴趣。"

"我会确保媒体得到他的照片，"奥唐纳说，"我还要再跟帕特里克·卡朋特和艾尔伯特·兰姆谈一谈，看看他们能否告诉我关于丹尼尔·摩尔更多的信息，另外，我也试试能不能得到名单。有关于另外一名凶手——这个被我们称为贝塔的家伙的信息吗？"

佐伊说："他很可能有盗窃或骚扰的犯罪记录。盗窃的东西可能包括一些奇怪的物品，比如女性内衣、鞋子或化妆品等。"

泰腾说："这被称为恋物癖盗窃。"

"格洛弗不会和一个会让他陷入严重风险的人合作，也不会跟一个会引起怀疑的人合作，所以这名凶手不是一个喋喋不休的疯子或重度吸毒者。他很可能有一些收入来源，而格洛弗可能会在经济上依附于他。"

奥唐纳扬起眉毛。"我希望有一个关于他的更具体的资料。在电视上，你们会说：'这个人二十五岁了，白人，瘦弱，跛脚，可能还有口吃。'"

佐伊考虑了一下："我看不出有什么特别的可能性。"

泰腾说："我们将尽可能更准确地侧写另一名凶手。在他们再次采取行动之前，我们需要加快行动。"

"又来了？"奥唐纳说，"你认为他们会袭击新的受害者吗？"

"格洛弗快要死了，"佐伊说，"他知道自己时日不多了，这降低了他对自己被抓到的恐惧。只要他足够健康，他就会再次这样做。至于他的同伙，现在下结论还为时过早。但他当时在那里喝了受害者的血，这表明他对饮用血液有着强烈的需求。所以，他很可能会为了这个目的再次行动。"

"这下压力来了。"奥唐纳说。

佐伊眨了眨眼，心想警探没听到他们刚才说的吗？"压力很大！"她强调道。

奥唐纳翻了翻眼睛，道："我明白了。"

佐伊瞥了一眼泰腾，道："我们需要向曼卡索汇报最新的情况，我们暂时还不能离开。"

泰腾深深地叹了口气，摆出一副楚楚可怜的样子。"好吧，我会和她谈谈的。"

佐伊说："我们将检查'暴力犯罪逮捕计划（ViCAP）'系统，看看是否还有其他类似的饮用或采集血液的犯罪行为。"

奥唐纳站起来时哼了一声："那就祝你好运了。我们部门没有人会干涉你使用系统。"

佐伊恼火地咬了咬牙，道："如果你们肯花时间将案件录入系统，那么侦破像本案这种谋杀案就会变得容易得多。"

"好吧，"奥唐纳反驳道，"也许，如果你们调查局的同事们能让这个系统变得更容易使用，而且在我每次试图访问我的案件页面时，不必回答一百多个该死的问题，我就会开始像你说的那样做。你要知道，在这座城市，我只有非常有限的时间来调查一宗谋杀案，因为，下一宗谋杀案的侦破任务很快就会落在我身上。"

佐伊啜饮着热巧克力，看着奥唐纳离开。"她不喜欢我。"

"她只是很紧张。"泰腾对她笑了笑，"准备好走了吗？"

"我正在考虑再买一杯热巧克力。"

"好吧，不要匆忙做出之后会让你后悔的决定。"

"但是它确实太好喝了。"

"我对此深信不疑，快去买你的热巧克力吧。我们有连环杀手要抓。"

第十三章

那天下午，哈里·巴里感到心满意足。芝加哥南部开展了一起大规模的可卡因犯罪缉捕行动。每个人都在谈论它——这不愧是新闻头版的材料。是谁在负责报道这个新闻呢？是《芝加哥每日新闻》资深犯罪记者尼克·约翰逊吗？不！再猜猜看。是哈里·巴里！他的线索来自参与本次缉捕行动的一名警方人员。他能获得证人证词，也可以计划与犯罪嫌疑人的辩护律师谈话。他看起来神通广大。尼克·约翰逊和他平庸而阴郁的文章将不得不眼睁睁地看着哈里沐浴在荣耀之中。

小时候，哈里的妈妈经常告诉他，幸灾乐祸和吹牛是小人才会做的事情。但是哈里很快就得出结论，做小人似乎能够体会到很多乐趣。此外，他妈妈还会没完没了地吹嘘她的银制餐具套装，以及她有一次见到了理查·基尔这件事。在孩提时代，哈里就发现了妈妈的虚伪。

就在昨天，尼克溜达到哈里的办公桌前，向他讲述了自己写的关于凯瑟琳·兰姆的报道，这篇报道在《纽约邮报》的一篇网站文章中被引用。但现在凯瑟琳·兰姆已经是旧消息了，一个两天前发生的案件，而且没有可靠线索。尼克今天只对兰姆父亲进行了采访。哈里无意中听到他们告诉尼克把采访内容缩短三百字。他考虑着走到尼克的办公桌前询问他进展如何。

这听起来确实像是一个小人会做的事。没有人比哈里更算得上是小人了。

他的办公电话响了，他拿起电话说道："您好，我是哈里。"

"我是中央区的奥唐纳警探，"电话里的女人说，"我想和报道兰姆案件的记者谈一谈。"

"哦，是吗？"哈里心烦意乱地说，"你打错电话了。"

"我们在找一个可能与此案有关的人，一个叫罗德·格洛弗的人，我希望——"

"你找错人了，"哈里打断了她，"来，我给你转接。"他拨了尼克的分机，挂断了电话。

出于某种原因，他的好心情突然消失了。电话打断了他内心的幸灾乐祸，留给他的是一种完全无处安置的空虚感。放下电话之后，他摇了摇头，准备回去工作。

罗德·格洛弗。

他怎么会漏掉这个关键信息呢？自己是不是太自以为是了？罗德·格洛弗是佐伊·本特利童年时代的连环杀手。这一点他很了解，而且他正在为此写一本书。然后，他却像是个笨手笨脚的业余者，把电话转拨给了尼克·约翰逊。

罗德·格洛弗和兰姆的案子有关？

哈里凝视着那篇写了一半的关于缉获可卡因的报道。这篇报道突然显得既无聊又充满陈词滥调。他援引消息提供者的话说，这是"针对主要贩毒集团活动的又一次成功的执法成功"。*成功的执法成功。这个尼安德特人是谁？* ① 现在他重新看了看，意识到他的消息提供者所说的一半都是措辞糟糕的胡说八道。

而兰姆案才是真正的新闻报道。在他内心深处，他甚至在打电话之前就已经知道了。现在他需要拿到报道这个案件的机会。但如果他只是提出交换报道，尼克就会嗅到哈里的绝望。

于是，他大步走进编辑办公室，随手关上身后的门。

丹尼尔·麦格拉斯正坐在他的办公桌后面，皱着眉头看着他的电脑显示器。他瞥了哈里一眼，然后又继续读他正在读的东西。"什么事，哈里？我现在很忙。"

"我想，这次可卡因缉毒行动的报道可能需要一位在报道贩毒集团方面更有经验的记者。"

丹尼尔惊讶地眨了眨眼，把全部注意力转向了哈里。"你在说什么？一小时前你还激动万分地要写关于这次缉毒行动的报道呢。"

"我当然愿意这么做。只是——"

"你站在这里，反复地说'舍我其谁'。"

"不可能，我没有。"

"你说了四次。我数了的。"

"我认为应该由尼克来做。"

---

① 尼安德特人，因其化石在德国尼安德特山谷被发现而得名，是现代欧洲人祖先的近亲。这里哈里借此嘲讽写出"成功的执法成功"这种病句的人。

"就在上周，你告诉我尼克报道的风格是……让我看看能否准确地引用你的话，'一个四年级历史老师的无聊絮叨'。"

"我可能有点苛刻。尼克很棒，他绝对应该拿到这个重要的新闻报道。"

"哈里，你是从什么角度来判断的？"

"没有特别的角度。"

"尼克正在写关于兰姆案的报道。你想要做兰姆案的报道吗？"

"兰姆案已经是旧新闻了，缉毒行动才是明天的重头戏。"

丹尼尔靠在椅子上。"所以，你就是想要做兰姆案的报道。"

"我想要做对团队最有益的事情。还记得我们睿智慷慨的老板发给我们的那条关于团队合作的电子邮件吗？"

"记不太清了。是说我们今年不会加薪的那条吗？"

"我关心的是团队合作。我为你揩背，你也为我揩背，彼此之间互相帮助。"

"这句话不是关于团队合作，而是关于互相帮助。跟团队合作不是一回事。"

"好吧！有时我会给我们两个人揩背。这是一个团队——我们都互相为彼此揩背，不是很好吗？我，你，尼克。在我们的手上抹些泡沫，使劲为对方擦洗。"

"这个比喻让我感到很不舒服！"

"团队合作！每个人都包括在内。我们可以请会计部的艾尔伯特也加入我们，我们也帮他揩擦后背。"

"天啊。"

"不只是后背，在洗澡的时候也有其他部位自己的手很难够得着。我们可以相互揩擦——"

"好吧！如果尼克愿意跟你交换新闻报道，我没有什么意见，这样行吧？现在请你闭上嘴，别再提我们公共淋浴的事了。我的想象力非常丰富，所以，我觉得我需要漂白一下我的大脑。"

哈里对他咧嘴一笑。"谢谢你，丹尼尔，你是最棒的！"

"你已经彻底毁掉了我对淋浴的印象，赶紧从我的办公室滚出去。"

哈里离开丹尼尔的办公室，长吸了一口气，收敛了脸上的笑容。然后，他走到尼克·约翰逊的办公桌前，喃喃自语地咒骂着，声音大到任何人都能听到。

"出什么事了吗，哈里—巴里—加里？"尼克问道。尼克给哈哈里的名字加了几个押韵的词，从字面上讲这些押韵没有任何意义。这就是这个人对于机智的理解。哈里上幼儿园时，身边的同学都能想出比这个更好的嘲讽。

"我刚刚和丹尼尔谈过了，"哈里吐槽道，"他说我应该给你讲讲可卡因缉捕行动的报道，而我则应该把兰姆案剩余的部分给理清楚。"

"真的吗？"尼克转动他的椅子，咧嘴笑了，"他说为什么了吗？"

"他认为你更有经验。"哈里用手指做了一个双引号的手势，"等你明天把事情搞砸了，我们再看看他会做何感想。"

尼克哼了一声："管它呢。我把我目前掌握的信息发给你。也许，其中有一些信息还能凑合着用。"

"好的，好的。关于兰姆案，我们目前进行到哪一步了？"

"我已经完成了对受害者父亲的采访，并把采访的内容发给了丹尼尔。负责此案的警探刚刚给我发了一张他们要找的人的照片。你知道这个程序：警察以这种方式寻找这个人，看看是否有人知道有关他的信息之类的。我会把具体细节发给你，还有模板。就算是你，也不可能把这件事搞砸，哈里—巴里—加里。"

"把警探的联系电话也发给我，我可能会有一些后续的问题。"

尼克已经转过身去，不再理他了。哈里回到座位上，他早先的幸灾乐祸的心情被某种更好的情绪所取代。

那就是兴奋和期待。

第十四章

　　泰腾坐在联邦调查局芝加哥分局的办公桌旁，用笔记本电脑登录系统，开始审查涉及吸血或任何与血液相关的不同寻常的案件。

　　涉及实质性饮血的暴力案件很少。泰腾首先检查了已经结案的案件，查看了犯罪者的身份和犯罪地点。然后，他跟进了所有看似与本案有关联的案件，给负责此案的警探打了电话。几名被逮捕的罪犯仍被监禁。这些人当中有两人已经死亡。最终，他得到了四个名字，而且他们最后一次出现在伊利诺伊州的具体地址均不详。泰腾做了笔记，以便检查每个人当前所在的地址，看他们与犯罪嫌疑人的情况是否吻合。

　　最后，他扩大了对芝加哥案件的搜索范围。在芝加哥有两起尚未结案的案件中，凶手用受害者的鲜血写了信息。这两起案件并无关联——DNA样本和指纹指向了两个不同的人。泰腾以"摩登原始人的方式"，把他的椅子从自己的工位隔间里推到了佐伊的隔间。

　　她耳朵里塞着耳机，而他则听到了从耳机里隐约传来的流行音乐的声音。佐伊在播放她喜欢的那些糟糕的音乐。她到底开了多大声？他的祖母以前总是警告他，如果听音乐的声音太大，就会把耳膜震碎。祖母通过生动的描述，设法向他灌输了一丝轻微的焦虑。

佐伊咬着她的钢笔，面前摆着笔记本。她在桌子底下踢掉鞋子，跷着二郎腿，左脚随着音乐抖动着。她看起来像一名无聊的青少年，在努力思考着自己下一篇日记该写些什么。当然，她还把一些恐怖的照片在旁边摆开。尽管如此，泰腾还是忍不住笑了起来。

她一定感觉到泰腾在盯着她看，因为她转过头看着泰腾，先前如同青少年的表情一下子就消失了。她摘下耳机，问："怎么了？"

"我早些时候和曼卡索谈过。她给了我们几天时间，但我们需要给她发送每日报告。"

"很好。"她转过身去，对着电脑，重新戴上了耳机。

泰腾清了清嗓子："我这里有两个案例让我有些好奇。凶手用受害者的血在墙上写下留言。你怎么看？你认为跟我们这个案件有关系吗？"

她再次摘下耳机。"这要看情况。不明嫌犯贝塔喝了受害者的血液。法医说，他在吸血时一定非常用力，才会留下那样的伤痕。关键在于这样做的动机。"

"因为他已经完全疯狂了。"他这样说，主要是为了通过激怒佐伊来引起她的注意，因为佐伊对调查人员将凶手的行为简化为"疯狂"这种做法深恶痛绝。

但她并没有上钩。"嗯，有一种可能就是凶手患有某种精神障碍，发作时会让他暂时失去控制。在这种情况下，凶手就有可能做出任何事情，包括用血在墙上写字。他的这些行为会被一些我们无法预知的幻觉或错觉所激发。"

"但你说过格洛弗不会和一个喋喋不休的疯子合作。"

"没错，但这也不是绝对的，许多精神病患者在社会中也表现得很好。我们不能排除这种可能性。但如果是这样的话，就像我说的，我们就没有必要再去仔细研究任何特定的案例，因为凶手作案可能并没有固定的模式。以前的案例可能涉及饮血，或者食人，又或者并没有类似的案件。"

"还有什么其他的可能情况？"

"迷恋血液的性偏好障碍者。"

性偏好障碍者是佐伊的专业说法，她用来指代那些对非常奇怪的淫秽物品感到兴奋的人。泰腾思考了一下说道："如果凶手是性偏好障碍者，他可能会专注于饮血这件事，而非血液中的信息。"

"我认为这要看是什么信息，"佐伊说，"用受害者的血写字可能源自早期的幻想，后来发展为饮血。但我认为这些信息是跟性有关的，现场可能会留有精液。"

"没有这种情况，"泰腾说，"在其中一个案件中，凶手在墙上写了'婊子'这两个字。而在另一个案件中，凶手则写下了《圣经》中的一句话。这两起案件的案发现场均未发现精液。"

"没错。"佐伊用手指数着可能存在的情况，她竖起了第三根手指头，"第三种情况叫作'雷恩菲尔德综合征'。"

"雷恩菲尔德？是不是《德拉古》里面那个怪胎？"

佐伊的眉毛一下子竖了起来，泰腾笑了笑。"怎么了？"他问道，"我读过书这件事让你感到很惊讶吗？"

"我……不，我是说……"

她看起来很慌张，这让他又忍不住笑了起来。"别担心，没关系的，那什么是雷恩菲尔德综合征？"

"雷恩菲尔德综合征，或临床吸血鬼症，是一种患者痴迷于饮血的疾病，除了饮血之外没有其他原因。没有性方面的原因，也不是因为幻觉或妄想。"

"所以我们谈论的是那些只是喜欢饮血的人。比如，饮血是他们的一种饮食选择？"

"我不完全确定，"佐伊承认，"我还没完全搞清楚这是不是一回事。我一个熟人正在研究这个领域，我给他写过邮件了。我去看看他有没有回复我。"她打开了她的电子邮件。

"但如果是这样，那么墙上的信息是不是就跟这个也不相关了？因为据我们所知，该案并没有饮血的情况。"

她把目光从屏幕上移开。"是这样的。患有雷恩菲尔德综合征的人没有理由用血在墙上写下信息。这说不通。"

"那就完了。"

"那么，根据这些可能的原因来判断，你提到的这些案件可能跟本案没有什么联系。"她皱着眉头看着屏幕，读着一封电子邮件，"看来我要去和吸血鬼见个面了。"

泰腾有点猝不及防。"等等，你说什么？"

"一个临床吸血鬼症患者。我的熟人回复了我的电子邮件，就像我说的，他专门研究临床吸血鬼。经过四处打探，他发现芝加哥有一个所谓的吸血鬼社群。他跟其中的一个成员约了见面。"

"今天吗？"

"他说她会在那儿待到六点，留给我们的时间已经不多了。"

"你不能只身前往。"泰腾难以置信地说。

"她特别要求我一个人去。这是公共场所，不会有事的。"

"绝对不行。我不会让你一个人去见吸血鬼的。这种情景简直是恐怖电影的素材。接下来要做什么？你是说我们需要分头行动，覆盖更多的范围吗？"

"你太荒唐了。她不是真的吸血鬼。"

"她喝人血吗？"

"他就是这么说的。"

"那你绝对不能一个人过去！"

第十五章

"你确定这就是那个地方吗？"泰腾低声问道。

佐伊说："按我的熟人说的就是这里。芝加哥公共图书馆理查德·戴利分馆。"

"为什么要在图书馆见面？"

"我想在一个公共场所见面，她就建议我们来这里。"

"为什么不去咖啡馆呢？"

"你知道的，你根本就不应该来。所以，我不知道你有什么理由可以抱怨这件事。"佐伊的耳语音量越来越大。一位愤怒的读者瞥了他们一眼，皱了皱眉头。

"好吧。我们怎么找到她？"

佐伊耸了耸肩。"那里人不多，我想她应该很容易辨认出来。"

泰腾摇了摇头。他们穿过房间，在堆满书的高高的书架之间来回走动。泰腾低声说道："我们应该带一根木桩过去。"

他这一路上玩得很开心，甚至建议他们在教堂旁边停下来喝点圣水，然后反复指出他们真的要去采访一个吸血鬼。而佐伊基本上忽略了他。

泰腾吸了口气，享受着这种气味。图书馆有一种其他地方都没有的气味。这仅仅是旧书页、灰尘、黏合剂和墨水的混合气味吗？又或者这些书中的故事都有自己的味道？如果你把纸、书本胶水和墨水混合在一起，味道会一样吗？他确信不会。他转过身去问佐伊的想法，但她已经漂移到了另一个过道上。

他走到图书馆的另一头见到了一个女人。她站在一个满是古书的书架前，翻阅着一本大部头。她身材消瘦，面色苍白，如同白纸一般，她的嘴唇红得像……嗯，血。她乌黑的长发在昏暗的灯光下似乎散发出奇怪的光。泰腾停了下来，有些犹豫。虽然图书馆是公共场所，但此处却像坟墓一样安静。尽管，他明显比别人高大，而且全副武装，但她身上有一种来自另一个世界的气质。

他慢慢向她靠近。当他走近时，她瞥了他一眼，然后继续看书。

"打扰了。"他说。

她抬眼看了看他，但并没有理他。

"你是卡梅拉·冯·哈根吗？"

她皱起了眉头："不是！"

"噢，对了。"佐伊告诉他，"这个女人有一个奇怪的绰号。""什么绰号？""嗯……'暗夜妖女'？"

那个女人恼怒地睁大了眼睛。她大步走出过道，半推着把他挤到了过道一旁。走的时候，她还喃喃自语："怎么到哪里都有变态来骚扰我？"

泰腾眨了眨眼睛，跟着她走出过道。他正要去追赶她，这时听

112

见佐伊喊道："泰腾。"

他看了她一眼。她站在图书管理员的办公桌旁,挥手示意他过来,他也加入了她的行列。

"她刚刚离开了。"泰腾说道。

"这个才是她。"佐伊指了指站在桌子后面的图书管理员。泰腾看着那个女人,皱起了眉头。她身材矮小,戴着一副方形眼镜,一头卷发呈褐色。她穿着一件黄色花纹连衣裙,嘴唇紧闭,不以为然地看着他。

"你是卡梅拉·冯·哈根?"他说。

"是的。"图书管理员尖声说道,声音略有些高。

"'暗夜妖女'?"

"那只是我在网上的昵称。我不会到处这么称呼自己。"她吸了吸鼻子,瞥了一眼佐伊,"你应该一个人来的。"

"他坚持要来,"佐伊说,"我想他是担心我的安全。"

"你在想什么呢?"图书管理员问他,声音很尖,"我会变成蝙蝠的样子俯冲下来,猛扑向她的喉咙?"

"我不确定。"泰腾心虚地说道。

"好吧。"卡梅拉转过身来面对着佐伊说,"没关系。我们现在要这么做吗?"

"做什么?"泰腾问道。

"你女朋友答应做我的血液捐赠者。"卡梅拉说。

"我不是他的女朋友。"佐伊急忙纠正道。

"好吧,随便。签一下这个。"卡梅拉把一张表格放在佐伊面前，"签了之后就表明你是自愿捐赠的。"

"等等，到底发生了什么事？"泰腾快速浏览了一下表格，充满疑惑地问道，"你是同意让这个女人喝你的血吗？"

"要不是因为这个，我就不来见你了，"卡梅拉说，"你认为谁想见我，我都会见吗？"

"你不会是认真的吧？"泰腾说。

佐伊看着表格，专注地皱着额头，就像是在签署一份简单的银行对账单。"这没什么大不了的，泰腾。少安毋躁。我想看看她到底怎么做。"

"绝对不行！"

"你的男朋友真令人讨厌。"卡梅拉说。

"我不是她的男朋友，而且她也不是你的食物。"泰腾厉声说道。

"很安全。"佐伊愤怒地看着他，"我的熟人为她做了担保。"

"如果你愿意的话，我可以喝你的血。"卡梅拉仔细打量着他，好像在肉店里挑选肉一样，"坦率地说，我更喜欢你的血。"

"我不会让任何人喝我的血。"

佐伊在表格上签名。"好了，我准备好了。"她说。

卡梅拉建议道："我们去科幻小说的那个过道吧。每天这个时候那里通常都没什么人。"

泰腾跟着这两个女人，感觉像是迷失在一个超现实的梦中。科幻小说过道闻起来和图书馆其他地方的味道不太一样，似乎有一股汗臭味。目之所及，书的封面上展示了宇宙飞船、行星，以及一个眼睛血红的机器人。

"你惯用左手，还是右手？"卡梅拉问佐伊。

"右手。"

"伸出你的左手。"卡梅拉从小包里翻出一盒一次性手术刀。她拿出一个，撕开无菌包装。

佐伊犹豫了一下，泰腾立刻走上前去，把手搭在她的肩膀上。"我们走吧。"

她愤怒地瞥了他一眼，把手伸给卡梅拉。卡梅拉拿起它，小心翼翼地扎一下佐伊的大拇指，切了一个大约半英寸长的小口。手指渗出了一大滴血。卡梅拉按压大拇指上切口附近的皮肤，更多的血流了出来，开始滴落。她躬下身子去舔佐伊手指上的血。

泰腾屏住呼吸，身上的每一根神经都绷得很紧。他的右手按着隐藏的枪套上方，这架势像是做好了随时拔枪射杀那个图书管理员吸血鬼的准备。他尽力使自己放松下来，深深地呼吸着。这个怪人令人毛骨悚然，但她并不危险。

她抽开身子，咂咂嘴唇，看着佐伊的大拇指，鲜血再次流出。她又舔了舔，然后满意地点了点头。"还不错。"

"这食物合你的口味吗？"泰腾嘲弄道。

"你可能会感到惊讶——有些人的血尝起来像坨屎。"卡梅拉说。她从小包里拿出一个创可贴盒子和一小瓶消毒剂递给佐伊。

佐伊用消毒剂轻轻擦拭伤口，然后从盒子里抽出一张创可贴。她把创可贴贴在拇指上时，手指微微颤抖。尽管她在尽力隐藏，但她对这段诡异的经历着实感到不安。

"抓紧时间吧，"卡梅拉说，"我还有工作要做。"

她走回柜台，泰腾跟在她身后，忧心忡忡地看着佐伊。只见她眉头紧皱，咬着嘴唇，可能还未从这次奇怪的折磨中解脱出来。卡梅拉抓起一堆书，一本一本地开始扫描。

"所以，"她说，"内特说你有几个问题。你们两个是记者吗？"

"我是一名心理学家。"佐伊说。

泰腾靠在柜台上，决定让佐伊来把握这次采访。

"好吧。那你打听这个干什么？是在写什么学术论文吗？"卡梅拉问道。

"差不多吧。我们对一个具体的案例感兴趣。一个芝加哥人。"

"嗯。你们想从我这里了解到什么？"

"你有没有听说芝加哥有其他跟你……情况类似的人？"

卡梅拉扬起眉毛。"你是说其他吸血鬼？"

佐伊犹豫了片刻，说道："是的。"

"当然。我们这儿有一个吸血鬼社群。"她说得郑重其事，泰腾不确定她是在讽刺，还是真的确有其事。

"吸血鬼社群？"

"是的。我上次核查过了，一共有九十六人。"

"真的假的？"泰腾脱口而出。

她耸了耸肩。"我为什么要撒谎？你认为吸血鬼很罕见吗？全世界有五千多个自称是吸血鬼的人。这九十六人只是我们知道的，不知道的多了去了。"

"都饮血吗？"佐伊问道。

"不，有些是精神吸血鬼。"

泰腾努力忍着不翻白眼："精神吸血鬼？"

"你知道吗？你现在的语气一点也不酷。是的，精神吸血鬼。他们消耗精神能量。"她耸了耸肩，"至少他们自己是这么说的。我不会到处推翻别人的信仰。自己一身毛病，不要动不动就去批评别人。"

"但是你以人血为食，不是吗？"佐伊问道。

"嗯，没错。"

"你认为你需要以此来维持生存吗？"泰腾问道。

"我需要它来保持健康，"她说，"我头疼，头晕。有时我的关节很痛。但只要喝一点血，就立马好了。"

泰腾和佐伊对视了一下。

"哦，好吧，我明白你们在想什么，"卡梅拉说，"安慰剂效应，对吧？你们认为我有某种臆想的心理疾病，当我吸血时，我就会好起来，因为我相信这对我有帮助。"

"你怎么看？"佐伊问道。

"我倒希望是这样，"卡梅拉说，"见鬼！我真的很希望最终证明我不需要血。因为这东西在超市里也买不到。有时候，为了得到一些血会让我苦恼不堪。但我没有找到其他有用的东西。"

"最开始的时候，是什么让你觉得血液会管用的？"佐伊问道。

"我总是会头痛和间歇性眩晕，从我很小的时候就开始了。"卡梅拉说道，"之后，在我十三岁的时候，我大胆地喝了一些我朋友的血。你猜怎么着？头一下子就不痛了。"

"我们接着聊手头的这个案子吧。"泰腾说道。他怀疑佐伊能跟卡梅拉谈论一整天吸血鬼的话题。他对这个并不怎么感兴趣。"你能给我们一个芝加哥所有吸血鬼……那些自称是吸血鬼的人的名单吗？"

"怎么可能？当然不能！"卡梅拉揉了揉自己的鼻子，"你以为我会在整个社群里就这样进进出出的吗？他们中的大多数人都'躺在棺材里'，甚至连自己的父母都不会告诉，更别说去告诉两个陌生人。"

"躺在棺材里。"泰腾没忍住笑了出来。

"这一点尤为重要。"佐伊说道。

"怎么了？这是我们的秘密。你觉得如果我们身边的人发现我们喝人血会发生什么？你觉得他们会在意我们喝的血是不是别人自愿捐赠的吗？他们会动用私刑来处死我们。"

"我们不会告诉任何人的。"泰腾说道。

"伙计，无意冒犯，但我刚刚也看出来了，很明显你们都被我的身份吓坏了。"

好吧，你喝人血啊——泰腾想说但没有说出口，但从卡梅拉看自己的眼神中得知她已经洞察了自己的心思，因为他并不擅长隐藏内心的感受。

"针对这份名单，我们可以出具一份授权令。"泰腾说道。

卡梅拉盯着他说道："你们不是说你们是心理学家吗？"

"她是一名法医心理学家。"泰腾说。他倚靠在柜台上，从口袋里掏出徽章。"我是联邦调查局的探员。"

这下好了，现在他们三个人都吓坏了。卡梅拉看起来好像刚刚宣布自己是范·赫尔辛或吸血鬼杀手巴菲。

"你们两个应该离开这里。"她脱口而出，不由自主地向后退了一步。

"你的一个朋友几天前杀死了一名女性，"泰腾说道，"我们需要查清楚是谁。"

"我不知道有谁杀人……我们所做的一切都是自愿的。我们只饮用捐赠者捐给我们的血！"

"直到你们当中有一个人精神失常，为了饮血而杀害了她。"

"我告诉你，我们社群里没有人会杀人。"

"你对他们所有人都很熟悉吗？所有的这九十六人？"

卡梅拉表现出一丝犹豫。他们两人都倚靠着前台，眼睛盯着卡梅拉。

"听着，"卡梅拉说，声音颤抖，眼睛有些湿润，"我甚至对他们都没有那么了解？我不去参加派对或活动吗？我不是一个能适应生活的人吗？我家里没有披风吗？"她的语气变了，每句话都以提问结尾，"我只是偶尔需要一滴血来让自己感觉好一些吗？我口袋里又不是有一张地下室清单什么的？"

"但是你有他们的联系方式，"泰腾说道，"电子邮件，可能有些人是推特用户。打着'芝加哥—吸血鬼—为了胜利'这样的话题标签？你真的想让我们申请一份搜查令来搜查你的电脑和手机吗？"

他们不会这样做，这一点他心知肚明。法官不会签署的。如果她稍微有点脑子，她一定也会很清楚。总有办法知道的，真的一定有办法知道。当你害怕的时候，即使你通常认为理所当然的事情也会突然被重新审视。他看着她热泪盈眶，想象着她心里在想些什么。他们真的能做到吗？如果我是犯罪嫌疑人怎么办？如果他们把我带到审讯室（比如像电视上的审讯室）怎么办？所有关于警察暴行、非常规调查技术以及不遵守规则的肮脏警察的新闻文章，他们都可以施展一番，这也加剧了她的恐惧。

"我认识这个家伙，"她最后脱口而出，"他也是个吸血鬼，但他认识这里的每个人。我的意思是，他认识所有人。他肯定能帮助到你们两个。"

"把他的名字告诉我们。"

她摇了摇头说："不。我要先跟他说一下。在经过他同意之前，我绝不会把他的联系方式出卖给你们的。"

仅仅施以最轻微的压力，就能让他们知道这个家伙的名字、电话、地址和最喜欢的颜色。但他们也希望通过合作的方式来获得。这个女人不太可能因为害怕而潜逃到其他地方。

"很好，"他说，"安排我们和他见面。但如果我们不能很快收到你的来信——"

"我会通知你们的，"她叫道，"我保证会通知你们。"

第十六章

佐伊从盒子里又拿出一块比萨，眼睛却盯着屏幕，近乎痴迷地阅读着一份长长的文件。

当卡梅拉谈到自称为吸血鬼的人数时，她有一半的把握认定卡梅拉被骗了。一回到办公室，她就开始在网上搜索，并很快找到了一个名为"亚特兰大吸血鬼联盟"的组织。该联盟公布了来自吸血鬼社群的一千多人填写的一些调查结果。数据量很大，这些数据的质量令佐伊感到惊喜。数据和图片是她的首选。她很高兴能看到有不止一个"吸血鬼"跟她一样也对这些话题感兴趣。她向泰腾宣读了她的调查结果。

"自我认同的吸血鬼和自我认同的哥特人之间有着高度的相关性。"她咬了一口比萨。

"没有太多的惊喜。"泰腾咕哝着。

"是的。"佐伊不得不同意。她滚动了几张图表，缠着创可贴的手指传来轻微刺痛。她对自己让图书管理员喝她的血这个决定有点后悔。这真的有点令人毛骨悚然，她一直记得那个女人的嘴在手指周围的感觉。她的脊背一阵颤抖，心中生出一阵厌恶。

在青少年时期，她很喜欢看关于吸血鬼的节目和书籍。他们有着一种与生俱来的性感。想象中各种各样的诱惑力，跟图书管理员卡梅拉毫不沾边。

泰腾把椅子推到她的工位隔间，从盒子里拿出最后一块比萨。"我从系统里得到了一些线索，但没有什么实质性的，"他说，"而且这些案子都没有发生在芝加哥。我明天会照着这些名单挨个打电话，看看能不能找到他们所在的位置。"

"好的。"佐伊关掉了文件。尽管她对吸血鬼社群很感兴趣，但她还是怀疑这些统计数据是否能帮助他们进一步确定凶手的形象。"有一个芝加哥警署的本地犯罪数据库，我在阿尔斯通案里就用过。"

泰腾叹息了一声："好吧，我明天就跟奥唐纳谈一谈这件事。"

"我们现在为什么不一起跟她说？"她问道，"我们几个小时之内就能搞定。"

"你是认真的吗？"

她瞥了泰腾一眼。他看起来很疲惫，眼睛布满血丝，衬衫也皱巴巴的。他们已经为这个案子连续不停地工作了了一个多星期，试图挤压他们待在芝加哥的每一分钟，但这也让他们有所收获。佐伊告诉他不要介意，确实很晚了。此时有人在她身后咳嗽了一下，是一位名叫约翰的探员，或是叫杰瑞？她几乎可以肯定这人就是约翰。

"嘿，"约翰或杰瑞说，他伸出了手，如同《快乐时光》中的方兹那样嘶哑地说道，"你们两个过得怎么样？"

"很好。"佐伊回答道。

"你白天没在这儿啊，约翰？"泰腾问道。

她没记错——确实是约翰。佐伊感到一丝满足。

"是的，我来是想告诉你们，我们几个人要出去喝一杯。我们想知道你们是否愿意跟我们一起。"

他这句话是冲着他们两个人说的，但说的时候却只是看着泰腾。

"听起来不错，"泰腾说，他瞥了她一眼，笑了笑，"你觉得呢？我需要休息一下。"

她惊讶地意识到她脑海中有个小声音在说"想去"。不是因为她需要喝一杯，也不是因为她累了，只是因为和一群人一起出去听起来很不错。

但这个声音非常小，被这样会浪费他们的时间这一事实所淹没。格洛弗还在逍遥法外。而且，如果不是因为泰腾，他们也不会邀请自己。更重要的是，若去的话，她就不得不跟他们社交，而且音乐也会很吵闹。

"你先去吧，"她对泰腾说，"我可能过一会儿就去找你们。我想先处理一些东西。"

"你确定吗？"

她点了点头。"把车留给我吧。我做完之后会给你打电话的。"

泰腾和约翰一起离开了。她听到他说了些莫名其妙的话，引得约翰开怀大笑起来。她突然想立马起身，跟他们一起走。

但她没有这样做，而是给奥唐纳打了电话。

警探几乎立马接了电话："喂？"

"我是佐伊·本特利。我想问一下，你们是不是有个记录本地犯罪活动的数据库？"

"是的，"奥唐纳回答道，"公民分析执法与报告系统。"

佐伊想起了这个缩略词。"好的。我可以登录那个系统吗？"

"你需要用户名和密码，但这个问题不大；联邦调查局探员可以获取这些。你需要提交一个由你们主管签字的安全表。"

佐伊咬了咬下嘴唇，说道："我希望今天就能登录进去。你能把你的账号和密码借我用下吗？"

"想都不要想，我不会给你我的账号的。我难以想象如果有人知道我把自己的账号和密码借给了一个未获授权的人之后会发生什么样的屁事！"

佐伊还是不放弃。"你能帮我进行一些搜索吗？"

"听着，本特利，你可能会感到惊讶，但是我也有我自己的线索要去追查。"她听起来焦躁不安，疲惫不堪，"如果你想用的话，可以来我们这里。办公室里没什么人——基本上就是我们两个人的了。我让你通过我的电脑来使用这个系统。你觉得怎么样？"

"去警察局？"佐伊问道。

"你是不是在联邦调查局办公室啊？开车过来，也就十分钟。等你到了给我打电话。"

佐伊立马穿好了外套。"待会儿见。"

当奥唐纳说"基本上就是我们两个人的了"这句话时，她并没有开玩笑。佐伊到警察局后发现这里寂静得有些令人毛骨悚然。

警察局的暴力犯罪科是一个很大的开放空间，有三排 L 形的桌子，每一排都与众不同。其中一排桌子上摆放着一盆花，另一排贴满了便利贴，上面写着难以理解的潦草字体，第三排桌子上则贴满了家庭照片。但这些桌子上都空荡荡的，这些桌子的使用者们早已离开，开始了夜生活。当佐伊到达时，另一名警探仍在房间的角落里工作，但当佐伊跟着奥唐纳走向她的办公桌前时，他连看都没看一眼佐伊。当这名警探离开时，他咕哝着说了一句可能是在道"晚安"的话，奥唐纳也同样跟他说了晚安。现在，整个警察局就只剩下她们两个人了。奥唐纳的办公桌刚好够宽，她们可以并排坐着，肩膀相距几英寸，不必挤着对方。

奥唐纳正在翻阅一堆厚厚的打印纸——利用凯瑟琳·兰姆的手机通话活动将电话与联系人进行匹配，标记反复出现的号码。佐伊坐在电脑前，系统已经打开。她仔细搜查了涉及咬痕、针头或奇怪伤口的谋杀或暴力案件。她记下了任何看起来值得进一步调查的案件，记下了案件发生的地点、日期和负责该案的警探。在开展这类有条不紊的工作时，佐伊通常喜欢播放音乐。但在这种寂静中，她怀疑即使戴上耳机，也会打扰到奥唐纳。

她在搜索过程中遇到了一个问题，那就是当案件涉及毒品时，通常会提到针孔痕迹。这让结果变得更复杂了，所以这种搜索模式几乎无法奏效。她在想是否应该忽略那些涉及针头的案件。毕竟，法医提到从凯瑟琳手臂上的扎针痕迹可以看出凶手缺乏扎针经验。即使不明嫌犯贝塔有过袭击别人的前科，也不妨碍他很有可能就是咬开或者割开受害者皮肤来饮血的人。另外，她不想遗漏任何重要的信息。她咬着嘴唇，沉思着自己所处的窘境。

"我需要用一下电脑。"奥唐纳嘀咕道。

"没问题。"佐伊想挪开，但她把椅子往后挪几英寸就会撞到身后的桌子上。她正打算站起来，施展一下自己的"鬼步舞"，以便能给奥唐纳腾出空来，奥唐纳就直接靠在佐伊身上，握住了鼠标。佐伊笨拙地把椅子推到角落，方便奥唐纳使用键盘。警探身上有薰衣草的味道。她穿了一件和那天早上不一样的衬衫。她一定是在警察局里洗了澡。这让佐伊不禁思考忙了漫长的一天之后自己身上会是什么味道。

奥唐纳全神贯注地盯着屏幕。她的睫毛很长，一缕金发垂到了脸颊上。注意别人的睫毛似乎有些奇怪——佐伊从来不会太关注睫毛。

"我还要再查两个名字。"奥唐纳说道。她在查一些名字，看他们是否有警方记录。

"好的，没问题。"佐伊说道。

她查的两个名字结果都显示了空白。奥唐纳移开了。"谢谢。"

"这是你的电脑。"

奥唐纳心不在焉地点了点头，她在纸上画了一条线。"格雷探员去哪儿了？"

"他出去喝酒了。"

奥唐纳扬起了眉毛。"真的吗？留下你一人来做所有的脏活累活？"

她的语气很随意，带着点戏谑的成分。佐伊听了生气地皱起了眉头。泰腾在这个案子上拼了老命，而且他是自愿参与这个案子的调查的。他们每天都工作到深夜，就连周末也都在加班。而奥唐纳竟然暗示泰腾在偷懒，佐伊很生气地说："很长一段时间以来，我们一直都在努力处理这个案子。"

"没事，我只是——"

"我没有看到你自己的搭档坐在这里，也没见他对调查有任何贡献。"

她们之间的空气仿佛一瞬间覆盖上了一层霜。奥唐纳一直挂在嘴边的微笑消失了。"你说得对！"她的声音尖厉而又充满着愤怒。她转过身去继续看她的文件。

佐伊则转身回到搜索查询工作上来，她有一种掩饰内疚时产生的愤怒。

又过去了二十分钟，她搜索了一件又一件案子。她决定继续寻找跟针孔相关的案件。如果这样做会让这个夜晚变得更加漫长，那也没办法。

她的胃开始抱怨。她们已经在那里待了好几个小时，她还没有真正吃过一顿像样的晚餐，只吃了两块比萨。然而，由于房间里几乎没有什么声音，她肚子里发出的咕咕声响彻整个房间，听起来就如同来自远处的雷声。她换了个姿势，清了清嗓子。这时，肚子又发出了一声咆哮。奥唐纳的嘴唇微微皱了一下，然后她打开一个抽屉，从里面拿出一个罐子，放在她们之间，里面全是各式各样的坚果。

"请随便吃。"她打开罐子，随手抓了一把，"这是我晚上吃的零食。"

"谢谢。"佐伊拿了几个干果，吃了一个，享受着干果的咸味儿在嘴里蔓延的感觉，"味道不错！"

"当然要拿出最好的东西来招待我的客人了。"她的语气还是那么冰冷。

"难怪你的搭档不来跟你一起工作。"佐伊这样说是想向奥唐纳求和。

"我没有搭档。"

"哦，你们部门的警探不是必须得结对开展工作吗？"

"也有一些例外情况。"

"你是不是属于例外情况？"

奥唐纳翻了一页通话记录，并没有做出回答。佐伊等着她的答案，但她们关于这个话题的讨论似乎已经结束。她叹了口气，继续对着电脑工作。当别人交谈时，谈话似乎很容易开展。但对佐伊而言，每次谈话都如同一只娇弱的蝴蝶，总是被她以各种方式捏碎。

十分钟后，奥唐纳砰的一声把那沓文件放在桌子上。"嗯，凯瑟琳·兰姆确实经常打电话，而且是和一群不同的人。"

"有什么特别之处吗？"佐伊看了一眼页面问道。最上面的纸上有一些行标有亮绿色标记。

"有一些重复出现的号码。她父亲的号码出现的频率最高，拨打和接听的记录都很多。她有两个女性朋友，偶尔跟她通过电话交谈，不过最近都是她们给凯瑟琳打的电话，而且谈话的时间都很短。她每隔三四天就和帕特里克·卡朋特通一次电话，这里还有其他几个重复的号码。她既是教会的行政人员，也是一名宗教顾问，所以我认为她会有各种各样的通话，这也不足为奇。"

"所以，你今晚的任务完成了？"佐伊问道。她才查看了一半的案件，所以她很想知道奥唐纳是否会让她继续待在这儿。

"没有。还要查看她的银行和信用记录。我大概还需要一个小时才能完工。"奥唐纳看起来已经筋疲力尽。她瞥了一眼时间，说道："啊，糟糕。现在已经十一点多了。我忘记给我女儿打电话了。"

"你有一个女儿？"

奥唐纳点了点头，拿起了手机。"她叫内莉，五岁了。"

"哦，真好。"佐伊实际上并不清楚好还是不好，她只是情不自禁地脱口而出。

奥唐纳再次冲她点了点头，把手机贴到了耳朵上："嗨，亲爱的。抱歉，我没有注意到时间。她几点睡的？噢，不，没事儿。抱歉！我本该……好。"

佐伊试图专注于屏幕，但她无法聚精会神。奥唐纳打电话时候的声音是如此不同于此前，变得温柔许多。这分散了佐伊的注意力。

"她今天在学校里过得怎么样？"奥唐纳问道。听了几秒钟之后，她的脸变得有些僵硬，"他们做了什么？她怎么做的？"

电话里出现了很长时间的停顿，在这期间，佐伊已经很快浏览完了一个案件，在该案中一个吸毒者被发现身上中弹，双臂上有多个针孔。她甚至不厌其烦地把它标注出来——

不相关。

奥唐纳叹了口气："我明天给她电话。谢谢你，亲爱的。晚安！"

她挂断了电话，情绪瞬间爆发："这群贱人！"

佐伊眨了眨眼睛问："一切还好吗？"

"内莉有个朋友……曾经有个朋友，名叫薇诺娜。现在，薇诺娜和这群女孩成了朋友，她们不想把内莉也拉进她们的贴纸收集群里。这个群好像……收集蓝精灵贴纸什么的。所以今天薇诺娜告诉内莉，她不会再和她说话了。"奥唐纳的声音因愤怒而震颤，"内莉哭了一整晚。这已经是她本月第三次一回到家就哭了。"

"都会过去的。小孩子们打打闹闹是正常的。"佐伊说道。

"内莉并不会跟人打打闹闹。她一直都是那么善良可爱。去年的时候，薇诺娜没有任何朋友。内莉跟她做了朋友，她特别开心。"

"也许只是一个阶段。"佐伊只是希望结束这个讨论。奥唐纳反应过度了。

"你知道我想怎么做吗？冲到那里，拿出我的手枪，或者对着天花板放几枪。然后告诉他们，我要逮捕你们所有人。让他们心存对上帝的敬畏。"

佐伊心想自己是不是误判了奥唐纳。这个女人一开始表现得像是一个理性的人，但是现在，她说的话显得极为暴躁不安。"也许内莉需要换个朋友。"她无力地提出了建议。

"好吧，是的。但是她并不想要交一个新朋友。她想要薇诺娜做她的朋友。我应该让她去发起一个不同的贴纸收集群。这个群收集的贴纸比她们的更好。这将会变成一场贴纸大战。"

"你不应该参与进来，让内莉自己解决吧。"

"你有孩子吗？"奥唐纳瞪了一眼佐伊，像是在威胁她，语气尤为尖锐。

"没有。但是研究表明，如果父母越来越多地参与到孩子的生活中去，就会导致——"

"本特利，我不在乎研究人员怎么说！我女儿今天哭着睡着了！都是因为那些……那些……"

"五岁的孩子？"

"那些可怕的……收集贴纸的小鬼。"

佐伊决定不再继续跟这个疯女人纠缠下去。她把注意力转移到下一件谋杀案上。她能理解那些谋杀犯，却理解不了这个女人。

奥唐纳粗暴地翻动着银行对账单，撕掉了其中一页。她偶尔会喃喃自语，"我会给她们贴纸"或是"她突然成了'万人迷小姐'，就不想再跟内莉做朋友了"如此这般一段时间之后，她终于安静了下来。

佐伊很快看完了卷宗。她只找到一些可能的线索，仅此而已。

"凯瑟琳清空了她的银行账户。"奥唐纳突然说。

佐伊转过身来看着她："什么？"

"她开始每周取钱，金额不是特别高，每周取两三百美元，但她一直在取钱。"

"她父亲提到过这个吗？"

"没有，没提过任何相关信息。"

"她吸毒吗？是否参与过赌博？"

"在她家里没有发现毒品，但我会确保毒理学测试涵盖她可能使用过的各种药物。她的浏览记录并没有涉及网上赌博，目前也没有她在现实生活中参与赌博的证据，虽然并不排除这种可能。无论如何，她的现金快用完了。她的账户上有 175 美元和一点零钱。我会向附近的银行索要她取款时的自动取款机监控录像。"

"为什么？"

"看看她取钱的时候身边有没有其他人。另外，我们也许能看到她在取钱时的精神状态。比如，她有没有在哭？身体有没有发抖？"奥唐纳耸了耸肩，"查看之后，我就清楚了。"

听起来希望不大，但佐伊认为这样做也不会有什么坏处。"好主意。"

"我并不是真的打算去把这些五岁的小坏蛋都逮捕，或是发动一场贴纸大战。"

"很高兴听到你这么说。"

"我只是太累了，有些沮丧。而且，有点吃坚果吃够了。"把坚果罐从她身边推开，"我如果来不及吃饭，就会吃这些该死的坚果来充饥。"

"这才是你真正的问题，"佐伊说道，"这分明就是一个戒巧克力的案例。"

"我并非真的喜欢吃巧克力。"

佐伊试着用一种顽皮的语气，就像安德丽雅开玩笑时那样说道。"你是外星人吗？来自火星吗？"

奥唐纳皱起了眉头，歪了歪脑袋。"啊，不是的。"

开玩笑并不是佐伊的强项，所以她决定再试一次。"在我看来，即便是来自火星的外星人，也会喜欢吃巧克力。因为，嗯……这个行星的名字也叫'Mars'。"她能感觉到自己的笑话还未说出口就已经失去了生命。也许其他人可以把这个双关语说得很有趣，但佐伊的表演就如同陈年的饼干一样平淡无味。

"啊，真的吗？"奥唐纳双臂交叉在一起，露出一丝微笑，"嗯，我来自士力架星球，我们那里的人都鄙视巧克力。"

佐伊皱着眉头，想弄清楚奥唐纳是否在取笑自己。她最终认定情况并非如此。"来，看看这个。"她站起身来。

"你要去哪里？"

"去走廊里的小吃店，我喜欢称为紧急巧克力机。"

她很快走向售货机，从里面拿出两块奇巧巧克力棒，然后回到奥唐纳的桌子旁，递给她一块。

奥唐纳撕开奇巧巧克力棒的包装，咬了一口。

"你在做什么？"佐伊惊愕地问道。

"吃巧克力啊，"奥唐纳说道，嘴里塞满了东西，门牙上还有一块巧克力的污迹，"怎么了？有什么问题吗？"

"你不能这样吃奇巧！应该一节一节地掰开吃。"佐伊撕开了自己的巧克力包装，掰断了一节奇巧巧克力。

"难以置信啊！即使是吃巧克力，你也显得居高临下。"奥唐纳摇了摇头，仍然保持着微笑。

佐伊耸了耸肩，咬了一口。她闭上眼睛，甜香味和坚果残留的咸味混合在一起。如此美味！她让余味在唇齿间停留，然后吃了两个腰果，然后再吃一些巧克力。"这些东西混合在一起味道真是绝了。"

"本特利，你很奇怪。"

"你可以叫我佐伊。"

"那好吧。"奥唐纳又咬了一口巧克力，"佐伊，你真的很奇怪。但是，你说得对，我需要巧克力。"

第十七章

货车里面弥漫着香烟和腐烂食物的味道。处于控制状态的人用嘴浅吸了一口气，试图忽略这股恶臭。尽管晚上很冷，他们还是把窗户砸碎了，以使等待的过程变得更容易忍受一些。但要除掉这种气味，从窗口透进来的这点稀薄空气远远不够。

他本想租个好点的，但丹尼尔坚持用现金租了这辆二手货车，这样可以尽量少地留下痕迹。他相信丹尼尔。

他的朋友坐在副驾驶座位上，咬着指甲。他整个下午都紧张不安，差点取消了这次狩猎计划。丹尼尔的照片在当地的一些新闻网站上流传。他们把他的名字搞错了，叫他"罗德·格洛弗"。这本该是个好消息，但却让丹尼尔感到很生气。他甚至在他们做准备的时候发过一次脾气，不过他很快就道歉了。

处于控制状态的人理解丹尼尔。任何事情一旦公开，就会变得很困难。地铁站的停车场现在几乎空无一人；大多数车辆在傍晚时分就离开了。他们已经在那里待了四个小时了，因为丹尼尔说过，在繁忙时间进入停车场是很重要的，这样可以避免引起注意。当晚上十一点的地铁到达车站时，他们俩都很紧张，但所有经过停车场的乘客都是结伴而行，只有两个人例外。而且，这时候的人还是太多了。

午夜时分的那班车更合适。当看到那几个人穿过停车场时，他的心就怦怦直跳。还有一个独行的女人。但丹尼尔摇了摇头，一句话也没说。她不是我们要找的那种女人。丹尼尔有办法知道哪种女人是他们想要的。

处于控制状态的人有些坐立不安。凌晨一点半的地铁马上就要到站了。时间过得很慢。丹尼尔似乎并不介意；他坐在座位上，眼睛几乎不眨一下，嘴唇微微张开，像是在做鬼脸，又像是在咧嘴笑。

他脑子里一直在想那个孩子。本来很容易就能抓到的，但在当时，他已经失去了勇气。真的有自己想的那么危险吗？

他在座位上动了动身子，想打断自己那无边无际的思绪。他们不是为了孩子来的。他们是来找一个女人的。

"如果遇到警方突击搜查怎么办？"他问丹尼尔。

"那我们就明天再来，"丹尼尔说道，"这里是一个等待时机的好地方。相信我。"

他的确相信丹尼尔。只是，他需要很快找到一个人，他需要饮血。"好的，但是——"

"专注于我们的计划就行，你还记得我们的计划吗？"

"记得。"

"你跟着她走，但别太靠近。如果她呼喊的话，就结束行动，明白了吗？如果你看到她打电话，在她说话之前把电话抢过来。"

"我记住了。"他确实记住了。他现在处于控制状态。他都记下了。

"我知道你记住了。"丹尼尔转身对着他，给了他一个微笑，"你知道吗？你真的很酷。"

处于控制状态的这个男人感到脸上一阵温暖，幸好没开灯，要不然丹尼尔就会看到自己脸上的变化。

他们身后地铁刺耳的声音使他紧咬牙关——他一直害怕乘坐地铁。当他还是个孩子的时候，每当他妈妈试图带他出去玩，他就会大发雷霆。作为一个成年人，他完全避免了乘坐地铁。在遇到丹尼尔之前，他从未想过地铁还有其他用途。

地铁开走时隆隆作响。处于控制状态的人四处寻找着乘客。只见到一个人影在黑暗中移动。他的身体一瞬间绷紧了，但接着他发现那是一个身材高大的胖男人。

"该死！"丹尼尔低声说道。

他们还要等下一辆地铁到来吗？车里很冷，他想要小便，但车里很臭，然后——

"快看！"丹尼尔在座位上向前倾着身子，眼睛里流露出兴奋的神情。

又来了一名乘客，缓慢地走着路，身形纤细、娇小，留着长长的卷发。

处于控制状态的人抓住了门把手。丹尼尔拉住了他的胳膊。

"等一下，"他说，"现在还不是时候。"

"但是，如果她去开车呢——"

"她不会。那个才是她的车，在那儿。"丹尼尔指向最远处的那几辆车，"你看她看那辆车的方式，我敢打赌，她现在一定在后悔把车停那么远。"

处于控制状态的人继续等待。他屏住呼吸，心跳加速，牙齿在打战。

"好的，"丹尼尔说，"去吧。别忘了拿包。记住，不要太快。"

正如他们所计划的那样，处于控制状态的男子扛着他的包下了车，身后的车门并没有关上。他跟着那个女人，步伐很大，走得很匆忙。他尽量走路不发出声音，但他的脚步声在停车场上发出的声音仿佛被放大了一般。但那个女人还没有注意到他。她迈着轻快的步子，大概是感到又冷又怕。丹尼尔说得没错——他看得出她多么关注她的车，就好像那是她的避难所。她在包里翻找，他一看到手机的形状就准备冲过去。但她只拿了车钥匙，她一心只想着一个目的——钻进她的车里。

随后，她向后瞥了一眼。她发现了他。如果她大声尖叫，他就会结束行动。

但她并没有喊叫。丹尼尔之前告诉过他说她们一般在一开始的时候并不会呼喊。她们会走开，在脑海里否定最坏的那种情况，而仅仅是希望跟着她们的只是个普通人。她们很害怕，但又不想闹出很大动静。

她加快了脚步，逐渐离他越来越远。他需要跟上她。丹尼尔跟他说过不要去追赶。他现在并没有按计划行事。他必须得遵照计划，因为他处于控制状态；而这个计划就是只跟着她，让她远离大路和车站。他处于控制状态，他……

他现在跑起来了，嘴里溢满了口水。他可以闻到她留在空气中的气味，香水味和洗发水的味道，还有汗水的味道，以及隐藏在这所有味道之下的另一种味道——温热的血液的味道。他几乎要撞上她了。她向后看了一眼，放声尖叫。

如果她尖叫，就结束行动。

他才不在乎。他继续奔跑，追赶着她——她几乎要被他抓住。但她已经走到了她的车旁，正打算开车门，然后开车离开。

丹尼尔的身影出现在眼前。他绕着停车场转了一圈，在车后面等着她，现在他抓住了她，在她大喊救命之前捂住了她的嘴。她在他的怀里扭动着，挣扎着，她的尖叫被压制住了。

"我抓住她了。"丹尼尔噬噬地说，"该死，你为什么——"

当那个女人用胳膊肘推搡他的肚子的时候，他喘着粗气。丹尼尔对这个女人的控制变得松懈，她用手指抓他的胳膊，拼命地挠他。丹尼尔发出痛苦的哼声，推了她一把，她就倒在了地上。空气中充满了血腥味。

她跌跌撞撞地从他们身边跑开，但她跑错了方向，她应该朝马路那边跑，朝着地铁站的保安处跑，去那里寻求帮助。然而事与愿违，她跑向了另一个方向。她现在尖叫起来，但她的声音因为害怕而颤抖，有些喘不过气来。她被困在了一个无人的停车场里，周围的几栋商业建筑晚上都没有人在。

处于控制状态的人在后面追赶着她，追逐的刺激使他心醉神迷。这是他生来就该做的事。随着他奔跑下去，他们离道路越来越远，地面发生了变化，碎石在脚底下嘎吱作响，月光照在人行道纵横交错的裂缝上。前方，树木的阴影隐约可见。她看到了他们，转身向右边跑去，向着建筑和文明的方向跑去。

但是为时已晚。

他撞上了她，两人都摔倒在地。他咬到了自己的舌头，一阵令人眩晕的剧痛袭来，接着他尝到了自己鲜血的味道，这让他对即将到来的一切感到更加兴奋。她在他身下挣扎，想把他推开，但动作有些迟缓。她看起来很茫然，也许是因为她撞到了头，然而这并不重要。

他包里有一个注射器，但他并不需要它。他是一个食肉动物，而她则是他的猎物。他把她的头重重地摔在地上，扯下了她脖子上的围巾。他弯下腰去靠近她，她的香味席卷着他，令他如痴如醉。

他用力地咬了下去。

她尖叫的声音太大了，把他的耳朵都震得嗡嗡作响，但他不在乎尖叫，也不在乎被抓。她的味道充满了他的口腔，咸香而美妙。他咕咚咕咚地吮吸着流血的伤口，周围的世界慢慢消失。没有比这个更重要的事了。

然后他就被推开了。他困惑地眨了眨眼，抬起眼睛望向丹尼尔。丹尼尔站在他的上方，看起来很愤怒。

"天哪！"丹尼尔吐了一口唾沫，"你怎么了？"

这句话根本问得毫无意义。这难道不正是他们来这里要做的事吗？他舔了舔嘴唇，这个女人的味道浓烈而又绝妙。他想再多喝一些。

"不！"丹尼尔把他推开。他猛扑过去，一拳打在丹尼尔的脸上。丹尼尔踉踉跄跄地往后退，震惊地眨着眼睛。他们僵持了几秒钟。

然后，那个女人呻吟起来。

"我们把她带到树林里去。"丹尼尔说道，他的声音清晰而有力。这个声音是无可辩驳的。

处于控制状态的那个人点了点头，觉得自己有点醉了。

他们把女人拖到树林里，他瞥了一眼远处沟渠的黑影，月光在微咸的水面上闪闪发光。

"这里不错。"丹尼尔说。处于控制状态的人从他朋友的声音中听到了自己陶醉的回声。

"记住你自己的工作。"丹尼尔说道。

有那么一瞬间他确实忘记了。他的工作是什么呢？但接着他想起了他们的计划和细节，以及他们为什么要这么做。他检查了自己的包，对丹尼尔点了点头。

丹尼尔推动女人的身体，让她双膝跪地，用一条领带系住她的脖子。处于控制状态的人此前在凯瑟琳家里就见过他的朋友这么做。在那里，一切都令人震惊；他几乎有些不知所措。但现在他已经准备好了。当丹尼尔脱下女人的裤子时，他甚至没有丝毫退缩。

"有点不对劲。"他的朋友喃喃自语，听起来很生气。那个女人被塞住了嘴，试图呼吸，丹尼尔戳她，打她，越来越愤怒。

处于控制状态的人想了好一会儿才明白问题出在哪儿。丹尼尔正在努力地想要勃起。处于控制状态的那个人看向别处，感到有些尴尬，但随即想起了自己要做的事。他扮演着重要的角色。他解开他带的包，打开了它，开始执行他的任务。女人的眼睛鼓了起来，现在已经没有声音了，她的手指抓着脖子上的领带。用力拽着它，咒骂着，声音嘶哑。

然后，她就倒在了泥里。

"该死！"丹尼尔咆哮道，"臭婊子！"他踹了她一脚。

"丹尼尔！"处于控制状态的人喊道。

"这都怪你！"丹尼尔对他大喊大叫，"你他妈的咬人、咆哮，还打我，就像一只该死的动物一样！"

丹尼尔说得对。他垂下了眼睛。

"该死，"丹尼尔说，"没关系。我们还有工作要做。你待在她身边，我去把货车开过来。"

处于控制状态的男人点了点头，不敢再去争辩。

丹尼尔离开了，边走边喃喃自语地诅咒着。

处于控制状态的男子跪在被殴打的女人旁边，拿出注射器。他有自己的工作要做——他知道这一点——但他想先尝试抽点血。如果只有他一个人，他现在可以喝饱了，但他不是唯一需要血液的人。

第十八章

2016 年 10 月 18 日，星期二

比尔·菲什伯恩半夜醒来，有点口干舌燥。他在床上翻了翻身子，试图重新入睡。因为他知道，如果他起身去喝水，要过很长时间才能睡着。

但是口渴折磨着他，最后他还是妥协了，轻轻地坐了起来，不想吵醒亨丽埃塔。

他随即意识到她并没有在床上。晚上的时候，她给他打了电话，说她要加班到半夜才能回家。现在还没到半夜十二点吗？感觉早就过了十二点。他叹了口气，摸到了他的手机，点开了屏幕。

现在已经是凌晨四点零七分了。

一阵忧虑使他立刻清醒过来。他的大脑慌乱地寻找着解释，并立即找到了一个——亨丽埃塔一定是回家了，然后继续在电脑旁工作。她每隔一段时间就会这样。每当遇到重要的案子都会这样。为了让自己安心，他站起身来，把脚伸进拖鞋里，轻轻地走到卧室的窗户前。透过窗户，他可以看到外面的街道，而且可以看到他们家的停车位。

亨丽埃塔的车不在那里。

他查看了屋子里的其他房间，甚至还偷偷看了一眼切尔茜的房间。他核对了一下厨房里的钟表，确实是凌晨四点多了，心里感到一阵焦虑在蔓延。

最后，他拿起手机给亨丽埃塔打了电话。

她的手机开启了离线模式。

他能为这一切想出一个简单的解释。亨丽埃塔一直工作到午夜，没有注意到她的手机已经没电了。这种情况以前从未发生过，但她偶尔会提到，公司里的其他律师助理会通宵达旦地工作。他拨打了她办公室的电话，一边数着时间，一边等着电话被接通。当他数到三十时，他挂断了电话。

他对她的公司和她本人都感到很生气。她应该发条短信给他。他给自己倒了一杯水，喝水的时候手不停地颤抖。

他并不是真的生气，而是被吓坏了。亨丽埃塔从来不会待在公司熬夜工作到那么晚，也不给他打个电话或发个短信。她应该注意到自己的手机电量不足了。

有些事情看起来非常不正常。

他又拨打了她们办公室的和她自己的电话，还是没有人接。

他在手机的联系人列表上找到了吉娜的号码。他有些犹豫要不要打电话，因为他也清楚在凌晨四点给任何人打电话都是不合礼节。但他的心脏怦怦直跳，几乎要在胸腔里炸开了。他按下拨打键，等着她接电话。

十秒钟之后她接了电话。"喂？"她的声音里夹杂着睡意和困惑。

"吉娜,你好!我是比尔。很抱歉这么晚打扰你休息,但是——"

"比尔·菲什伯恩?"

"是的,很抱歉!我刚刚醒来,看到亨丽埃塔不在家。她还没有从办公室回来。"吉娜和亨丽埃塔在一个办公室工作。实际上,是亨丽埃塔给她介绍的这份工作。

"现在几点了?她需要加班到很晚。"

"已经过了凌晨四点了。"

接着是一段很长时间的沉默。"你试着给她打过电话吗?"

"手机打不通,而且打办公室电话她也没接。你觉得她会整夜都待在办公室吗?"

"不会的!我离开办公室的时候,她差不多再有一个小时就能完工。当时是十点半。"吉娜听起来也清醒了,但是她的声音也正好印证了比尔的担忧,"稍等。她和另一个律师助理一起工作……杰夫。我打给他,看他知不知道是怎么回事。"

"好的,多谢。"

她挂断了电话,而比尔则快步走进了厨房。时间一秒一秒地过去,他等待着吉娜的电话,不时地拿起电话,然后又放下。

一个小人儿蹑手蹑脚走进厨房。切尔茜困惑地眨着眼睛:"爸爸?"

"嗨,小南瓜,现在还是半夜,快回去接着睡觉。"他温柔地说道,极力控制着自己的情绪,隐藏声音中的颤抖。

"我听到了声音。"

"我刚刚在自言自语。快,我们一起回去睡觉。"他走近她,用一只胳膊搂住她的肩膀，轻轻地把她转过身来。她听话地拖着步子回到他身边，他扶她上床睡觉，把她哄进了被窝。她依偎在枕头上，黑色卷发散开，怀里抱着她的独角兽布娃娃。比尔弯下腰，吻了吻她的前额，走出了房间。他回到厨房，把手机设置成振动状态，这样手机铃声就不会再把她吵醒。

吉娜挂断电话已经十三分钟了。她怎么——

屏幕亮了，手机在振动。他用手指滑屏解锁，试了三次才成功，因为他的手指实在抖得厉害。

"喂？"他低声说道。

"比尔，我刚刚跟杰夫聊了。他说他们俩都在十二点半的时候就完工了。他们一起离开了办公室。他把亨丽埃塔放在地铁站附近，然后开车回家了。"吉娜的声音嘶哑了，她几乎要哭出声来，"你确定她不在家吗？也许她太累了，在切尔茜的房间里睡着了？或者在洗手间？或者……或者……"

"她的车不在家。"他空洞地说道。他的内脏已经变成了一块厚厚的冰。

"也许她去了别的地方？或者，也许……"

"我先挂了，吉娜。我一找到她就给你打电话。"他挂断了电话。

他想冲出屋子去找她，看看她的车是否在地铁站的停车场。但他当然不能丢下切尔茜一个人。他打算打电话给亨丽的妈妈，让她过来在他出去的这段时间帮忙照看切尔茜，但他不想吓着她。她会不小心吵醒切尔茜，这只会让事情变得更糟。

他做了他唯一能想到的事。他输入了一个他熟记于心的号码，并一直希望自己不必拨打这个电话。

他们立即接了电话："911，有什么紧急情况吗？"

报警后，比尔独自在漆黑的房子里等了一会儿。他大部分时间都在想象亨丽失踪的各种可能的原因。

他很难回想起他一生中还有什么比这更令人恐惧的时候了。

切尔茜在蹒跚学步的时候接受了一次手术，这曾令他感到害怕。但他有亨丽和切尔茜要去安慰，而且医生一直告诉他这只是例行手术，还有护士一直对她宠爱有加。

现在，他有的只是恐惧，而且没有任何人可以倾诉。

也许发生了地铁相撞事故。也许亨丽从地铁站开车回来的时候出了车祸。也许她想起来把什么东西忘在办公室了，折返回去，在路上被一个醉酒的司机撞了，现在倒在阴沟里某个地方流着血。

他编造的一个理由是她设法把自己锁在地铁站的洗手间里。他紧紧抓住这种可能性，就像一个在风雨肆虐的大海中溺水的人，想象着她在洗手间的隔间里哭泣，等待着天亮，这样就有人能把她救出来。因为这个理论的美妙之处在于，她随时都会走进他们的家，虽然受到了创伤，却很安全。除了可以成为一件几年后他们仍能嘲笑的逸事之外，这对他们的生活没有任何影响。切尔茜在早上醒来，甚至不知道她的母亲已经失踪了一整晚。

当警察终于出现时，他在他们敲门之前打开了门。

"谢谢你们能来，"他低声对门口的警察说，"请尽量保持安静。我五岁的女儿还在睡觉。"

来的是两个穿制服的警察。年轻一点的那个是个黑人，这使比尔感到稍微轻松一些。他比他的搭档个子要高，表情严肃，眼神警觉。他的搭档是一名白人，胖乎乎的，个子不高，看上去至少比他大十岁。

"你是菲什伯恩先生吗？"年轻的警察问道。

"没错。快请进。但是请安静点。"如果切尔茜醒来之后发现有警察在这里，她会被吓坏的。

他们两个都走了进来，比尔在他们身后关上了门，把夜里尚未消散的寒冷阻隔在门外。

"我是埃利斯警官，"年轻的警察说，"这是我的搭档，伍德罗警官。我听说你妻子还没有下班回家？"

"是的。"比尔说。他一口气把整个事件都说了出来，竭尽全力让他们相信这真的是紧急情况，而不是一个愚蠢的女人忘记给丈夫打电话。他多次提到她是一名律师助理，她的电话没接通，她的同事把她丢在了地铁站——

"你说他叫杰夫？"埃利斯问。

"是的，他是另一个律师助理——"

"你对他有多了解？"

"不太了解。我在一次聚会上跟他见过一次，他看起来人还不错。"

"你妻子是否提到过他？她跟他是否通过电话？"

"额……不，我记得没有过。"

"她是否经常在办公室工作到很晚？"

比尔突然意识到，警察们是在根据自己的经验编造他们自己的理由。一个女人在情人的床上放纵了一下，没注意时间就睡着了。或者可能是一个女人出去喝酒了，彻夜狂欢还没回来。这可能是他们最常看到的情景。他们不是经常在电视上说警察直到二十四小时后才开始调查失踪人口报告吗？

比尔迫切需要说服警察事实并非如此。亨丽埃塔绝不会做这些事。那是完全不可能发生的事。所以，他从来没有想过那些事。

"亨丽埃塔绝不会……没有回来，好吗？她没有离开我。她没有和别的男人在一起。她不会因为喝醉而待在拘留所。一定是出了什么事情。"

"菲什伯恩先生，"埃利斯说，"我明白，我们会寻找你的妻子。"

比尔无奈地说："也许她把自己锁在地铁站的洗手间里，而且她的手机电池没电了。"

"我们会去查看的，"埃利斯说，"你能给我们你妻子同事们的名字和电话号码吗？你跟哪些人交谈过？还有她公司的地址。"

他照做了。他给他们展示了一张妻子的照片。他看着他们离去，看着红色和蓝色的灯光交替闪烁着。

现在已经是凌晨五点之后了。他需要在一小时内叫醒切尔茜，但亨丽还没有回家。他得找个理由来跟她解释，为什么今天早上醒来妈妈没有睡在身旁，以及为什么是他来给切尔茜梳理头发。

.

第十九章

　　清晨的寒意有点刺骨，但佐伊根本就不介意。她一旦开始慢跑起来，就基本上不会感到寒冷了。她戴着一顶帽子，可以遮住耳朵，手上戴着纤薄的手套。跑完步后，她的鼻子仍然会感觉像是一根冰柱，但在这样的天气下晨跑必然要承受这小小的代价。

　　她过去讨厌慢跑。

　　住在波士顿的时候，安德丽雅曾拉着她跑过几次，佐伊觉得这种经历很可怕。她不得不承认，部分原因是安德丽雅在她们慢跑的过程中不停地说话，而佐伊能做的只是在吃力的呼吸之间偶尔咕哝一声"嗯哼"，而她的肺感觉就像要塌陷到黑洞里一样。

　　但自从一个月前她在得克萨斯州遭受一段煎熬的经历之后，她就需要新鲜空气，而且需要大量的新鲜空气。起初，她会散步很长时间，但这不足以抑制幽闭恐惧症的爆发，这种恐惧会在一天中不时地向她袭来。而就在她开始跑步之后，这些情况就几乎完全消失了。

　　安德丽雅一遍又一遍地解释说，她需要舒展身体。她妹妹有一张清单，上面列出了数百种拉伸技巧，其中一些技巧非常复杂，让佐伊想起了《爱经》中的插图。佐伊的耐心只够做二十二秒的伸展练习。安德丽雅曾威胁说如果不做伸展就会给她造成严重的运动伤害，但佐伊在没有任何证据支持的情况下决定，她的身体不是那种会在跑步时受伤的身体。

于是，她做了三次伸展运动，然后开始跑步。当他们一周前到达芝加哥时，她很快就发现了这座城市最好的资产之———湖滨步道。比戴尔市的任何慢跑路线都好。

她出发的时候天还很黑，湖面上露出一丝蓝色的曙光，几乎看不清海岸线。湖面和天空之间有一层薄薄的云，远处是千变万化的山峦。

当她跑步时，她的思维方式也发生了变化。

整整一天，她的脑子里思绪翻腾，冒着泡，一大堆冒着泡的想法、理论和没有答案的问题。但当她跑步的时候，她的思想就安静了下来，她可以专注于一条线索，仔细地回顾它，把它彻底想清楚。

她想起了凯瑟琳·兰姆可怕的谋杀案。但这一次，她没有把注意力集中在实际行动上，而是考虑了案发之前的一些瞬间。那两个人，正走向凯瑟琳的家。他们是步行去的，还是开车去的？他们在路上聊过吗？他们走到门口的时候，是肩并肩走呢，还是一个在前面、一个在后面？

这是很难想象的。格洛弗和另一个人合作作案这整个想法都是很奇怪的。格洛弗一般会独自跟踪，然后谋杀。他精心把自己伪装成一个很热心、很友好的人，一个可以和你一起喝酒的人。他不会让人们看清他撕下伪装时的样子。显然，他不想被警察抓住。但事情还不止于此。格洛弗还希望别人都喜欢他。

多年前，当他还是她们的邻居时，他对她全家人都很友好。他会和她的父母谈论政治，他的观点总是和她的父亲不谋而合。但如果她的父母就政治问题发生争执，他会很快发现双方的优点，让双方都感到满意。他会向邻居寻求帮助，因为他狡黠地发现，当别人帮了你的忙时，他们往往会变得更喜欢你。对佐伊而言，他非常有魅力，因为他给了她青少年时期最想要的——一个不带任何偏见的倾听者。他希望被人喜欢，被人病态地崇拜、迷恋。不是因为他对别人有丝毫的兴趣，而是因为当有人喜欢他时，这就肯定了他对自己的积极看法。他观察人们对他的反应，就像一个人在照镜子一样，确认自己看起来不错。

还有一个原因是，他认为人际关系是有用的。他是对的。毕竟警方和她自己的父母不都是更愿意相信他的话，而对佐伊的话置若罔闻吗？

但这次，他向某个人，他的同谋，展示了自己的真面目。是什么促使他这么做的？他又是怎么做的呢？

太阳从云层中探出头来，瞬间把天空染成鲜艳的橙色，阳光照射在湖面上，波光粼粼。佐伊拿出手机，拍了一张虚焦的照片。她在心里记着要把它寄给安德丽雅。

她跑过俄亥俄街海滩，瞥了一眼平坦的沙滩。三个月前，人们发现克里斯塔·巴克死在了这里，尸体经过了防腐处理。她和泰腾到达犯罪现场时争吵不休，对彼此恨之入骨。时过境迁，恍若隔世。

她转过身来，开始往回走，同时轻轻地将自己的思绪拉回正轨。

她确定，格洛弗并没有展现真实的自我，甚至在他的犯罪同伙面前也不例外。格洛弗希望受到所有人的崇拜，而唯一看到他真实自我的人就是他的受害者。除了她和安德丽雅之外，看到他那一面的女性都没有幸存下来。也许他对她如此着迷的主要原因就在于她的与众不同。多年以前，她就见过他的真面目。

不对，无论格洛弗向他的同伙展示什么，那都是另一种伪装。他待在同伙身边，会表现得很友善、包容、有趣，就像对待其他人一样。当他最终提出他的需要时，他会非常小心翼翼，以一种看起来根本不是他的错的方式提出来。在他的叙述中，他是受害者的身份。他会责怪谁呢？女人？社会？他自己的父母？不管是谁，这都将会使他得到同伙最大的同情，因同情带来合作。

而且他必须找到最合适的同伙。他知道这个人一定不会因为格洛弗告诉他的话而感到恐惧或不安。他是怎么找到他的？他是否在网上搜索志同道合的人，运气好的话，找到了住在附近的人？感觉不太对。尽管她不愿意承认这一点，但格洛弗的魅力，在很大程度上体现在面对面的相处上。他平易近人的微笑，让人放松的体格，以及亲切随和的肢体语言。当然，这都是伪装，但他伪装得天衣无缝。他会在寻找他可以信任的人时施展这种魅力。

她可以看到远处的停车场，于是减缓了慢跑的速度，呼吸有些急促。她双手捧在脸前，轻轻地吹了口气，用来给她的鼻子解冻。

格洛弗和他的同伙见了面。就像泰腾说的，不是在教堂，而是在别的地方，然后他的新朋友把他介绍给了教堂。但格洛弗在教堂里会做什么呢？为他的罪忏悔？祷告？

　　某些信息被遗漏掉了。她需要更多地了解河滨浸信会教堂。

第二十章

河滨浸信会乍一看没什么好看的。红砖建筑，只有一个塔楼，入口是一个简易的深红色拱形门。但当泰腾停车时，佐伊注意到了一些小事物：外墙两旁都是盛开的花坛，教堂墓地里有修剪得很整齐的草坪，草坪边上摆放着三条颜色鲜亮的木凳。与街道的其他地方不同，教堂周围的区域没有干枯的树叶。这个地方被照料得很是周到。

正当泰腾给汽车熄火的时候，她的手机响了，是奥唐纳打来的。

她示意泰腾稍微等她一下，然后按下接听键。"我是佐伊。"

"本特利。"奥唐纳的声音尖锐而冰冷，"你为什么要告诉媒体说你在帮助我们办案？"

佐伊困惑地皱着眉头："我没有告诉任何人。"

"好吧，当然也不是我。这里有一篇文章，详细概述了你的参与，等等……"接着是短暂的停顿，然后奥唐纳大声朗读，"据接近调查报告的消息人士称，警方已就此案咨询了著名侧写师佐伊·本特利和联邦调查局。本特利曾在'勒杀凶犯'案中帮助过芝加哥警察局，并在其他案件中发挥了关键作用。"

"我没有跟任何人讲过这些。会不会是昨天在车站看到我的那个人呢？也许是他泄露了信息。"

"他甚至都不知道你是谁，也不会关心这个。此外，昨天下午有个记者问了我关于你的事，他告诉我他认识你。"

佐伊的心沉了下去："他叫什么名字？"

"名字听起来有点搞笑。叫什么……尼克·布莱克。不……是吉米·基米——"

"哈里·巴里？"

"就是这家伙。他想知道佐伊·本特利对本案有什么看法，我说我不能泄露任何信息，并问他是怎么知道你参与其中的。他说他认识你。你不应该告诉他任何事情，我不管你们是不是朋友。我们说好了的——"

"他不是我的朋友，我也没有跟他说过。你被他耍了。"佐伊真的有点想打人的冲动。她忘了在芝加哥二百五十万人口中，有一个叫哈里·巴里的人。更令她懊恼的是，他正在写一本关于她的书，她甚至亲自给他提供了很多材料。现在他又骗奥唐纳警探，让她承认佐伊也参与了这次调查。该死，这就意味着格洛弗应该也知道。他会变得更加小心，也很可能会变得更加危险。

"什么意思？我被耍了？"奥唐纳的声音发生了变化。她还是很愤怒，只是已经没有了发泄的对象。

"他是在诈你。你告诉他之后，他才知道我参与了本案。"

"该死！但是，他怎么——"

"哈里·巴里真是个讨厌鬼，"佐伊生气地说，"听着，我稍后再给你打电话，我们一起决定如何处理这件事。"

"好的。"

佐伊挂断电话，用手机查看了《芝加哥每日新闻》的网站。她很容易就找到了这篇文章；这是一个典型的哈里·巴里式头条——"著名侧写师在牧师女儿谋杀案中为警方提供建议"。相信哈里会在一句话里提到佐伊、教堂和谋杀案。她点击了链接，浏览了一下内容，看到自己的照片放在格洛弗的上面。这让她感到很生气。他至少应该把格洛弗放在第一位。这才是最重要的部分。

"曼卡索不会高兴的，"泰腾说着，回头看了看电话，"奥唐纳的老板可能也不会高兴。"

"好了，事情已经这样了，"佐伊咕哝着，"我更担心格洛弗的反应。这可能会让他变得更无法预测。"

"好吧，他可能乱了阵脚。"

"是的。"佐伊并没有被说服。她上下翻动着文章，在自己的图片和格洛弗的图片之间切换。

泰腾从她手里夺过电话。"来吧，"他说，"没有必要为此担心。我们去教堂看看吧。"

空荡荡的教堂里面的空气并不暖和。入口右边是一个公告板，中间钉着一张凯瑟琳·兰姆的巨幅人像照片。上面是采用精致的卷曲字体写下的题词"爱的纪念"，图片下方是用相同字体写的"凯瑟琳·兰姆 1991—2016"。周围固定着数十张照片，在昏暗的灯光下很难分辨出细节。公告板下方的墙上有一张桌子，上面放着一个大花圈，在花圈周围摆放着许多花束、点燃着的蜡烛和手写的卡片。

佐伊查看了公告板上的照片。这些照片都是凯瑟琳和其他人的合照，大概是属于教会会众的。在一些照片里，他们站在一起，冲着镜头微笑；而在另外一些照片里，摄影师拍摄到了他们不同的活动。凯瑟琳拿着一个大刷子粉刷墙壁，脸上有白色的油漆斑点。凯瑟琳照料着杂草丛生的花园，双手和膝盖着地，她的胳膊肘上沾着泥土，她正在和一个在她身边工作的少年交谈。在一个很大的厨房里，凯瑟琳正冲一个女人微笑，这个女人正在照看着一口大锅。显然，选这些照片是因为凯瑟琳在照片里看起来很迷人，而选这些照片的人几乎没有注意到其他的对象。在很多照片中，她周围的人都是模糊的，或者在眨眼，或者偶尔捕捉到一张奇怪的脸在说话。这不重要，因为这些照片都是关于凯瑟琳的。然而，这却给整个拼贴画带来了一种奇怪的效果，似乎凯瑟琳比其他人更敏锐，更真实，更有活力。

"教堂看起来空荡荡的，但是这些蜡烛是在不久之前被点燃的。"泰腾说道，眼睛望向了桌子，"也许今天早上早些时候，在开始工作之前，他们为凯瑟琳举行了某种纪念活动。"

他猜得没错。这些花也是新鲜的。桌子上主要摆放的是白色的百合花和康乃馨，佐伊感觉大部分的花都是由同一家商店提供的。也许其中一位会众是花店老板。

另一块公告牌挂在凯瑟琳的圣祠旁边，上面写着每月的日程安排和其他一些通知。公告牌上还贴着一些手写的名字。佐伊仔细看了看，意识到这些都是志愿者，他们愿意在未来的艰难日子里为兰姆牧师做饭。有一份关于因凯瑟琳去世而取消野餐的通知，还有一份关于推迟为无家可归者募捐的通知。佐伊浏览每月的日程安排，注意到每周二都有"老年人街头绘画"活动和为妇女收容所捐赠衣物的活动。

她能在这座教堂里深深地感受到一种共同体意识。

她说："格洛弗会像飞蛾扑火一样被吸引到这里来。"

"什么意思？"泰腾问道，环顾着四周。

"嗯……他在梅纳德住了许多年，那是一座小镇。"她回想起她的童年，"我们这条街上的每个人都知道彼此的名字，一出门就会遇到你认识的人。我以前很喜欢这种经历。后来，到了青少年时期我就感到厌恶了。"她不由自主地笑了。

泰腾说："我想在威肯堡的情况也是如此。"

她记得，那时候总是有一些零星的闲言碎语四处传播。她此刻几乎能听到母亲和邻居们的谈话。某某的女儿从阿拉斯加回来探亲，她当初为什么要搬到那里去？那边天气那么冷。你听说上周理发店发生的事了吗？他们还在清理泡沫。三年级老师戈德弗里太太又生病了；那些可怜的孩子应该有一个合适的老师。那些关于熟悉和亲情的点点滴滴。

"那是一个真正的社区，"她说道，"每个人都是梅纳德社区的一员。格洛弗很喜欢这一点。他对每个人都很友好。他很乐意跟别人聊天，把他听到的事情讲给大家听。"

"讲什么？绯闻之类的吗？"

"或国内新闻。而且，他有时候会编造一些谎言，穿插到真相里面，让谈话变得更有意思一些。让他自己显得更加有趣。"在小时候，她也相信了格洛弗就是这样的人。不过现在，她认识得更加全面。精神变态者通常很擅长模仿，观察他们周围的人，弄清楚什么有用、什么没用，以及如何做让人们更喜欢他们。

泰腾明白她接下来想说什么。"后来，他来到了芝加哥。情况发生了一些变化。"

"没错。这座城市节奏很快，人也超级多。初来乍到时，这可能正是他想要的。一个藏身之所，好混入人群当中。但过了一段时间之后，他开始怀念那些无忧无虑的闲聊和亲切的问候。"

泰腾说："他在工作中也没有获得这种感觉。"

"是的，他没有。"他们去过他工作过的办公室。这是一家大型科技公司，人们在不同的工位工作，他所在部门的每个人都在不停地跟愤怒的客户打电话。"后来，他发现了这个地方。这个教堂的社区充满着一种亲切感。他可能无意间来过一两次——看到一群会众在野餐，或是站在教堂外面交谈。这就是他想要的。他看到了他的猎物。"

佐伊从公告牌旁边离开，在长凳之间踱步，环顾着四周。格洛弗会在周日来这里，因为那时最热闹——能够见到更多的人。他会以一种虔诚的基督徒的形象出现在那里，让更多的人见到他。起初他只是露面，然后可能会加入他们的对话，参加他们的活动，到处做志愿者，然后成为帕特里克·卡朋特口中的"好人"。

人们会簇拥在这个空间里，聆听牧师的演讲，格洛弗也会在那里，看着周围的人，通过观察年轻女性来打发时间，放纵着无边无际的幻想。凯瑟琳会坐在哪里？在众人都能注视到的位置？他有多少次在早上悠闲地瞥了她一眼，想象着她赤身裸体，脖子上缠着一条领带？

这里还有另外一个人——不明嫌犯贝塔。佐伊咬着嘴唇。另一个对凯瑟琳产生痴迷的人。也许，他想知道她的血是什么味道。

教堂和十字架并不能让你在现实世界中免受吸血鬼的伤害。至少这一次不是。

他是怎么遇到格洛弗的？是什么让他们知晓彼此有共同的阴暗兴趣的？这种谈话可不是正常的教会社区的聊天。*我觉得今天的布道很有说服力，你觉得呢？我并没有真的在听，我在幻想杀了坐在我前面的那个女人。哦，我也是。*

不知怎的，格洛弗就找到了他。她需要知道他们结交的方式。

"佐伊，"泰腾说，"快看这个。"

他指着其中一张照片。佐伊走了过来，研究了一会儿。

一张脸，模糊，失焦，勉强可以分辨出来。

格洛弗。

他正在和一个站在照片画面之外的人说话。佐伊皱着眉头，身体前倾，试图从照片中收集信息，但什么也没找到。这是一张凯瑟琳和其他会众在野餐时的照片，所有人都有说有笑，并没有刻意去看镜头。凯瑟琳举起双手，向正在和她谈话的一个男人展示着什么。艾尔伯特·兰姆坐在她身边，听着她说话，脸上满是慈祥的表情。格洛弗在角落里。

在她伸手去拿照片之时，教堂的门开了。她转过身，看到一个男人正拿着一束红玫瑰看着他们。他留着一头棕色的卷发，嘴唇很厚。

"你们好。"他说，声音轻柔而随和。

"你好。"泰腾也跟他打了招呼。

"你们两个是在找人吗？"

"我们只是随便看看。"

他朝着他们走来，皱了皱眉头，清了清嗓子说："我们这里最近总会来几个随便看看的人。你们两个也是警探吗？"

泰腾看了一眼佐伊，只见佐伊耸了耸肩。

泰腾转过身来，拿出徽章给这个男人看。"我是格雷探员。"

"噢，我是艾伦·斯文森，"他说，"是关于凯瑟琳的案子吗？"

"是的。你很了解她吗？"

"是的，我已经来这座教堂十二年了，所以我跟她交谈过几次。我们曾经一起组织过一场慈善活动。她是一个很不错的女人。"

"那些花是为她的圣祠准备的吗？"佐伊问道。

他舔了舔嘴唇，看起来有些困惑，然后低头看了看手里的玫瑰花束，好像刚刚才想起它们。"是的。今天早上我错过了追悼会，但我想顺便过来把这些东西放在这里。"

他走到桌旁，轻轻地把花束放在另一束花旁边。然后，他转身看着佐伊："你叫什么名字？"

"斯文森先生，"泰腾插嘴道，"你介意我们问你几个问题吗？"

一阵短暂的停顿之后，斯文森说道："当然不介意，你们问吧。我很乐意提供帮助。"

"你什么时候听说了凯瑟琳被害的消息？"

"在星期天的上午。我来这里参加礼拜，见到了几位会众。他们告诉我的。"

"周日那天这里有礼拜吗？"

"没有。牧师不在，帕特里克也不在。"

"帕特里克？"

"帕特里克·卡朋特。如果兰姆牧师来不了的话，他有时会来主持礼拜仪式。"斯文森再次清了清嗓子，"调查有进展吗？"

"我们不便透露，"泰腾回答说，"在凯瑟琳·兰姆死前的一周内，你注意到她有什么不寻常的事情吗？"

"我当时并不在她身边。我主要是来参加星期天的礼拜的。"

"你上一次见到凯瑟琳是什么时候？"

"嗯……她上个星期天没去教堂，我想这很不寻常。大约一个半星期前，我开车经过教堂时，确实在街上看到过她。"

"她看起来怎么样？"

"还好吧，我觉得。我当时正在和一个朋友交谈，并没有太注意她，但我向她挥手致意，她看见了我，也跟我挥手致意。"

"还有其他的吗？"

"没有了，正如我所言，我当时在开车，并没有停下车来跟她交谈。"

"你能想到会众中与凯瑟琳关系特别密切的人吗？"

"有很多人，她组织了很多教堂的活动。"

"有没有人跟她关系尤其亲密？"佐伊问道。

他似乎犹豫了片刻："嗯，她和帕特里克关系有点亲密。但我想这是因为他们都对教会社群投入了很多。不过，最近几周他们并不像之前那么亲密了。我想他们可能闹掰了。"

"是什么让你这么觉得的？"

"都是一些小事。他们过去在做礼拜的时候会比肩而坐，但在过去两次礼拜时，我注意到他们分开坐了。他们之间谈话也少了。"

佐伊和泰腾等着他继续说下去，沉默在此刻蔓延开来。斯文森的眼睛不停地扫视着四周，但他什么也没说。

"你认识这个人吗？"佐伊指着照片中的格洛弗问道。

他皱着眉头，仔细地看着。"哦，是的，我在附近见过他。嗯……摩尔，对吗？"

泰腾说："他自称丹尼尔·摩尔。"

斯文森慢慢点头："啊哈，是的，我见过他。"

"跟他说过话吗？"

"可能聊过一两次，只是闲聊几句。"

"你见过他跟其他人交谈吗？"

他皱了皱眉头，问："是他做的吗？"

"我们只是想跟他聊聊，"泰腾说道，"有没有注意到他跟具体某个人交谈过？"

他略加思考之后说道："没有，只见他来过这里，他经常来。"

"从什么时候开始？"

"我不确定。"斯文森向后退了一步，"听着，我愿意提供帮助，但我必须要去工作了。你有名片之类的吗？"

泰腾把自己的名片递给了他。斯文森放进了口袋，盯着佐伊看了一会儿。然后，斯文森就转身离开了。

"他认识格洛弗，"佐伊说道，"不只是面熟而已。"

"绝对不只是面熟！"泰腾说道。

佐伊又对这些照片仔细研究了一番，在里面寻找格洛弗。那位牧师，也就是凯瑟琳的父亲，在照片中出现了几次，每次都是一副忧郁的表情。帕特里克·卡朋特出现在其中七张照片中；他的妻子莱昂诺出现在五张照片中。在所有的照片中，莱昂诺都在对着某个人说话或是微笑。她总是在跟其他人互动。而帕特里克则看起来更加安静、体贴。斯文森也出现在两张照片里。其中一张照片里只有他和凯瑟琳，他俩坐在教堂外的一张木制长椅上聊天。

泰腾拿出手机，拍了几张整个布景的照片以及包含罗德·格洛弗的一张特写照片。"我们去和艾尔伯特·兰姆谈谈，听听他对丹尼尔·摩尔有什么看法。"

第二十一章

比尔设法让切尔茜做好了去上学的准备，他在混乱和恐慌的迷雾中开车送她去上学。他觉得她并没有觉察到，但他也无法确定。小姑娘有着惊人的洞察力。他告诉她妈妈那天早上要早点去上班，这个谎言立刻给他内心汹涌的情感飓风增添了一种负罪感。当她下了车，跟他挥手告别时，他也跟她挥手告别，他的脸上露出了笑容。她转过身，朝着学校的方向走去；他驾车离开，开出一个街区后停了下来，下车开始吐了起来。

现在，他又重新坐回了车里，深吸了一口气，尽力控制着自己的情绪。他不能再这样开车了。他以这种状态驾车送切尔茜去上学这件事突然似乎有些不负责任，而且极为愚蠢。

他又拨打了亨丽的电话，他整个上午都是这样做的，而电话仍然无人接听。他手机上有三个吉娜打来的未接电话，还有一条吉娜发来的短信，要他一有消息就通知她。

警察正在找她。不管发生了什么，他们都会知道的。

除非警察对此负有责任。

这是一个突然的、条件反射式的想法。这件事一曝光，他就开始考虑警察误杀、捏造指控和警察暴行等情况。也许埃利斯警官和他的搭档在他们出现的时候就已经知道亨丽在哪里了，他们只是走走过场而已。

他很无助，不知道接下来该如何做。他在手机上搜索"如何处理失踪人口"。

第一条信息实际上很有帮助。他可以做很多事：向警方提供更多信息，给芝加哥所有的医院打电话，访问当地的监狱，打电话给他妻子的所有朋友，在社交媒体上发布寻人启事，他可以打印寻人传单。他发现有个叫"全国失踪和身份不明人员系统"的东西。

此刻，他感觉更加糟糕。他有太多事情要做，而他却不知道该从哪里着手。他必须在中午的时候赶回家里，为切尔茜做午饭。

他可以先开车去地铁站，看看亨丽的车是否停在那里。这将有助于他搞清楚她是什么时候失踪的，而且会对警方很有帮助。

他此刻就连开车这样简单的事情都很难完成。因为切尔茜的缘故，他不得不强迫自己去做，但他已经站在悬崖的边缘，距离深不见底的黑暗深渊仅有一步之遥。他所做的每一件事都可能令他跌倒。他花了比正常情况多出很多的时间才到达地铁站停车场。

但是，既然他现在已经到达地铁站停车场，事情就好办多了。他所要做的就是在一排排停放的车辆之间行驶，寻找亨丽的车。他发现，把自己奉献给这项需要他全神贯注的简单任务，让他感到很放松。他很有条理，从停车场的西南侧开始，慢慢地在车道上蜿蜒前行。

当他穿过四条车道时，停车场另一边的什么东西引起了他的注意。一辆警车，灯还在闪烁。他改变了方向，朝警车驶去，在那里看到了一幅让他毛骨悚然的场景：一条黄色的胶带，封锁了停车场里的一部分区域。在黄色胶带后面，是亨丽的车。

他踩下刹车，从驾驶座上下来，向黄色胶带飞奔而去。一个警察挡住了他的去路。他立刻认出了这名警察。他是埃利斯。

"发生了什么？"他声音颤抖着大声问道，"亨丽发生了什么？"

"菲什伯恩先生，"埃利斯说，"你不能进去。"

"她在那里吗？她出车祸了吗？她受伤了吗？"

埃利斯说："我们还没有找到亨丽埃塔，她不在这里。"

他如释重负，但立马又感到困惑。如果亨丽不在这里，为什么他们把她的车围起来？到底发生了什么事？

细节成为人们关注的焦点。一名戴着手套的男子在亨丽的车附近刷蹭着地面，把刮下来的东西放在一个小塑料袋里。另一名男子正在用一把黑色小刷子擦车门把手上的灰尘。

然后，他看到三个人在停车场的另一边，小心翼翼地穿过树林，眼睛盯着地面。

"发生什么事了？"他低声说。

"我现在还不能给你一个答案，我们还在调查。"

"但是，你发现了一些情况，所以你把这些警察叫了过来，对吧？你发现了情况。"

埃利斯迟疑了一下，"我也不确定，但有迹象表明，这里曾经发生过暴力冲突。"

"而那边的那些人……他们是在找我的妻子吗？"

"菲什伯恩先生，我保证一旦我们获得更多消息，我会尽快告知你。但是你不能待在这里。"

埃利斯轻轻地把他从黄色胶带旁推开。比尔按照他说的做了，他意识到埃利斯护送他上车的方式和几个小时前他带切尔茜上床睡觉的方式并没有太大的不同。

第二十二章

艾尔伯特·兰姆的家是一个坐落于一条安静街道上的白色小房子。泰腾爬上木楼梯，楼梯上发出空洞的声音，佐伊紧随其后。泰腾没有按铃，而是敲了敲门，仿佛门铃的响声会在某种程度上破坏房子里的悲痛气氛。

门内传来一连串响亮的犬吠声。几秒钟后，传来了艾尔伯特的声音："稍微等一下。"一段更长的时间过后，艾尔伯特·兰姆才打开了门。他身着西装，但西装皱巴巴的；稀疏的头发也乱糟糟的；眼睛因失眠或流泪而变得浮肿，又或者这两种原因都有。一只大型金毛猎犬从他身边挤了过来，晃动尾巴，嗅着泰腾的双腿。

艾尔伯特茫然地看着他们。过了一会儿，他的眼睛里才闪过一丝辨认出来的光芒。"哦。你和奥唐纳警探一起工作，对吧？泰腾·格雷？"

"没错，"泰腾说道，"我们可以进来吗？"

艾尔伯特示意他们进去。屋里一片漆黑，十分寂静，甚至连灰尘也似乎在空中，纹丝不动，呈盘旋状被悲伤所冻结。艾尔伯特拖着奇怪的步子把他们带到客厅，泰腾怀疑他可能喝醉了酒。狗也跟着他们，低垂着头，耷拉着尾巴。显然，它对弥漫在空气中的沉郁悲伤也并非无动于衷。

客厅的色彩出奇地鲜艳——蓝色的圆形地毯，灰白色的沙发，还有几把配套的椅子。房间中央放着一张玻璃咖啡桌。角落里摆放着一株盆栽植物，与凯瑟琳·兰姆家中的盆栽植物相同。泰腾猜想她买了两个，一个给自己，一个给父亲。艾尔伯特·兰姆的植物并没有被忽视的迹象，然而……

"请坐。"艾尔伯特指了指沙发，"我马上就来。"

泰腾坐了下来，佐伊仍然站着。艾尔伯特从房间里走了出来，泰腾确定是自己搞错了：这个男人并没有喝醉，他只是处在情绪崩溃的边缘。他的每一个动作似乎都是一种煎熬。

佐伊已经开始观察房间了，检查书架，以及挂在墙上和窗户上的凯瑟琳的照片。泰腾不知道她是想为老人树立某种形象，还是仅仅在紧张地对压垮整个房间的悲伤做出反应。那只狗抬头看着佐伊，跟着她到处走。泰腾一直在读秒，直到艾尔伯特端着一个小盘子回来，上面放着三杯水和一碗饼干。他把托盘放在咖啡桌上，然后坐在一把椅子上。佐伊则和泰腾一起坐在沙发上。

"我有什么可以帮到你们的吗？"艾尔伯特问道。他的声音很疲倦，听起来有些漠不关心。他没有询问有关这个案子的消息。人们处理悲伤的方式各不相同。他们中的许多人都希望能将罪犯绳之以法，希望这能给他们带来某种正义感，或者给他们一个了结的暗示。艾尔伯特·兰姆不像是这类人。

"兰姆先生，我们希望您能告诉我们关于您教会中某个会众的信息。"

艾尔伯特叹了口气："帕特里克跟我讲，你们正在调查我们教会的成员。"

"并不是所有会众。我们只是在调查一个人，就是您认识的那个丹尼尔·摩尔。"

艾尔伯特拿起了其中的一只玻璃杯，啜饮了一口。"他还有其他的名字吗？"他问道。

"他的真名叫罗德·格洛弗。"

艾尔伯特若有所思地点点头："原来这就是他的名字。"

"您知道他改了名字？"佐伊突然问道，"您是怎么知道的？"

"因为他告诉过我。"

一瞬间，他们三人都沉默了。泰腾眨了眨眼睛，试图理顺一下自己的思绪。"他还告诉您什么了？"

"没有太多。他说他想要一个新的开始。他经历了一个不安的童年和暴力的过往。他说有人在追杀他，他来芝加哥是为了抛却过去。他想要改变。他想做点好事。"

"您有没有请他详细谈谈他那暴力的过往？"佐伊声音尖锐地说道。

"他说他还没有准备好谈论这个，我尊重他的隐私。"

佐伊张开嘴想要回答。泰腾警告似的瞥了她一眼。她连忙闭上嘴，咬紧了牙关。

"您知道在哪里可以找到他吗？您有他的电话号码吗？"泰腾

问道。

"不知道。"

随着一声响亮的尖叫声，他们三人都转过身去。只见艾尔伯特的狗站在房间的角落里，嘴里叼着一个大橡皮球。球发出了吱吱的响声。它满怀期待地走近艾尔伯特，但牧师却并没有动弹。

"您能告诉我们他和谁是朋友吗？"泰腾问道。

"他对每个人都很友好。"

"有没有特别好的朋友？"

"据我所知没有，但我没有特别留意。"

狗把球扔在艾尔伯特脚边，呜呜地叫着。艾尔伯特和狗都一动不动地盯着球看了几秒钟。泰腾抑制住想把它捡起来扔给狗狗的冲动。

"所以您就让这个人进入了您的教会，进入您的社区？"佐伊突然问道，"一个您明知道他有着不光彩过去的人，而您甚至连他的行踪都没留意过？"

泰腾清了清嗓子，朝她扬了扬眉毛。佐伊脑子里的想法影响了她的判断力。他希望她能闭嘴，让他继续询问。

艾尔伯特瞥了佐伊一眼。"我不是在经营企业或学校，我经营的是一家教堂。如果我在最需要的人来的时候把门关上——"

"罗德·格洛弗并不属于这样的人。"

"你认为他和凯瑟琳的死有关吗？"

"我们不能泄露任何有关调查的信息。"泰腾说。

"好吧，如果你们这样想，那你们就错了。"

"您怎么知道？"泰腾问道。

"我和他谈过几次。我看到他帮助有需要的人，和孩子们玩耍，支持社区里的人。这个人绝不会做出发生在我女儿身上的事。"

佐伊又张开了嘴，想要说些什么，泰腾举起手指，怒视着她，让她安静下来。他等了几秒钟，看着那只狗，它瞪着忧郁的大眼睛，夹着尾巴，对着艾尔伯特。最后，那只狗蹑手蹑脚地走到房间的角落里，耷拉着耳朵瘫倒在地板上。

泰腾说："如果他是无辜的，他就不用担心我们找到他。我们只是想问他一些问题。如果您知道我们在哪儿可以找到他——"

"就像我刚刚说的，我不知道。"艾尔伯特疲倦地说，"他两个月前就离开了。因为家里发生了紧急情况。他说不知道什么时候回来。"

"我们有理由相信他在你们社群里有一个好朋友，"泰腾说，"您知道是谁吗？"

"我想不出来有谁。"

"那这张照片呢？"泰腾问道。他拿出手机，在图片上的角落里找到了格洛弗模糊的脸。"您记得他在和谁说话吗？"

艾尔伯特从他手里小心翼翼地接过手机，仿佛它是一个精致的瓷娃娃一样。因为凯瑟琳处在照片的中心，泰腾甚至怀疑他是否能看到照片中的其他人。"我记得那天，"他说，"凯瑟琳和莱昂诺组织了这次野餐。我对这个想法不感兴趣。那天本来要下雨的，这听起来会很麻烦。但她们俩什么事都能搞定。结果，那天的野餐很完美。凯瑟琳做的苹果派总是很吸引蜜蜂。"

"那次野餐还有谁参加了？"佐伊问道。

艾尔伯特摇了摇头。"我不知道。那天有数十名会众。你在哪儿看到这张照片的？"

"就在你们教堂的纪念墙上，"佐伊说，"您没见过吗？"

"哦。不，我没有。我一直想去，但是……"他放下手机，"我累了。"

"您不记得他跟谁说过话了吗？您似乎对那天的情景记忆犹新，他就坐在离您只有几英尺远的地方。"

"我记得凯瑟琳。"艾尔伯特摇了摇头，仿佛凯瑟琳在野餐会上的出现冲淡了他记忆中关于那天的其他细节。

这个男人身上有一种诡异的、支离破碎的东西。泰腾觉得艾尔伯特·兰姆是一个习惯于发表宏大演讲的人，演讲中充满轻松洋溢、丰富多彩的词句，展示着有力的肢体语言。但现在，他悲恸欲绝，用简短而疲惫的句子说话，而声音近乎单调。泰腾仍然可以瞥见这个人过去的影子。他手臂戏剧性的动作，以及他突然强调似的说出的一个词，但这都是紧张、痉挛的反应。兰姆牧师走了，也许永远走了。眼前的这位只是艾尔伯特·兰姆，一个失去了唯一女儿的鳏夫。

"您知道纪念板是谁做的吗？"泰腾问道。无论是谁做的，都可能有野餐的其他照片。也许他们可以看出格洛弗在和谁说话。也许他们会有格洛弗的其他照片。任何能够说明格洛弗在该社区活动的事情都将有助于他们确定他的同伙。

"一个名叫泰伦斯的会众。"

"您能把他的电话号码给我们吗？"

艾尔伯特从桌子上拿起手机，轻轻点了几下屏幕，然后把手机递给了泰腾，泰腾抄下了泰伦斯的电话号码。

佐伊还在不依不饶地问他："您想不出格洛弗有什么亲近的人吗？您在教堂见过他坐在同一个人旁边吗？也许他和某人一起出现？或是与某人一同离开？任何一个人？"

艾尔伯特耸了耸肩，道："正如我所言，他帮助过很多人。"

"什么样的人？"

"这些人需要他的经验，有相似背景的人想要改过自新。"

泰腾感到恶心。他瞥了一眼佐伊，看到她的眼睛也睁大了，因为她也开始明白了。"生活中存在暴力的人？"他问道。

"是的。在他加入教会社群不久，他告诉我，他很高兴能指导一些像他一样的人。这些人在暴力中长大，也曾经有过暴力行为。他们来找我或帕特里克会觉得不自在。"

"他们找凯瑟琳也会觉得不自在吗？"泰腾问道。

"凯瑟琳那时还很年轻，她并没有真正开始为会众提供咨询。所以，我跟任何在生活中存在暴力情况的人说，如果他们无法从我这里得到想要的支持，可以去找丹尼尔。他可以帮助他们成为更好的人。"

这位牧师让杀死他女儿的凶手进入了他的教堂，甚至可能还把他介绍给了他的从犯。"我们需要一份所有接近过丹尼尔的人的名单。"

"我没有名单。因为整个过程都是保密的，他们可以直接去见丹尼尔，不用事先跟我或者任何其他人讲。"

他们在艾尔伯特的客厅里又待了十几分钟。佐伊僵硬地沉默着，而泰腾一直在问问题，牧师静静地回答着他的提问，似乎有些心不在焉。如果他知道任何跟凯瑟琳被杀或罗德·格洛弗有关的事，那也藏在他那堵不可逾越的悲伤之墙的后面。

　　他们离开这里时，佐伊脚步轻快地朝汽车奔去，仿佛她需要尽快离开艾尔伯特·兰姆的家，泰腾尽力跟上了她。他非常了解她，很容易就从她噘起的嘴唇和眯起的眼睛里看出她的愤怒。

　　现在，他应该已经对她的愤怒习以为常了。佐伊一直都表现得很没有耐心，动不动就发火。她很容易被愚蠢的行为或者不同意她的观点的人惹恼；如果有人胆敢无视她的意见，情况就会变得更糟糕。但她现在的举止令他感到很不舒服。这不是佐伊平时发脾气的样子，如同干燥田野里的火一样，燃烧得很快，不过几分钟就熄灭了。这是一种慢慢沸腾的情感，可以持续很长时间。

　　"如果他知道那天格洛弗跟谁说过话，这条线索就会很有用。"她说道。

　　"为什么特指那一天？"泰腾问道。

　　"我并不在乎那一天。但是，在那一天拍下了他真实的照片，这是我们可以信任的东西。摄像机不会撒谎。"

　　"你认为艾尔伯特对我们撒了谎？"

　　"我认为格洛弗对他撒了谎，而他把谎言传递了下去，这跟他撒谎没什么两样。教会社群里的每一个人都重复了一遍相同的谎言。不管我们跟谁去谈，得到的都是些模糊的故事。但照片能告诉我们真相。它可以向我们展示事实。我想看看格洛弗是如何与那些会众互动的，他和谁交谈，他被什么样的人吸引。"

"好吧。"泰腾说着拿出了手机，找到了泰伦斯的电话号码。是时候看看还有没有别的照片了。

第二十三章

　　泰伦斯·芬奇是一位专业摄影师，他告诉泰腾他会在工作室待到晚上。工作室位于南阿什兰大道，离艾尔伯特家不远。佐伊看起来如此情绪激动且反复无常，以至于泰腾此刻非常希望自己能有一张凯蒂·佩里的专辑，或者她听过的其他可怕的音乐，这样她就能冷静下来一点。

　　工作室位于一家洗车场和一个看起来很不景气的汉堡店之间。有人在工作室的墙上喷绘了一颗黑色的心形并试图在里面写上名字。无奈心形实在太小，最后变成了由"斑点"和"潦草涂鸦"组成的爱情宣言。泰腾想知道斑点和潦草涂鸦是否还在一起，他们是否有孩子，他们的孩子可能会叫污迹、墨痕或斑点。

　　佐伊按门铃的时间太长了，导致了一声尖锐而愤怒的嗡嗡声，让泰腾皱眉蹙额。等了十秒钟之后，佐伊又按下了门铃。

　　门突然打开了，一个满脸怒容、蓄着山羊胡的男人站在门口。

　　"你是泰伦斯·芬奇吗？"泰腾问。

　　"嘘！"那人把手指放在嘴唇上，示意他们进去。他们跟着他，门就在他们身后关上了。

工作室是一个很大的房间，角落里有一些挂在高处的灯，全部对准了房间中央。后墙和地板上铺着一块巨大的白色织物，上面摆满了玩具。一个婴儿在织物上爬行，追逐着一个橙色的球。摄影师则围着布景，为那个完全被球迷住的孩子拍照。

为他们开门的那个男人这会儿没有理会他们，径直走向站在房间角落里的一个女人。这俩人都一脸宠溺地盯着这个小宝宝看。泰腾推断，蓄着山羊胡子的这个男人并不是泰伦斯·芬奇，而是这个孩子的父亲。他们俩长得并不像，但也许这个婴儿以前也留着山羊胡子，只不过为了拍照把胡子刮掉了。

摄影师暂停了一下，看了一眼泰腾和佐伊，说："我是泰伦斯。我一会儿就来找你们。"他说着，已经把脸转向了那个婴儿。这时球滚走了，婴儿沮丧地尖叫起来。

泰腾看着泰伦斯在场景中移动，他的相机不断地"咔嚓""咔嚓"。泰伦斯四十岁左右，长着棕色的头发，头皮上有几块地方裸露了出来。他身材瘦高而略显笨拙，为了拍好宝宝的脸，他的手臂扭曲成了很不舒服的角度。

宝宝拿起一个立方体，把它放在另一个立方体上，接着再放上第三个立方体。但是它们没有正确对齐，小塔倒塌了。他对地心引力的胆大妄为发出了一声愤怒的尖叫。

"再试一次，里奥。"孩子的妈妈鼓励他。里奥的父亲看起来很沮丧，做好了移动的准备，似乎随时都可能介入进来接管局面，让里奥看看如何用三个立方体建造一座塔。

这一部分又持续了几分钟。母亲想让泰伦斯拍摄里奥拥抱大泰迪熊的照片。只是里奥并没心情做这个。每当有人向婴儿挥舞泰迪熊时，他就会慌忙爬到布景的另一边，眼睛睁得大大的，感到惊恐万分。这孩子的反应能力很强。泰腾对此很是赞赏。这孩子绝不会让自己被凶猛的泰迪熊咬伤。

最后，里奥被父母的指示弄得不知所措，坐在布景中央大哭了起来。泰伦斯停止了拍摄，可能意识到这显然不是里奥父母想要记录并裱起来放在壁炉架上的瞬间。母亲抱起了里奥，这一家人离开了工作室，泰伦斯答应把照片寄给他们。

他们离开之后，泰伦斯紧张地走向泰腾和佐伊："嗨，不好意思！你就是跟我通过电话的探员吧？"

泰腾点了点头，向他出示自己的徽章。"我是格雷探员。这是我的搭档，佐伊·本特利。"

"这是关于凯瑟琳的。"他睁大了眼睛，显得很悲伤。在说出她的名字时，他的声音磕磕巴巴，最后变成了沙哑的耳语。

"你很了解凯瑟琳吗？"泰腾问道。

"相当了解。在过去十年，我一直去教堂，"泰伦斯说道，"我们教会里所有人都认识她。现在她不在了，我真不知道教堂以后会变成什么样。"

"那这个人呢？"佐伊给泰伦斯看自己的手机，这是一张格洛弗和佐伊的合影，"你认识他吗？"

泰伦斯瞥了一眼。"他也去教堂参加礼拜。他的名字叫丹尼尔。"

"你对他有多了解？"

"我跟他聊过几次。他看起来人还不错。"

"你见到他跟谁交谈特别频繁吗？他有亲密的朋友吗？"

"我倒没注意到。"

"我们今天在教堂里看到了纪念板，"泰腾说着拿出了手机，找出了那张野餐的照片，格洛弗模糊的头位于照片上靠近边角的地方，"这张照片是你拍的吗？"

泰伦斯看了一眼说："是的。纪念板上所有的照片都是我拍的。"

"你知道在这张照片里丹尼尔在和谁交谈吗？"

"不知道。我甚至都没有注意到他也在那儿。这张照片是关于凯瑟琳的。"

"你有关于这次野餐的其他照片吗？"泰腾问道，"以及其他教堂活动的照片。"

泰伦斯耸了耸肩："当然。哪些其他活动？"

"纪念板上还有很多其他的照片，"泰腾边说边翻动手机屏幕，"做园艺、整理衣服、为无家可归者做饭……只要你有的都可以。"

泰伦斯说："那将会是好几千张照片。你能再具体一些吗？"

泰腾和佐伊交换了一下眼神。佐伊的眼睛里闪烁着兴奋的光芒。"把你拍的所有的照片都给我们复制一份吧。"泰腾说道。

泰伦斯皱起了眉头。泰腾刚要告诉他这对找到杀害凯瑟琳的凶手至关重要时，摄影师开口说道："没问题。但是，我可能要花费一些时间来整理一下。这些照片都存在里屋的备份里。"

佐伊说："我们可以等。不过，能不能让我们先看一些照片，然后你再把剩余照片的副本给我们？"

"当然，"泰伦斯说，他的语气一点也不激动，"我还有一些打印出来的凯瑟琳的照片，这些照片最终并没有出现在纪念板上。你们现在可以先看看这些。"

他走到房间角落的一个塑料抽屉架前，打开最上面的抽屉。里面装满了纸质信封，他用拇指翻了翻，最后取了一个出来。

"如果你们需要什么，就叫我一声，"他说着把信封递给佐伊，"我在后面的房间里。"

他走后，佐伊从信封里拿出一沓厚厚的照片。她开始翻看这些照片，泰腾也俯身去看，他们的头几乎碰在了一起。

格洛弗第一次出现在照片上时，两人都盯着照片端详了好长一段时间，仔细观察着照片上的细节。在那张照片中，他们可以看到正在和他说话的人——一个身材魁梧的非裔美国人。翻看几张照片之后，格洛弗又出现了，这次他是在跟两个女人说话，其中一人用手掌捂着嘴在笑。然后，他又出现了，一次又一次。

"可恶！"佐伊低声咒骂道。

泰腾也有同感。他隐约地希望野餐时和格洛弗说话的人就是他的同伙，他的密友。现在很清楚，格洛弗在会众中关系亲密的人不止一个。他潜入教会社群，传播他虚假的魅力，确保每个和他交谈过的人都认识他、喜欢他。

他的搭档可以是会众中的任何人。

第二十四章

佐伊的脑子里充满了静电。她的身体紧绷着，似乎随时都有可能罢工。在街上的某个地方，一辆汽车按了两下喇叭。她咬紧了牙，这刺耳的声音有些激怒她了。

他们回到汽车旅馆，泰腾开着车，佐伊盯着窗外。泰腾曾尝试着找了几次话题，但佐伊的单音节回应最终让他保持沉默。他知道，此刻任何谈话都不会有好结果。

现在，她回到了自己的房间里，在褪色的地毯上来回踱步，这种感觉就像蚂蚁在她的皮肤下面爬，或者她的指甲出了问题，又或者她的衣服太紧了。她不知道自己是太热了，还是太冷了，也许两者都有一点。她的牙齿一直在互相摩擦，发出一种刺耳的声音，这声音就像是在柏油路上拖曳某种重物。

她坐在床上，强迫自己集中注意力，试图侧写出接近格洛弗的男人们的轮廓。这些男人有着暴力的生活，希望有人能帮助他们生活得更好一些。至少，格洛弗要让他们有归属感。他在寻找潜在的盟友。他们当中有人会进一步堕落。如果她集中注意力，她就能找出那个人的特征，让他的形象变得更容易辨识。

她抓起笔记本和一支笔。用笔在纸上轻敲了几下，在空白的纸页上留下了一连串满是怒气的墨点。她放下笔记本，打开笔记本电脑，浏览泰伦斯发给他们的照片。数以千计的照片，记录着各种户内和户外活动，有些活动只有寥寥数人参加，有些则有几十人。格洛弗无处不在。他把整个教会社群的记录变成了一个扭曲的《瓦尔多在哪里》。

她开始整理这些照片。泰伦斯已经整理得井井有条，文件夹名里包含日期和一个简短的场合描述。她创建了一个文件夹副本，只保留有格洛弗出现的照片。她边做边播放着一张凯蒂·佩里的专辑，但这音乐让她变得恼怒，于是她把音乐关了。

有人敲门。她打开了门，泰腾站在门外，双手插在裤兜里。

他说：“我想我们可以谈谈所知道的信息，然后集思广益，计划一下接下来该怎么做。”

“当然。”佐伊走到一边，让他进门。泰腾走了进去，抓起房间里唯一的一把椅子，坐了上去。佐伊来回踱步，咬着嘴唇，不知从何说起。

泰腾说：“像牧师所说的那样，很可能不止一个人向格洛弗寻求建议。你认为格洛弗真的帮助过他们中的任何一个人吗？”

佐伊发出一声很勉强的笑声：“哦，我确信他一定会让这些人觉得他们得到了他的帮助。他和他们说话，让他们敞开心扉，向他倾诉自己肮脏的小秘密。让他们觉得自己是被接纳的。”

“为什么？”

"可能他觉得这样做很好玩。或者，他希望了解这些人的弱点。他很可能一直都在寻找一位能跟他一同作案的人。"佐伊努力思考着这个问题，"他加入了这个基督教社群。然而，每周日都要来做礼拜，听一些关于原罪的布道，这可能会让他感到很不舒服。也许，他希望在这座教堂里找到一些跟他类似的人。这会让他感到更加放松。"

"你是说格洛弗有冒名顶替综合征？"

佐伊握紧了拳头。"他简直就是个冒名行骗者。如果这一切都是真的，那就不是什么综合征。格洛弗试图钻进社群里去，但他看到周围的人都在祈祷，谈论善行和善意，而他很清楚自己是谁。就算他想假扮成一个正直的人，也根本就做不到。他以前杀害过好几名女性，而且一直幻想着再次杀人。这种违和感，一定会令他感到不舒服。所以他就去找那个白痴牧师——"

"不要这么称呼他。"

"好吧！那个轻信他人的牧师。格洛弗只不过给他讲了一个关于他暴力过往的悲惨故事，就让自己轻松得到了两样东西。首先，他以这种形式完成了忏悔，所以现在他不觉得自己是在躲藏。另外，他还认识了一群有前科的人、打老婆的人，甚至暴力罪犯。他们都很乐意跟他谈心，想以此把自己的愧疚感一笔勾销。格洛弗很幸运，浸信会教徒没有忏悔，否则这招可能就行不通了。现在他每周日都能坐下来听布道，知道自己身边有很多暴力分子，所以心里就感到很自然。那个白痴艾尔伯特·兰姆认为他——"

"不要这么说！"泰腾的声音有点刺耳。佐伊停顿了一下，感到很困惑。

"什么？"

"别再叫艾尔伯特·兰姆白痴了！"

"为什么？"

"因为这让我很不舒服。"泰腾提高了嗓门，"没有必要说这些垃圾话——"

"泰腾，他让这个男人进入了他的教会社群并把他介绍给那些潜在的杀人犯。"

"艾尔伯特·兰姆是个好人，他看见有人在努力改变自己的生活方式，就决定去帮助他。"

"那个人强奸并杀害了五名女性！"

"但他并没有交一份简历给艾尔伯特·兰姆，不是吗？艾尔伯特怎么会知道——"

"他无从得知！但是他应该更慎重一些啊。一个陌生人来到你的面前，告诉你他有着暴力的过往，你就不应该举办一场宴会来欢迎他！尤其是整个社群都那么信任你！"

"你想要干什么？在这个世界上，是不是所有人都需要怀疑任何一个他们遇到的人呢？你究竟为什么会期待人们以这样的方式行事？"

佐伊沮丧地握紧拳头。"小心驶得万年船啊！"

泰腾睁大了眼睛，竖起了眉毛。"你在这生谁的气呢？"他问道。

佐伊的拳头开始发麻。"什么？"

"这不是艾尔伯特的问题，他无从知晓格洛弗的为人。你肯定能懂这种情况。因为你也做过同样的事，不是吗？你不是也曾经邀请罗德·格洛弗去你的房间吗？"

"我那时候还小！"佐伊的思维变得有些迟钝。这两者之间的差别很是明显。"我根本搞不清楚。但艾尔伯特·兰姆是有责任的。"

"像你父母那样吗？"

"不，那不是——"

"你告诉过我罗德·格洛弗在你家吃过很多次饭，对吧？事实上，他甚至有你家正门的钥匙。因为，他是一位那么好的邻居。"

"泰腾，闭嘴，你根本就不知道——"

"那梅纳德的警察呢？他们无视真相，即便你把事实摆在他们面前？"

佐伊的耳朵嗡嗡响，她几乎要尖叫出声了。希望通过尖叫让泰腾闭嘴。她咬紧牙关，不让那声尖叫发出声来。

"后来，所有人都认为你把一个无辜的邻居给吓跑了？"泰腾的声音柔和了许多，"所以，你在整个成长过程中都感到很孤独，而罗德·格洛弗则找到了一个很好的新社群，在这里他受到了爱戴。"

佐伊意识到自己正靠在房间的角落里，她的身体试图躲避泰腾的话。

"艾尔伯特·兰姆、格洛弗的同事和老板、警察、你的父母、你自己。"泰腾用手指数着，"谁都没有错。你没有办法提防像格洛弗这样的人。没有经过专门训练的人，甚至都想象不到自己会遇到像他那样的人。感谢上帝吧，要不然没有人会走出家门。"

"你说起他的时候，就好像在谈论地震或者洪水。格洛弗只不过是个人而已。"

"一个内心扭曲、变态的人，完美地伪装成一个善良、诚实、友善的人。人们无法知道他身体里面到底装着什么。除非，他们能像我们这样，经历过专门的训练。"

佐伊感到筋疲力尽，几乎直不起身来。泰腾看起来也很疲惫。

"你看，"他轻声说，"今天真是漫长的一天啊。我需要休息一下，我想我已经无力应付这个漫长的夜晚了。"

"我想工作。"她觉得自己根本做不到，但是她也觉得自己现在还不能休息。

他站起身来，叹了口气。"你当然可以。但我做不到了，今晚必须要休息。"

到了门口，他停了下来，转身面对着她。有那么一会儿，佐伊想让他靠近自己，把自己搂在怀里。也许，那样的话，她就可以休息一会儿。

但是他没有这样做。"晚安，佐伊。"

"晚安。"

门在他身后关上了。佐伊已在哭泣的边缘，她忍住想要哭的冲动，继续整理照片。

第二十五章

　　泰腾感到疲惫不堪，却无法入睡。事实上，他根本不确定自己能不能入睡。他坐在床上，脱下了鞋子和裤子，然后停下来思考。

　　在洛杉矶，他有个名叫鲍比·奥利里的搭档，声称自己坐在马桶上的时候头脑最好使。鲍比说，裤子会阻碍所有重要的思维过程。所以，鲍比和泰腾讨论案子时他会突然说："这是一个棘手的案子。我要去上个大号，仔细想想。"

　　泰腾希望这种方法在自己身上也能奏效。他想要一个顿悟，这个顿悟要么能帮助他破案，要么能帮他想出一个让佐伊冷静下来的办法。但是，当他穿着内裤和袜子坐在床上时，唯一发生的事情就是感到寒冷。

　　手机铃声在被他扔到一边的裤子口袋里响起。他费力地摸着口袋，不明白为什么从不穿的衣服口袋里拿出东西总是比较困难，这又是一个未解之谜。电话是马文打来的。

　　"嗨，马文，你过得怎么样？"

　　"我很好，泰腾。芝加哥一切都好吧？"

"没什么大变化，冷。"

"怎么？给自己买点暖和的袜子。这是最佳的取暖办法，泰腾。买点袜子。"一位睿智老人给出了明智建议。

"我记住了。"

"你记得买袜子，泰腾。你的搭档怎么样？"

泰腾皱起了眉头。这位老人有心灵感应能力吗？他是不是感觉到了原力的骚动？"她心事重重的，这件案子让她疲惫不堪，但她会好起来的。"

"她的妹妹有不同的说法。"

"你跟安德丽雅聊过？"

"你为什么会这么吃惊，泰腾？人们都觉得跟我聊天很棒。你知道为什么吗？因为我会倾听。你有时间也可以试试。"

泰腾叹了口气："我们今天在询问一个人，她非常生气……"

"但是这个案子涉及了她的私人恩怨，泰腾。所以，你打算怎么处理呢？"

"你想让我做什么？把她拉回匡提科，让她在那里又踢又叫吗？"

"听着，佐伊压力很大，但是她正在努力解决这个问题。你可以跟你的新好朋友安德丽雅这样讲，下次由你来说。"

"当然，她正在很好地处理这件事，泰腾。你的搭档在一个月前被活埋了，而她现在正在追捕一个在她小时候住在她家隔壁的杀人凶手。我敢肯定她是最棒的！"

"你打电话过来就是为了给我上一课吗？"

"我希望你能照顾一下你的搭档——这是我对你唯一的要求。

她的妹妹很担心她，你应该知道这一点。别错怪好人，泰腾！"

"我会去照顾她，我答应你。"

"好的。"马文咕哝道，"听着，我想问一下你，猫粮在哪儿呢？"

"什么？"

"猫粮。你听得见吗？嗨？猫粮，泰腾！猫粮在哪里？"

"我听得到，我能听见你说话。你为什么想要猫粮？"

"泰腾，我觉得芝加哥让你反应迟钝了。我给猫咪准备猫粮。要不然你觉得我要猫粮干什么？"

"猫咪？小雀斑吗？"

"当然是小雀斑了。你觉得我会在你不在的时候又养了一只猫吗？"

"那么……你为什么要给它吃猫粮呢？你讨厌小雀斑啊。"

"该死的泰腾！我问了你一个简单的问题，只是希望得到一个简单的答案，而不是这种联邦调查局式的盘问。你在那边就是在做这个吗？用猫粮的问题不断骚扰你的犯罪嫌疑人？难怪你花了那么长时间还没抓到凶手。读书会的女士们在这儿，她们觉得这只猫很可爱。她们想喂它猫粮。这样行了吧，泰腾？现在能请你告诉我猫粮在哪儿了吧？或者，我是否需要自己去买一些？"

"冷静点，马文。不要让你的血压升高。猫粮在左上角的橱柜里。"

"不在那儿，我看过了。那里唯一的东西就是那些味道奇怪的咸饼干。"

泰腾皱起了眉头，"我们家没有饼干啊。"

两人陷入了一阵沉默。

"左上角的橱柜？"马文说，"好，好的。"

"马文，你不会吃猫粮了吧？"

"我……听着，我很确定这些就是饼干。虽然味道不太好，但我吃过更难吃的。"

"包装上有一只猫的图片。它们应该吃起来像鸡肉。你不觉得奇怪吗？"

"你知道吗，泰腾？你小的时候，可不会用这种语气跟我说话。那时你会对我表现出更多的尊重。"

"那是因为我不知道你吃猫粮。"

"你真搞笑，泰腾。我要回到我的客人身边。这比和我自作聪明的孙子说话强多了。"

"再见，马文。"

"好的，好的。"

泰腾笑嘻嘻地把电话放在床头柜上。马文坐在厨房里喝茶，心不在焉地嚼着猫粮，这是他想要收藏的画面。然后，他想到了佐伊。令人恼火的是，马文说得没错。佐伊的状态并不好，而泰腾对此心知肚明。不仅是在今天，一直以来她都脾气暴躁，还对艾尔伯特·兰姆大发雷霆。整整一周，他都在领教她的暴躁脾气。有时她似乎心不在焉，长时间无法集中注意力。当她突然握紧拳头时，她的眼睛因恐惧而睁得大大的。而在他问她出了什么事的那一刻她的恐惧就消失不见了。

他几乎决定再次去敲她的房间门。他把一条腿伸进裤子里，然后停了下来。一想到要走进她的房间，想到房间内弥漫着紧张的气氛，他的内心就打起了退堂鼓。他现在的状态对佐伊没有什么好处。他需要休息一个晚上。

第二十六章

处于控制状态的男人早早地回了家，他没有办法长时间在外面伪装自己。他总觉得似乎任何见到他的人都知道真相。他们能以某种方式看穿他，感知到他内心的病态和罪恶感。他每隔几分钟就会对着镜子检查自己的脸，从各个角度审视，确保自己并没有发生变化。他确实没有变化，或者是镜子撒谎了。这种想法本身就令他感到很不舒服。这不是一种真正意义上的恐惧，至少现在还不是，却暗示着对未来的担忧。如果镜子对他撒了谎呢？

他感觉自己好一些了，就像上次那样，至少持续了好几个小时。在处理完晚上的工作之后，他们回了家。他睡得很沉，而且一夜无梦。

但在早上醒来的时候，他就已经能感觉到紧张的情绪在他内心蔓延。当他看到丹尼尔的时候，这种感觉便被进一步放大，他感觉到了朋友冷漠行为下蓄积着的愤怒，就像一座火山被困在冰山之下。他喝了其中的一瓶——这次他一共收集了八瓶，但这几乎没有给他任何喘息的机会。

现在，经历了痛苦的一天之后回到了家，他像困兽一样在房间里踱来踱去，一种令人厌恶的感觉在他的胃里翻滚着。丹尼尔很生他的气，甚至会毫不掩饰地表现出来，对他前一天晚上的失控表现感到愤怒。

这种感觉就如同再次变成一个幼稚的孩童，犯错误被发现后躺在自己的床上。在母亲一番痛哭流涕之后，他发誓再也不会这么做了。他躺在床上，隔着薄薄的墙壁听她和父亲说话。母亲告诉父亲老师又来电话了，他们发现他用一把钝剪刀在割自己的身体，或者他又用黑色和红色画了一张那样的画。母亲会抽泣，父亲会试图安慰她，告诉她会找另一个医生，一个能找出问题所在的人。

在接下来的一个星期里，他知道他的父母还在生他的气，他会像老鼠一样安静地在家里走来走去，安静地待在学校里，尽量不引起任何注意。不愉快的内疚感和担忧像贪婪的寄生虫一样侵蚀着他的肠道。

现在，如同往日重现。他一直在屏着呼吸，听着动静。也许他听到了丹尼尔在和他的父亲默默地交谈："昨天晚上，他像野兽一样咬了那个女人。我不知道该怎么处置他。"

然而，他提醒自己父亲早就死了。而且，丹尼尔是他的朋友。

事实上，在他们认识的这些年里，丹尼尔从未生过他的气。他一直都是那么善解人意，那么温柔。丹尼尔是唯一一个一直陪在他身边的人，在他压力大的时候乐意和他说话，安慰他说他的想法和欲望都是正常的，每个人都有。

他的朋友也正在发生着变化，是因为肿瘤的问题。肿瘤正在改变他。

他突然想起丹尼尔在新闻上看到罗德·格洛弗这个名字时是那么生气，好像它有什么意义似的，也许它确实有其他的含义。

也许这就是那个肿瘤的名字。

难怪丹尼尔行事如此不同，有什么东西正在吞噬他。一个贪婪、腐败的肿瘤——格洛弗。他想象着癌症扩散到大脑，摧毁着它，直到丹尼尔只剩下一个空壳，被肿瘤完全操控着。

而作为丹尼尔的朋友，他必须帮助丹尼尔同肿瘤战斗，帮助他恢复自我。

他又照了一眼镜子，深吸了一口气，穿上他那套精神伪装，脸上的表情松弛下来，嘴角露出一丝不经意的微笑。他进入厨房，打开冰箱，拿出了其中一个小瓶。也许上一瓶有问题，味道不对。他晃了晃瓶子，然后狼吞虎咽地一饮而尽。

毫无作用。喝完并没有带给他短暂的解脱，也没有让他感到兴奋。

他听到身后丹尼尔走进了厨房，从他身边探过身子，从冰箱里拿出一瓶啤酒。

"对不起，昨晚的事我很抱歉。"他对丹尼尔说。

"你能不能别再为此道歉了？"丹尼尔咆哮道，"你已经说了十遍'对不起'了。"

他说了吗？也许真的说了。"我只是不想让你生我的气。"

"并不是所有的事都与你有关。"丹尼尔说着从啤酒里喝了一口。

"那你为什么生气呢？"

丹尼尔摇了摇头："没什么，别担心。这不关你的事，好吗？我一点都不生气，一切都很好。"

"好吧。"他知道得很多，比如罗德·格洛弗的事，但他什么也没说，因为这可能会让丹尼尔感到羞愧。

"我的情况越来越糟了，"丹尼尔说，"我以为我现在会好起来的，但是疼痛加剧了，而且昨天……"他紧紧抓住啤酒瓶，有一瞬间似乎要把它砸到柜台上，但是他没有，"没关系。"

"冰箱里还有几小瓶。"

"谢谢，我不喝了。"丹尼尔又喝了一大口啤酒。警察还没找到尸体。晚间新闻里什么都没有，主流的网站上也没有。

"也许他们找到了，但还没有告诉媒体。"

丹尼尔哼了一声，并没有被他说服。"嗯，我没有时间等他们。我们需要打电话报警。"

处于控制状态的人感到一阵恐惧。"你想让我去做吗？"

"不。有人可能会认出你的声音。我明天一大早就做。他们已经知道我参与其中了。"

"好的。"

丹尼尔的嘴唇上露出一丝冷酷的微笑："几天后我们将不得不再去狩猎了。你准备好了吗？"

处于控制状态的人点了点头。他已经完全准备好了。他需要下一次狩猎。他们俩都需要。

第二十七章

2016 年 10 月 19 日，星期三

"啊，该死的！"当泰腾把车开进基卡普森林的停车场时，佐伊喃喃地说道。

她数了数，一排停着十一辆新闻车。黄色警戒线外的围观群众看起来就像摇滚音乐会的观众一样，互相推推搡搡地挤到前排。

这个犯罪现场与凯瑟琳·兰姆相对隐秘的谋杀案相去甚远。

这条警戒线穿过通往河流的铺砌小径，并封锁了环绕河流的一大片林地。在远处，泰腾看到身穿制服的警察在灌木丛中缓慢移动。

"奥唐纳在那儿。"佐伊指着那个从车里出来的警探说道。

奥唐纳示意他们过去。有一段停车场是专为警察、急救人员和犯罪现场技术人员用的。泰腾把车停在救护车旁边。

佐伊下了车，拱起肩膀抵御清晨的寒意。空气中弥漫着潮湿的泥土和木头的味道，但其中还夹杂着另一种气味——死亡和腐烂的恶臭。

"很高兴你能来。"奥唐纳说。

佐伊点点头说："谢谢你打电话给我们。"

"我们掌握了哪些信息？"泰腾问道。

奥唐纳说："我接到了来自芝加哥南部的埃利斯警官的电话。星期一晚上，一位名叫亨丽埃塔·菲什伯恩的女人失踪了。今天早上，一名巡逻人员接到关于可疑人员进入这里树林的电话报警后发现了她的尸体。"

"他们为什么给你打电话？"

"法医发现此案与兰姆案有相似之处，建议他们与我联系。"

"这个埃利斯就是负责本案的警探吗？"泰腾问道，这时他们来到了警戒线外围的人群中。

奥唐纳抢占了先机，挤过围观的人群，朝警戒线走去。"不，他是接到失踪人口报告的警官。轮班后他一直在寻找失踪人员，在离这里大约一英里的147街地铁站停车场里发现了她的车。车附近有血迹，但没有确凿的证据。尸体被发现时又是他在值班，所以他就直接开车来到犯罪现场。本案会由一位来自芝加哥南部的警探负责，但要由高层来确定谁会是调查的负责人。"她耸了耸肩，"现在每个人都表现得很好。"

佐伊跟着奥唐纳和泰腾去找了站在警戒线附近的警察。奥唐纳出示了一下她的徽章，但这似乎并没有给他留下深刻的印象。她解释了他们的身份，事实证明他并不知道会有联邦调查局的人要来。他必须向负责的警探核实一下。

佐伊仔细观察着周围的环境，等待警官让他们进入犯罪现场。这里看起来确实是个抛尸的好地方。任何人都可以开车几百码进入公园，这里树叶繁茂，形成了一个隐秘的隐身之所，避免被其他人看到。凶手可以随便找个地点，穿过灌木丛和树木走上十码路程，把尸体隐藏起来。她瞥见树林之中有一条河流。

"那是条什么河？"她问道。

"那是小卡拉麦特河，"一个熟悉的声音在她耳边说道，"真想不到！"

她转过身来，看到了他那晃动的浓眉，心头不禁一沉。

"哈里·巴里！"她冰冷地说道。

"佐伊·本特利！真是个惊人的巧合，我们总是在最奇怪的地方见面。"

"这不是巧合，你到处跟踪我。"

他睁大了眼睛，一脸受伤的表情在不断地扭曲着。"我吗？我没有到处跟踪你，我就住在这里。"

"你住在基卡普森林？"

"呃，不，"他承认道，"但在兰姆谋杀案发生后不久，当我听说一名年轻女子被杀时，我感到很奇怪。毕竟，有你在调查这个案子，这只能说明一件事。"他用唇语说出了"连环杀手"四个字。

佐伊的表情仍然木讷。"我来这里只是出于职业礼貌。据我所知，这起案件与我正在调查的案子并没有联系。"

"我正在好奇这件事。几年前，小卡拉麦特河岸边不是也发生过一起谋杀案吗？"

她感到很不舒服。她早就知道他会提起这件事。他们认为格洛弗在芝加哥犯下的两起谋杀案中有一起发生在小卡拉麦特河岸边。几个月前，哈里写那篇关于她的长文时，她就把这件事告诉过他。那个讨厌的男人怎么什么都记得。

"佐伊，"泰腾说，"我们可以通过了。"

"不要在没事先跟我沟通的情况下写任何东西。"佐伊说着咬紧牙关。在他还没反应过来之前，她就已经转过身去，蹲在犯罪现场的警戒线下面。

她在犯罪现场日志上签了名，接过奥唐纳递给她的一副乳胶手套戴在了手上。之后，她跟着警探走在铺好的路径上。

一名身穿制服、手戴乳胶手套的年轻警察向他们走来。"你是奥唐纳吗？"他问。

奥唐纳点了点头："没错。你是埃利斯吧？谢谢你联系我们。"她向埃利斯介绍了佐伊和泰腾。埃利斯转身向树林走去，示意他们跟着他走。

"确定受害者的身份了吗？"奥唐纳问道。他们走下小径，走进灌木丛，树叶和小树枝在他们脚下噼啪作响。

"我们采集了她的指纹，确定她是亨丽埃塔·菲什伯恩。她和我们手上的照片吻合。她左脚踝上有两个小伤疤，和菲什伯恩小时候在自行车事故中留下的伤疤吻合。我们没有找到她的包和手机。"他停顿了一下，看向了他们，"他们告诉我本案可能跟其他案件有关联。本案中是否有指向恶魔崇拜的东西。"

"恶魔崇拜？"佐伊十分困惑地问道。

"你们自己去看吧。"他冷冷地说道，然后继续往前走。

有几名警察在树林边反复检查，他们全都戴着手套。现在这条河的景色尽收眼底，绿色的河水在阳光下闪闪发光，水面上有微小的漩涡，两岸树木成行。一名犯罪现场技术人员正蹲在泥泞的河岸旁，放置证据标记牌。河对岸也有警察，他们分散开来，不让一群胆大妄为的媒体工作人员和好奇的旁观者靠近，尽管他们想一睹整个过程。他们越靠近案发现场，死亡的恶臭就越浓重。佐伊急促地呼吸着。

佐伊向前走着，她最先看到尸体的部位是一只黑色的脚。她又走了几步，眼睛睁得大大的，简直不敢相信。

这个场景记录了该女子生命的最后时刻，却是以如此残忍的方式来呈现的。她赤裸裸地仰面朝上躺在地上，卷发上沾满了泥和秽物。肋骨、脸部、大腿、膝盖等处均有淤青。一把刀插在她的肚子里。苍蝇在尸体周围嗡嗡乱飞，佐伊尽量不去看死者的眼睛，因为她曾在其他尸体的眼睛里看见过蛆在爬行。

尸体被框在一个不均匀的白色大圆圈里，地上有斑点，圆圈内线条纵横交错。佐伊过了一会儿才意识到那是什么——五角星，用油漆画在粗糙的地面上。

她已经能够感受到她以后要为这一瞥所付出的代价。一种黑暗的反胃感在她的身体里翻腾着，试图要挣脱出来。她想象着将其封装，将它一把推开，然后走向了尸体，专注地观察。法医特雷尔博士蹲在受害者身边，把一个纸袋放在她的一只手上，她的动作几近温柔，缓慢而小心。

佐伊跪在特雷尔身边，小心翼翼地避开了地上的白漆，仔细查看了尸体。在本案中，凶手没有想过去掩盖尸体。相反，在她死后，凶手花了很大力气给她摆姿势。这与兰姆案不符。哪里不符？

这个女人的皮肤很黑，所以很难看到瘀伤，但它们确实存在。勒死，同样的角度，同样的宽度。但这足以将两起案件联系起来吗？

奥唐纳在佐伊身后清了清嗓子："到目前为止我们有什么发现？"

特雷尔没有放慢手上的动作去扭头看他们。"尸斑完全凝固，但几乎没有尸僵痕迹，所以死亡时间可能在二十四到三十六小时前。等我做完尸检就能给你们一个更精确的时间段。尸斑表明尸体在死后不久被移动过。"

"死亡原因呢？"奥唐纳问道。

特雷尔扬起了一侧的眉毛，瞥了她一眼。

"我就不引用你的话了，"奥唐纳低声说，"直觉。"

特雷尔说："现在还无法确定，不过我猜这把刀是在受害者死后插入她的肚子里的，或者他们没有很好地清理现场。你可以看到脖子上的瘀伤，表明她是被勒死的。"

佐伊检查了一下这把刀。刀插入身体处的伤口很干净，周围几乎没有任何血迹。如果受害者是死前被捅了刀子，血液会喷涌而出。在夜间彻底清理血迹非常困难。这就意味着，正如特雷尔所言，凶手并非死于刀刺。

她可能是被勒死的，就像凯瑟琳一样。

"所以你给我打了电话？"奥唐纳问道，"因为，她是被勒死的。"

特雷尔指着受害者的手臂，佐伊俯身仔细看了看。两个小洞刺穿了皮肤。"另一只胳膊上也有。"特雷尔说，"看起来像注射器的痕迹。我不能肯定它和之前凯瑟琳案中使用的注射器是不是一样的型号，我会在验尸时确认的。"

佐伊皱起了眉头，起身去查看受害者脖子的另一侧。皮肤被撕破了，皮肤上留下了一条厚厚的干血痕迹。"知道那是什么伤吗？"她指着那里问道。

泰腾说："听起来像是凯瑟琳案的升级版。起初他只是用了注射器。而现在，他还咬受害者。"

佐伊眉头紧皱，她对此并不确定："但是他仍然使用了注射器。"

"也许他存储了一些血液，使用这些针管就是为了做这件事，"泰腾说道，"但是，他的幻想进一步演变，让他想去咬她，像一个捕食者捕杀猎物那样。"

佐伊想到了被害人车旁溅出的血迹，奥唐纳曾提到过这一点。尸体只有两处可见的深伤口，分别是刀伤和咬伤。而且刀伤是死后才有的。"他可能在车旁就咬了她，"她慢慢地说，"那就是他袭击受害者的地方，但他们原来的计划并不是这样的。"

"谁说他们有计划的？"

佐伊对着地上的图案做了个手势。"这个图案不容易画，而且要用到很多油漆。可见他们当时带着油漆。出于某种原因，他们花了很多时间来画这个图案。所以他们一定有计划、有具体的预谋，但是出了点问题。"她直起身来，"其中一个人失去了控制，咬了她。"

"我能从这里看到他又一次失控的情况，"泰腾指着受害者有瘀伤的肋骨阴沉地说，"我以前见过这样的痕迹。她摔倒的时候有人踢了她。"

佐伊点了点头："这是愤怒的明显迹象。"

"或者是统治力，"奥唐纳说道，"展示武力。"

"不可能。"泰腾和佐伊立马脱口而出。佐伊看了一眼泰腾，朝他点了点头，让他先说。

泰腾清了清嗓子："为了权力或统治力而强奸和谋杀的罪犯被称为'权力自信型罪犯'。他们通常计划强奸受害者，而实际的谋杀是出于意外。这起谋杀案绝对是计划好的。他们带来了涂料和注射器。然后他们……"他皱起眉头，"等等，我们认为他们周一晚上在地铁站停车场袭击了她，对吧？"

"这听起来像是一个合乎逻辑的假设。"奥唐纳说。

"他们可能杀死了她，然后开车来到这里扔下尸体。"

"很可能是这样，所以他们可以这样摆放尸体，而不被地铁站的保安发现。"佐伊说道。

"那打电话报警的人看到的可疑人员是谁？"泰腾问道，"打给调度中心报警的电话是今天早上打的，不是昨晚打的。"

"也许这只是个巧合，"奥唐纳说，"他看到一群青少年去公园参加派对，就决定履行他的公民义务，破坏他们的乐趣。"

"啊哈。"泰腾疑惑地盯着她，"让我们检查一下。"他拿出手机，走开了。

奥唐纳告诉佐伊："他们车里有涂料并不意味着他们事先计划好了这一切，也不意味着他们有具体的预谋。我曾经把涂料放在我的后备厢里两个月。但我除了用来粉刷我的客厅外，没有其他邪恶的计划。"

佐伊感觉很沮丧。虽然在户外，但尸体的气味还是很浓烈，令她恶心。头骨不断受到的猛烈撞击让她无法忽略。她强忍着剧烈的反应，转身看着混浊的河水，直到平静下来才回答。"一切皆有可能，"她说，"作为侧写师，我们的工作是指出可能发生的事情。特雷尔博士敏锐地发现，这起谋杀案和凯瑟琳·兰姆的谋杀案有很多相似之处。我认为这起谋杀是有计划的，但他们偏离了最初的计划。我认为格洛弗和他在上一起谋杀案中的同伙一起杀死了这个女人。"

"好吧，"奥唐纳说道，"那五角星和那把刀是怎么回事？按照你的说法，这根本没办法说通。"

确实如此。她认为凶手有计划，但他们计划干什么？这跟他们两个的风格都不相符。

"佐伊。"泰腾走了过来，把手机递给了她，"我刚让调度中心把电话录音发给我了，你听一听。"

佐伊点击屏幕，播放录音。调度员的声音从电话扬声器里传出来："911，有什么紧急情况？"

接着，另一个沙哑、低沉、熟悉得令人毛骨悚然的声音说道："我要报告在基卡普森林发生的可疑活动。我刚看到两个人进去了，拿着很重的东西。我想他们有枪，看起来像恐怖分子。"

调度员问他确切的位置，打电话的人开始详细解释，但佐伊无法再把注意力集中在具体的内容上。只有那声音以及她听录音时引发的恶心在她的胃里蔓延。

她目瞪口呆地看着泰腾："报警的是罗德·格洛弗。"

第二十八章

比尔坐在电脑前，茫然地盯着屏幕。他原本打算制作一张传单，然后打印出来贴在小区里。但他首先要选一张照片。他翻了翻照片，找到了他在海滩上那个完美午后拍的照片。亨丽埃塔和切尔茜拥抱在一起，她们的脸颊贴在一起，沙粒散落在她们的脸和头发上。两人都咧着嘴朝他笑，她们俩完全一样的眼睛里闪烁着同样顽皮的欢乐。

这张照片不适合用作传单，但他的眼睛根本无法从这张照片上移开。

那天早上切尔茜一直很难缠，他发现越来越难解释清楚妈妈在哪里这个问题。当他声称妈妈在工作时，她就要求他给她打电话。他不得不把自己关在洗手间里，否则他要么会发脾气，要么就会开始失控般地抽泣。

响亮的敲门声把他吓了一跳。他站起来，沉重地走到门口，没看是谁就把门打开了。

埃利斯警官站在门口，他身后站着一位身穿灰色西装的陌生金发女子。他们的表情很阴沉，脸上写满了坏消息。"菲什伯恩先生，这位是奥唐纳警探，"埃利斯说，"我们能进来吗？"

"当然。"比尔嘶哑地说着，边说边把身体侧向一旁。也许他应该问问有没有什么消息，但只要他不开口，他就能拉长时间，活在无限可能的世界里。

他们走了进来，奥唐纳关上了身后的门。

"菲什伯恩先生，"她说，"你的妻子死了。她的尸体是今天早上被发现的。我对你失去亲人感到难过。"

他走向客厅，坐在了沙发上，小声地问道："发生了什么？"

奥唐纳说："她于周一晚上在地铁站停车场里被人杀害。"

"被谋杀？"

"是的。"

"你……你知道是谁……"他没法把这句话说完。

"还不清楚。但我保证，我们正在竭尽所能寻找凶手。"

"她是怎么……"他正要问这个问题，但意识到他并不想知道答案。至少现在还不想知道，"她死的时候受罪了吗？"

"我们认为她很快就死去了。"

她死亡的过程持续了不太长的时间吗？他没有想太多。他看了一眼时钟，切尔茜还有不到四个小时就要回家了。他将不得不把这个噩耗告诉她。他不知道自己该怎么开口。妈妈离开了？妈妈去了天堂？他们家不信教，从来没有详细地讨论过天堂。此刻，他真希望他们之前曾经做过这些。那样的话，就好办了，他就可以告诉切尔茜说妈妈去了一个可爱的地方，在天上看着他们。

然后，他突然想到亨丽原本应该在两个月后给切尔茜过生日。现在只能由他自己来做了。

他得学会给她编辫子。

这说明了什么？得知妻子去世后，他最初的想法都集中在他需要做的事情上？而不是想着他们共同的回忆和时光？

"我应该……你们需要我辨认她的尸体吗？"

"不需要，"奥唐纳柔声说道，"我们不需要做这个了。你妻子在开始上一份工作之前需要提交指纹，我们已经用这些指纹确认了她的身份。"

"哦。"他不知道该说些什么。

奥唐纳谈了一些关于验尸的事，向他解释了时间安排和流程。他接受了这一切。他需要去领取妻子的遗物。她希望火化，他深知这一点。他还要负责筹办葬礼。

不管怎样，他都得告诉切尔茜了。但这似乎是一个不可能完成的任务。

"菲什伯恩先生，你介意我问你一些问题吗？"

"不介意，你问吧。"

"你的妻子有没有敌人？"

"她最近有没有行为异常？"

"她跟你打电话的时候，语气怎样？"

…………

他空洞而又麻木地回答着她的问题。他们的对话把亨丽的存在简化成了一系列干巴巴的事实。他想告诉奥唐纳，亨丽是一个多么美好的女人，也是一个多么好的朋友。把她抱在怀里是多么美妙的感觉。他也想告诉奥唐纳，他和妻子有过的那些交谈，告诉她在切尔茜出生前亨丽的那些流产经历，亨丽为此情难自抑地哭了好多天。切尔茜出生后，她又是多么幸福。她特别喜欢樱桃。充满汗臭味的袜子会让她多么抓狂。

然而，奥唐纳对这些都不感兴趣。这无助于她开展工作，找到杀害亨丽的凶手。这个凶手把亨丽从他和女儿这里夺去，把他们的三口之家硬生生地拆散了。

第二十九章

佐伊走进分局会议室，手里拿着一大杯星巴克热巧克力。她不确定这次会议会持续多久，但她预感这可能需要几个小时。大多数参会者已经就座。泰腾和警长之间有一个空位。

她坐下来喝了一口热巧克力，甜味带来的愉悦在她的舌头上徘徊。她想到了格洛弗的电话。起初，每当她听格洛弗举报可疑活动的声音时，她都会感到恐惧和兴奋。只有在听了几十次之后，她才能客观地分析它，因为她已经记住了这些话和语调的变化。在录音中他听起来很紧张，她不认为这是一种表演。格洛弗很不安。然而，她能听出紧张的背后那股熟悉的暗流——愤怒。

"人都来齐了吧？"坐在她身边的警长问道，"我们开始吧。先做个自我介绍——我是来自中央地区暴力犯罪组的罗伊斯·布莱特上尉。"

接着，他介绍了其他参会人员。埃利斯警官坐在奥唐纳旁边。瓦伦丁探员代表联邦调查局芝加哥分局，佐伊认出他是与泰腾交朋友的探员之一。上尉还介绍了来自芝加哥南部的警探科赫和赛克斯。

佐伊差点没听懂姓氏，因为一种奇怪的气味分散了她的注意力。有那么一会儿，这种气味几乎让她想起了牲畜，但这种气味背后似乎又有着某种工业化的味道，就像是塑料烧焦的气味。她过了几秒钟才意识到气味来自坐在她旁边的罗伊斯·布莱特上尉。现在她明白为什么他另一边的椅子是空的了。

佐伊把她的杯子放在鼻子旁边，闻着热巧克力的味道，很好地盖过了布莱特的气味。

"你们中的大多数人都认识法医特雷尔博士，"布莱特说，"最后，还有来自联邦调查局行为分析部的泰腾·格雷探员和佐伊·本特利博士。"

他介绍完参会人员之后，要求奥唐纳总结一下亨丽埃塔·菲什伯恩谋杀案的初步调查情况。

奥唐纳清了清嗓子，开始介绍："昨天凌晨四点三十二分，比尔·菲什伯恩打电话给芝加哥警察局，报告说他的妻子亨丽埃塔·菲什伯恩下班后还没回家的情况。埃利斯警官和伍德罗警官前往现场，记录了他的证词。他们将所有相关信息转发给失踪人员科，并重新开始换岗。在这之后，埃利斯警官决定检查亨丽埃塔·菲什伯恩的车是否在地铁站。他在停车场内较远的位置发现了亨丽的车，并在附近的人行道上发现了几处血迹。他上报了这一情况，科赫和赛克斯被分配到这个案子中。犯罪现场技术人员发现了更多的血迹——从停车场内到停车场北面的树林。有一些迹象表明当时可能发生了争斗，但他们没有发现其他任何迹象。"

她一边发言，一边把笔记本电脑连接到会议室的投影仪上。

"今天早上六点零三分，调度中心接到一个匿名电话，向他们报告称在基卡普森林保护区发生了一起可疑活动。巡逻人员前去调查并发现了一名年近三十的女性尸体。"当一张图片出现在大屏幕上时，她停顿了片刻，每个人都转过头来看着躺在白色五角星中心的受害者。

　　"尸体旁边没有任何物品，所以无法迅速确认她的身份。然而，调度中心认为死者是亨丽埃塔·菲什伯恩，事实也证明了这一点。埃利斯警官和伍德罗警官当时正在值班，于是被派往事发地点。埃利斯在特雷尔博士的协助下进行了非正式的鉴定，我们后来利用指纹确认了死者身份。"

　　然后，奥唐纳展示了几张照片，分别是地铁站停车场、菲什伯恩的车，以及通向树林的血迹。佐伊感到一阵眩晕，脑海中闪过各种画面。黑暗的一瞥。亨丽埃塔从袭击者身边跑开，在凹凸不平的人行道上绊了一跤，脖子疼得青筋直跳——佐伊强迫自己把思绪压下去，以后再想。

　　"死者身上的尸斑表明尸体在死后大约两小时被移动过，"奥唐纳说，"我们在地铁站停车场发现了十三处不同的血迹，但在发现尸体的森林保护区里却没有血迹。尸体的背部和四肢上有颜色的痕迹，这表明当尸体被拖到上面时，油漆未干。这让我们猜测她是在地铁站停车场北区被杀的，然后装上车带到森林保护区。凶手把车停好，找好了地方，并在地上画了五角星。然后他们把尸体抬到那个地方，摆出姿势，之后离开。"

　　在她说话的同时，屏幕上的照片不断变换，展示了她提到的细节的特写，以及森林泥泞地面上的多个脚印的镜头。

"我们认为受害者的物品被扔进了河里。一队潜水员正在搜索该地区。我们查看了监控录像，发现在估计的死亡时间里一共有四辆车离开地铁站停车场，其中一辆是货车。我们正试图追踪那些车辆，尤其是那辆货车，但不幸的是，摄像头的分辨率不够高，无法拍到车牌号，在黑暗中也看不清司机和乘客。受害者被袭击的停车场北部没有监控录像，但我们获取了她离开时凌晨一点半那趟地铁的录像。"屏幕上出现了一张模糊的照片，一个单身女子走过一个空荡荡的地铁站。这是亨丽埃塔人生的最后时刻。

"实验室提取了用来画五角星的涂料样本，"奥唐纳继续说，"这是一种普通的水性涂料。他们还在研究产品的品牌。刀是一种简单的厨师刀，通常用来切肉。刀把手上没有指纹，这把刀没怎么被用过。把手上有一种黏性物质的残留物，可能是价签上的胶。实验室还在调查。"

她点了一下鼠标，屏幕上的图像变成了一个看起来像可乐罐的东西。"这是在离犯罪现场十码的地方发现的。这是一根临时的可卡因管。发现它的技术人员认为它是最近被留在那里的。如果推断没错的话，那么当时可能有目击者在现场。"

布莱特振作了起来。"有指纹吗？"

奥唐纳说："指纹被涂抹掉了，但是技术人员会搞清楚我们可以利用它们来做什么。"

埃利斯清了清嗓子："我们也许能够找到把它留在那里的人。有一个瘾君子经常睡在南霍尔斯特德街的桥下，离那个地方很近。"

奥唐纳向他点了点头，然后接着往下讲："报警的匿名电话是由一个现在处于关机状态的手机号码拨打的。我们正在提取这个号码的记录。"

几乎可以肯定这是一次性手机，但即便如此，他们也能知道他是从哪里打来的。

"佐伊·本特利博士确认这个声音很可能属于罗德·格洛弗。他因强奸并谋杀了五名女性，被联邦调查局列为头号通缉犯。我们有充分的理由认为罗德·格洛弗与亨丽埃塔·菲什伯恩和凯瑟琳·兰姆的谋杀案有关。"

佐伊清了清嗓子，刚要讲话，出乎她意料的是，瓦伦丁探员抢先说："我觉得我可以就这一点做一下汇报。"

"我更适合来概括格洛弗的背景。"佐伊干巴巴地说。

瓦伦丁探员朝她笑了笑："嗯，我详细研究了档案卷宗。所以，还是我来说吧。"

她太熟悉这种语调了，在过去的五年里，她一直听到这类话。让他以这种居高临下的态度说话的原因是多种多样的——也许瓦伦丁对行为分析部多管闲事有意见；也可能是因为她只是个平民，而不是个名副其实的探员；又或者因为她是个女人。可能每一种都有一点。她正在被脑海中闪烁的黑暗所困扰，就连布莱特上尉的气味都没能让这种情绪缓解。鲜血涌到了她的脸上。

有人轻轻触碰了一下她的掌心，是泰腾。他向她抬了抬一侧的眉毛，眼睛微微睁大。她本来打算大发雷霆的，但这样做可能会把他们俩都踢出这个案子。

于是，她慢慢地喝了一口热巧克力，对着瓦伦丁微笑，露出了牙齿："当然可以，您来吧。"

瓦伦丁点了点头，瞥了一眼他面前的档案，说道："1997年，三名妇女在马萨诸塞州梅纳德被强奸和谋杀，没有人被指控犯有谋杀罪——"

佐伊说："实际上，有人被起诉了。一个叫曼尼·安德森的少年。他在监狱里自杀了，从未受过审判。"

"呃……没错，"瓦伦丁探员瞥了一眼他的文件说，"不管怎样，现在人们相信，杀害这三个女人的真凶是罗德·格洛弗，他当时就住在那里，在第三起谋杀案发生后立即离开了梅纳德——"

"并不是立即离开的，"佐伊甜美地说道，"是四天之后。"

瓦伦丁眨了眨眼。坐在桌子对面的奥唐纳冲着佐伊笑了笑，似乎很享受这一场面。

"这三个女人都是二十几岁的年龄——"

"只有贝丝·哈特利二十岁以上，确切地说，是二十一岁。杰基·特勒和克拉拉·史密斯都是十八岁。"

"本特利博士，也许我们最好让瓦伦丁探员来总结。"布莱特上尉说道，"如果你有什么想补充的，可以在他说完之后再说。"

佐伊有些怒不可遏。探员瓦伦丁撇了撇嘴唇，继续说下去："这三个女人都是在靠近水的位置被发现的。她们被强奸，然后被勒死。"

"她们是被什么勒死的？"奥唐纳问道。

"嗯……"探员扫了一眼手中的文件，"某种布套索。"

佐伊说："他们是被灰色领带勒死的。"

"谢谢你，本特利博士。"奥唐纳冲着她说道。

"对，"瓦伦丁说，"不论怎样，离开梅纳德之后，格洛弗下落不明，直到……"

"他为什么离开梅纳德？"奥唐纳装出一副天真的样子，眨了眨眼问道，"警方不是拘留了另一名犯罪嫌疑人吗？"

"他可能担心自己受到了怀疑。"

佐伊说："他实际上不是因为这个，而是警方接到举报。有人看见他在其中一个犯罪现场徘徊。他在被逮捕前就跑了，他的床底下有一盒从谋杀案中获取的战利品。"

"谢谢你，本特利博士。"

"不客气，奥唐纳警探。"

"本特利博士。"布莱特的声音严厉了起来，"请让瓦伦丁探员先总结完。你有任何问题，请等他说完你再讲。"

瓦伦丁的脸通红。"在那之后，格洛弗的下落是未知的，直到他 2008 年出现在芝加哥，杀死了两名妇女……"

"对不起，"佐伊抱歉地说，"我不得不打断一下。我们有确凿的证据表明他自 2006 年以来就一直待在芝加哥。"

瓦伦丁探员把文件放在桌子上。"本特利博士，要不您来接手这个总结吧？"

"谢谢，那就太好了！"佐伊爽快地说。她很快概述了他们对格洛弗过往的调查，以及他最后的工作地点和公寓。她详细介绍了警方怀疑他在芝加哥犯下的两起谋杀案。然后，她总结了一个月前他对安德丽雅的袭击。

她说："在戴尔市的那段时间里，格洛弗因为频繁头痛和反复呕吐去看了医生。他被诊断为间变性星形细胞瘤。这是一种三级脑胶质瘤。我们已经询问了医生并咨询了专家。他们认为格洛弗最多只能活一年，六个月后他可能需要持续的医疗监督和护理。"

布莱特上尉身体倾向佐伊，问道："格洛弗这个家伙在犯罪现场留下过五角星吗？或者做过其他带有撒旦色彩的事情吗？"

"没有，"佐伊的回答没有丝毫迟疑，"在他此前犯下的案件中，我们从未见过这样的事情。"

"所以我们假定五角星和刀是他的同伙的主意？"

佐伊犹豫了一下："有可能。当然，我们对不明嫌犯的心理了解得还不够。"

"除了电话之外，我们还有什么能把这两场犯罪联系起来？"布莱特问道。

奥唐纳说："脚印与其中一名凶手的脚印相吻合。技术人员说，这一点可以确信无疑。我们在兰姆案犯罪现场发现的第二个人的脚印完整度不够好，无法找到明确的匹配，但鞋子刚好匹配。在这两起案件中，凶手都戴着手套，所以我们没有获取指纹。我想我们提取了DNA……特雷尔博士？"

"我从那名女子脖子上的咬痕中提取了DNA样本。"特雷尔博士说，"此外，她指甲下有干燥的血迹，这可能来自袭击她的人。我们正在将这两个样本与兰姆谋杀案中的唾液样本进行比对。由于联邦调查局同意将此案作为他们实验室的优先事项，我们将在一天内得到结果。"

奥唐纳点点头。"此外，两名女子都是被勒死的，手臂上都有注射器的痕迹。我们认为，凯瑟琳·兰姆谋杀案中的注射器是用来从受害者身上提取血液的。"

"亨丽埃塔·菲什伯恩被强奸了吗？"布莱特问。

特雷尔说："据我所知没有。"

佐伊眨了眨眼，感到很吃惊。到目前为止，她一直认为这是必然的。"你确定吗？"

特雷尔说："受害者的膝盖和手掌受伤，似乎表明她被迫屈膝。但是，我没有发现受害者阴部有近期侵入的迹象。"

她被扒光衣服，被迫跪在地上，从背后勒死……但不是强奸。然后是五角星和女人肚子里的刀，还有那个该死的电话。佐伊试图在脑海中改变那些事，为它们找到一些解释。这不符合格洛弗的侧写，也不符合他同伙的侧写。

"兰姆的案子有什么进展吗？"布莱特问道。

奥唐纳说："到目前为止，我们还没有确定的嫌疑人，但我们非常确定他是麦金利公园里一个教堂的会众。"

她总结了目前的情况，提到佐伊和泰腾参与了侧写犯罪嫌疑人的工作。"我们已经证实罗德·格洛弗是该教会的一员，考虑到凶手选择凯瑟琳·兰姆作为第一名受害者，我们认为格洛弗的同伙，也就是不明嫌犯贝塔，很可能也是该教会的一员。"

"这是一个很大的进展，不是吗？"瓦伦丁问道，"既然我们知道罗德·格洛弗熟悉受害者，那么不明嫌犯可能是任何人。"

佐伊说："有迹象表明不明嫌犯也认识凯瑟琳·兰姆。"

"比如？"

佐伊解释了关于项链的情况，并提到了遮盖尸体。

"但罗德·格洛弗也能做这些，对吧？"瓦伦丁指出。

"这不符合他的侧写。"

"凶手是不可预测的。我们不能把调查建立在一个没有任何可靠证据支持的理论上。"

瓦伦丁只是因为她让他看起来像个白痴而跟她吵架吗？嗯，他只能怪自己。

"我并不是说我们的工作仅限于调查会众，但这是一个极有可能的假设。"

"我们的资源有限，"瓦伦丁说，"我们必须确定如何分配这些资源。"

"好了，好了。"布莱特举起双手，"那个教堂里有多少会众？"

奥唐纳回答说："我们无法得到确切的数字，但在过去几年里，已经有数百人了。"

"嗯。现在我同意瓦伦丁探员的观点，"布莱特说，"没有什么具体的东西可以将第二个凶手与教会的会众联系起来，我们没有那么多时间跟数百名教区居民面谈。"

"我们已经在拉名单了，"奥唐纳说，"我们可以从有犯罪记录的人开始检查。"

"很好。先列出清单，然后我们再看下一步该怎么做。"布莱特看了看手表，"亨丽埃塔·菲什伯恩已经被发现九个小时了，她被杀大约三十八个小时了。我希望这两个案件一起调查。我已经与

222

南方的米勒上尉以及联邦调查局芝加哥分局的负责人进行了讨论，我们已经同意成立一个由我领导的工作组。"

佐伊看到奥唐纳眯起了眼睛。她是负责追踪第一起谋杀案的人。佐伊凭直觉认为奥唐纳本想亲自领导调查。然而，布莱特就在刚刚接管了这两起案件的调查。

"我们可以将这个会议室用作案情分析室，"布莱特继续说道，"我们稍后会为专案组增派人手。让我们行动起来吧。我们需要让这些怪物离开芝加哥的街道。"

第三十章

黑暗的房间里有三个发光的显示器在闪烁。每个显示器都展示着愤怒的推特争论、恶意的论坛辩论、有毒的评论和暴力图片。照亮整个房间的不是台灯，也不是顶灯，而是怨恨。

"幸运水母"向后靠在椅子上，嗦着拉面，偶尔放下碗点击链接，或是快速输入愤怒的评论。

他有一个真实的名字，但他不再用那个名字来称呼自己了。那个名字属于他的肉体，他不再在乎肉体了。这些显示器上的信息通过跨越世界的电缆，以光速传递着，而他的真实生活远不止于此。在那里，他是"幸运水母"。

他在两台显示器上打开推特消息，看到激烈的争论不断爆发，数十名愤怒的推特用户在厌恶中尖叫，每秒钟都有一条新评论出现。他微笑着，仔细阅读着他们对种族主义和厌女症的大声疾呼。他们以为自己是在和真人争论。他们实际上是在和五个机器人进行一场大喊大叫的比赛。一些无脑的脚本，就像"幸运水母"告诉他们的那样。想象着所有那些人咬牙切齿地回答问题，毫无理由地争论，他感到一阵满足。

他随时都有几百个机器人，他的混编小军队，伪装成男人与女人、民主党人及共和党人、青少年与中年人。他此刻最喜欢的是三个假扮名人的机器人。就在那天早上，数千名"照片墙"用户看到自己最喜欢的一个时尚模特宣称希特勒在很多事情上都是正确的，他们对此感到十分震惊。

他又吃了一口面条，一不小心咬到了那颗疼痛的牙齿，突然一阵疼痛袭来。牙痛已经困扰他好几天了，但他不准备去看牙医。上次他去看牙医的时候，牙医居然还要教他刷牙，搞得他像是一个小孩子一样，他怒气冲冲地回到家，派出他的机器人账号大军去那个婊子的脸书页面发帖威胁她，向她发出性受邀请，直到她关闭了自己的主页。这给她上了一课。

除了他的机器人之外，他还有病毒和特洛伊木马来执行他的命令，通过网络以连他自己都感到震惊的速度进行复制。他可以访问世界各地的电脑，比如中国、俄罗斯、法国、英国、以色列、澳大利亚……这样的例子不胜枚举。在这里，坐在他的椅子上，他的宝座上，他不仅仅是一个人。他是神。

他浏览他最喜欢的喷子论坛。其中一名用户破解了邻居的手机密码，发现手机上有裸照。"幸运水母"拍了几张照片，进入女孩的脸书账户，通过这个账户，把照片发给了她所有的朋友。他又是一阵满足，但也只是一抹微光，不像以前那样能带给他极度的愉悦了。

这些天来，他需要得更多了。

他检查了自己的财务状况。他运行着三种勒索软件，每种每天为他提供几百美元。他把它们保持在低尺度，不需要贪婪。人们会因为贪婪而被抓。"幸运水母"可不想被抓住。

然后，他浏览了自己喜欢的网站：每日女性主义网、芝加哥骄傲网、思想进步网……他仔细阅读了这些文章，感觉到自己的愤怒正在冉冉升起。他小心翼翼地酝酿着自己的情绪。他是一个为愤怒、仇恨和恶意浇水并提供滋养的园丁。有时候照看起来并非易事。但是他尽了自己最大努力让火势蔓延下去。

警报突然出现，他变得紧张起来——是他发来的消息。点击查看时，他感受到了期待和兴奋的冲动。

推特上的评论不断出现在其中一台显示器上，他都没有查看。他一遍又一遍地读着"千斤顶"发来的信息。在黑暗中，他笑了。

第三十一章

　　泰腾在座位上伸了个懒腰，揉了揉眼睛。在过去的一个小时里，他一直在研究这两起谋杀案的卷宗，找出它们的相似之处和不同之处，试图理解凶手们的想法。

　　连环杀手不断改变和适应着。他们总是对上次的谋杀念念不忘，构想着下次会怎么做。他们经常因为自信心的增长而改变自己的行为。有时，当他们的幻想和欲望变得更加复杂时，他们就会改变自己的行为。如果他能弄清楚为什么这次的做法不同于上次，也许他们也能预测下一次作案会发生的变化。

　　然而，对付一个凶手很困难，对付两个就更难了。例如，凯瑟琳·兰姆的尸体被掩盖住了；而亨丽埃塔·菲什伯恩则被扔在那里，摆出古怪的姿势。是因为格洛弗不想掩盖死者吗？是因为这两个男人都不认识这个女人，所以他们不在乎吗？又或许是因为嫌犯的幻想中包含了这令人厌恶的场景？实际上，他把所有想到的可能原因都列了出来，列到十个时就停止了。这完全没有用。侧写师的工作是找出凶手的特征，缩小犯罪嫌疑人的范围。如果他把各种可能性及事情的发展过程都解释清楚，那只会把水搅浑，让事情变得更加复杂。

他环顾了一下案情分析室：佐伊独自坐在这张大桌子的另一端，咬着嘴唇翻看犯罪现场的照片；瓦伦丁探员坐在离她几英尺远的地方，在笔记本电脑上打字；科赫正在制作案情板，颇费心思地画出亨丽埃塔·菲什伯恩案的时间表。

犯罪现场的照片占据了整个案情板：一张是伤痕累累的尸体被置于用圆圈框起来的五角星中；一张是勒痕的特写；一张是咬痕的特写；还有一张是插在受害者身体上的刀子的特写。

最上面的一张照片是菲什伯恩从妻子的"照片墙"账号上找来的。照片中，亨丽埃塔微笑着，背靠在一座桥的栏杆上。她身后的风景看起来像是在欧洲。这张照片是在一次长假中拍的，他心里希望那时亨丽埃塔度过了她一生中最愉快的时光。微笑的女人和残缺不全的尸体的对比让人难以忍受。

"我们对她了解多少？"泰腾问科赫。

科赫花了一点时间整理自己的思绪。"亨丽埃塔·菲什伯恩是芝加哥环区一家大型律师事务所的律师助理。她和她的丈夫、女儿住在里弗代尔——那是芝加哥南部的一个社区。她是个敬业的员工，工作很努力。"

"她经常这么晚离开吗？"泰腾问道。

科赫耸了耸肩。"据她丈夫说，在过去的三周里，亨丽埃塔总是工作到很晚，但她通常在晚上八点离开办公室。然而，周一晚上，她被要求与该公司的一位律师一起处理一个重要的案子。所以，她工作到十二点半才离开公司。这意味着她在凌晨一点三十五分停在第 147 街的地铁上。"

"有没有人知道她会加班到那么晚？她有没有告诉过别人？"

"她的一些同事和她丈夫。"

泰腾点了点头，对他的回答感到很满意。他坐到佐伊旁边。"亨丽埃塔通常不会这么晚离开办公室，"他说，"这是偶然事件。"

佐伊把目光从桌子上的照片移开，抬起了头看向泰腾。"所以，即便凶手有很多个夜晚在附近跟踪她或是在停车场监视她，他们也猜不到她今晚会这么晚下班。"

"所以这次袭击很可能是随机的。两名凶手一直在停车场等待合适的下手对象，并且他们是在附近没有目击者的时候出现。亨丽埃塔·菲什伯恩刚好符合条件。"

"这符合格洛弗一贯的作案手法，"佐伊说，"潜伏在一个靠近水源的偏远地区，耐心地等待受害者出现。"

"但这和凯瑟琳·兰姆的谋杀案不相符。"

她点了点头。"地铁站的那个停车场肯定是格洛弗的地盘之一。"

"他的地盘？"

她抬起眼睛望着他。"2009 年至 2016 年期间没有发生谋杀案。"

他猜想他应该把这两句话连在一起，但就像和佐伊说话时经常发生的那样，他感到不知所措。"所以？"

"格洛弗在这里至少住了十年，但他只杀了两名女性，都发生在 2008 年。剩下的时间他都做些什么？"

"沉溺于性幻想，通过自慰来控制他的性需求。"

"没错。但是为了让这些幻想足够刺激，他需要偶尔去更新一下幻想的版本。"

"为什么？你怎么知道他不只是一遍又一遍地重温他之前的谋杀案？"

佐伊有点不耐烦地说："如果是这样的话，整个色情行业早就崩溃了。性幻想需要多样性，尤其是对于像格洛弗这样痴迷的性掠食者。而且，我们知道他会对特定的地点产生反应。这就是为什么他几乎总是去水边作案。因此，当他在特殊地点幻想时，可能会感到异常兴奋。我想他会去适合他作案手法的地方，然后进行幻想。就像昨晚一样，他会等着一个女人独自走过，然后他会在脑海里编造一个幻想，幻想着自己会如何抓住她、强奸她，然后勒死她。"

"所以你认为他只是回到了以前经常光顾的地方？"

"我几乎可以肯定。我敢打赌，他记下了地铁的发车时间表。"

"但是他实际上并没有强奸亨丽埃塔·菲什伯恩，这是为什么？"

佐伊轻拍了一下其中一张照片。泰腾仔细研究了一番。那是亨丽埃塔肋骨位置的特写，上面布满了瘀伤。

"他们确认这个瘀伤是脚踢造成的，"佐伊说道，"在她倒下的时候，他踢了她一脚。"

"或许是他的同伙做的。"

"我不这么认为。他的同伙想要的是血。不管出于什么原因，血才是他关注的重点。而且，他得到了自己需要的血。格洛弗也需要某种东西，但他没有得到。所以，他变得愤怒，用脚踢了她。"

泰腾思考了一下。"你认为他无法勃起？"

"是的，可能是癌症的缘故。他一定很生气。"

令泰腾感到惊讶的是，她好像很担心。

"所以？"

"这可能会大大缩短他下次作案的时间间隔。"

说到这，他俩都沉默了。过了一会儿，泰腾打破了沉默："为什么会出现五角星、刀和报警电话这些元素？"

"好吧，就像你已经知道的那样，他想让我们通过这种方式找到她。而且他希望这种情况尽快发生，可能是希望警方在尸体严重腐烂之前找到她。"

"他为什么要这样做？"

佐伊说："他可能是想甩掉我们。"她的声音里有些不确定。

泰腾说："或者他这样做可能是为了向你传递信息，也许他想让你看到尸体。"

"那为什么是五角星呢？这讲不通啊。对于我或格洛弗来说，五角星没有任何意义。"

"这可能与媒体报道有关。现在他的时间不多了，所以他正在努力留下自己的印记。"

"这是可能的，"佐伊承认，"格洛弗以前从未对媒体报道表现出任何兴趣，但他的情况发生了重大变化。"

瓦伦丁探员在座位上听到后，叹了口气说道："你显然漏掉了重点。"

泰腾瞥了那人一眼。在芝加哥分局工作期间，他对瓦伦丁有了一些了解。他是个很好的人，很有幽默感。但是瓦伦丁对佐伊傲慢的态度让他感到很不安。"什么重点？"

"这些谋杀案带有宗教色彩。在第一起谋杀案中，他们把十字架项链戴在受害者的脖子上，就在勒痕上。在第二起谋杀案中，他们画了一个五角星，然后把受害者摆成向魔鬼献祭的样子，把刀插在她的肚子里。我猜这就是他打电话来吹嘘的原因。也许他认为自己是下一个先知什么的。"

佐伊说："罗德·格洛弗不是宗教狂热分子，他一点也不关心宗教。"

"也许吧，但人们在面对死亡时会发生变化。就像你说的那样，他的时间不多了。"

"太荒谬了，这与他的侧写完全不符。"

"这个人患有脑癌。谁知道现在他脑子里发生了什么？他可能完全精神错乱了。此外，这可能是他搭档的主意。这家伙已经在饮血了。你认为对魔鬼的崇拜超出了他的范围？见鬼，也许这就是饮血的目的。"

"好吧！"佐伊直截了当地说，"我已经把你的建议记录下来了，谢谢！"

瓦伦丁耸了耸肩，继续干他自己的活。

"还有一件事困扰着我。"佐伊指着两张照片说道。其中一张照片来自兰姆案的犯罪现场——尸体周围有带血的脚印。另一张来自最近发生的场景——泥土中五角星周围的脚印印痕。"我们认为他在第一个犯罪现场中失去了控制，这就是为什么他在尸体周围一遍又一遍地踱步，而他在这里似乎也在做同样的事情。"

泰腾指出："他们一直在画五角星形，摆放尸体的姿势。他们必须来回走动。"

"但这似乎是一种模式。看到了吗？走了三步，他就停了下来，转身面对尸体。然后他侧身走了两次，走到了这里……又走了三步，转身面对尸体。在另一个作案现场也是类似的情况。我问过奥唐纳了。在两起案件中，这些脚印都是不明嫌犯留下的，不是格洛弗留下的。看起来像是谋杀后的某种强迫症仪式。一些可能与血液无关的东西。"

"它告诉了我们什么？"

她摇了摇头。"现在还没发现。但是我们需要寻找其他模式。也许这个人有一套强迫症的习惯。如果是这样的话，在与他交谈时就可以看得出来。"

"我们要留意这一点。"

"奥唐纳去哪儿了？"佐伊向周围扫视了一圈问道。

"她和埃利斯一起去找那个瘾君子，然后再看一眼那两个犯罪现场。"

"我们也应该去看看停车场。"佐伊说。

"明天早上？"泰腾满怀希望地建议。

"我想在今晚天黑的时候去看它。那俩凶手就是这时候去的。"

泰腾叹了口气。"你当然想晚上去。等我忙完，我们一起去那里。"

第三十二章

　　佐伊走进她在汽车旅馆的房间，甩手关上门。在参观了地铁站的停车场后，她打算和泰腾一起回到警察局，继续工作。但是，一阵寒意爬上了她的后背，她不得不休息一下。所以她让泰腾把她送到汽车旅馆。

　　亨丽埃塔·菲什伯恩死亡的阴影在她的脑海里溃烂。她能感觉到它就像一个实体存在着，紧靠着她的头骨。她不得不发泄出来。

　　她脱下鞋袜，钻到毯子下面，让它的重量压在自己身上，把自己裹成一个安全的茧。她强迫自己的身体放松下来。这一天已经让人精疲力竭了，尤其是在过去的一周里只睡了很少的觉之后，躺下就是一种解脱。

　　闭上眼睛，她就想起了停车场。他们到达那里时，亨丽埃塔的车已经不在那儿了。但很容易想象当时的场景，这辆车孤零零地停在那里，被黑暗包围着。站在这里，就算没有什么事情发生，亨丽埃塔的心也肯定要跳到嗓子眼儿上了。黑暗中，她只身一人穿过停车场。

高跟鞋在人行道上敲打着，步伐急促。天气很冷，佐伊的呼吸加快，尽管身上盖着毯子，她还是瑟瑟发抖。

她走到车前，正要打开车门。阴影中突然有什么东西在移动，一只手抓住了她，拉拽着她。脖子上传来一阵剧痛，她拼命挣扎。

佐伊用手指紧紧抓着毯子。她想到了人行道上的血迹，想象着它们背后的过程：亨丽埃塔被恐惧吞噬，逃离了袭击者，甚至没有意识到自己离安全越来越远。树木隐约可见，黑暗吞噬了她的周围，她把停车场的聚光灯留在身后。有人抓住了她，威胁她不要大喊大叫。勒在她脖子上的套索收紧了。佐伊仍然记得那种感觉，永远不会忘记：格洛弗在她身后，他在收紧套索时不断发出咕哝声。她抓着她自己的脖子，迫切需要呼吸。他粗糙的手指抚摩着她的皮肤，戳她，摩挲着她的身体。

她颤抖着，她的记忆与亨丽埃塔一定经历过的事情融为一体。她曾涉水进入溪流，结果双脚深陷，跌跌撞撞摔了一跤，这才意识到那根本不是一条溪流。那是一条奔腾的大河，将她席卷而下。

她喘着气，挣扎着从噩梦中挣脱出来，抓紧床单的感觉将她的意识拉了回来。她躺在汽车旅馆的床上，大口喘着气。这不是她第一次想象受害者的最后时刻了。可是，她知道格洛弗去过那里，自己和他相遇的情景仍然历历在目，这就令事情变得更加糟糕。

她把毯子从身上掀开，身体已经被汗水浸湿，但她仍然能感觉到他的手在她皮肤上幻影般的触摸。她脱下衣服，急忙跑到淋浴间，把水开到最热。水给人一种崇高的感觉，攥住她身体的紧张感慢慢消失了。她的思绪开始游荡。

在黑暗中跌跌撞撞地奔跑，有人紧紧抓住了她，把她转过来，格洛弗那张色眯眯的脸紧紧贴着她的脸。

佐伊强忍住尖叫，关上了水龙头。她把思绪拉了回来。

经验告诉她，不让想象进行下去，否则只会导致可怕的噩梦。她用毛巾擦了擦身体，然后回到床上。

尽管佐伊追踪格洛弗已经二十年了，但亨丽埃塔·菲什伯恩的尸体是她在犯罪现场看到的第一个躺着的受害者。那具尸体一定震撼到了她，唤醒了所有与他有关的记忆和创伤：他对安德丽雅的攻击；他杀了贝思、杰姬和克拉拉；就在几个月前，她和他的相遇。在他敲门的时候，她把自己和安德丽雅关在房间里。

她可以为自己所经历的一切辩解，但这对再次侵袭她身体的颤抖几乎无济于事。

这也无法阻挡亨丽埃塔在黑暗中奔跑、格洛弗紧跟在她身后的画面。

第三十三章

案情分析室的门突然打开。奥唐纳走进了房间，泰腾抬起了头，目光从笔记本电脑上移开，看到了她疲惫的眼神。

她环顾四周，看了看空座位和丢弃的咖啡杯。"人都去哪儿了？"

泰腾说："科赫和他的搭档正在询问亨丽埃塔·菲什伯恩的父母和密友。查看停车场后，我把佐伊送回了汽车旅馆。瓦伦丁探员在法医实验室。埃利斯和你在一起。一些穿制服的警察仍在地铁站附近挨家挨户调查。"

她闭上眼睛，疲倦地按摩着鼻梁。

"找到那个神秘的证人了吗？"泰腾问道。

他说："到目前为止还没有什么好消息。埃利斯认为这是一个叫'好孩子托尼'的家伙，但他并没有在他经常出没的地方。我们明天再去试一次。这里有什么消息吗？"

泰腾从椅子上站起来，走向菲什伯恩谋杀案的案情分析板。"潜水队发现了受害者的一些衣服和钱包。"他指着清晰的证物袋里沾满泥土的物品的照片说，"我们只找到一件衬衫和一只鞋子。钱包里有她的车钥匙和电话。车钥匙和她的银色菲亚特相符，基本确定了是她的东西。手机已经被送到实验室了。"

"他们设法确保我们能找到尸体，却把她的东西扔进了河里，"奥唐纳若有所思地说，"也许她的手机里有什么证据？"

"这是有可能的，但我对此表示怀疑。她是一个随机的受害者。我认为他们只是尽了最大努力来掩盖踪迹，并浪费我们的时间。"泰腾皱起了眉头，脑海里闪过一丝念头，"他们是在争取时间，也许是因为格洛弗知道他很快就会死？但看起来似乎还不止于此。他们动作很快……"令人沮丧的是，一个模糊的想法就在眼前飘忽不定。

"面包车有什么进展吗？"奥唐纳指着两张撞坏的雪佛兰面包车的模糊照片问道。

泰腾说："我们尽力把车牌拍得更清楚了。但它溅满了泥土，几乎可以肯定凶手是故意这样做的。然而，科赫设法找到了他们进入停车场的时间——晚上九点十七分。他们停在停车场西部的某个位置，靠近地铁轨道，远离目击者窥探的目光。早上两点三十七分离开。"

"他们已经等了一段时间了。"奥唐纳说。

"足足有五个多小时。"泰腾点了点头，"格洛弗很有耐心。科赫派了警察巡逻队在麦金利公园和基卡普森林附近寻找那辆面包车，也许我们会走运。"

"是的。"奥唐纳的眼神有些呆滞。他怀疑她有没有听到他刚才说的话。

"有什么问题吗？"

"她这张照片挺不错的。"奥唐纳指着案情分析板上菲什伯恩的照片说道，"但当我今天去通知她丈夫时，看到他电脑里有一张亨丽埃塔和他们女儿在海滩上的照片。她看起来就像变了一个人。你明白我在说什么吗？"

"不明白。"

"我的女儿跟她年龄相仿。"

"菲什伯恩的女儿？"

"是的。"她叹了口气，"他问我亨丽埃塔是否……他的妻子死的时候有没有遭受痛苦。"

"他们总是问这个问题。"

"我告诉他说没有。"

"很好。"

"她的死太可怕了，泰腾。她被吓坏了，还受了伤。她喘不过气来——"

"但你不能把这些告诉她的家属。"

"是不能，"她低声说，"你不能把这个告诉受害者的家属，永远不要把这个告诉受害者的家属。"

"你还好吧？"

她眨了眨眼睛。"我要给我女儿打电话，道声晚安。"她拿出手机看了一眼，"该死！现在已经晚上十点四十了。她现在已经睡着了。"

"你明天早上就能见到她了。"

"没错。"她说着把手机丢进了口袋。

他关心道：“听着——”

“有报案电话的消息吗？”她的声音空洞，之前在他面前展现的脆弱语气一扫而空。

“嗯……是的。这是一次性手机，在那通电话之前从未使用过。用完后就关掉了。电话来自环区的某个地区。”

“那是亨丽埃塔以前工作的地方。”

“你认为这是故意的吗？”泰腾问道。

奥唐纳说：“有可能……但这是一个芝加哥环线地铁很容易到达的区域。格洛弗可能上了地铁，坐了几个站，下了车，打了电话，可能把电话丢在了附近的某个地方，然后坐上了回家的地铁。”

“听起来是合理的。”

奥唐纳说：“如果这是真的，我们可以调出可能经过的车站的监控录像，看看他是在哪站下车的，尽管逐一查看监控录像无疑会是一场噩梦。”

泰腾建议：“你可以和瓦伦丁谈谈，他也许能在这方面提供帮助。”联邦调查局有图像识别软件和足够的 CPU 来浏览所有镜头，寻找格洛弗。

“这是个好主意，”奥唐纳说，“明天我会向布莱特建议的。”

她最后一句话伴随着苦涩的语气。他很同情她，当最初凯瑟琳·兰姆案发生时，就是由她负责。如今，尽管她最初发现了第一起谋杀案，但现在整个调查都由布莱特来负责。就算泰腾不是办公室斗争方面的专家，他现在也能听出她被孤立到了一边。他知道那是什么感觉。

"教会会众那里有什么进展吗？"他转换了话题。

"我收到了帕特里克·卡朋特的一封电子邮件，里面有一份名单，"奥唐纳说，"名单上有 312 个名字，其中 171 位是男性。没有提到年龄，所以我不确定哪些人之间有联系。这份名单根本就不全，只是一些他记得的人。大多数人的电话号码和地址他都没有。我想从艾尔伯特·兰姆那里弄到一份类似的名单，但听说他几乎已经卧床不起了。这个工作非常棘手。瓦伦丁跟布莱特说这是浪费时间，要真正拿到我们想要的那份该死的完整名单简直就是地狱——"

"好吧。"当她说话的声调提高的时候，泰腾举起了手，"我明白了，你真的太不容易了！"

这让她犹豫了一下。"这是一种简洁的说法，"她最后说，"虽然不是很有用。"

"看，"他说，"现在已经很晚了。你从早上六点就醒了——"

"五点。我醒得很早，没办法继续入睡。"

"你上次吃饭是在什么时候？"

"我……有一段时间了。"

"这里还有些没吃完的比萨。"泰腾指着桌上的盒子说。

她向着比萨猛扑过去，像一只美洲狮正在捕捉一只迷路的鹿。她掀开盖子，她捕食者般的眼睛失望地盯着这只鹿。"比萨上有菠萝。"

这只美洲狮相当挑剔。"所以呢？"

"谁点的放菠萝的比萨？"

"我点的。"泰腾辩解道。

"我开始有点喜欢你了。"她拿起一片，咬了一口，忧郁地嚼着，

"这么凉，简直是冰镇菠萝比萨。我的生活已经沦落到这般田地了。"

"我喜欢你那种自怨自艾的样子。"泰腾朝她咧嘴一笑，"想去买点别的吗？"

她耸了耸肩。"我想我女儿和我丈夫现在都睡着了，所以我还是和你一起去吃饭吧。"

"谢谢你让我觉得自己很特别。"

他的电话响了，佐伊打来的。他示意奥唐纳稍等片刻，然后接了电话。

"泰腾？"佐伊的声音听起来很奇怪，磕磕巴巴的。

"怎么了？"

"我在汽车旅馆的房间里……"她把这句话拖得很长，似乎她不确定自己是否真的在房间里。

"我和奥唐纳在一起，事情很重要吗？"

"哦。"佐伊停顿了很长时间，"不，不重要。可以往后推推。真的，没什么。"

"佐伊，有什么问题吗？"

电话那头没有回应，只有呼吸声传来。

"佐伊？"

"什么？"她听起来吓了一跳。过了一秒钟后，她说："不，没事。明天见。"她挂断了电话。

泰腾对着手机皱起了眉头。

奥唐纳说："所以，我们还要去吃东西吗？"

第三十四章

处于控制状态的男人一整天都不在家，感觉就像是一个糟糕的戏剧演员在表演自己生活的剧本。他似乎总是忘记他的下一句台词或他的情绪应该是什么样子。他所有的动作都显得机械而夸张。他的整个身体就像是一件笨重的衣服，他恨不得把它脱掉。他想放弃一切，愤然离开舞台。然而，根本就没有舞台，也没有剧本。而且他知道，如果他做了什么吸引别人注意的事，丹尼尔肯定会被吓坏的。所以他挺了下来。

但回到家里时，他总是紧咬着下巴，脑袋开始嗡嗡作响。他关上身后的门，这一刻他已经能感觉到丹尼尔今天过得很糟糕。当你和一个病人生活在一起时，你会变得对他的痛苦很敏感。也许是他的呼吸和汗水散发出的气味。又或者，他听到丹尼尔隔着客房紧闭的门发出微弱的呻吟。不过，无所谓。疾病一直在这所房子里徘徊。

他跌跌撞撞地走到冰箱前面，打开了冰箱门。他还剩下五个小瓶。也许血液以某种方式被稀释了，他需要多喝一点。于是，他取出三个小瓶，走到橱柜前，拿了一个大马克杯。他把三个小瓶一个接一个地倒进马克杯里，几乎倒满了整个杯子。厚厚的深红色液体表面上浮现出一个气泡，然后气泡慢慢破裂。

他把杯子凑到嘴边，贪婪地喝着，感觉到黏稠的液体顺着喉咙向下流淌，覆盖着他的舌头、牙床和牙齿，唇齿间满是咸咸的金属味道。

它奏效了，一瞬间的宁静淹没了他的身体。这就是他一直需要的。他怎么会忘记——

突然他肠子里一阵痉挛，于是便急忙跑进了洗手间，胆汁从喉咙里向上攀爬。幸好他及时赶到，双手抓住马桶。他感到极其恶心，呕吐不止。他不停地咳嗽，快吐得喘不过气来，憋得泪流满面。他擦了擦脸，看着马桶里红色的呕吐物，白色的陶瓷溅上了粉红色和棕色的污渍。

那个女人的血被污染了。所以，它几乎没有奏效；他的胃根本无法消化。他走到洗手池旁，打开水龙头，水溅到了他的脸上。他漱了漱口，把红色的残余吐在水槽里，看着它们盘旋着被冲进了下水道，从视线中消失了。

他重新穿上外套，走出了家门，试图摆脱自己呕吐物的味道和气味，但他还是咳嗽和呕吐不止。他晃晃悠悠地走到大街上，感觉在车水马龙的喧嚣之下，道路变得倾斜，也许是他自己的身体在变得倾斜。

他不确定自己在找什么，他只是想逃脱。他双手抱在胸前，身体不住地颤抖着。走了一会儿之后，他看见了她。

那个带着孩子的女人，和他头几天见到的是同一个女人。

这次，他不会再犹豫不决。他需要一些更纯净的东西。

关于如何抚养儿子这个话题，每个人都在不停地给乔安妮提供建议。她的母亲一直声称自己在这方面懂得更多；而她的嫂子有三个孩子，常常自诩为抚养孩子的权威。但事实证明，她的邻居、超市的店员和她丈夫的单身朋友也都有自己的看法。似乎每个人都比乔安妮更懂得如何抚养孩子，觉得有必要向她分享经验。他们最喜欢提与睡眠有关的建议。具体来说，就是应该如何让婴儿入睡、当他醒来时应该做什么之类的。而且，他们还会指出乔安妮无数个错误的做法。

一开始她很抗拒。她试图向他们解释，并不是所有的婴儿都是一样的。有些婴儿睡得不好。有些婴儿出现了出牙问题，疼痛让他们睡不着觉。而且，她不愿意让儿子在婴儿床上哭上几个小时。但是，身边的人没完没了地指责你做得不对，对你的做法表示遗憾，并用居高临下的语气告诉你"做你认为对的事情就好"。领教了这一切之后，现在无论别人怎么说，她都只是点点头。这种反应似乎可以让每个人都感到很高兴。他们给的建议，她点头，然后继续做她认为正确的事。

她带儿子散步时，他很容易就睡着了。午饭后和晚上出去散一次步，真的不是什么大不了的事。

儿子现在睡着了，她对着他天使般的脸庞微笑。就在她抬起头时，身体不自觉地踉跄了一下。

一个男人朝她走来，这人的面部表情有些扭曲。他衣冠不整，动作古怪，走路跌跌撞撞。他那双睁得大大的、热切的眼睛，正直直地盯着她儿子的婴儿车，这让她有些喘不过气来。

她本能地把婴儿车转向，迅速查看道路上迎面而来的车辆。一辆车也没有；她走得更快了。她想给丈夫打电话，但他会像往常一样工作到很晚。而且，工作时他从不接她的电话。

就算他接了电话，她要怎么跟他说？我在街上看到一个奇怪的人？他会笑掉大牙的。而且她也不打算——

那人跟着她。她用眼角的余光看见他穿过了街道，现在正跟在她后面走。他转过身来，就是为了要跟着她。

她加快了脚步，现在离家只有几码远了。她再次过马路，听到他的脚步声越来越近。她一只手推着婴儿车，另一只颤抖的手伸进外套口袋，摸索着家门钥匙。他离得很近，太近了。她根本不可能及时打开门，冲进家里。

她转过身说："如果你再靠近一点，我就要尖叫了。"她的声音颤抖着，但她说得很大声，很激烈。

他放慢了脚步，嘴里说了些什么，但并不是真的在和她说话。他喃喃自语，语无伦次。他的下巴上有一种闪闪发亮的奇怪光泽，当她意识到他的下巴上面满是口水时，顿时觉得既厌恶又害怕。

她转过身，向自己家飞奔而去。猛烈的推车动作一下子惊醒了儿子，他开始大声尖叫。她把钥匙插进锁眼里，转动钥匙，打开了门。他们进去了！门在她身后砰的一声被关上。她猛地插上锁闩，深深地吸了一口气。

孩子哭了。

"嘘……"她哽咽着，"嘘……"她在婴儿车袋里寻找她的手机。她一直很喜欢这个袋子，它似乎能装下她需要的所有东西，奶瓶、奶嘴、尿布、婴儿纸巾——但现在她讨厌这个杂乱的袋子，它是如此凌乱不堪。她那该死的电话在哪里？

找到了！她迅速拨通了丈夫的电话。电话铃响了八声，她沮丧地挂断了电话。她向窗外瞥了一眼。

那个男人就在那里，在她家门前的台阶上走来走去，还在自言自语，声音更大了，她听到了几句话：控制……婴儿……门……

她拨打了 911。

"911，你有什么紧急情况？"

"有个男人在我家房子外面。"她低声说。她的儿子在身后尖叫，她想把他抱起来，但手心又湿又滑。如果她那样做了，就会把手机摔在地上。"他一直追到门口。"

"门锁了吗？"

"是……是的。"

"他还在门口吗？"

"是的，我可以透过窗户看到他，他在自言自语。请你们派个人过来吧——我害怕！"

"你能告诉我你的地址吗？"

有那么一会儿她几乎想不起来了，但后来她记起来了，慌慌张张地脱口而出。

"好的，女士，您叫什么？"

"乔安妮。"

"乔安妮，你现在要保持冷静。我刚派了一辆巡逻车过去。你还能看见门口的那个人吗？"

乔安妮向窗外瞥了一眼。大街上空无一人。"不……看不见了，我觉得他已经走了。"

"警察会过来，查看一下周围的情况，确保你没事，好吗？乔安妮？"

但是乔安妮无法回答，她的声音消失了。她刚刚看见一道影子从厨房的窗户外面掠过。就在后门旁边。她经常忘记锁上后面的门。睡眠不足使她的生活蒙上阴影，也正因如此，她又忘记了做这件事。

这次她把后门锁上了吗？

她清楚地记得那天早上她打开后门，去给后院的植物浇水。但她不记得后来锁上了它。

门把手转动了一下，同时电话里传来声音："乔安妮？你在吗？"

第三十五章

门是锁着的。他使劲按了几下门把手，只记得自己在那里做了什么。婴儿在屋里哭了起来，他眨了眨眼睛，吓了一大跳。他已经在那个奇怪的后院里站了几分钟了，只是盯着门看。他有没有试着打开它？他把门把手摇得咯咯作响。门似乎被锁上了。哦，对了，他已经试过了。

有人在说话，他停下手中的动作去听，但是屋里安静下来了，只有婴儿一直在哭。然后，他意识到说话的是自己。他就是那个一直在说话、一直在自言自语的人。

他尽力把当晚的事件拼凑起来。他真的打算要把婴儿从婴儿车里抢走吗？

他正在慢慢失控。

这让他感到无比惊恐。很久之前，也发生过类似的情况。从那以后，他一直都尽最大努力来控制自己。但在今晚，没有人在开地铁，它已经脱轨了。

他转身逃跑了，没有逃到街上去——他怕有人看见他。相反，他跑过后院的栅栏，跑过私人庭院，践踏花坛，撞倒露台上的椅子，裤子被带刺的玫瑰花扎破。他用眼睛的余光看到一辆警车的蓝色灯光闪过。他们在找他吗？他一时间糊涂了，以为自己是在凯瑟琳死后从她家里跑出来的。但接着他想起来这件事已经过去一天了，也许是两天？还是四天？

他走到一个他翻越不过去的栅栏前，最后还是决定回到大街上。天很黑，没有警车的迹象，也没有路人。只有他和万物的影子。

他强迫自己深深地吸了一口气，冰冷的空气清空了他的头脑。夜晚是最糟糕的。白天，他可以做得很好。跟人聊天，完成他的工作，走走过场。他几乎可以肯定没有人怀疑什么。但到了晚上，一切都变得更加困难。事情一直都是这样。

他找到了回家的路，到家后锁上了门，并随手把门闩上。到处都是他失控的证据。两个小瓶被丢弃在厨房的桌子上。另外一瓶滚落到了地板上，摔得粉碎，瓶子里残留的血液流到了地板上。他用来喝血的杯子被放在了柜台上，血迹已经凝固。他瞥了一眼洗手间，看到马桶上还留着他的呕吐物。

他把所有的东西都清理干净之后，去冲了一个超长时间的澡。他边洗边喘着粗气，试图让自己的头脑变得清醒一些。他控制住了。他控制住了。他控制住了。

第三十六章

佐伊的呼吸浅而急促。房间的墙壁包围了她，周围的空间随着每一次心跳而缩小。当她感受到幽闭恐惧症的影响时，她试着出去散步，但当她一走出房门，踏进夜晚的黑暗之中，她就能感觉到格洛弗的幽灵就潜伏在附近，就在她的身后。

谁又能说他不在呢？他以前就跟踪过她。有什么能阻止他再次这样做呢？晚上独自散步，让他潜伏在阴影里，这是很愚蠢的。

她回到了房间，锁上了门，尽力让自己冷静下来。

但她根本无法抵挡不断袭来的恐慌浪潮。

即使在这种状态下，她身体中分离的一部分仍在保持着分析。她能理解发生了什么。她最近睡眠不足，再加上她的创伤后应激障碍，才引发了她全面的恐慌。她的想象力被情绪激发，脑海里那些生动的场景助长了她心中地狱般的恐惧。

理解这一点也无济于事，只会让情况变得更加糟糕。

当她给泰腾打电话时，她希望得到帮助。但是他说他和奥唐纳在一起，他的语气有点不耐烦。突然间，她想不出为什么给他打电话。

他能做些什么来帮助自己呢？

只有自己可以帮助自己。她明白这一点，一直都很明白。

她又在床上瑟瑟发抖，紧紧抓住裹着身体的毯子不放。她没有在外面被格洛弗追赶，没有被埋在地下的棺材里，她正待在汽车旅馆的房间里。她没事。

她感觉并不好，她需要呕吐。

她猛扑了一下，试图把自己从毯子里挣脱出来。毯子紧紧地裹在她身上，她挣扎着，呕吐物涌上了喉咙。她干呕了好几次，抓着枕头大口喘着气。有那么一会儿，她只是咳嗽和呕吐，嘴里满是酸水。随后，她开始身体颤抖，精疲力竭，心跳加速。

此时响起一阵剧烈的撞击声——有人敲门。

"佐伊？"泰腾隔着门喊道，"你还好吗？"

"我……很好。"她的声音有些轻飘，有些哽咽。

门外的人短暂沉默了一秒。"快开门！"

"不，我们明天上午见。"

"快开门，佐伊。"

她绝望地闭上眼睛，然后挪动着身体从被窝儿里钻了出来，心脏还在狂跳。她跌跌撞撞地走到了门前，打开了门，迅速地擦掉了下巴上的呕吐物。她把门完全拉开了。

泰腾见到她的那一刻，吃惊地睁大了眼睛。她看起来一定和她想的一样肮脏不堪。

"做了一些噩梦，"她用嘶哑的声音说道，"我现在好了，真的。"说完，她便想要关门。

他用脚抵住了门。"你现在像鬼一样。"他把门慢慢推开，以免碰到她。然后，他擦着佐伊的身子挤进了房间。

在泰腾躺在床上的时候，佐伊的眼睛一直在盯着他，跟着他看到乱糟糟的床单，她染了污渍的衬衣，以及她颤抖着的双手。

他一把抓住了她，把她拉到自己的怀里，用粗壮的臂弯揽住了她。她想要挣脱，不希望自己吐的东西弄脏了他的衣服。但他只是紧紧地抱着她，直到她不再在他的怀抱中扭动，身体变得软弱无力。恐惧消失了，但她还能感觉到它在徘徊，在伺机而动。此刻，她更多的是感到羞愧。

她喃喃地说："我觉得我吃了什么不该吃的东西。"

"也许都是热巧克力的缘故。"他说道。他仍在抱着她。

"是的，但是我现在感觉好多了。"

"去冲个澡吧。"

她照做了，跌跌撞撞地走进洗手间，厌恶地脱下脏兮兮的衬衫。热水让她感觉好多了。泰腾可能已经走了。她明天会为自己的混乱向他道歉。她花了点时间刷了刷牙，以摆脱呕吐物产生的刺鼻味道。

当她从洗手间出来时，他还在那里，裹着汽车旅馆的毛巾。他一定是要了干净的床单，现在正小心翼翼地铺床，揉绉的旧床单被放在房间的角落里。

"我能做到。"她说，"我马上就弄好了。"

她迅速从行李箱里拿出内衣、运动衫和瑜伽裤，在洗手间里穿好衣服。她能听到泰腾在另一个房间里走动的声音。她想让他离开。

可是一想到他若把她一个人留在房间里，她心里就感到一阵冰冷的恐惧。

她深吸了一口气，现在竟然这么容易就能做到。她觉得很奇怪，她以前不可能做到。她再次打开了门。泰腾坐在她床边的椅子上。

"谢谢你的帮助，"她说，"我觉得我睡着了之后就会好一些。"

"我相信你会好起来的。"

她慢悠悠地走到床边，坐在床垫上，突然感到松了一口气，因为床单既整洁又干净。泰腾把床单铺得紧致立挺，就好像是汽车旅馆客房服务的人做的。

"晚安。"她对他说。

他没有挪动，也没有说什么。

"我得了恐慌症，"她最终还是承认了，"我一直工作得太辛苦了，但现在已经结束了，过几天我会轻松一些。"

他扬起了一侧的眉毛。"嗯。"

"我会的。"

"不，你不会的。我明天给曼卡索打电话。我会告诉她，她应该把你调离这个案子。"

"不！"她被吓坏了。曼卡索不可能让佐伊离开芝加哥，但她可以切断佐伊的联系，确保佐伊没有参与调查。"如果你那样做的话……"她在寻找威胁，想要找到恐吓他的方法，但她找不到。

"我需要知道你今晚发生了什么，"他说，"我是你的搭档，我担心死了，但如果你不和我说的话——"

"只是一次惊恐发作。"

"并不是，你已经连续好几天表现得很奇怪了。我是说，你总是有点奇怪，但你的行为……不像你。"

她闭上眼睛，咬着下嘴唇。她怀疑他是不是在虚张声势。他真的会让她退出这个案子吗？他知道这会对她造成什么影响。她睁开眼睛，瞥了他一眼，看见了他的脸。

他没有虚张声势。

"是发生在我身上的事情，"她最后小心翼翼地说，"我想象着受害者经历的一些瞬间，自己就代入其中，感同身受了。"

"我们都会这样。这是我们工作的一部分。"

她沮丧地摇摇头。"不。不是那样的。它……更加生动。我躺在床上，我能看到并感觉到一切正在发生。几乎就像我是她……受害者一样。"

"就像幻象一样？"

"不！"这会让她永远离开行为分析部，更别提这个案子了，"我知道我在哪里，我是谁。我知道这只是我的想象。但它非常生动，我无法阻止它。也许这就是我这么擅长的原因，我能进入每个人的大脑，受害者和凶手。这是我整个技能的一部分。"

她缩在毯子里。既然她已经开始说话，就停不下来了。"我几乎能感觉到恐惧和痛苦。我的身体对这些都有反应，所以我呼吸有点困难，脉搏加快。通常半小时后就结束了。"

"这种情况发生多少次了？"泰腾问道。

"我不知道，几十次吧。"

"天哪，佐伊！"

"如果你把这件事告诉任何人，他们都不会理解的。他们会把我踢出行为分析部的。"她已经后悔把这件事告诉了他，"这真的没什么大不了的。我已经控制住了。"

"当我出现在这里的时候，你看起来完全在掌控之中。"

"这次不一样。"

"为什么？"

"一部分原因是在圣安吉洛发生的事情，我仍然有幽闭恐惧症的时候。"她没有继续说下去。

泰腾说："还有一部分原因是这个案子？如果你把自己放在亨丽埃塔·菲什伯恩的位置上，感受你认为她所感受到的……你就是在重温格洛弗对她的攻击。"

"确实有一部分原因，碎片。但我不能让它停下来。"她颤抖着，咬紧牙关，极力想让自己保持镇定，"这件事我从没告诉过任何人。你不能……请不要……"

"我不会告诉任何人，"他声音沉重地说道，"但你不能再这样下去了。你懂的，是吧？"

"再也不会发生了。"

他没有回应。她知道，很明显，她无法用任何可能的方式来证明这一点。

"他现在很粗心，而且还有个情绪不稳定的搭档，这个搭档越来越失去控制。他被抓到只是时间问题。"

"也许吧。"

"而且，一旦他被抓捕，我就永远不会再因为他而担忧。他已经快要死了！他最多还能再活一年。到那时候，安德丽雅就安全了，我也会安全了，一切都结束了。但我需要坚持到底。"

沉默在两人之间蔓延。泰腾一直看着她，眼神里充满温柔和担忧，看得佐伊转身离开，再也无法忍受他的目光。她本应该缄口不言的。她绝对不应该给他打电话。她不应该这么信任他，把这些秘密都告诉了他。确实有些过分了。她应该明白唯一能信任的就是自己，而且她一直都心知肚明。她永远不应该——

"好吧。"泰腾说道。

"你不会让曼卡索把我从这个案子里踢出去吧？"

"不会的。"

她闭上了眼睛，然后眨了眨眼，一滴眼泪滴落。"谢谢！"

"晚安，佐伊。"

他站起身，往门口走去。她已经能感觉到黑暗，在潜伏着，伺机而动。

"你想让我再多待一会儿吗？我只是确认一下你没事儿了。"他问道。

她耸了耸肩。"我无所谓。你愿意的话就多待一会儿。"

她背对着他，紧张地听着动静，等着门打开，等着他离开，不确定自己是不是希望他留下。

"那我再多待一会儿吧。"

一阵如释重负的感觉涌上心头，她对自己的反应感到尴尬，不由得皱起了眉头。"你可以躺在这里。"她说着，挪了挪身子。

他叹了口气，躺在她身边，床吱吱作响。

她感觉自己有好几个小时都没睡着。后来，她确定泰腾不会起身离开，便放松下来，安心地睡着了。

第三十七章

2016 年 10 月 20 日，星期四

灯光让泰腾醒了过来，同时，他发现自己还穿着袜子。要这么说的话，他的裤子也没脱。他的脑子在懒洋洋地琢磨着"WWW"。这不是指万维网，而是指什么（What）、什么时候（When）、在哪里（Where）？

身旁传来轻轻的鼾声，他瞥了一眼旁边的佐伊。她面朝着他蜷成了一团，头发凌乱地遮在脸颊上。此时此地，她是如此平静和温柔，以至于他只呆呆地躺在那里，看得有些出神。他的目光掠过她弯曲的鼻子，她微启的小嘴唇，她细长的脖子。当他意识到在这个姿势中，她的衬衫领子是宽松的，露出了一些雪白的肌肤时，他赶紧收住，猛地移开了目光。

他试图悄悄地爬下床，但汽车旅馆有一种让床发出咯吱声的癖好，似乎是有意为之。当他起身的时候，床发出了一声"惊叫"，好像被他们不太礼貌的分别冒犯到了。

佐伊立刻睁开了眼睛，朝他眨了眨眼睛，显得比他更专注、更警觉。"现在几点了？"

"嗯……"他四处寻找他的手机。他睡着时把它放在了口袋里，这就解释了他大腿上隐隐作痛的原因。他把它拿了出来。"八点一刻。"时间很晚了。他们通常在七点就出发去单位了。

佐伊眨了眨眼说道："我睡得很好。"

"很好。"

"这是我这几周第一次没做噩梦。至少，我不觉得自己做了噩梦。"

泰腾回忆了一下自己做的梦。"我梦见自己身处北极，和一群企鹅来了一场百米赛跑。我表现很好，因为我的腿比它们的腿长得多。只是我赤身裸体，屁股被冻住了。我一直以为这是全国电视转播的，我认识的每个人都在看，这太尴尬了。"

"北极没有企鹅，只有南极有企鹅。"

"没错，我应该把这个事实告诉企鹅，现在轮到谁尴尬了？"泰腾需要去刷一下牙。

"昨晚很抱歉。"

"你又没做什么，"他说道，"不过，从现在开始，我们需要把节奏放慢下来。你需要更多的睡眠。"

"好的。"她摸索着她的床头柜，"我的手机在哪里？"

"就在那儿，就在你手旁边……现在你把它掉在地板上了。"

佐伊弯下腰去捡，自己也差点从床上摔下来。泰腾把目光移开，寻找他的鞋子。

"哦，该死，"佐伊咕哝道，"他发表了这篇报道。"

"是谁干的？"他找到了右脚的鞋子，却找不到左脚的，这太可笑了。他当时是把它们一起脱下来的。汽车旅馆里是不是有个偷鞋的小精灵,喜欢偷左脚的鞋子?也许是他梦里的企鹅,想要绊住他,让他输掉比赛。

"哈里·巴里。他昨天在犯罪现场看见了我,然后把已知的信息拼凑在一起。这个人真是个公众的威胁。"

"我觉得这也太抬举他了,我们或许应该叫他公众的烦恼。"

"菲什伯恩谋杀案可能与兰姆谋杀案有关。"她对着手机读出了文章的标题。"哦,来听听这个。'这两起谋杀案笼罩着一种神秘的气氛,警方仍然拒绝就卓越的侧写专家本特利博士为何会为此案提供咨询意见发表评论。'"

泰腾叹了口气:"你需要给你的宠物记者套上一条皮带。"

"他不是我的宠物记者。"佐伊放下了手机,"这可能对我们有利。两个杀手都承受着很大的压力。如果这个故事持续出现在头条新闻中,就可能会增加他们的压力,其中一个人就会犯错。尤其是那位不明嫌犯,他可能已经失去了控制。"

"我们希望他不会完全脱轨,开始疯狂杀戮。"泰腾阴暗地说。他找到了左脚的鞋子,把它们都穿在了脚上。

佐伊说:"我真的希望他会崩溃,然后向警察自首。这种事以前发生过好几次。肯珀、韦恩·亚当·福特、斯帕尔斯基……"

"有一个来自英国的家伙,"泰腾说,"迈克尔·科普兰。那个画着令人毛骨悚然的笑脸的人叫什么名字?"

"基思·杰斯曼,他对媒体很沉迷。"

"哦,还有麦克·雷伊·爱德华兹。"泰腾在手机上滚动浏览了自己的消息。

"爱德华兹之所以认罪，是因为他的一些受害者设法逃脱了。他知道自己快要被抓了。"

"我们希望我们的嫌犯能有同样的觉悟。而且，更有可能的是，有人会发现格洛弗，并从照片中认出他，或者打电话来提供相关信息。"

"我只是希望哈里别再在我的名字前添加那些形容词了。知名的、卓有成就的、著名的……这都什么啊？"

"这家伙爱上你了。"

"别胡说八道。他这样做是因为他要出版一本关于我的书，希望能以此来增加销量。"

"可能两种原因都有。"

"我得去跟他谈谈。"佐伊放下手机，"我们去喝杯咖啡吧，然后在去车站之前，我会顺便去看看《芝加哥每日新闻》。"

泰腾盯着一个陌生号码发来的信息："我和彼得·达米恩聊了聊。他是部落长老，他想和你谈谈。"他通常会对这种无厘头的文字置之不理，但很快，泰腾就明白怎么回事了。

"我们把咖啡带走，"他对佐伊说，"我们的吸血鬼图书管理员有个朋友想要谈一谈。"

门被涂成了黑色，店名是用红色字体写下的"黑夜尖牙"。这几个字上的颜料仿佛在往下滴落，就像是用血写的。下面有人用哥特式字体写着——"带着尖牙出去"。泰腾翻了翻白眼，然后推开了门。

这家商店的内部装潢品位出奇的好。泰腾本以为会有一两口棺材，架子上也许会摆上一些假头骨，而且到处都布满蜘蛛网。但实际上，这是一个灯火通明的小房间，墙上挂着几幅画，还有一张大木桌。一个身材瘦长、满头金色长发的年轻人坐在桌子旁，对着手里的什么东西皱着眉头。泰腾走近一看，只见那人正小心翼翼地把一种黏土涂在一个牙齿模具上。

"欢迎来到'黑夜尖牙'。"那人说着，看了看泰腾，又看了一眼佐伊。他的眼睛似乎睁大了，"哦，哇。我知道你说过你想要巨魔的尖牙，但我能建议你重新考虑一下吗？"

"什么？"佐伊语气中满是疑惑。

"你男朋友，他绝对是做巨魔的料。但对你来说，我的目标是将你打造成一个魅惑的女吸血鬼。相信我，凭借你的眼睛和小尖牙，你就会成为现实版的德鲁西拉。我可以给你打个折，如果——"

"我们不是客户。"泰腾晃了晃他的徽章。

"哦，"那人吃惊地说，"你们就是卡梅拉提到的联邦调查局的人。我想我们可以在电话里谈谈。"

泰腾说："我们认为面对面交谈会更好。"他对被贴上"做巨魔的料"的标签感到恼火，"你是彼得吗？"

"是啊，但你可以叫我达米恩什么的。"

"我叫你彼得吧。"泰腾环顾四周，"你在卖尖牙？"

"定制的尖牙和爪子，吸血鬼、巨魔、兽人、狼人……我刚刚为一位中国客户做了些龙牙。"

泰腾走向墙上的照片。每张照片上都是彼得的顾客，对着镜头展示他们的尖牙。一个咆哮的男人，满嘴都是锋利的牙齿。一个戴着黑斗篷的女孩神秘地微笑着，嘴角露出少许尖牙。另一个女孩的下嘴唇和下巴上伸出两颗弯曲的獠牙。"你真的靠全职做这个来谋生吗?"他惊讶地问。

"应该算是吧。我有来自世界各地的订单,还有一些著名的客户。你知道'血腥藤壶'吗?"

"不知道。"

"他们所有的尖牙都是我做的。现在,他们每次开演唱会,我都能接到一些订单。到了三月份,我总会被漫画展预订一空。你知道吗?我就是'尖牙女孩中的尖牙'。哈哈。我一半的订单来自角色扮演者们。"

泰腾对这个人所说的顶多有个模糊的概念,但他让他继续说下去。彼得刚刚显然很紧张,泰腾想让他放松下来。

"那么你是吸血鬼吗?"泰腾问道,竭力不让自己的声音带着尖酸刻薄的意味。

"我就像一个会通灵的吸血鬼,所以我实际上并不吸血,你知道吗?我的意思是,从某种意义上我算是首领,说起来有点复杂。"彼得用手捋了捋头发,"我觉得把这件事告诉别人很奇怪……执法。你不是来逮捕我的,对吧?"

泰腾说:"尽管听起来难以置信,但吸血并不是联邦犯罪。"

"可是卡梅拉说你有话要告诉我,对吗?"

彼得不舒服地转过身来。"你们在调查上周末那个女人的谋杀案,对吧?卡梅拉说你认为是我们中的某个人干的。"

"她说你认识芝加哥所有的吸血鬼。"佐伊说。

"我觉得是这样的。我是长老之一,知道吧?"

泰腾那张毫无表情的脸很难继续保持严肃，因为这个满脸粉刺的二十五岁男孩竟然称自己为长老。

"我们需要一份芝加哥所有吸血鬼的名单。"

"我不能给你们。"

泰腾俯身在桌子上，靠近彼得的脸。"听着，达米恩，一个女人被杀了。如果你不给我们那份清单——"

"我发誓绝不是我们中的一员！"彼得尖叫起来，"但我想我可能知道那是谁。"

泰腾睁大了眼睛。"谁？"

"我们不是有这个论坛吗？我们都在论坛里讨论。但是，比如说，有些成员不是吸血鬼。他们中有些人只是想了解更多，所以他们就潜伏起来，或者问一个问题。还有一些是捐赠者。我们正在尽最大努力培养捐赠者和吸血鬼之间的平等意识。无论如何，其中一位用户不久前开始问了几个问题。想让吸血鬼描述血液的味道。他谈论的是未经同意的饮血，我们对此完全反对。我的意思是，这是二十一世纪，不是特兰西瓦尼亚的十九世纪，对吧？"

泰腾瞥了一眼佐伊。她在听彼得讲话时，几乎全程屏住了呼吸。

"不管怎样，一些成员抨击了他，他就停止发帖了。但我担心他会做出一些奇怪的事情。所以我给他发了一条个人信息，解释了人们有什么问题，并建议他找一个愿意角色扮演的捐赠者，让他假装不同意。一些捐助者会对此感到兴奋。"

"他感兴趣吗？"佐伊紧张地问道。

"不，他一点也不感兴趣。他说不管那意味着什么，都没用。

后来有一段时间没有他的消息。然后，两周前，他又开始和我说话了。他问我是否认为饮血能治病。我就像，嗯……不，如果你需要的话，它在某些方面是有用的，对吧？但是如果你摔断了腿，或者，我不知道，有糖尿病，那去看医生。然后他问我是否认为饮血可以取代抗精神病药物。"彼得停了下来，摇了摇头。

"你跟他说了什么？"泰腾问道。

"我告诉他：'不可能！'"他一直在说如果血液真的是纯净的，比如，如果捐献者心地纯洁之类的，所以我直接告诉他，他是在犯傻。他没有回答。所以我谢天谢地，我让他有点理智了，对吧？然后，两天前，我收到了他的一条短信。"

"他说了什么？"

"他说我错了。"

"然后呢？"

"没什么。我回答了，问他在说什么，但他没有回答。我又给他发了几条消息，但我什么回复也没收到。然后当卡梅拉和我说话时，我想，该死，那家伙可能是你们要找的人。"

泰腾说："我们需要他正在使用的电子邮件。"

"论坛不使用电子邮件，只使用用户名和密码。他的用户名是德古拉2号。"

"很好。我们需要管理员权限进入你的论坛，并与论坛的运营者交谈。"除非德古拉2号先生是个技术奇才，否则局里的分析员在五分钟内就能找到他。

彼得说："这是一个基于洋葱路由的论坛。"

泰腾咬紧了牙关。洋葱网络，通常被称为"暗网"，几乎完全做到了隐藏身份。这就是为什么它经常被恋童癖者或"丝绸之路"等贩卖毒品和枪支的黑市所使用。很显然，芝加哥的吸血鬼社区也在使用。

"彼得，如果这个人就是我们要找的人，他可能会杀更多的人。"泰腾说，却忽略了他已经杀了人的事实，"我们需要尽快找到他。"

"听着，我会尽力帮你们的，好吗？我只是说我们用这个论坛是有原因的，有些吸血鬼不想被发现。"

"这个……德古拉2号在他最后发这些信息之前，有没有提到过血液的纯度？"佐伊问道，"在他早期的信息或帖子中，有没有提到过这个词？"

彼得想了想说："我觉得没有。我的意思是，我会查看一下，但是我感觉第一次提到这个词是在两周之前。"

"你在论坛上经常讨论这个吗？"

"不，我不记得有人讨论过有关血液纯度的问题。我的意思是，我们经常谈论性传播疾病，所以就是这样的。"

佐伊与泰腾的目光相遇，她的眼神告诉他这次来对了。

"你能找到德古拉2号的帖子给我们看吗？"泰腾问道，"还有论坛的细节。"

"呃，当然，等等。我的笔记本电脑在后面的房间里。别碰桌子上的尖牙，好吗？"他离开了房间，让他们在原处等着。

"你怎么看？"泰腾问道。他可以看到佐伊眼睛里闪烁着的火花，她咬下嘴唇的样子。这些都表明她觉得这就是他们要找的人。

佐伊说："情况吻合。时间线对得上，而且他告诉我们的这些都符合凶手的侧写。他对角色扮演不感兴趣，表明他饮血不是因为性偏好障碍。"

泰腾思考了一小会儿，才理解了她的意思。在他们分析各种饮用血液的可能原因时，佐伊说性欲倒错是一个可能的原因——性恋物癖。"为什么这么说呢？"

"好吧，如果这是一种性幻想，我觉得他会对角色扮演感兴趣。事实上，我觉得这会让他感到很兴奋。但是他一点都不感兴趣，还说这行不通。"

他能明白其中的逻辑。"那就剩下……精神病或雷恩菲尔德综合征，对吧？"

"我认为不是雷恩菲尔德综合征，我甚至不完全相信雷恩菲尔德综合征是真实存在的。"佐伊说，"但无论如何，听起来他不像只是冲着血来的，对吧？他说的是未经双方同意的吸血行为。在他的欲望中，还有更复杂、更暴力的东西。而且他的用户名是德古拉2号，这也有点意思。"

"因为这是一个奇葩的用户名？"

"嗯……是的。说明他并非真正关心吸血鬼传说和吸血鬼文化。真正感兴趣的这些人，他们中的大多数人都能一口气背出电视剧或安妮·赖斯书里所有吸血鬼的名字。但他试图获得一个论坛的用户名，于是选择了'德古拉'，但已经被占用了。他没有选莱斯特、爱德华·卡伦、斯派克或其他什么，而是选了德古拉。德古拉是他唯一认识的吸血鬼，他对加入一个小团体或采用他们的生活方式不感兴趣，所以他不想成为这个社群的一部分，仅仅定期吸血并不能引起他的兴趣。另外，他提到了抗精神病药物。我认为他患有导致幻觉的精神疾病，可能是一种精神分裂症。"

"这会让他变得不可预测。"泰腾说。

"不可预测……而且容易受压力影响。"

"你为什么要问彼得关于血液纯度的问题？"

"两周前，这个人开始问纯净的血液能否替代抗精神病药物。他以前从未提过。你认为这里有巧合吗？"

泰腾皱了皱眉。"你认为是罗德·格洛弗告诉他的？"

"我敢肯定，就是他说的。"

第三十八章

奥唐纳坐在驾驶座，眼睛望向前方。埃利斯坐在她身边，喝着他没喝完的星巴克咖啡。车窗外面，街道十分安静，偶尔会有车辆从他们旁边驶过。他们在等"好孩子托尼"露面。

奥唐纳问："所以，他为什么叫'好孩子托尼'呢？"

"这是一个用了很长时间的绰号。"埃利斯回答，"几年前，他曾经和母亲住在一起。每当我们敲开她的门，寻找他时，她都会告诉我们他没做错任何事，他是个好孩子。于是就有了这个绰号。"

"他不再跟她住在一起了？"

"她去年去世了。"埃利斯喝完了手里的咖啡，打量了一下这辆车，"你车里没有扔垃圾的地方吗？"

"没有。"

"为什么不放一个呢？"

"因为，如果我这样做了，垃圾就只会放在那里，然后开始发出臭味。不放垃圾桶，我就不会往车里扔垃圾了。"

"但是，现在我手里拿着这个咖啡杯。我想找个地方扔了。"

奥唐纳说："待会儿我们可以开车四处寻找垃圾桶。我认为他不会来了。"

"让我们再等他十分钟。今天是美好的一天，而且今天是周四。"

"弗兰妮废品店"在周一、周二和周四营业。据埃利斯说，弗兰妮废品店是好孩子托尼的主要收入来源之一。他几乎从不错过周四，因为错过周四就他就要等到周一才能把收集到的东西卖给弗兰妮。这意味着他会度过一个艰难的周末。

"就瘾君子而言，托尼是相当可靠的。"埃利斯说，"他会出现的——你等着瞧吧。"

奥唐纳打了个哈欠，后悔跟埃利斯一起来盯梢。最好像她前一天和泰腾讨论的那样，她把时间花在环线地铁站的监控摄像头上。埃利斯本可以把托尼带到警局接受审讯，但埃利斯认为托尼不会那么配合。埃利斯把空杯子放在了汽车的地板上。

奥唐纳说："别忘了把它带走。"

"不会忘的。"

"我可不想让我的车闻起来像咖啡一样。"

"好的，我记住了。"

有人在他们面前穿过马路，手里推着一辆装满垃圾的购物车。埃利斯指着他说道："就是他。我告诉过你了，可靠吧！"

他们下了车，向那名男子走去。他太瘦了，奥唐纳不知道他是怎么推得动那辆推车的。他穿着一件脏兮兮的毛衣和满是污渍的蓝色牛仔裤。在他们靠近他时，她可以看到他身上吸毒的迹象——他嘴唇上有两个很难看的烧伤痕迹。

"早上好，好孩子，"埃利斯兴高采烈地说，"今天早上的货怎么样？"

托尼扫视四周。"还不错。我找到了二十三个易拉罐，大部分是可乐罐。我还找到了一些电线。这不是我偷的，尽管看起来像是我偷的，但我没有偷，我在街上捡到的。我想我可以卖个好价钱。我平时找不到这么多易拉罐，但我想可能是赶上学校附近有个会议什么的吧。也许，他们会给人们分发可乐，用来提神什么的。我想，如果我能提前知道会议的安排，也许就可以在会议结束后马上去捡易拉罐。这是一个商机，对吧？"他一边说，一边推着推车，伴着他这一大段的独白，车轮吱吱作响。

"这听起来是个好主意，"埃利斯说，"我看到你还有一根长长的金属杆。你是不是把某个交通标志牌给锯下来了？"

"不，我自己捡到的。我不偷交通标志牌。我知道有些人会偷交通标志牌，但我不会这么做。这样做的话，那些车就不安全了。我只要自己捡到的东西。"

埃利斯指了指奥唐纳。"这位是奥唐纳警探，她正在调查一起凶杀案。"

"好吧。"那人的眼睛扫视着四周。

"托尼，我觉得你已经知道这是怎么回事了。"

"我不知道有谁死了，"托尼说，"我也不认识杀人的人。我平时尽量不惹麻烦，人们大多不会来找我麻烦。我有个朋友两个月前死了，但不是谋杀什么的，他只是冻死了。他那晚睡在外面，晚上会很冷，所以，他最后死于体温过低。他们发现他时，他半裸着。

你知道吗？当人们体温过低时，他们有时会觉得很热，所以他们脱掉衣服。兰迪就是这样。兰迪是我的朋友，就是死了的那个。"

"我们说的是三天前的那个晚上。你在南霍尔斯特德的桥下，对吗，托尼？"

那人似乎在仔细考虑这件事。他喘着粗气，车轮吱吱作响。奥唐纳拖着脚往前走，以跟上他的步伐。

"是的。"他最终还是说了。

"你在那里的时候有没有看到什么人？"奥唐纳问道。

他没有回答。

"这很重要，"埃利斯说，"我知道你不想惹麻烦，但我们知道你当时在那里。如果你不告诉我们发生了什么，我们就得带你去警察局谈谈了。"

"那我的东西呢？"托尼问，"我需要卖掉我的东西。弗兰妮废品店四点关门。如果我四点前到不了那里，我就得等到星期一了。可能会有人偷我的东西。夏天的时候我就有一些东西被偷了。他们打了我，还拿走了我的东西，当时，警察什么也没做。"

"告诉我们你看到了什么，我们就不再耽误你的时间了。"

"那我不用到警察局去录口供了吧？"

"现在还不用，"奥唐纳说，"但我们会录下这段对话。"她拿出手机开始录音。

"那我就不用出庭做证了吧？"

"我们以后可能需要你这么做，"埃利斯说，"不过，如果我们还需要你的话，那可能要等几个月了。我们不在乎你嗑药这件事。

我们说的完全不是一码事。"

他停下脚步，车轮停止了吱吱声。奥唐纳松了一口气。

他说："我当时在寻找一个嗑药的地方。通常我会试着在商场后面做，但保安人员发现了我，所以我就来到了桥下。我在桥下嗑药，没有人会管我。所以，等我完事后，我就离开了，走进树林里撒尿。在我从桥下离开时，我能听见两个人在说话。但是，声音特别小。"他停了下来，盯着推车的车把。

"他们说了什么？"奥唐纳提示道。

"一开始并不知道。我嗑药了，那可是个好东西。所以我没有集中注意力。其中一个人说话的时候，他在耳语，但他很生气，所以，他是在压低嘶吼？你明白我的意思吗？所以，他说话时发出了咝咝声，这让我感到不舒服，所以我就堵上了耳朵。我忘记了时间，一直看到闪光，我感到恶心……但当兴奋消退后，他们还在谈论某个人。他们说要转移她，扔掉她的东西。我听到河里有水花溅起的声音。"

"你看到他们了吗？"奥唐纳问道。

"没有，天很黑了，而且，你不会大半夜的到树林里去找同伴，你明白我的意思吗？"

"后来发生了什么？"

"其中一个人一直在自言自语，听起来像是在祈祷什么的。后来他又说这不好，说她太黑了。"

奥唐纳和埃利斯交换了一下眼神。

"你确定他是这么说的吗？"

"是的，他一直在说'她太黑了。这不好，她太黑了'。过了一会儿，他们就走了。"

"你能描述一下他们的声音吗？"

"他们的声音……我不知道。正常的声音。就像我说的，他们大多是低声耳语。"

"你注意到他的口音了吗？有没有什么特别之处？"

"没有。"

"你觉得如果你听他们其中一个人说话，你能认出他来吗？"

"我有点不确定。"

奥唐纳叹了口气。"后来呢？"

他的眼珠转来转去。"我不……听着，我不知道。我当时嗑药了。对不起，我嗑嗨了。我想结束这个对话，我发誓。埃利斯知道的。我要结束。等过了这个周末，等我卖了这些东西，我就能再买两块去嗑了，仅此而已。我不想变成这样。"一滴眼泪顺着他的面颊滑落。

"我只是需要这两块可卡因，因为这一周过得真的很艰难，然后，我就会洗心革面。我有个表亲能帮我找个垃圾处理的工作，他还能帮我找个地方住。我一直都想和他谈谈，我告诉过埃利斯了，对吧？"

"没错，"埃利斯说，"你在普尔曼的表亲。"

"然后发生了什么，托尼？"奥唐纳问道，"我向你保证你不会有麻烦的，好不好？"

"没错。"

"我……我去了那里。看看他们有没有留下什么东西。有一个女人在那儿，但她死了，我肯定她已经死了。她身上插了把刀。即使我报警或者送她去医院，他们也帮不了她，对吧？对吧？"他的语气越来越绝望。

"她当时已经死了，托尼，"埃利斯说，"你也无能为力。"

"我是这么想的，我想打电话给警察，但是首先我得去个地方收拾好自己的东西，你知道吗？所以，我去了这个有时会发生撞车的地方。而且我真的很害怕，因为，有时候当我嗑药之后……我开始以为那两个家伙可能在找我。因为，我听见了他们的对话，我就躲起来了。后来我听说警察找到了尸体。所以，我也无能为力，对吧？"

"是的，"埃利斯再次说道，"你也无能为力。"

第三十九章

有一件事哈里从未向任何人承认过，甚至在弥留之际也发誓要保守秘密，那就是他为自己所写的一切感到骄傲。

即使是最垃圾的文章，关于名人的不忠，或者从低胸领口露出的不正常的乳头，或者一篇关于芝加哥小熊队教练踩狗屎的荒谬文章。他知道自己比美国任何记者都写得好，就给那些媒体投稿。当然，鲍勃·伍德沃德在报道水门事件上做得非常出色。但是鲍勃能写出一篇五百字的文章，讨论顶级模特蒂芙尼·吴下巴上沾着干牙膏走来走去一整天吗？不，他不能。

但他最引以为豪的是他写的关于佐伊·本特利的文章。不是因为它们是绝佳的新闻作品，也不是因为他报道了一些有意义的东西，或是那些诸如此类的废话。

因为在这个充斥着杀人犯、血腥暴力和英勇的警察等报道的世界里，只有他知道真正值得报道的是佐伊。他要让她闪闪发光。

他的手指在键盘上飞舞，敲出一行行文字。一支没有点燃的香烟被他软弱无力地叼在唇间。他不想在外面抽烟，即便这可以让自己借机休息一会儿。所以，他像吸棒棒糖一样想把香烟里的尼古丁吸出来，但没有成功。香烟过滤嘴变得越来越湿了。

"哈里·巴里。"

有那么一会儿，他以为她那专横跋扈的声音只是他想象出来的。毕竟，在过去的几个小时里，他一直在脑海里回放着他们前一天早上的简短对话，以获取其中的价值。但随后他意识到并非如此，佐伊就在他后面。他转了转椅子，把湿烟从嘴里拿出来。

"本特利博士！这真是个令人愉悦的惊喜。我没想到会在这里见到你。"

她那燃烧着愤怒之火的目光与他的相遇了。"你写到凯瑟琳·兰姆谋杀案和亨丽埃塔·菲什伯恩之间可能存在联系。我告诉过你，在你和我谈之前不要写这篇报道。这是不负责任和误导，而且——"

"我们已经讨论过这个问题了。"哈里插嘴说，"事实上，有好几次。你无权决定我发表什么，能决定的只有我的编辑。如果你想要一个你可以发号施令的报纸，为什么不让联邦调查局办一份呢？就叫它'联邦调查局公报'吧，我相信它会很受欢迎。联邦探员向来以创造力著称。"

"这两个案子没有任何正面的联系，而且——"

"当然有。"

她眨了眨眼睛。"什么联系？"

"你正在把这两个案例联系起来，"他说，"如果你同时参与了这两个案件，我只能假设它们是有关联的。"

"我要跟你的编辑谈谈。"

哈里笑得更开了。"请便。他的门在那边，他叫麦格拉斯。"

佐伊看着那扇门，犹豫了一下。

"你应该先敲门。如果不打招呼就进去，他会生气的。"

她咬了咬嘴唇，然后越过他的肩膀瞥见了屏幕。"这是另一篇关于这两起案件的文章吗？"

"那篇？"他转过身，把文章窗口最小化了，"不，那是我正在做的另一件事。"

"标题写着'麦金利公园居民被警察的无能激怒了'。"

"对。"

"警察并非无能，他们正在尽最大努力侦破这起谋杀案。"

"嗯，他们当然在全力侦破。那过去五年中的其他三起谋杀案呢？只有其中一起结案了。还有那个在商场里不断辱骂女人的怪异醉汉？那他呢？为什么警察不对他做任何事情？"

"什么怪异醉汉？"佐伊难以置信地问道。

"如果你住在麦金利公园，你就会知道。那个差点儿被抢走孩子的女人呢？涂鸦大流行呢？学校有闯入者的事呢？麦金利公园的居民感到不安全。"

"你从哪里得知这些信息的？"

"大部分来自我其他文章的评论。"

"而你正在写一篇关于……读者对另一篇文章评论的文章？"

"我不会告诉你该怎么做你的工作，你也别告诉我该怎么做我的工作。"

佐伊难以置信地摇了摇头。"无所谓，我不在乎。关于你把谋杀案联系起来的文章——"

"告诉我，"哈里说，"你为什么要担心这篇文章？"

"连环杀手往往会痴迷于有关自己的新闻报道。这些文章会使他们加快节奏，有时还会改变他们的模式。如果这些文章既拙劣庸俗又传播甚广，就更会如此。"

"你过奖了。在你看来，这个凶手是那种会受媒体影响的凶手吗？我这么问是因为是警察把格洛弗的照片发给媒体的。"

"这些报道也会影响陪审团成员的公正判断。你正在散播歇斯底里——"

"佐伊，你还不明白吗？"哈里说道，他已经失去了耐心，"你需要我来写这些文章。"

她蹙起了眉头，没有说什么。

"你到底想不想让罗德·格洛弗的照片继续流传？"哈里问。

"我希望如此。"佐伊迟疑了一下之后承认道。

"那你需要把这篇报道放在头版上。人们对凯瑟琳·兰姆谋杀案已经失去了兴趣，如果我把它和亨丽埃塔·菲什伯恩的案件联系起来，就会得到更多的关注。越来越多的人会积极地四处寻找格洛弗。其他报纸对兰姆案的报道连我们的一半都不到。但是到了明天，在我写完下一篇报道之后，芝加哥城有一半的人就会知道格洛弗长什么样。我们将再次使用他的照片，以及凯瑟琳和亨丽埃塔的照片。"

她停顿了一下，然后说："好吧。但我需要你使用其他的照片，而不是用你目前使用的。"

哈里耸了耸肩。"把你想要的都告诉我，我看看我能做什么。"

佐伊在她的包里翻出一个 U 盘。

"这里有格洛弗和凯瑟琳·兰姆的照片，"她说，"你能用这些照片代替之前的吗？"

哈里把 U 盘插进了 USB 接口，打开文件夹，其中包含两张图片——她有备而来。他一度怀疑这才是她的真正意图。他双击了第一张图片。这是一张特写，图片中罗德·格洛弗微笑着和某个人说话。这张照片捕捉到了他不太好的瞬间，把他的笑容拍成了冷笑，令他的脸显得阴险而残忍。

他说："我认为这张照片不如另外一张，这张辨识度更低一些。"

"也许吧，但人们对他的看法不同。"

确实如此。在之前的那张照片里，他兴高采烈地对着摄像头微笑，看起来像是所有人都喜欢的那种魅力大叔。

他看了看第二张照片，是凯瑟琳的。"哦，我们不打算用这个。"

"为什么不用？"

"因为我们有一张拍得更好的照片。你没有看到吗？她看起来是那样开心，阳光洒在她的秀发上，还有背景中那美丽的风景。这是一张完美受害者的照片。美好的生活就这样过早地被刺穿了，诸如此类。"

佐伊坚持道："但这张照片更让人难以忘怀。"

"读者并不想让受害者在自己心中难以忘怀。"

"我不在乎，我想。"

哈里更仔细地端详着那张照片。凯瑟琳坐在外面的花园里，树影映在她的脸上。她微微一笑，但那是一种悲伤的微笑，充满了痛苦。

她用一种神秘的方式看着镜头，仿佛一切尽在不言中。

"你为什么想用这张照片？"

佐伊没有说话。

"如果你不告诉我，我就不使用它。"

"如果我告诉你，你就会引用我的话。"

"我不会，这些内容没有记录在案。"

佐伊犹豫了一下，然后说："有迹象表明杀害凯瑟琳的凶手很关心她，他感到内疚。我想让他看看这张照片。"

哈里哼了一声。"你觉得他会因内疚而去自首吗？"

"是的，或许他会犯错误，"佐伊说道，"这种情况发生的概率比想象中高得多。凶手会有负罪感，当然并非所有的凶手都这样。"

"你认为格洛弗会有负罪感吗？"

她耸了耸肩。

"我就用这张照片。"哈里说，他开始喜欢上这个主意了，"这两张我都会用。"

第四十章

这是瑞亚·德莱昂第三次对着病人的脸打哈欠。这种张开嘴、不礼貌地打哈欠的样子，简直就是对蒙克画作《呐喊》的真实模仿。

"啊，天哪，对不起。"她说着，强行抑制住再次打哈欠的冲动。

她的病人是一条名叫"糖水"的哈巴狗。它歪着头，向外凸出的棕色眼睛似乎被什么东西吸引住了。糖水今天早上被狗主人送到这里，这位妇女抱怨说："这条狗最近一直醉醺醺的。"她看起来更羞愧，而不是担心，似乎她的朋友和家人会因为她养了一条酗酒的狗而远离她。

"你看上去一点也不像喝醉了，是吗？"瑞亚一边挠着糖水的脖子，一边亲切地问。

"嗯，也许你看起来是有点醉了。"瑞亚承认道，"不过是个不错的酒鬼。"

糖水摇着它盘旋的尾巴。

瑞亚慢慢地打量着它，觉得一切都很艰难。近来，她一直都很累。她总是在疲惫中醒来，经过一整天后，情况会变得更糟。咖啡似乎也不起作用。这种情况已经持续了一段时间，但她花了好几个月才终于鼓起勇气去看医生。

这是她做过最愚蠢的事情。身为一名兽医，从字面意思来讲也是医生，她竟然会害怕看医生。如果她有一条尾巴，在走进医生的办公室时，一定会把它夹在自己的两腿之间。

"但是，人类医生真的很吓人，"她告诉糖水，"他们很没有耐心，动不动就发火，而且他们在做检查的时候也不会给我们零食。他们甚至都不会在我们耳朵旁边挠一挠。"

糖水打了两个喷嚏，然后转过身来试图离开。对它而言，检查已经做完了。瑞亚轻轻地把它拉了回来。

这可能只是因为焦虑。她的诊所濒临破产。她最近一直在忙于处理账单，试图弄清楚哪些账单可以再宽限几周。就在上周，她拿到电费账单时哭出来了。她每天都要花好几个小时来计算生意上的细枝末节，试图找出一种能把不可能变成可能、能够事半功倍的办法。她增加了在线广告的投放，也许有点用，但真的很难判断。她不断地把钱投入互联网的深渊，就像是在向一个反复无常的神献祭一样。她一直在与由此产生的恐惧做斗争。

"你知道我需要什么吗？"她说，"我需要一个爱猫的女富婆，或是一个养了四十只猫、家底丰厚的人。也许你认识什么人？"

糖水叹了口气。

"你不知道，哈？"她拿起手电筒，"让我看看你的眼睛。"

不知什么原因，手电筒让糖水失去了理智，它扭动着身体从她的手中挣脱出来，尖叫着跑到桌子下面。

瑞亚刚要去追它，诊所的电话响了。她拿起话筒说道："'快乐小爪诊所'，请问有什么可以帮您的吗？"

"我是布鲁克斯医生。请问瑞亚·德莱昂在吗？"

"你好，我就是。"她已经感到了恐惧的刺痛，她和医生之间到底发生了什么？

"我已经拿到你的血液检查结果。"布鲁克斯医生听起来很严厉，而且很不高兴，"你患有严重的缺铁性贫血。"

"哦，好吧。"那还不算太糟糕。

"我希望你尽快过来，我们讨论一下治疗方法。我们现在就预约时间吧？"

"现在还不是时候……我回头打给你好吗？"她已经知道自己不会给她打回去的。她会服用一些铁补充剂，希望贫血问题会消失。

医生强调说，这个问题不容忽视，好像她可以通过电话读懂瑞亚的想法一样。然后她们就结束了通话。

瑞亚拿了一个狗狗零食，把糖水从桌子底下引出来了。在它开心地大嚼零食时，她又打了个哈欠，挠了挠它的背。

"我想找两个养猫的女人，每人养二十只猫，"她对哈巴狗说，"把话传出去。"

第四十一章

随着时间的推移，案情分析室发生了一些变化，这些变化泰腾在类似情况下见到过。案情分析白板上写满了内容，然后被擦掉，重新绘制，以容纳新的信息进来，之前的笔记被放到角落里。长桌上堆满了皱巴巴的纸片、空杯子，偶尔还有三明治包装纸。房间里的气味也变了，变成了体味、咖啡和白板笔的混合气味。

"你的毒药是什么？"赛克斯问泰腾，"中国菜，还是比萨？"

泰腾的眼睛离开了笔记本屏幕，抬头看向了他。这个问题根本没有意义。"什么？"

"食物，"赛克斯澄清道，"我要给我们点一些食物。你更喜欢哪一个？"

"嗯，中国菜吧。"

"面条，米饭，还是素食？你对花生过敏吗？"

"赛克斯，你想吃什么就点什么，我不在乎。"泰腾不耐烦地说道，然后转向正在笔记本上拼命写东西的佐伊，"佐伊，瓦伦丁刚把DNA报告发给我们了。"

"在菲什伯恩指甲里发现的 DNA 和格洛弗的 DNA 匹配。"他们用格洛弗上个月袭击安德丽雅时留下的 DNA 作对比，但泰腾没有指出这一点。

佐伊大大地呼了口气："这就对了，直接证据。"

"是的。"

"那咬伤处的样本呢？"

"与数据库中的任何人的 DNA 都不匹配，但它与从凯瑟琳身上采集的 DNA 样本相匹配。"

"佐伊，你想吃中国菜，还是比萨？"赛克斯问道。

佐伊没有错失机会："我想要春卷，不过要带肉的；还有炒杂碎，但我想要和面条一起炒的，不要和米饭一起炒的，告诉他们少放香菜——这很重要。"

赛克斯看了泰腾一眼，慢慢地走了。

"有人有瓦伦丁的私人手机号吗？"奥唐纳从房间的另一边喊道，"我在办公室没找到他。"

泰腾找到了号码，把手机递给了她。在回来的路上，他注意到科赫正在多个五角星之间进行筛选。

"你在看什么？"泰腾问科赫。

"嗯……我想找出凶手摆五角星的原因。我们最初以为这可能是一种邪恶的仪式，对吧？"他在几张照片中找出一张，并拿起来。那是一幅画，画的是一个穿着神职人员服装的男人，站在一个赤身裸体的女人旁边。那个男人手里拿着一把切肉刀。"这是一幅插图，呃……'撒旦与魔法阵'，这是'黑弥撒'。"

泰腾指出："那里没有五角星。"

"没有，但是五角星在不同的地方出现过。然而，还有另一种解释。"科赫把一些照片铺在桌子上，它们是描绘各种符号的涂鸦，每种符号里都有一个五角星。"那是些帮派标志，尤其是拉丁国王那个帮派。"

"所以……你认为谋杀案与帮派有关？"泰腾问道，他的声音有些紧张。

"没有直接相关，但其中的一名凶手可能是帮派成员，对吧？"

"格洛弗不是任何帮派的成员，不明嫌犯的 DNA 也没有找到匹配的，这表示他没有被监禁过。"

科赫耸了耸肩："值得查一查。"

泰腾点了点头，然后朝着佐伊走去。"情况怎么样？"

"我正在研究不明嫌犯的初步侧写。我想我可以给他们一些工作的素材。"泰腾坐了下来，身子向后靠了靠。

"你怎么知道这一切是怎么发生的？"

"什么发生了？"

"格洛弗和不明嫌犯？他们是怎么开始勾搭在一起的？"

"嗯……我猜不明嫌犯和格洛弗一样会去河滨浸信会教堂。然后，格洛弗向他们发表演讲，说他想要帮助有暴力生活的人。于是，不明嫌犯走近了他。"

"是啊，我也是这么想的。这家伙有一些关于吸血的暴力想法——"

"我们不知道那是他当时妄想的真实原因。"

"但我们可以猜测。"当佐伊沮丧地看着泰腾时，他扬起眉毛咧嘴笑了。佐伊讨厌"猜测"这个词。

"格洛弗看人很准，"佐伊说，"他看到的是一个处于暴力边缘的人，而且很容易被操纵。他的幻想与格洛弗如出一辙。我怀疑格洛弗当时没把他当成同伙。但他一定明白，在某个时候他可能会利用这一点。"

"所以，格洛弗跟他成为朋友，使他更加信任自己。"泰腾听见奥唐纳在后台告诉赛克斯，她不想在比萨上放菠萝。

佐伊说："也许他当时甚至试图鼓动不明嫌犯采取行动，看看他是否会实施暴力，以试探他的底线。"

"听起来挺合理的。他没法让他采取行动，但格洛弗知道那家伙正在接受药物治疗。他可能会想到，停药后他会更容易被操控。"泰腾很喜欢这种讨论，这一次他觉得自己跟上了佐伊的步伐，他们的观点一致。

"后来到了去年夏天，格洛弗消失了一段时间，"佐伊说，"他去了戴尔市，在这段时间里，他得到了自己最终会死于癌症的消息。他也中枪了。"

"马文式的礼貌。"泰腾说道。

"他逃回了芝加哥。他受了伤，资金也不足，他知道自己时间不多了。他需要帮助。"

"所以，他找到了一个可以信任的人，他古怪的精神病朋友。你认为格洛弗当时已经想到他们可以成为连环杀手二人组了吗？"

她咬着嘴唇，思考着这件事。

"还有最后一次改变主意的机会。"赛克斯大声说，"我现在在点外卖。"

"有可能，"佐伊最终回答道，"我想，起初格洛弗只是迫切需要帮助。但病情稍微好转后，他开始计划生命最后几个月的行动。不管出于什么原因，他觉得自己需要一个同伙。"

"他可能忍受着癌症带来的痛苦，肿瘤可能正在摧毁他，昏厥、思维混乱、运动技能出现问题。"泰腾耸了耸肩。

"这讲得通。那时格洛弗认为应该让朋友加入他的行动，这就意味着要让他朋友停药。他建议可以用血液来代替药物，而且必须是纯净的血液。"说着，她皱起了眉头，"那时他已经确定他们的第一个目标是凯瑟琳·兰姆。为什么？"

泰腾思考了一下这个问题。这可能是由格洛弗编造的性幻想造成的，但这个解释似乎过于简单了，因为他们冒了极大风险在凯瑟琳家里袭击她。他们这样做一定有一个很好的理由。

"她可能知道了什么。"泰腾指出。佐伊几乎跟他同时开口："她知道了什么事。"

泰腾笑了："凯瑟琳看到他们在一起了，或者不明嫌犯问她是否知道老丹尼尔·摩尔回来了。"

"可能是更严重的事情。"佐伊指出，"她父亲曾说过，她一直有心事。也许不明嫌犯是在询问她对吸血的看法。"

"不管出于什么原因，格洛弗可能认为，一旦他们开始杀人，凯瑟琳就会成为一个问题，"泰腾说，"所以他们从她开始下手。格洛弗告诉他的朋友，他们必须从凯瑟琳开始，因为只有她的血液才足够好，才能完全替代药物。"

"他们杀了凯瑟琳，"佐伊说，"然后，亨丽埃塔·菲什伯恩很快就成了他们下一个目标。"

泰腾点头赞同。他们的线索就是从这里断掉的，有太多问题需要解答：为什么这么快再次作案？五角星和刀的目的是什么？格洛弗为什么要报警？

"我们需要弄清楚格洛弗的计划。"泰腾说。

他说："这是毫无争议的。不过，我们还是先把我们掌握的有关不明嫌犯的情况告诉他们吧。"佐伊站了起来，走到其中一块白板前，用力地敲打着。房间里的众人，纷纷把目光投向她。

只有赛克斯还一直在打电话："没错，少放香菜，还有一大瓶可乐。"

佐伊冷冷地看了他一眼。他迅速离开了房间，仍然对着电话低声说着话。

"我们有了不明嫌犯的大致轮廓。"她说。

布莱特说："让我们来听一听。"

"既然我们知道格洛弗选择了他作为同谋，我们就可以推断出他的一些特点。格洛弗对控制非常着迷，他会找一个可以指使的人。他肯定会避开那些占主导地位的人，而且不明嫌犯很有可能是一个习惯听从他人指示的人。格洛弗也会选择一个有用的人。这意味着不明嫌犯有工作，或有其他收入来源，可能有一套公寓和一辆车。"

泰腾看着她，欣赏着她支配整个房间的方式。所有人的注意力都集中在她身上，在她说话时人们几乎都屏住了呼吸。佐伊有办法处理好自己的情绪，她的肢体语言清楚地表明她说的每句话都很重要。当她告诉赛克斯少放香菜时，当她向泰腾解释泰勒·斯威夫特为什么是个天才时，或者当她用少量证据侧写出一个杀手时，她的作风都是一以贯之的。当然，她很唐突，甚至往往表现得有些粗鲁。但是，谁也不可能漠视她的存在。

"根据奥唐纳和埃利斯获得的目击者证词，不明嫌犯曾谈论菲什伯恩，'这不好，她太黑了'。这很可能说明他有种族偏好。他对白人受害者感兴趣。犯罪现场也有仪式行为的迹象。不明嫌犯一直绕着被害人转圈，这说明他可能有强迫性人格。"

她和泰腾对视了一下，继续说下去，"今天早上我们可能找到了一个和不明嫌犯在网上聊天的人。"她开始概述他们与尖牙设计师彼得的对话。

"那么你认为凶手是……具体是什么情况？"科赫问道。

"根据他自己提出的问题可以推断，他在服用抗精神病药物。我们现在知道他对血的渴望是由幻觉引起的。他可能患有双向情感障碍，也可能患有精神分裂症。"

佐伊继续往下说："通常，妄想杀人犯行事毫无章法，会进行一场不可预测的混乱杀戮狂潮。而且年龄一般会在二十岁出头，因为这些疾病的发作年龄在二十岁左右。但这里情况有所不同，因为他服用了药物。这意味着他已经在接受治疗，所以我们无法假设他的年龄。此外，鉴于他可能受到格洛弗的操纵，所以他的杀戮行为会更加有组织性。这一切实际都是在另一个人的安排下进行的。"

泰腾知道，这对专案组而言既是好消息，也是坏消息。毫无章法的杀手是不可预测的，他可能会继续疯狂杀人。但他们往往会因为粗心大意，在公共场合表现怪异，而很快落网。

她继续说："我们也可以做出一些假设，因为我们知道格洛弗不会选择一个引人注目的同伙。因此，我们要找的人可能可以很好地控制自己的行为，或者至少可以很好地伪装自己。他不一定会在一次简短的采访中轻易暴露，但是他一定会在长时间的询问中露出马脚。因为，在这个过程中他的压力会越来越大，最终会猛烈抨击或表现不稳定，尤其当他身处一个陌生而又充满敌意的环境，比如警察的审讯室，便更会如此。"

"所以罗德·格洛弗实际上是在把不明嫌犯作为某种训练有素的野兽释放出来？"布莱特问道。

"这也不是一成不变的，然而，随着时间的推移，他会慢慢失去对他的控制。不明嫌犯的幻想会越发强烈，最终会慢慢失控。我们会……"她皱起眉头，"嗯……我们会……"她停住了。

"会怎么样？"布莱特问道。

过了一会儿，她才回答："没什么。这就是目前我们所掌握的情况。"她坐了下来，拿起了手机。

"会怎么样？"泰腾低声地问她。

"这是哈里告诉我的。可能没什么……但我得检查一下。稍等一下。"她把手机放在耳边。过了一会儿，她说："哈里。"

泰腾困惑地注意到，她的表情立刻变得恼怒起来，她的语气粗鲁而充满敌意。

"你写的那篇关于麦金利公园警察的文章，"佐伊说，"一个女人报告说有人想抢走她的孩子？你有她的名字吗？"

她在电话里等了一会儿，然后说："不知道姓什么？只知道叫乔安妮？我知道，但我觉得你可能做了些调查，并跟她谈过。好吧，她报警了吗？但是我们查了这个地区最近的案件档案，没有关于……是的。好的，谢谢。"她挂了电话。

"怎么回事？"泰腾问道。

佐伊的视线从手机上移开，抬头看了看泰腾。"来自麦金利公园的一位名叫乔安妮的妇女昨天报警说，她带着孩子在街上走路的时候有个男人追她。她以为他想把孩子抢走。之后，他在她家附近徘徊了十分钟。她说，他看起来精神错乱。"

"那可能是我们要找的人。"

"有可能，"佐伊说，"这件事和凯瑟琳·兰姆案发生在同一个街区，事发地点可能离他住的地方很近。哈里说，乔安妮感觉到警方没有认真对待她的报警。没有人来询问她。他们派了一辆巡逻车在四周转了转，但也仅此而已。"

泰腾说："这通电话会记录在调度日志中。我们去看看吧。"

第四十二章

泰腾叹了口气，揉了揉眼睛，脑袋隐隐作痛。

他们很容易就找到了相关的调度日志。奥唐纳给这名女子打了电话，获取了更多信息。除了知道追赶她的是白人之外，她根本无法对他做任何有用的描述。这可能是他们要找的人，也可能不是。

之后奥唐纳指出，有这起案件发生，就可能有更多其他的案件发生。他们找到了过去一周的调度记录，过滤掉了所有不在麦金利公园附近的情况。然后他们阅读日志，寻找任何可能与他们的案件相关的内容。他们查阅了这些日志，寻找任何可能与他们的案件相关的信息。

"我找到了一个有意思的电话记录，"泰腾说，"这个电话来自一位在天空中看到奇异物体的人。调度员问那是不是一架飞机，他说，'哦，是的，很可能是飞机。'"

佐伊抬起眼睛，目光从监视器上移开："毫不相关啊！"

"你觉得呢？"

她转过身来看着面前的监视器："我想我找到了有用的东西。

十六号有一条。那是……星期天。当天晚上十点五十一分，一位药店老板打电话报警称，有两个女孩被人追赶，跑进了他的商店。他并没有看到那个人，但两个女孩直到父母过来接她们，才敢离开。这可能是不明嫌犯干的。"

他们继续查阅日志，又发现了两起有人举报一名男子在附近走来走去、自言自语，甚至有时跟踪路人的事件。

泰腾问佐伊："你认为这都是我们要找的那个人干的吗？"

"有可能。他正在逐渐失控，而这些可能都是他崩溃的时刻。这四起案件都发生在深夜，而且作案者都是一名白人男子。在三起案件中，这人都在自言自语。"

奥唐纳说："听起来举报的是同一个人，谁都说不准这是不是不明嫌犯。"

科赫说："我们应该让这些人和素描师谈谈，看看能否得到一个共同的描述。"

布莱特说："我会增加在这个地区的巡逻。我会通知调度中心，让他们把从麦金利公园地区接到的任何奇怪电话转给专案组。"说完，他站起来离开了房间。

"嘿，看看这个，"奥唐纳说道，她听起来很兴奋，"这是一份真实的案件档案。恶意破坏行为。星期天晚上，离那家药店不远的一家商店的窗户被人打破了。"

泰腾没有看出其中的联系："这不足为奇啊。"

"最初，他们报警称这是一起故意破坏，因为没有东西被盗。但当身穿制服的警察与商店老板交谈时，他告诉他们自己可能丢失了一个笼子。他不确定，因为他说笼子里的小动物可能已经被卖掉了，而他的助手忘记了做记录——"

"仓鼠，一笼子仓鼠。"

泰腾盯着她："你认为他可能偷了一些仓鼠？"

"我的意思是……他对血很着迷，对吧？如果那天晚上他弄不到人血——"

"这说得通。"佐伊说道，"那里有安全摄像头吗？"

"很不走运，并没有，"奥唐纳说，"但是我们明天会派一些犯罪技术人员过去。他们可能还会从窗台上找到一些指纹。"

佐伊说："如果我们把目击报告和这次入室盗窃的报告联系起来，也许我们就能知道他的路线。如果它们都有联系，而且真的是不明嫌犯，我们可以使用地理侧写来更好地了解他居住的位置。"

"我们就这么办，这是明天上午的头等大事。"泰腾说道。

佐伊说："我们在这里找到了突破口。"

"我听到了。你找到了一条线索，而且听起来还是个不错的线索，但我们可以等到明天再行动。现在已经十点了。"

佐伊皱着眉头看着他。"这可能潜在地——"

"佐伊。"他扬起眉毛，希望她能明白自己的意思。

"好吧。"她不情愿地说道，"我们下班回汽车旅馆吧。"

"很晚了，我的孩子已经睡着了，"奥唐纳说，"你们想在回去之前喝一杯吗？"

泰腾皱起了眉头："已经很晚了，我们是不是应该——"

"当然。"佐伊的回答令泰腾有些惊讶，"我想去喝一杯。"

第四十三章

伯尼斯酒馆正是佐伊此刻最想去的地方。他们来到一个光线充足的房间，墙上的小圣诞灯闪烁着，似乎与她前一天晚上的黑暗时刻形成鲜明对比。镶嵌着啤酒海报、乐队和名人顾客的相框、路牌，这些老派酒吧的用具占据了每一面墙。这些元素拼凑在一起，一点也不显得俗气，或是牵强。感觉不像是在时髦的车库拍卖会上买来的东西。这种混搭，如同一张挂毯，讲述着这个地方的过往。

佐伊点了她常喝的健力士黑啤酒，泰腾点了一杯醺然艾尔，而奥唐纳则点了一杯名为"菊花刀"的啤酒——佐伊对这个名字很陌生。酒吧里有一台点唱机，佐伊想走过去选几首歌。她已经很多年没这么做了。

"那么，这是你处理的典型案件吗？"奥唐纳问道。说完，她喝了一大口啤酒。

"没有什么典型的案件，"佐伊说道，"每个案子都有不同的特点。"

"连环杀手就像雪花一样，是吧？"

佐伊皱起眉头说："我无法理解这个比喻。"

"没有完全相同的两片。"

"嗯，连环杀手确实有一些共同的特征，"泰腾说，"这也是我们能开展工作的原因。我们不只是勾勒出一个侧写，也是基于对相似个体的比较。"

佐伊说："例如，饮血根本不是特有的现象。仅在美国，就有过几个众所周知的案件，约翰·克鲁奇利就是其中之一，当然还有萨克拉门托吸血鬼案，还有——"

"好啦！"奥唐纳举起手来，制止她继续说下去，"所以你们观察共同特征，然后由此推断出凶手的心理？"

"这只是其中的一部分，"泰腾说，"我们的工作不仅是勾勒出一个侧写。我们还试着利用以前成功的方法，想出一种抓捕凶手的策略。"

"你们干这行多久了？"

"嗯……今年是哪一年？"泰腾假装看了一眼挂在墙上的日历。"今年是 2016 年，对吧？那我大概已经做了……三个月了。"

"真的吗？三个月？"奥唐纳听起来有些生气，"我还以为你们两个都是正儿八经的资深达人，没想到竟然是联邦调查局的新人。"

泰腾咧嘴笑了笑："哦，佐伊是真的很厉害，她已经干了很长时间了。我能来这里工作，主要因为我长相英俊，睿智犀利。"这时，手机响了，他拿出了手机："喂？嗯，马文，我……这是音乐。是的，我知道你知道什么是音乐……我在酒吧里。是的，杀人犯仍在芝加哥街头游荡。什么？你说猫把它弄坏了是什么意思？它怎么弄到遥控器的？等一下，我几乎听不见你说话。"泰腾满是歉意地看了佐伊一眼，走出了酒吧。

"马文是谁？"奥唐纳问佐伊。

佐伊用手指摸了摸杯子的边缘，说："他是泰腾的祖父，他们住在一起。"

"哦，是泰腾在照顾他吗？"

"我不太确定。"佐伊皱起了眉头，"他的祖父很能干。据我所知，他们大多只是争吵。但我认为泰腾是马文唯一的家人，所以他们在一起。"

"等等……马文是不是马文·格雷？"

"你听说过他？"佐伊吃惊地问道。

"他出现在格洛弗袭击你妹妹的案件档案中，他开枪击中了格洛弗。"

"那只有泰腾和他的祖父两个人吗？"

"还有一只猫。我想，还有一条鱼。"

"没有女朋友吗？"

佐伊困惑了一秒钟，她以为奥唐纳指的是马文的女朋友。然后，她反应了过来："没有，呃……我觉得没有。泰腾没有女朋友。"她喝了一口啤酒，希望泰腾能赶紧回来。

"你呢？结婚了吗？或者，有男朋友吗？"

"没有。"

"啊哈。"奥唐纳歪了歪脑袋。

"怎么了？"佐伊有些生气地问道。

"没什么。嗯……泰腾看你的眼神和谈论你的方式。我只是很好奇。"

"好奇什么？"

"好奇你俩是不是在一起过。"

"当然没有。"佐伊的脸唰地一下子红了。她惊慌失措地转过身去，大口地喝着啤酒。

"为什么不在一起呢？"

"我们是同事，是一起共事的搭档。"

"所以……怎么，你们不拍拖是因为怕违反局里的规定吗？"

"是的。不是！我们没在一起是因为我们对彼此没有那方面的兴趣。"

"好吧。"

"你又在用你的脑袋做那种事了。"

"什么事？"奥唐纳一脸无辜地眨了眨眼。

"这……件事。"佐伊歪了歪自己的脑袋演示给她看。

"我不这么做。"

"你一直在这么做。"

"听着，我是说，泰腾实际上很崇拜你。我觉得那是男人身上很迷人的品质。此外，你也知道，他真的很迷人。别跟我说你没有想过这件事。"

佐伊想起了那天早上，想起了那天醒来后看到泰腾在身边，想起了被他抱在怀里的感觉，她剧烈地摇头："即使我们两个人都对对方感兴趣，这也会是一个糟糕的主意。"

“没有在跟你争论，我只是在逗你玩儿呢。”奥唐纳冲她眨了眨眼，喝完了杯子里的酒。她向酒保示意，又要了一杯。

佐伊对这整个想法仍然感到不安：“没有人值得你为他放弃职业生涯。”

“也许，对你的职业生涯而言，确实如此。我的工作现在就没那么珍贵了。当然，我已经有了幸福的婚姻。”她动了动手指，展示着手上的婚戒。但有什么东西使她的笑容黯淡下来，她似乎突然间陷入了沉思。

佐伊喝完了自己的啤酒，决定再点一杯。然后，她开口问道：“你对你的工作不满意吗？”

奥唐纳哼了一声说：“不知道你是否注意到了，我并不是部门里每个人都喜欢的人。”

“我还真没注意到。”

奥唐纳翻了一下白眼：“你难道不应该更有洞察力一些吗？”

“你为什么会觉得人们不喜欢你啊？”

“我在部门的黑名单上，”奥唐纳说道，语气中充满了尖锐，“贱民奥唐纳。”

“为什么？”

“我的上一个搭档很不干净。他现在正在接受内政部的调查，被停职了。”她噘起嘴唇，眯起眼睛看了佐伊一眼，“提前说一下，我是清白的，以免你感到好奇。”

“好吧。后来呢？人们认为你也不干净？”

奥唐纳摇了摇头说：“他们认为是我出卖了他。”

"啊。"这是一个普世而又古老的规则。你在小时候就学到的第一件事。告密者没有好下场。人们可以原谅很多人，但很难原谅一个告密者，因为你永远不知道他什么时候会背叛你。生活中充满了你需要有人睁一只眼闭一只眼的时刻，没有什么是非黑即白的，多的是规则与现实冲突的例子。在这样的时刻，你最不想做的事情就是担心那个支持你的人会不会把刀插进你的身体。

"他们甚至都不在意他做了什么，"奥唐纳情绪激动地说道，"而事情的关键在于他们会想象我做了什么。我和内政部达成的交易，我如何出卖了他，我正在为曼尼留下的残局付出代价。"

佐伊点了点头。她想说她很抱歉，但觉得如果她这样做，奥唐纳一定会勃然大怒的。"会过去的。"她最后说出了这句话。

"也许吧。如果我是一个男人，这件事早就过去了。但如果一个女人是个告密者，每个人都会认为，她在和内务部的人鬼混；或者她和曼尼有一腿，但最后被他甩了；或者她和曼尼有一腿，然后为了内务部的人甩了他。"

"你不能确定他们会这么想——"

奥唐纳动了动她的头，做了个鬼脸，鼻孔张得大大的。"我不能确定？你觉得这里的人藏得很深吗？想看看有人留在我桌上的纸条吗，或者看看我收到的邮件？"

佐伊咬了咬嘴唇，什么也没说。

奥唐纳叹了口气："没关系，你不可能知道的。"

佐伊小心翼翼地组织自己的语言："我知道被人憎恨是什么感觉。"

"好吧，是的，也许，我真的尝试过，你知道吗？我希望自己被人喜欢。"奥唐纳端杯子里喝了一口，然后意识到自己说了什么，连忙补充道，"并不是说你不知道。我的意思是……啊，对不起——我不应该那么说。"

佐伊耸了耸肩，说道："没关系。"她喝光了半杯啤酒。

"我有时会为自己感到难过，"奥唐纳说，"但这不是一种吸引人的品质。"

佐伊承认："我并没有真正尝试过，我希望人们因为我的为人而喜欢和尊重我。但我有时会直言不讳，而且不够敏感。这样的话，即便人们很想接近我，也会被我推开。"

奥唐纳摆弄着啤酒杯垫，慢慢地把它剥开。"泰腾似乎能懂你。"

"目前确实如此。但是总有一天我会说错话……也许就会是另外一种情况了。也许我会消磨掉他的耐心。"她惊讶地感觉到自己的声音在震颤，"单是一条又一条心直口快的评论就足以让他精疲力竭。"

奥唐纳往她身旁靠了靠。"佐伊，说真的，以他看你的眼神，他就绝不会——"

佐伊摇了摇头："别提了，我就是太笨了。"其实她并不笨，这一点，她自己也心知肚明。这种事之前也发生过，发生在她和她的朋友们之间。现在又是和安德丽雅，她几乎不怎么理自己了。她觉得自己没有办法跟任何人讲述这种感受。奥唐纳一直在看着她，嘴角上露出一丝令人感到安心的微笑，也许她真的能懂。佐伊长吸了一口气："只是——"

“说曹操，曹操到。”奥唐纳说着，眼神越过佐伊的肩膀往后面瞥了一眼。

泰腾走到他们身边，重重地坐在凳子上，看上去很生气。

“一切都好吧？”

泰腾说：“我可能需要去修理电视，有人把它弄坏了。显然，遥控器落进了鱼缸里。马文声称这是猫和鱼之间心理游戏的一部分。猫和鱼不都是自给自足的动物吗？”

佐伊清了清嗓子，重新找回了自己的举止仪态：“也许它们能自给自足，但祖父不能。”

“确实。那你们俩在聊什么呢？”

“谁还记得呢？”奥唐纳说道，“我们刚开始进行第二轮。”

泰腾将杯子里的啤酒一饮而尽。然后，他把酒杯拿到吧台，示意酒保给他续杯。“那我要追上来了。”

第四十四章

这一次，他们的车里没有臭味了。他坚持要清除车里的臭味。丹尼尔曾抱怨说，这最终使他们付出了双倍的价格。但处于控制状态的人并不在乎，他们负担得起。

这个停车场和上次那个有所不同，但仅仅坐了一会儿，他甚至就无法确定该锁定谁了，因为它们几乎都是一样的——一排排的汽车，哐当作响的地铁，刺耳的刹车声，来来往往的乘客。

等待，无尽的等待。他在座位上不停地动来动去，打开车窗又关上，轻敲着方向盘，一条腿不停地跳来跳去，仿佛它也有自己的思想。

"你怎么了？"丹尼尔终于冲他吼了起来，"你就不能坐着不动吗？"

他不能——这就是问题所在。他几乎要因皮肤发痒、肠道紧张而低声呜咽。他需要这一切结束。

一点钟的地铁已经驶过，五名乘客下了车，从他们旁边走过，他们全都是男性。待会儿还有一班地铁，丹尼尔曾说过，如果还没有合适的对象，他们会回家，第二天晚上再试一次。但他做不到，他需要狩猎，需要猎物，需要鲜血。

这班地铁停了下来，第一位走进阴影里的乘客是个男人。

之后，一个女人的苗条身形出现了。

"我们开始吧，"丹尼尔咆哮道，"你准备好了吗？"

他准备好了吗？他就是为此而生的。他已经准备好要行动了，要跟踪她，猛扑上去，然后进食。他想象着血液中铁元素的味道，早就垂涎欲滴……

丹尼尔说道："啊，可恶！"

一个男人跟上来了，和她一起走着，他们是一对夫妇。但那个男人个子很小。他们可以很轻易地干掉他。他会用牙齿撕破那个人的喉咙，让他流血而亡。他打开车门，一只脚踏在了人行道上。

丹尼尔连忙抓住了他的腰。"你到底在干什么？"

"我来对付他。"他对丹尼尔嘘了一声。他们没有时间了，这对夫妇马上要走远了，他需要这个！

"不行！"丹尼尔拽住了他，"快他妈关上车门！"

有那么一瞬间，他差点儿就打了丹尼尔的脸。他的手指紧紧地握成了拳头，牙齿也死死地咬在了一起……

他没有动手。他控制住了。他放松了下来。

"明天再来吧。"丹尼尔说道，"我们明天再找一个人下手。"

"好的。"他关上了门，发动了汽车，身体仍在紧张地颤抖着，"明天。"

瑞亚猛地惊醒，困惑地环顾四周。她竟然在办公桌旁的诊室里睡着了，即便对她来说，这也创了一个新纪录。她记得自己做了一些文书工作，然后想着靠着椅子休息一会儿，让她的眼睛休息一下。呃，外面已经黑了，她肯定睡了一个多小时。

她起身关上了诊所所有的窗户，然后走到警报面板前打开了警报器。那东西发出尖锐的哔哔声，显示器从二十开始倒数。她拿起包，把手机塞了进去，睡眼惺忪地拖着脚步走到门口。她出去后，关上门，然后把门锁上。她听见里面警报器在开启时发出的最后一声蜂鸣声。

她转身离开诊所，沿着街走了几步，然后皱起了眉头。

外面太过安静了。路上没有任何车辆，周围连一个人影也没有。当然，她的诊所也不是坐落于这座城市最繁华的地段。即便如此，街道还是太过安静。现在究竟几点了？

她查看了一下手机，吃惊地眨了眨眼睛。

现在已经是凌晨两点半了？

她在椅子上睡了六个多小时。难怪她的身体这么僵硬，脖子像生锈的铰链一样。

她走路回家只需要十五分钟，每天步行往返于家和诊所之间。但她从未在这么晚的时候走路回过家。

有那么一瞬间，她想过先回诊所，打电话叫一辆优步车。但是，她已经锁上了诊所的门并打开了警报器。而且，到家也就一英里的路程，还要叫辆车？

这是芝加哥比较安全的社区之一。她父母担忧她的时候，她不是总这么跟他们讲吗？她爸爸甚至认为她住在战区。但在芝加哥的这些年里，她从未成为过凶案受害者。当然，收到垃圾邮件不包括在内。

她开始往家走。

大步走在空旷黑暗的街道上，有一种令人毛骨悚然的感觉，而且冷得有点吓人。她打了个寒战，告诉自己这一定是因为被冻坏了，而不是因为害怕。等她回到家，一定先洗个热水澡，然后再躺到床上睡觉。人们都会这样做的。到了早上，她要预约布鲁克斯医生。因为，她在诊所里睡了六个小时，这是很不正常的。这不是一个会自动消失的问题。

但首先她要先回到家，睡个好觉。

"别失望，"丹尼尔对他说，他的声音盖过了引擎的声音，"我们明天再去。"

"我没有失望。"他回答道，双手紧握着方向盘。他想向丹尼尔解释说你不会因为完全缺乏空气而失望的。当你喉咙干渴时，你以为在远处看到的绿洲只是一片干燥的沙子时，你不会感到失望。失望根本不足以来形容它。

但他什么也没说。他突然明白，就连丹尼尔也并非真正理解他。

当他们在等红灯时，发现有动静——阴影里走着一个细长的轮廓，是一个女人。

"绿灯了。"丹尼尔说。

她一个人走着。街上空无一人，看不到别的车。他简直不敢相信。

"嘿，你注意听我说话了吗？该死的绿灯亮了。开车！"

他发动了车，向左转弯，货车发出刺耳的声音。他脚踩在油门踏板上加速。

"你他妈要去哪儿？"丹尼尔冲他大喊道。

女人惊慌地回头看了看。货车的灯光照在她的脸上。她很漂亮。

丹尼尔还在叫喊："你……她……不，不行！"

行。

司机显然是喝醉了——瑞亚闪躲着离大路更远了一些，等着他开过去，但他并没有这样做。

相反，货车转向人行道，刹车发出刺耳的声音，撞到了路边，离她只有几英尺远。她吓得愣在了原地，难以置信地盯着明亮的灯光。那个浑蛋差点儿把她撞死！

司机的车门开了，她正要冲他大喊大叫时，瞥见了他的脸。

她以前见过这种表情，当时她不得不杀死一条患有狂犬病的狗。咆哮，闪闪发光的眼睛，嘴里流着口水。

在条件反射的作用下，她转身撒腿就跑。她听到了她身后的咆哮声，于是一边竭尽全力，让自己跑得更快，一边在钱包里摸索着钥匙。她可以用钥匙去戳他的眼睛。

"救命啊！"她尖叫起来，"快来人啊，救命啊！"

她的头皮突然一阵疼痛。他抓住她的头发，把她往后拉。她又发出一声尖叫。他用手指夹住她的嘴巴和鼻子。她无法呼吸。

她手里有金属的东西。她的钥匙！她把钥匙朝他脸的方向戳了戳，感觉钥匙碰在什么东西上划动着，伴随着一声愤怒的咒骂。她用力咬他的手指，尝到了一种汗水和鲜血的味道，但她咬住不松口，摇动着头，啃着他的手指。

他推了她一把，她的身体撞上了某种金属物体，整个人都要在震惊和疼痛中爆裂了，是路灯柱。她的视线变得模糊，现在出现在她眼前的是两个人，而不是一个人。他们拖拽着她。她的钥匙丢了，而且无法呼喊、说话，甚至也无法移动。其中一个人的嘴唇拂过她的脸颊，湿漉漉的，黏糊糊的。街道变暗了，她的思绪模糊了。

之后，她的视线集中了起来，她看到他们正在粗暴地把她拖向黑暗的深渊。她知道，如果他们把自己拖过去，一切就都完了。她又开始挣扎起来，其中一个人给了她一记耳光。

"住手，臭婊子。"他咆哮道。

然后，他们把她扔进了黑暗中——一辆货车的后面。正当她再次想要开口呼叫时，他们往她嘴里塞了什么东西。血从鼻子里流出来，嘴里含着一团破布，她几乎无法呼吸。其中一个人把她肚子朝下翻到地上，向后拉她的胳膊。当他以某种方式将她的手腕绑在一起时，突然捏住了她的手腕。她隔着破布呜咽着，想去踢他，但有气无力，也无济于事。

"快开车——让我们离开这里！"其中一个人对另一个人说。

她被推了起来，看到了他们模糊的影子。

"我们走吧！可能已经有人报警了。"

拜托！快让警察来吧！拜托！

接着第二个男人弯下腰舔她的脸，这让她感到既厌恶又恐惧。

"该死！"

丹尼尔把他拉了回来，他挣扎了一会儿，想要冲过去，再次品尝她血液的味道。

丹尼尔摇了摇他。"控制住你自己！"他冲着他咆哮，"我们得走了！"

他点了点头，爬到驾驶座上，丹尼尔仍然坐在后面，和她坐在一起。他转动方向盘，操纵货车回到路上。他踩下了油门，发动机轰响着把他们带走了。

"你这个浑蛋，你做了什么？"丹尼尔冲他尖叫着，"你想让我们两个都被抓捕吗？"

他听到了这些话，但并不在乎。她的味道还在他的嘴唇上徘徊。

真是妙极了！

现在，他知道所有其他的受害者都被感染了，甚至凯瑟琳也不例外。他知道凯瑟琳不纯洁，知道这一点已经有一段时间了。事实上，他已经把这件事告诉了丹尼尔。

事实证明，他是对的。

这个女人才是真正的尤物。她的血完全纯净，被神灵触及过。只需品尝一下，就可以创造奇迹。不只是对他而言，对其他人来说也是如此。毕竟，他并不是唯一需要帮助的人。

"往东开，开到湖边去。"丹尼尔说，"我们找个废弃的沙滩，在那里处理她。"

"不！"他说道，声音充满着坚定，"我们要把她带回家。"

第四十五章

2016 年 10 月 21 日，星期五

　　洛根广场的街道漆黑一片，寂静无声。离日出还有几个小时，居民们仍在酣睡着。但当奥唐纳开车转到北斯波尔丁大道时，气氛发生了变化。红蓝交替的巡逻车灯光闪烁，多个警察的身影在街道上匆匆穿行。许多房子都亮着灯，有人影站在窗户后面，居民们正在围观一场他们谁也不想看的真实犯罪现场。

　　奥唐纳停好车，走了出来，弓着肩抵挡着夜晚的寒意，她的呼吸驱散着一团雾气。她向一名靠近她的警察亮了一下警徽，并从他身边擦肩而过。她已经发现了塞缪尔·马丁内斯警督。

　　他一边通过无线电通信设备讲话，一边敏锐地环顾四周，他看到了她，便示意她过来。

　　"技术人员还没来。"他说。

　　无线电通信设备发出噼啪的声音："布拉沃 12 号，我是调度中心。他们在路上了，十分钟后就到。"

　　"收到。给他们打个电话，让他们打开该死的无线电通信设备。"

　　"布拉沃 12 号收到。"

马丁内斯瞥了一眼奥唐纳，警车的灯光反射在他的眼镜上。"奥唐纳，谢谢你能来。"

"发生了什么？"

他说："这是一起绑架案。二十九岁的瑞亚·德莱昂从街上被抢掠走了。几名目击者说，她被两名身穿连帽衫的男子拖入一辆黑色货车，时间是两点四十五分。"

奥唐纳看了一眼时间，现在是四点十分。"有没有具体的描述？"

"嗯，正如我说的，他们穿着连帽衫，一件黑色，一件灰色。目击者们只能从他们的阴影处看到一些东西，所以大多数目击者只能给我们提供这些信息：白种人，正常身高。但我们有一个目击证人就住在他们抓走她的地点对面，她很清楚地看到了其中一个人。这就是我给你打电话的原因。"

奥唐纳紧张起来了，她已经知道接下来会发生什么。"她说了什么？"

"她说他很瘦，脸色苍白，看起来有点眼熟。当我追问她细节时，她想起来了。她说他就是在报纸上看到的那个人。

"罗德·格洛弗。"

"听着，我不知道是不是他。起初她说不确定，他看起来有点不一样；然后她说他的眼神是一样的，我觉得这简直是扯淡。但我认为你应该和她谈谈。"

当一个身穿制服的警察手里拿着一个证物袋大步走向他们时，他们俩都停止了说话。"在一辆停着的车下发现了这个。"那个警察说。

马丁内斯从他手里接过袋子，透过半透明的塑料往里看。然后他把它拿给奥唐纳看。袋子里有一串钥匙，上面有几把钥匙。

马丁内斯说："可能是属于受害者的。我们找到了她的手提包，这样我们就有可能确认身份，但里面没有钥匙。"

奥唐纳仔细研究着钥匙。其中一把钥匙上似乎有红棕色的圆点。"警督，我觉得其中一把钥匙上有血。"

"你说得对。"马丁内斯转向那个警察，"把钥匙放在纸袋里，否则可能会损坏 DNA 样本。"

另一辆车出现了，车头灯一下子晃得奥唐纳看不清东西。

"你们终于来了！"马丁内斯转向停在人行道上的面包车说。他们是犯罪现场技术人员。

马丁内斯正要走开，奥唐纳猛地抓住了他的胳膊问："证人在哪里？"

她是一位身穿蓝绿色长袍的中年妇女，金发蓬乱，眼睛红肿。一只白猫坐在她的腿上，尾巴嗖嗖地摆动着，眼睛眯着，充满了猫的愤怒。她一边心烦意乱地抚摩着它，一边和奥唐纳说话，话语如潮水般涌来，只有在偶尔啜泣时才会稍做停止。

"韦弗太太，"奥唐纳说，"你说你看见了其中一个人。"

"就是报纸上的那个人——我敢肯定。他们太暴力了！那样撞她的头，我以为他们杀了她，但是他们没有。他们把她拖走时，她还在挣扎。"

"你一开始不太确定他就是报纸上的那个人？"

"但我现在肯定了。我只是很困惑，你知道吗？他只是瘦了一点，脸色也苍白了一点，但他的眼神是一样的，冷酷又愤怒，就是杀手的那种眼神。"

奥唐纳不得不同意马丁内斯的观点，这听起来并不乐观。"你有没有看到那辆车，或者车牌照？"

"他们把她拖进了一辆黑色货车。我跑去拿手机拍照，但晚了一步，我回来的时候他们已经离开了。"

"那另一个人呢？你看见他了吗？"

"他背对着我，穿着连帽衫，所以我看不清他的脸。但在某一时刻，他……他猛扑到那个可怜的女人身上，我能看见他的脸颊和耳朵。"

"你说他猛扑是什么意思？"

韦弗太太不安地挪动了一下身子，猫的眼神更加愤怒了。"他……我想他亲吻了她。太暴力了……看起来根本不像亲吻。但我很困惑，他的动作是如此迅速和猛烈，他可能只是在吻她。"

这里面肯定有玄机。"看起来不像亲吻？你是什么意思？"

"他猛扑向她，她在挣扎。"

"但是你说这看起来不像亲吻，它看起来像什么？"

那个女人犹豫了一下："看来像是他在舔她。"

奥唐纳身体向前倾斜："他舔她的时候她在流血吗？"

她稍做迟疑："是的。她的确在流血，鲜血顺着她的脸流了下来。"

"你觉得他是不是一直在舔她的血？"

韦弗太太的眼睛睁得大大的。"是的，"她低声说，"我一开始也是这么想的，但不可能是这样的。他为什么要这么做？"

奥唐纳没有回答，她感到很不舒服。如果格洛弗和他的同伙真的绑架了瑞亚·德莱昂，她还活着的可能性就非常渺茫了。

第四十六章

她浑身都在疼。其中一名男子对着她一顿拳打脚踢，导致她的肋骨和腿部出现了瘀伤。因为嘴里被塞了一团破布，在一番声嘶力竭的尖叫之后，她的喉咙已经红肿发痛。

各种声音在她脑袋里嘶鸣，伴随着持续不断的嗡嗡声，斑点在她眼前跳舞。毫无疑问，她脑震荡了。

呼吸也是一个问题。她无法用嘴呼吸，她的右鼻孔结了血块。她只能用左鼻孔轻轻地呼吸。若她惊慌中猛然吸气，则会有一阵剧痛刺穿她的头骨。

一切都是模糊的，她很难回忆起到底发生了什么事。他们开了一段时间的车，其中一个人对另一个人大喊大叫，因为一连串的指令都被无视了。在某一时刻，那名男子抓住她的喉咙，然后开始用力挤压。在经过几秒极度的恐惧之后，她就失去了意识。蒙眬中，她隐约听到两个人在争吵。

就在他们把她拖到一个黑暗的车库里时，她醒了，尽力挣扎着。也就在这时，他们中的一个人踢了她好几次，直到她像胎儿一样蜷缩在地板上。然后，他们又把她抬了起来，带到这里，绑在水槽的排水管上。

她在一个隐约能闻到尿味的洗手间里。地板上有几摊水，甚至浸透了她的裤子。

他们还在外面争吵。

"这个臭婊子最终会让我们都被逮捕的，你这个白痴！我们需要把她处理掉，现在还不算晚。"

"不。她真的是个尤物。她是的！她会让一切都好起来。不是你自己说的吗？我们需要一个纯洁的人。她是纯洁的。"

"那我们把她的血放空，盛在一个该死的桶里，你想什么时候品尝都行。"

"不是新鲜的就没用，你自己说的。"

"不要告诉我我说过……我知道我他妈的说了什么，这不是……"那人提高了嗓音，他已经失去了冷静，"我们会找到另一个的，好吗？但我们得把这个处理掉。"

瑞亚很清楚"处理掉"这三个字意味着什么。她挣扎着去晃动排水管。也许她可以把它拆散。她抓住了排水管的一部分，想等他们进来的时候用这个打他们。她不得不试一试。她挣扎的同时，排水管发出哐啷的碰撞声。"拜托，你这个浑蛋，拜托……"

门开了，他们中的一个人走了进来，是瘦弱患病的那个。他嘴角吐着唾沫，脸因愤怒而扭曲。他踢她的肚子，让她痛苦地呻吟且喘不过气来。

这时，另外一个家伙大步走了进来，把生病的那个人拉了回去。

"你再吵，我就杀了你。"生病的那个人朝她咆哮。

"丹尼尔，不要。她不会再发出任何声音了。你明白了吗？她现在沉默了。"另一个男人看了她一眼，"我和朋友说话时你会保持安静，对吧？"

她点了点头，仍在努力喘气，尽最大努力不让自己呕吐。

他们离开了，并关上了身后的门。他们的声音变得低沉，或许是她意识逐渐模糊，她不能确定。她吸入了恶臭的空气，抽泣了起来。

过了一会儿，她平静下来，开始整理思绪。那个叫丹尼尔的家伙，想让她死。他是暴力、危险的那个人。他是一个疯子，怪物。

但他的朋友不一样。他要她活着，也许是为了赎金。他不是这么说的吗？她会让一切变得更好？他说的可能是钱。也许，他们以为她父母很有钱。如果他们发现事实并非如此会怎样？

但后来他们又说了别的事。把她的血放空盛放到桶里。不新鲜的时候就没用了。这一切究竟意味着什么呢？

门又开了。另一个人站在门口，对她微笑着。

"别担心——我们不会伤害你的。我们需要你活着。我一会儿给你弄点吃的喝的，好吗？"

她点了点头。

"但你得保持安静。如果你发出任何声音，我们就只能杀了你。"他的声音很随意，但直截了当，像是在陈述一个无可争辩的事实。

两个神经病，两个怪物。

她试图从堵着嘴的破布里挤出声音，而他摇了摇头，制止了她。"晚点再说。我们可以晚点再谈。"

然后他蹲在她身边，抬起了手。令她惊恐的是他拿着一把一次性的小手术刀。她发出一声低沉的嘶吼，他立刻用手术刀抵住她的喉咙。

　　"记住，"他低声说，"你答应过要安静的。你会保持安静的，对吧？"

　　她颤抖着点了点头。

　　他割断了她右裤腿的布料，把她的大腿露出来。

　　"这只会有一点点疼，"他说，"不要尖叫。"

　　手术刀刺穿了她的皮肤。血顺着腿往下流，她紧张起来，眼睛睁得大大的。

　　那人就把嘴唇贴在伤口上吮吸。

第四十七章

"瑞亚的诊所在那边，"泰腾边说边朝街上望去。他拿着犯罪现场的照片，把照片中黑暗且不祥的血迹、轮胎印、散落的物品这些位置与此时阳光明媚、宁静的街道相匹配。"她当时下班了，正走在回家的路上。"

"不好说，"佐伊说着，蹲下来查看人行道上的轮胎印记，"她可能是晚上出去玩回来的。凌晨两点下班回家，这多少有些不寻常。"

"她的诊所里有一个警报系统。他们检查了使用日志，警报系统是在两点二十九分开启的。马丁内斯现在在那里，看看他是否能弄清楚她为什么这么晚才离开。"

佐伊站了起来。"看看那些窗户有没有破损，"她说，"即使在半夜，在这里劫走一个成年女人，也是……"

"很疯狂的？"

"或者是铤而走险。"

泰腾担心地看着她。她又流露出了那种凝视空气的眼神，她是否正在将细节存储进脑海里，然后再现夜里发生的事？

此时已经两点多了。他们在一小时前拿到了实验室报告，从钥匙上的血液中提取的 DNA 与之前几起谋杀案现场留下的唾液中提取的 DNA 相匹配，它属于不明嫌犯。瑞亚·德莱昂绑架案正式并案调查。

泰腾说："货车是从她诊所的方向驶来的。你认为他们在跟踪她吗？"

"也许吧，"佐伊说，"但我对此表示怀疑。她会注意到一辆货车在她后面缓缓行驶的。我觉得他们在去别的地方的路上，看到了她，就决定抓走她。可能是不明嫌犯在开车。我不知道格洛弗是否意识到这件事即将发生。"

"这与我们的推断相吻合，即格洛弗的认知功能受损，不能开车。"

"有道理。"佐伊点了点头，"让他的同伙手握方向盘，就会让出一大部分控制权。格洛弗一般不会这么做，除非他已经别无选择。"

泰腾的电话响了。他看了看屏幕，冲着显示屏上陌生的号码皱起了眉头。"喂？"

"格雷探员？啊……我是达米恩。"

"谁？"

"彼得，'黑夜尖牙'的彼得。"

是卖尖牙的那个家伙。"什么事？"

"可能没什么，但我跟你说过的那个人刚刚联系了我。德古拉2号。他在问我问题。"

"问了什么？"泰腾不理会街上车来车往的噪声，他的全部注

322

意力都集中在电话上。

"对吸血鬼来说,他问的是很正常的事情,所以我才觉得没什么。我的意思是,没有什么令人毛骨悚然的纯净的血,或非自愿咬人之类的事情。他只是想知道他每天能从献血者身上抽多少血。这很好,对吧?我猜他找到了一个愿意捐血的人。"

天哪!"你回复他了吗?"

"还没有。我先给你打来电话。但他还在线,而且等得有些不耐烦了。"

"好吧,听着,我需要你给我们争取点时间。询问一些细节,比如捐献者的体重,他的身高——问问是不是女人。告诉他你需要查一些图表——"

"伙计,根本没有什么图表。"

"我知道!我不在乎。只要告诉他你正在咨询专家,一小时后你就会得到答案。"他看了一眼手表,现在是两点半,"不!四十五分钟。"

"好吧,但是……"

"随便跟他聊天,这很重要。"如果这就是不明嫌犯,而且泰腾确信他是,那他现在很可能处于极度偏执的状态。"就像你经常在线聊天一样,好吗?不要向他询问任何具体细节,不要问他的名字,不要问他的捐赠者是谁,什么都不要问。"泰腾再次嘱咐道。

"但我在四十五分钟后要对他说什么呢?"彼得的声音变得沙哑了,听起来很惊慌。

"你什么也不用跟他讲。到那时,我们就已经接管了。"

第四十八章

泰腾对自己需要什么有个模糊的概念。他会让联邦调查局芝加哥分局的一个技术极客坐在电脑前。然后，等不明嫌犯登录，技术极客会开始对他进行某种网络攻击。技术极客会不停地嘀咕着一些话，比如"我正在黑进主机……马上"和"我会重新设置加密路线，他看不出来"。最后，技术极客会在椅子上转一圈，告诉他一个地址。

然而现实则是技术极客对泰腾说："事情没那么简单。"

这位技术极客名叫芭布·科利尔，她是一位二十五岁左右的女士，嘴里正嚼着口香糖。她偶尔会吹出一个小泡泡糖气球，然后用锋利的指甲戳破它。咀嚼和泡泡糖气球爆破的声音很容易让人分心。

泰腾第十次查看时间，然后说道："听着，芭布。我们只有十五分钟。一个女人的生命就全靠你了。我们需要你追踪他。"

"我做不到。没有人能做到。"她说道，"他正在使用洋葱路由器的浏览器。洋葱路由器最大的特点就是无法被追踪。"

"但是，我们可是联邦调查局啊！"泰腾说道，"我们应该有后门，对吧？针对紧急情况？"

"没有。"

"我们有什么？"

"你能让他打开一个文件吗？"她又吹出了一个小气球，满含期待地看着他。

泰腾思考片刻，问道："什么样的文件？"

她用指甲戳破了气球。"任何可执行文件。任何微软办公文件。让他运行 Java Script 或 Flash。一个 PDF 文件——"

"我可以让他打开一个 PDF 文件。"泰腾打断了她的话。

"很好。PDF 文件有很多我可以使用的漏洞。我可以在文件中隐藏一个特洛伊木马……你知道特洛伊木马是什么吧？它是一个隐藏在另一个良性程序中的程序。就像希腊人用木头做的——"

"我知道特洛伊木马是什么，"泰腾说，"略知。"

"所以，我可以在 PDF 文件中隐藏一个特洛伊木马。如果他打开文件，我就能完全控制他的电脑。我可以给你他的 IP 地址，浏览他的文件，激活他的网络摄像头……他基本上就完蛋了。"

"就这么办！"

他们在网上浏览，找到了一些与血液捐赠有关的图表，并复制在一份文件中。

泰腾告诉她："不需要做得天衣无缝，但我们需要确保他不会怀疑自己被骗了。"

"他是否在技术上足够精明，知道 PDF 文件可以隐藏特洛伊

325

木马？”

泰腾思考了一下，道："我不确定。他在使用洋葱路由器，说明他有所了解。但更重要的是，他很可能非常偏执。所以，如果他觉得有些不对劲，可能会制造出一种偏执的妄想，这样我们就更难以预测他的行为。"

"嘿，如果真的有人在追查你，你就不会偏执了，对不对？"芭布问道。

"相信我，不管在什么情况下，这家伙都很可能会表现得异常偏执。"

她一边准备她所谓的"有效载荷"，一边忘我地咀嚼着口香糖。与此同时，泰腾打电话给彼得，通过一些具体的威胁，步步紧逼，最终要来了他在论坛上的用户名和密码。泰腾还指示彼得暂时不要登录论坛。

泰腾登录了彼得的账号，检查了当前登录论坛的成员列表。德古拉2号显示离线。他打开彼得和德古拉2号的对话，浏览了一下。德古拉2号曾告诉彼得，他的捐赠者是一名女性，体重约125磅，身高5英尺6英寸。泰腾把这条信息转发给马丁内斯以确保与瑞亚相符。然后他把一条带有图表的信息发给了德古拉2号，信息的内容为："嘿，你可以在附表中看到推荐的献血量。"他强忍着要打听细节的冲动——"你的捐赠者是谁？或你住在哪里？我知道一个买注射器的好地方"，任何多余的问题都可能吓到德古拉2号。他只需要他打开文件。

他再一次查看了在线成员。德古拉 2 号仍然离线。

泰腾瞥了一眼屏幕底部角落的时间。现在是三点二十分。"快来啊，你这个浑蛋。"他抱怨道，"你在哪里？"

第四十九章

佐伊仔细地看着桌子上的照片，是从不同角度拍摄的街道。一张是血迹斑斑的灯柱的特写图像；一张是手提包被丢弃在人行道上，里面的东西掉了一地。最后一张照片是从瑞亚·德莱昂诊所网站上找到的，照片里她拥抱着一条大狗，对着摄像头微笑。

佐伊把身体往后靠了靠，目光呆滞，几乎没有注意到房间里的其他人。马丁内斯在一个角落里和布莱特上尉说话，两人都弓着背看着一堆报告。瓦伦丁探员在房间里踱步，打着电话。奥唐纳、科赫和赛克斯在讨论他们接下来的行动。案情报告、指示、疑点……她低下眼睛，把所有的信息都过滤掉，全神贯注地厘清思绪。

在这一堆问题中，她必须解决的首要问题就是两名凶手中是谁在发号施令。

她几乎可以肯定格洛弗策划了前两起谋杀。但这次绑架案不像格洛弗的作案风格。这种做法太过随机，也太危险，偏离他的舒适区太远。在街道中央抓一个女人？不到走投无路的境地，他不会这样做的。

话说回来，他命不久矣，时日不多了。也许他已经不在乎了。

他在进行最后的疯狂犯罪，尽他所能地制造伤害。这也是有可能的。

但佐伊感觉不对劲。

"我们拿到了轮胎的技术报告。"奥唐纳说着，在她旁边坐下。

"有什么有意思的东西吗？"

"轮胎非常旧，但和之前的不同，这意味着他们换了车。但换的还是一辆面包车，甚至有可能是同样的款式。"

佐伊心不在焉地点了点头。

"到目前为止有什么想法吗？"奥唐纳问道。

"这不是计划好的，"佐伊说，"这是一种冲动的行为。"

"我同意。这条街通常不会有女人在半夜里走来走去。据瑞亚·德莱昂的父母说，她晚上通常下班很早。他们根本不知道她或其他人会出现在那里。"

"他们开车经过，看到了她，然后抓住了她。"

"所以……什么？格洛弗是不是变得更难以预测了？"

佐伊皱起了眉头。"谋杀亨丽埃塔·菲什伯恩是经过精心策划的。车、地点、时间、他们带的装备，都能说明这一点。他们移动了尸体，不知为什么还花了一个小时摆好姿势。每件事都是安排好的。而就在四天后，本案就发生了。"她看着奥唐纳说，"这不是格洛弗的作案风格。这是他的同伙干的。他已经失去控制了，不受格洛弗的控制。"

"他崩溃了？"

"没错。"佐伊想了一会儿，"我们应该找河滨浸信会的一些男性教友面谈。"

奥唐纳扬起了眉毛。"现在？为什么？"

"格洛弗的同伙正在经历一次严重的精神病发作，直接导致了这起犯罪，"佐伊解释说，"这意味着他在面谈中更容易露出破绽。"

奥唐纳摇了摇头。"也许吧。但我们没有足够的人力和时间来做这件事。事实上，我们甚至还没有一份完整的会众名单。如果我们去了，什么也找不到怎么办？"

"我们可以把清单按优先顺序排列——"

"瓦伦丁和布莱特甚至不相信帮凶一定来自会众。"

"但是你相信。"

"我认为这是可能的。但这还是不够的。我们不能把整个调查都建立在你的预感上。尤其是现在，我们有了新线索。瑞亚的性命可能就取决于我们的速度了。"

佐伊的脸涨得通红，"这不是直觉。"

"就是。"奥唐纳摇了摇头，"别那样看着我，我不是在给你泼冷水。我是在告诉你这是不可能做到的。有太多事要做。"

"如果我把范围缩小呢？"佐伊问，"给你一份只有十个名字的简短名单？"

奥唐纳有些犹豫地问："你觉得简短的谈话会有用吗？十五分钟？"

"可以。"

奥唐纳点了点头说："那就做。"

在查看帕特里克·卡朋特提供给警方的名单时，佐伊烦躁得来回乱动双腿。正如奥唐纳所言，这份名单上的好多信息都是不完整的，似乎帕特里克只是凭借自己的记忆写下了这份名单。有几个名字不止一次出现在名单上。有些只写了名字或姓氏，还有一些会众的名字是用简短的形式写的。这些问题造成了一些困难。例如，乔什·威尔逊和约书亚·威尔逊都被列为会众成员，他们是同一个人只是叫法不同，还是本就是不同的人？

有些名字后面有电话号码或地址，但大多数都没有。只要有足够的时间和耐心，她或许可以找到其中一些，但是她现在真的无法兼顾了。

她拿出手机，拨通了帕特里克·卡朋特的电话。电话响了二十秒没人接，佐伊挂了电话。她打算开车去见他。但她不确定他是在家，还是在教堂，又或是在医院陪着他的妻子。

她转而拨通了艾尔伯特·兰姆的电话。他几乎立刻就接了电话。

"喂？"他的声音听起来很虚弱，好像自从他女儿被谋杀后，他的精气神就开始慢慢消减，现在要消失殆尽了。

"兰姆先生，我是佐伊·本特利。"

他叹了口气，"我能为你做些什么？"

"我需要和你一起核对一下教会成员名单。"

"本特利女士，我累了。这真是漫长的———"他的句子拉长了，仿佛是在试图确定时间范围。漫长的一天？漫长的一周？

她说："我理解您。但是有一名女士被绑架了。我们有充分的理由相信杀害凯瑟琳的人实施了这次绑架。他来自您的会众，兰姆先生——这是毫无疑问的。而留给这位女士的时间已经不多了。"

兰姆稍做迟疑，说道："我在家里，本特利。你可以过来吗？"

她站起身来，拿上了自己的包。"我在路上了。"

第五十章

"这些人中有一半我都不认识。"艾尔伯特边说边用充血浮肿的眼睛研究着这份名单。

他看起来比上次见他时更加糟糕，但真正让佐伊难受的是那股气味。佐伊在他身上嗅出了疾病和极度的痛苦，还有一股难闻的呕吐物的味道。她几乎可以肯定他还穿着几天前的那件衣服。他的狗在房间的角落里用湿漉漉的大眼睛看着他们。

"这是我们从帕特里克那里得到的名单，"她说，"他们都是你们教会的成员。"

"我知道……我是说，这些名字很熟悉。但我很难把他们和真人联系起来。凯瑟琳记得所有人。如果她还活着，她会给你一份详细名单，包括他们的职业、爱好，甚至他们最喜欢的食物。她就是那样的人。我不知道没有她教会该怎么运作。"

如果我能和凯瑟琳谈谈，她就能告诉我是谁杀了她，格洛弗的同伙是谁，然后事情就能了结了。佐伊不由自主地萌生了这样的想法，伴随着一瞬间的不耐烦，但随之而来的是内疚。艾尔伯特在尽力提供帮助，但每时每刻他都会想起死去的女儿。这不是他的错。

"如果你看到照片呢？"佐伊突然问道，"这些人的照片？你能把他们和名字联系起来吗？"

他犹豫地点了点头说："我擅长记住面孔。"

她拿出笔记本电脑，开机，打开了最近的文件夹，双击最上面的照片。画面突然出现在屏幕上，好在凯瑟琳并没有出现在画面中，这让佐伊松了一口气。这是一张教堂里的照片，五名会众坐在长椅上，对着镜头微笑。画面中也没有格洛弗，但有一个熟悉的人，让佐伊有些不知所措。

艾尔伯特发出了打嗝的声音，有那么一瞬间，佐伊甚至以为他要哭出来了。但他只是微微一笑。"左边的女人是哈丽特，旁边是她的丈夫约翰，然后——"

"约翰的姓是什么？"

"霍布斯。"

佐伊在她的笔记本上写下了照片的编号和名字。然后她加上了"白人""平均身高""已婚"这些关键词。"你知道他是做什么的吗？"

"嗯……我想是道路养护。我记得他曾经在工作中被他们使用的一种工具伤到，几乎两个月都无法工作。"

道路养护。"你还能想到别的什么吗？"

"他们有两个孩子。"

两个孩子。"好的。下一个？"

"那个是艾伦·斯文森。"

是那个人。她在教堂里见过的那个人。她把他记在笔记本上。

"工作？"

"会计。"

"结婚了吗？有孩子吗？"

"他结婚了，但现在离婚了。"

"还有其他的吗？"

"我想不起来了。"

"下一个？"

"我记不清他们的名字了，但是他们姓威尔逊。"

威尔逊夫妇是非裔美国人。他们并不重要，瑞亚绑架案的目击者称，两名绑匪都是白种人。"好的。下一个。"她点开了下一张在教堂入口处拍摄的照片。凯瑟琳正在和一个高个子男人说话。

艾尔伯特伸出手来，似乎要去触摸屏幕。然后他缩回手，说："这是莱昂。姓，呃……法雷尔。"

佐伊尽量不去看时间。虽然进展缓慢得令人痛苦，但她好歹已经有所进展。"结婚了吗？"

"没有。他两年前从内华达州搬到这里。"

他们形成了一种节奏。随着画面的推移，艾尔伯特似乎变得更加专注，也许是在重温那段更快乐的时光。佐伊列出了成员名单，和帕特里克的名单交叉比对。她尽量不去催促艾尔伯特，只是希望瑞亚还活着。

第五十一章

他们家里只有一个洗手间。

他此前从未想过把这个女人放在洗手间会带来诸多不便。丹尼尔似乎也不在意。如果说有什么不同的话，那就是因为这个女人在里面，他现在使用卫手间的次数更加频繁。

但处于控制状态的人不会这么做，尤其是在女人在场的情况下。即使她把目光移开，他也做不到。目前，他在自己房间里的一个罐子里小便。他总是盯着卫生间的门。但他必须尽快找到更好的解决方案。

整个情况使他心烦意乱。他们之间的紧张关系令人难以忍受。他为那个女人担心，因为她额头上的伤口发炎了。他认为她需要去看医生，当然，这是不可能的。但她不能死，现在还不能，他仍然需要她。

他在公寓里徘徊，不停地走到洗手间去，看着那个女人，然后回到自己的卧室。丹尼尔一天中的大部分时间都关着自己的门，他可能还在睡觉。

处于控制状态的男人又一次喝了女人的血，但他只喝了割在她右臂的一个小伤口上渗出的一滴。他在早些时候曾尝试研究自己能喝多少，但一无所获。

哦，但他在吸血鬼论坛上问过那个人，不是吗？

过去几个小时的记忆是多么模糊，好像他正在失去对现实的控制，这让他感到很恐惧。他以前每天都出门工作。那种生活，现在看起来似乎有些遥不可及。他需要那种生活，那是他的精神支柱。在这里，和这个女人在一起，丹尼尔，还有鲜血……这一切如同做梦一样，他的神志已经飘离了身体。

明天。明天他将再次外出。

他坐下来查看论坛。管理员比上次聊天时要友善得多。现在，他看到对方给他发了一份文件，并写道："可以在这些图表上找到对应的血量。"

他点击文件，将其下载到自己的电脑上，但没有打开。他几乎无法集中精力阅读聊天内容，更不用说理解复杂的图表了。

他回答对方，尽量让自己看起来随意些："你能给我这个的详细版本吗？图表让我头疼，大笑。"

对方在几秒钟后回答："哈哈。这是一张非常简单的图表。最好看一下，确保你不会喝得过多。"

他咬紧了牙齿："比如，就按我之前告诉你的体重和身高来算，安全量是多少？"

聊天窗口显示对方收到了消息，但那人花了一些时间才回答道："我不会喝太多。但是，如果你真的想稳扎稳打，请查看图表。我不想因为给了你错误的信息而承担责任。"

他叹了口气。看来他还是得专注起来，看看图表。

然而，一阵突如其来的声音引起了他的注意。起初他以为声音来自某种陌生的有害鸟兽。但事实并非如此——是那个女人发出的低沉的嘶吼声。

第五十二章

"他一定要打开它!"泰腾盯着屏幕又一次说道。

"他没有打开它,"芭布生气地回答,"如果他打开,我们就会看到一个符号。"

"也许是你没把特洛伊木马设置好?"

"我设置好了。"芭布咬牙切齿地说,"叫他打开文件。"

"我不能叫他打开文件,因为彼得不会叫他打开它,也不会知道他没有打开它。"他想把笔记本电脑摔成碎片,"该死的!我们肯定在什么地方把他吓坏了。"

"怎么会呢?"芭布难以置信地问道,"我们几乎什么也没说。"

"我告诉过你,他现在非常偏执——任何事情都可能激怒他。"

"但是他还在线。"芭布指着屏幕说,"真被激怒的话,难道他不会注销账户吗?"

泰腾什么也不能确定。不明嫌犯可能已经蜷缩成胎儿状躲在房间的角落里哭泣,或者逃到街上去了;也可能是打开 PDF 文件这件事把他吓坏了,以至于他决定杀死瑞亚和自己。这一点无从得知。

"我会提示他，也许他只是感到困惑。"泰腾最后说。

他花了好长时间构思这句话，尽量避免让不明嫌犯觉得自己真的很在乎这个问题。

"这个图表非常简单。你看到左边写着'重量'的那一栏了吗？"

这可能会让不明嫌犯决定打开那该死的文件。泰腾几年前就戒烟了，但他突然想抽根烟。他盯着屏幕，几乎不敢眨眼，祈祷出现文件已经打开的提示。

第五十三章

他冲向洗手间，转动门把手——女人的尖叫声消失了，门并没有被打开。他眨了眨眼睛，困惑地想了一会儿，以为那个女人不知怎么设法挣脱了，把自己锁在了里面。

但是，当她低沉的嘶吼完全停止时，他意识到发生了什么。门是丹尼尔锁上的，他现在正在处理那个女人。

"丹尼尔！"他尖叫着，"开门。"

没有回应。他晃动着门把手，喊道："丹尼尔！不要这样做！"

他的心脏剧烈地跳动着，一次、两次、三次……不要，不要在他终于有了一个血液纯净的女人时这样做。他再也找不到像她这样的人了。他尖叫着，砰的一下撞在了门上。门闩应声而断，门猛地敞开。

丹尼尔跪在那个女人旁边，用一个套索紧紧地缠住了她的喉咙。女人的脸色发紫，眼睛向外凸出，她拼命挣脱那条把她绑在水管上的扎带。

他把丹尼尔拉开，一下子将其摔到了墙上，冲其大骂脏话。

然后，他蹲在女人身边，手指颤抖着，试图解开套索。套索勒得实在太紧了，他根本就解不开。女人的眼珠在眼眶里翻了个白眼。他沮丧地大叫一声，冲进自己的房间，拿起一把手术刀，跑回去切套索，但他深深地切开了她的皮肤。鲜血顺着她的脖子流到衬衫上，浸透了衬衫。当他把塞物从她嘴里扯开，让她呼吸通畅时，她的睫毛还在抖动。

她又咳又吐，目不转睛地盯着血淋淋的手术刀。

"别尖叫。"他挥舞着手术刀威胁道。

她发出一声嘶哑而可怕的呜咽。然后她吸了一口气，闭上眼睛，慢慢喘息。

他站起来，转身面对丹尼尔，丹尼尔已经去了厨房，正在水槽里泡毛巾。

"你这个浑蛋！"他冲着丹尼尔尖叫。

"小声点，"丹尼尔用谨慎的语气说道，他把湿毛巾敷在后脑勺上，"你差点打碎我的头骨。"

"对不起，我没有。"他噙着泪道。背叛，他以前也有过这种感觉，但他从没想过丹尼尔会这么对他。"在我为你做了那么多之后，你就是这样——"

"你为我做了什么？"丹尼尔咆哮道，"那我为你做的事呢？谁给了你自由？谁帮你第一次喝到真正的新鲜血液？现在你却把我置于危险之中？我不能离开这里。我的脸出现在这个城市的电视屏幕和报纸上。我被困在这里，和你还有那个该死的婊子在一起，等着她尖叫求救或挣脱出来的那一刻。"

"她不会，她不能！"他摇了摇头，"你为什么要离开？"

"我们说好的，记得吗？"丹尼尔问，"我帮你疗伤，你也帮我疗伤。我病了！我要死了。你知道我需要什么才能好起来。"

"但你不一定非要这样做。试试她的血，太纯净了——它会治好你的，我确信！就尝一口——"

"她的血治不了我该死的脑癌！"丹尼尔气得浑身发抖。

"不，能治得了。"处于控制状态的人低声说道。

丹尼尔深深地吸了几口气，露出一丝安心的微笑，"听着，你知道我为什么这么做吗？我也是想保护你。她的血液被污染了。她告诉我的。"

"什么？不，不是这样的。"

"她告诉我的。她不知怎么设法把破布从嘴里弄了出来。我去洗手间时，见她在笑。她说她的血液具有腐蚀性，她有艾滋病。"

"不。你在撒谎！"

丹尼尔瞪大了眼睛，眼里充满了痛苦，处于控制状态的人感到一阵内疚。

"我会对你撒谎吗？"丹尼尔问，他几乎要大声吼起来。

当然不会，丹尼尔从未对他撒过谎。"抱歉！"

"你不能喝她的血。那会要了你的命。"

他的世界正在慢慢坍塌。不！不会的。他尝过她的血，是那么纯洁。"我得确保她不会再尖叫了。"他虚弱地说。

他回到洗手间，跪在气喘吁吁的女人旁边。血还在从她的脖子处滴落下来，虽然已经不多了。他正要把破布塞进她嘴里，这时她发出了嘶哑的声音，她说的话几乎让人听不懂。

"什么？"

"我没有跟他说过那些，"她厉声说道，"我没有艾滋病。"

好吧，她当然会这么说。她想让他生病。但是后来……他尝过她的血液。如果……他一定会知道。

是肿瘤，是罗德·格洛弗。肿瘤会对他撒谎，也想让他死。

处于控制状态的人回头瞥了一眼，害怕会看到身后的肿瘤——一团黏稠、腐坏脑组织，在地板上滑行。

但他能看到的只有丹尼尔，他还在厨房里，把毛巾贴在后脑勺上。

"你能给我拿点水来吗？"女人气喘吁吁地说。

他点点头，在水龙头下接了一杯水。他放下血淋淋的手术刀，把杯子端到她的唇边，慢慢倾斜，喂给她喝。她喝了一些水，但因为杯子倾斜得太厉害，她被呛到又咳嗽了起来。他把杯子拿开了。

"还喝吗？"在她停止咳嗽时，他问道。

她摇了摇头。他听到身后一扇门砰的一声关上了。他回头看了一眼，发现丹尼尔已经回到了自己的房间，并关上了门。

"你不能让他靠近我，"她说，"他会杀了我的。"

"我不会让他这么做的。他知道他不应该这样做。"

"千万别让他靠近我。"

他拿起破布塞到她嘴里。然后，他无法控制自己——俯下身子去舔她脖子上的血，很纯净。他怎么会认为血液已经变质了呢？他把流出的血都舔了一遍，直到她皮肤上没有血迹了。然后，他吸干了她衬衫领子上的血迹。她呻吟着，试图逃离他，但毫无作用。

她的皮肤很烫。"你发烧了。"他喃喃地说。

家里没有什么可以治发烧的东西，他明天必须去买点药了。

但他怎么能留她一个人跟肿瘤待在一起呢？

第五十四章

佐伊回到了汽车旅馆，坐在床上。她一边阅读笔记，一边在笔记本电脑上浏览图片。她认为瑞亚被绑架是一个足够好的理由，让她不必遵守对泰腾的承诺，今天可以工作到深夜了。

她和艾尔伯特花了四个小时才把所有照片都看完。他并没有认出照片上的所有人，但他熟悉大多数人，还设法找到了其中十三个人的电话号码。凯瑟琳的手机里会有很多这样的联系人，佐伊明天就能处理这件事了。

现在，她要尽自己所能去寻找其他成员的名字。在两张不同的照片中，这个高个秃顶的家伙都在和罗德·格洛弗说话，其姓名不详。但他和一个叫唐纳德·霍尔科姆的人共同出现在七张不同的照片里。经过快速搜索之后，她在脸书上找到了霍尔科姆的个人资料。还有一个不知名的高个子，是霍尔科姆的一百四十七个好友之一。佐伊根据脸书上的个人资料得知，他的名字叫鲍比·克罗斯。她可以从霍尔科姆和克罗斯的资料中收集到很多信息，包括他们的年龄及其他朋友。克罗斯单身，霍尔科姆已婚，有一个十四岁的女儿。

她在笔记本上潦草地写着，她的脑子里已经勾画出这两个人的侧写，并判断着每个人是凶手的可能性。克罗斯和另一个不知名的人也是好友。

她继续工作着，查看图片，浏览社交媒体，给教会成员添加备注，有时还在其中一个名字上画上圆圈。

这位摄影师还擅长捕捉不易察觉的小瞬间。夫妻间声嘶力竭的争吵；一个在教堂里哭泣的男人；一个孩子在外面花坛里新种植的花丛中摘花，他妈妈正生气地跑向他。这些对佐伊来说是无价的。

当她离开艾尔伯特家时，就得到了这些信息，从照片中看到了他们的生活。一份名单，偶尔会有一些细节——职业或年龄。现在，这些人开始在她的脑海中成形。杰里米·芬恩一开始是个三十岁的已婚男人。但在两个小时的时间里，她在照片中反复看到他，所以她查看了他的社交媒体账户，他开始发生变化。他的妻子只出现在与他一起的两张照片中；在其余的照片中，他出现在一名年轻得多、活泼的会众旁边，与她聊天或站在她们旁边。在其中一张照片里，他搂着她的肩膀。在他的脸书朋友中有一半是只穿着内衣的女性——很可能都是机器人账号。

阿奇·曼这个人的眼神在照片中总是显得遥远，即使当他和别人说话时也是如此。他的手总是插在口袋里。

凯尔·雷克一直在勾搭男人，他的妻子显然没注意到。

文森特·格里尔的腋下出汗了。

他们在她的脑海中成形，他们都是她从未见过的人。每个人都在这部长达数年的可怕戏剧中扮演了一个角色，最终以暴力性死亡

346

告终。

在这些照片中，罗德·格洛弗和凯瑟琳·兰姆扮演着他们的角色，微笑着，交谈着，有时会意识到相机的存在，有时则毫未察觉。在之前的照片中，格洛弗并没有出现，而凯瑟琳则是一个有着天使般面容的少女，常常站在她母亲身边。但不久之后，格洛弗第一次露面，他和凯瑟琳开始主宰这些照片，因为他们成了教会社群的焦点。在最后的几年里，他们两人出现在照片中的次数超过了艾尔伯特·兰姆或帕特里克·卡朋特。凯瑟琳取代了她母亲的位置，所以这是有道理的。但格洛弗成功地让自己成为教会社群生活中至关重要的一部分，这足以证明他的魅力。

第五十五章

瑞亚在黑暗中瑟瑟发抖，洗手间的墙壁在她眼前旋转着。她发着高烧，身体因饥渴和失血过多而虚弱不堪，很难打起精神来。也许，她最终不是死在那两个要杀她的男人手中，而是死于感染。

她能感觉到腿下的刺痛，那是她仅存的一线希望。把她的腿稍微挪动了一下，很容易就把手术刀藏在腿下。那个帮她喝水的人实在是太疯狂、太令人困惑了，他甚至没有注意到手术刀不见了。现在她不得不强迫自己等待时机。她仍然能听到洗手间门外有动静。其中一个人还醒着。如果她还没把手术刀藏好，他们就进来……

不。她要等。

她的肩膀和后背因为不自然的捆绑姿势而变得酸痛。她觉得冷，特别冷。

现在是夜里吗？她已经在黑暗中待了好几个小时，好几天了。那两个人肯定睡着了。

她移动了一下腿。地板上的小手术刀已经不太容易被看到。虽然无法用手拿起来，但她可以用脚够到。她脱下鞋子，然后小心翼翼地把一只袜子褪了下来。她活动脚趾，增加了流入脚趾的血液。然后，她试图用大脚趾和食指抓住手术刀。这似乎需要很长时间。角度完全错了，手术刀平放在地上，她的身体一直在颤抖。拜托，拜托，拜托。

最后，令她惊讶的是，自己做到了。手术刀松松地握在她脚趾间。现在，她要做的就是把手术刀拿到手里，然后她也许可以割掉塑料扎带。只有两个扎带而已。

事实证明这是无法做到的。

她几乎可以把手术刀拿到手上了。如果她弯下膝盖，靠近塑料扎带，她的手指离扎带只有几英寸，但还是够不着。然后，手术刀掉到她腰边的地板上。

门外传来脚步声，有人来了。她感到惊慌失措，扭动着身体，把自己压在手术刀上。她扭动肩膀时传来的剧烈疼痛，几乎让她爆炸。

门开了，进来的是那个叫丹尼尔的家伙。他的眼睛在黑暗中闪闪发光。现在他要趁朋友睡着的时候杀了她。她呜呜咽咽哭了起来。

"你在干什么，丹尼尔？"黑暗中有个声音问道。

丹尼尔转过身来。"没什么，"他说，听起来有些漫不经心，"我睡不着。我需要吃点药。我的药放在洗手间的橱柜里。你觉得这样可以吗？"

"可以。我就是确认一下。"

丹尼尔摇了摇头，朝橱柜走去。"该死的疯子。"他咕哝着，从柜子里拿出了什么东西。然后他跨过瑞亚，打开了水龙头，完全无视她的存在。她能听到流水的声音，当他倒满一杯水时，又听到了不同的声音。接着，她突然感到一阵寒战，水开始往她身上滴落。绑着她的水管漏水了。

他吞下药片，喝了水，就离开了洗手间，甚至都没看她一眼。她听到门关上的声音。

接着，另一个男人拖着什么东西走了过来。一张床垫。他把它放在洗手间门前。他要睡在门口。

他关上了门，这让瑞亚松了一口气。他呻吟着睡在了床垫上。

她从手术刀上移开，肩膀一阵酸痛。她可能把胳膊弄脱臼了。她整个人被疼痛和寒冷填满。这也许就是地狱的样子。

她不可能把手术刀拿到手里。坦率地说，即使她可以拿到，她也怀疑自己能否在这个姿势下割断扎带。

她得换个计划。

她检查了一下拴着她的水管。她家里的水槽有一个塑料部件连接到排水管……这叫陷阱吗？当它堵塞时，她拆开过一次，做起来很容易。有一个塑料螺母很容易用手拧开，然后她就可以把整个兼部件拧下来。当时一片乱糟糟的，她的衬衫还差点被弄坏，但她一个人做成了这件事，着实让她很有成就感。

然而，这个排水管没有塑料部件。管道的弯曲部分用两个金属螺母连接——一个连接到水槽，一个连接到墙壁。她可以很容易地将绑住的手在管道上滑动，用手指拧开两个螺母。从理论上讲，如果她将两者都拧开，就可以轻松地将其拆除。

但是水管和螺母都生锈了，在她试着拧开时，它们根本就没有动。

也许，只要她拧开与水槽相连的部分，她就能把管道拧下来。这就意味着她只需要拧开其中一个该死的螺母。

她抓住水管，又拧了起来。水管很湿滑，她难以抓握，但她试了一次又一次。

最后，它似乎松动了，尽管只有一点点。

她把它拧开，然后就可以重获自由了。之后她就可以用手术刀当凶器，出其不意。她知道这小手术刀能做的有限，但还是有作用的。

第五十六章

翻看会众的照片感觉就像是在看一段传奇故事，佐伊在这段故事中发现了一些有意思的事。例如，根据照片的记录，教堂开始举办的大多数活动都是野餐。但后来，当凯瑟琳在照片中占据了更大的主导地位时，她可能在行政管理中扮演了更积极的角色，教堂就有了更多的志愿工作和社区活动。

照片中还讲述了其他平庸的故事。一对夫妻，数年来一直亲密无间，但随着时间的流逝，他们似乎渐渐疏远了，最后丈夫完全消失了，只剩下妻子一个人；一个笑容甜美的孩子，成长为一个闷闷不乐的少年；一个少女在每张照片中都变得越来越瘦，然后完全消失了将近一年，当她再次出现在照片中时，她看起来更健康了，但很有距离感，而且再也没有笑过。

其中一些情节是她想象出来的。时间一小时一小时地缓慢流逝，疲惫感在她身体里慢慢滋长，但她似乎发现了一些微妙的联系。霍尔科姆的婚姻破裂了吗？佐伊根据两张他和妻子对视的照片猜测着。但也可能不是，她不能做假设。

有什么东西在折磨着她。这是一种她无法确定的联系，是拼图中缺失的一块。

她几乎可以肯定自己有了一份嫌疑人名单。名单里只有八个人。她把名单发给了奥唐纳。然后，她又浏览了一遍名单，确定了自己的选择。她慢慢地闭上眼睛，照片还在屏幕上播放着。

她在梦里一直看着那些照片，但它们在移动，她能听到人们的谈话。她知道其中一个是杀人犯，是格洛弗的帮凶。她试图找到他，但他一直在移动，始终停留在她的余光中，而她却无法看清。她旋转着，旋转着，身边的人变得虚无缥缈，而她想要见到的那个男人却一直走在她前面。罗德·格洛弗穿过人群，仿佛人群是由薄雾构成的，径直朝她走来。他的嘴唇扭曲着，恶意地咧嘴一笑。

第五十七章

2016 年 10 月 22 日，星期六

门吱呀一声被打开了，瑞亚睡眼惺忪地抬起眼睛，是那个吸血的人，他端着一杯水进来了。

她的手掌在抽动。她整晚都在与水管斗争，直到最后失去知觉。她做到了吗？她肯定记得它动了一点。但她实在太虚弱了，无法继续坚持下去，放弃要容易得多。

他蹲在她身边，从她嘴里取出破布，把杯子放到她的唇边。她贪婪地喝着，尽量不让一滴水洒出来。她把杯子里的水全部喝光了。

他把手放在了她的前额上说道："你还在发高烧。"

"我感染了，"她低声说，"我需要一些抗生素。"

"我们这里没有抗生素。"

"我需要去看医生，感染和高烧会要了我的命的。"他似乎很关心她的死活，也许会被她说服。

他没有听，只盯着她的脖子问："那是什么？"

"什么？"

"那个切口。"他摸了摸前一天他划伤她的地方。

"你昨天用手术刀弄的，还记得吧？"

他皱起了眉头。"不，我没有。我是在腿上划的。"

"还有胳膊和脖子上。"

"我没有。我做了的话，我会记得，肯定会记得的。我只放了你一次血，我记得，只有一次。而且不是在脖子上，从来没有在脖子上，我不会……"

"不……那些你也做过，"她绝望地说，"你划了我好几刀。"

"我……没有。我不是……这是不可能的。"他猛烈地摇着头，"这都是你自己做的。你想让自己流血而亡，好夺走我的血！"

唾沫从他嘴里喷出来，眼睛向外鼓着，愤怒扭曲了他的脸，把他变成了一头野兽，似乎要杀了她。她的心怦怦直跳，脱口而出："是另一个人，丹尼尔，是他干的。"

他停顿了一下，皱着眉头。"丹尼尔？"

这个男人显然已经失去了对现实的判断力。她能利用这一点吗？"他是夜里进来的，在你睡觉的时候从你身上踩了过去，"她颤抖着说，"他割伤了我，喝了我的血。他想把所有的血都据为己有，榨干我的血。"

他似乎对这个说法感到很纠结。"不是丹尼尔。"

"就是他，我发誓。"

"不，是肿瘤。肿瘤控制了他，现在他想感染我们，是肿瘤。罗德·格洛弗。肿瘤。"

"没错。"她含混不清地说，"就是肿瘤。它来到这里，喝了我的血。就是肿瘤，我现在记起来了。你必须得帮我，肿瘤想要抢走你的血。"

"是的。你是对的。我需要去对付它。"他的嘴唇颤抖着，"我需要把它拿出来。"

"没错，把他切开取出来，这是唯一的办法。"她能做到，让他杀了他的搭档。

他想了想。"不。我去给你买些抗生素。我会问他们有没有治疗肿瘤的药，我会问他们。"

如果他离开家，他的搭档肯定会杀了她。"不要离开！他会杀了我的。你先去对付他！"

"别担心。"他边说边拿起破布，塞进她嘴里。她挣扎着，想把它吐出来。他系紧了结，确保破布堵在她嘴里，说："他昨晚吃了药。他会睡到中午，他醒来后才能来干这件事。我会在他醒之前早早赶来的。"

他站了起来。她透过破布尖叫着，试图用舌头把它弄出来，但都是徒劳的。

"只是不要发出太大的声音，他会一直睡下去的。"说完他关上了门。

她不会干等着这个疯子回来的。一个人已经离开了，另一个人吃完了药，正在睡觉。如果她现在拿着手术刀把自己解开，她获得的就不仅是一线希望了。她就有了一次真正的机会。

想到这里，她精神抖擞，用尽全身力气去拧那个连接水槽排水管的螺母。

随着一声生锈的吱吱声，它转动了。

第五十八章

佐伊猛地被惊醒了，噩梦萦绕在她的脑海里，让她的呼吸变得急促。她感觉自己马上就要弄清某件事情，这件事是她以前没有注意到的照片中的一个重要细节。是什么？也许是格洛弗和其他教友交换了一个意味深长的眼神，还是那个经常和格洛弗一起出现在照片里的人？

但是她仔细检查了格洛弗多次出现的那些照片，以至于现在她已经对那些照片烂熟于心。她可以背出那些照片中出现的所有人的名字。实际上，她在清单中记下了每个被拍到与格洛弗交谈或互动的人的次数。似乎与他最亲近的人是一个叫丹尼斯·布莱克的人，是佐伊选出的八名重点怀疑对象之一。他未婚，三十六岁，曾在沃尔玛担任销售助理。他很可能已经习惯了被管理，就是那种会让格洛弗领导的人，而且格洛弗肯定立马就能注意到这一点。

这就是困扰她的地方。他更有可能是不明嫌犯。她拿起电话，准备拨通泰腾的号码。

不。

搞清楚一直困扰她的事情,并没有让她感到解脱。不管是什么,这和丹尼斯·布莱克一点关系都没有。

困扰她的并不是她在照片中看到的东西,而是某个被遗漏的东西。

一个刻意避免和格洛弗合影的人?照片中有十三个男人一次都没有和格洛弗一起出现。她依次想着他们每一个人,但没有进展。

问题是,她的注意力都在格洛弗身上。照片里的人和他有什么关系。如果他们和他说话,他会对他们及其配偶或孩子微笑吗?就好像她在侧写犯罪嫌疑人时不能不指出他的每一个特征都和格洛弗有关。不明嫌犯和格洛弗一样是白人,他的身高和格洛弗一样。他有精神疾病,格洛弗以此来控制他。他是格洛弗的追随者,这正是格洛弗要找的同伙。

不明嫌犯也是一名凶手。也许,格洛弗把他心中的那头野兽撬了出来,以前它就在那里潜伏着。而且,他的特征和格洛弗一点关系都有。这是她自己的问题,困扰着她的问题。当罗德·格洛弗出现时,她对世界的看法都随之变了,就像透过一个扭曲的镜头看这个世界。

打开笔记本电脑后,她浏览了所有的照片,这次把注意力集中在那些格洛弗没有出现的照片上,搜寻照片上的一切,任何东西。

她不到二十分钟就找到了。

她在教堂纪念板上看到的一张照片不在这个照片集里。她立刻就想到了照片里和凯瑟琳一起出现的是谁——

艾伦·斯文森。

她找到了泰腾在教堂里拍的纪念板上的照片，然后翻阅着。艾伦·斯文森出现在其中的两张照片中。在其中一张照片中，他、凯瑟琳与其他人站在一起，对着镜头微笑。那张照片也出现在她从摄影师芬奇那里得到的照片中。第二张是斯文森和凯瑟琳在花园长椅上说话的照片。而且芬奇的众多照片中唯独缺少了这张照片。为什么？

佐伊突然意识到，她现在想起来了，她几乎没有看到斯文森最近的照片。但据她所知，他经常参加周日的礼拜。她又检查了一遍。斯文森只在大的集体照中出现过几次。

她又一次翻看了这些照片，这次她把注意力集中在文件名上，每当数字跳动时就做个记录。总的来说，照片编号是连续的。每当照片的日期发生变化时，照片编号就会出现跳跃，可能是因为在这期间拍摄了不相关的照片。也可能是因为偶尔会有一两张照片丢失，比如模糊不清或无法使用，而被直接删除。在近期的文件夹中，有许多照片丢失，连续的数字突然增加了四或五。在过去两年中，总共有三十二张照片丢失。

一些照片被删除了。这是应斯文森的要求做的吗？

斯文森告诉过佐伊和泰腾，他开车经过教堂时看见了凯瑟琳。她回想起那次谈话。他说他一直在和一个朋友说话。她和泰腾从来没有跟进过这件事。哪个朋友？格洛弗？

凯瑟琳看见他们俩一起在车里了吗？如果格洛弗认为她认出了他，看到他和斯文森在一起，那就足以促使他谋杀她。

斯文森不在佐伊所列的名单上，因为她是根据手上的照片确定名单的。他几乎没有出现在照片中。因为她认为不明嫌犯是在教堂认识格洛弗的，并且经常在那里见到凯瑟琳，所以她把注意力集中在那些经常出现在照片上的人身上，他们都是教会社群的成员。但她此前从来没想过，特定人物的照片可能会丢失。

她在脸书上找到了他的资料：他离过婚，没有孩子，和比他年轻很多的女人自拍了好几次。

她拨打了泰腾的电话。

"嗨。"他听起来有些疲惫。

她突然想起泰腾前一天在网上给不明嫌犯设的陷阱。"关于病毒的事有什么消息吗？"她问道。

"这不是病毒——这是特洛伊木马。"他说"马"的时候打了个哈欠，所以听起来像马的嘶鸣，"没有消息。他还没注销，但也没打开文件。不知道为什么。我试着问他今天早上有没有在文件里找到他需要的东西，仍然没有回应。"

"你在局里吗？"

"是的，我昨晚在这儿睡了。我们举办了一个过夜派对。瓦伦丁探员有粉红色的睡衣。"

"真的吗？"

"假的。但我觉得有趣的是，你认为这是一种微乎其微的可能性。"

"泰腾，你有那个摄影师的电话号码吗？"

"应该有。芬奇，对吧？等一下……好的，我发给你了。怎么了？"

"我觉得缺了几张照片，"佐伊有些闪烁其词，不确定自己的预感是否正确，"我会随时通知你的。"

"好的。我们好像要开一个案情会议，地点在——"

他还没来得及把细节告诉她，她就挂了电话。这其实是一种自我保护。然后，她打电话给芬奇。他花了很长时间才接起电话。

"喂？"

"芬奇先生，我是佐伊·本特利。我们几天前见过——"

"我记得。我能怎么帮到你？"

"是关于凯瑟琳·兰姆和艾伦·斯文森的。"

电话那端长时间的沉默，让佐伊明白自己做对了。她冷酷地笑了。

"他们怎么了？"芬奇终于开口了。

"有一张他们两个人的照片并没有出现在你给我们的文件夹里。是那张你用来做纪念板的照片。"

"那一定是误操作导致的。可能我漏掉了一个文件夹。"

"在我看来，你漏掉的不止一个文件夹。有很多在过去的两年里拍摄的照片缺失了。芬奇先生，你删了一些照片吗？"

"正如我说的，这可能是个误操作。我会在星期一早上把照片再浏览一遍，然后把丢失的照片发给你。"

如果他有理由把它们藏起来，那他可能会在此之前把它们删掉。"要不要我们现在派个巡警去你的工作室？需要搜查令吗？你能更快地找到照片吗？"

"没必要这样做。"

"一个女人被谋杀了，芬奇。如果你隐瞒证据——"

"你不能告诉他我跟你谈过。"芬奇脱口而出。

"告诉谁？"

"艾伦。"

"艾伦·斯文森？"

"是的。他星期二来到我的工作室，让我删除过去两年所有关于他的照片。"

星期二，他们在教堂遇到了斯文森。可能他看到他们在看纪念板后，就直接去找芬奇了，让芬奇删掉那些关于他的照片。"他告诉你为什么了吗？"

"他说我侵犯了他的隐私。威胁我说，如果我不这么做，他就起诉我。"

"你把这些照片删掉了吗？"

"我从文件夹中移除了。不过，我留了备份。"

"我们现在就需要这些照片。"

"我二十分钟左右就能赶到工作室，然后把它们发送给你。"

"把它们发到我的邮箱。"她给了他电子邮件地址，"要快一点。"

等待是漫长的。她不断刷新自己的邮箱，查看他是否发送了邮件。就在她准备再给他打电话时，她收到了邮件。她翻阅着这些照片。一张照片有时真的胜过千言万语，而这里有三十二张照片。有些照片并不存在风险，没有斯文森所担心的内容。芬奇有捕捉独特瞬间的诀窍，其中十七张照片讲述了一个故事。

开始的几张照片是斯文森和凯瑟琳在教堂里交谈着，他们的身体倚靠得过于亲密，不像是普通的交情；另外几张他们在黑暗角落接吻的照片；还有一张照片，斯文森把手放在凯瑟琳的腰上，她试图把他的手移开或按住；接着有几张他们谈话的照片，凯瑟琳心烦意乱，斯文森非常冷静；然后是一张凯瑟琳泪流满面的照片，斯文森面无表情地盯着她；最后是另一张接吻的照片，斯文森抓住凯瑟琳，给了她一个咄咄逼人的吻，而凯瑟琳的手僵硬地握在一旁，好像是在强行让自己保持不动。

佐伊打电话给奥唐纳，她的眼睛仍然盯着最后那张照片里凯瑟琳的脸。凯瑟琳的眼睛紧闭着，仿佛她试图不去看正发生在自己身上的事，也许是想让它消失。但她的眼睛还是没有完全紧闭。

第五十九章

水管拧不动，瑞亚发出一声压抑的绝望呻吟。她用尽全力拧着它，不管它是否发出声响，也不管丹尼尔是否醒了。拜托……

没有反应。

这个装置和她家里的不一样。也许是相似的，但还是不太一样。尽管她完全松开了一个螺母，但就是拧不动它。

她还得去拧另一个螺母，一旦拧开了，就一定能自由了。但不管她怎么努力，它就是动不了。移动的距离连一英寸都不到。她的角度完全错了，使她越来越累了。她能看到铁锈，这么多铁锈……

她突然想到一个主意。她滑动被绑住的双手，让扎带直接盖住生锈的连接处，然后抬起身体，把全身的重量都压在管子上。

管子发出了嘎吱声。铁锈的碎片掉落在她周围的地板上。她试图拉动管子，但因为身体几乎没有支撑，这是不可能做到的。

不过，也许这能让水管弯曲一点点？

她放低自己的身体，深呼吸了几次，接着重新尝试了一次。又一次。但管子还是被牢牢地固定着。

她直起身子，举起双手，想要迅速地把它拉下来。水管叮叮当当地响着，声音使她的心沉了下去。但更多的锈片掉落下来。她又试了一次。

哐啷。

接着又是一次。

哐啷。

哐啷，哐啷，哐啷。

她停了下来。然后，她站了起来，把身体的重心放在管子上。某个东西弯曲了。她做到了！整个连接部位都生锈了，她可能会把它弄坏。

然而，门在这时候打开了。

她立刻倒在地上，用身体遮住手术刀。

丹尼尔慢悠悠地走进来，眨着眼睛，打着哈欠。他穿着一件油腻腻的白衬衫，一条内裤，一双袜子，外面套着一件敞开的浴袍。他瞥了她一眼，摇了摇头，然后走到抽水马桶旁。瑞亚看向别处，她能感觉到他在小便时斜眼看着她。

他尿完了，没有冲水，然后吃力地走到她正上方的水槽前，洗了洗手和脸。

水从连接排水管的两个螺母处滴落下来，溅在地板上，发出像下雨一样的声音。瑞亚赶紧往旁边挪了挪身子，让水滴在她的头发和肩膀上。如果他注意到溅起的水花，他就会知道她在做什么，然后一切就结束了……

然而，他并没有注意到。他在水槽里洗完之后，就把水关了。

"嘿，你做早餐了吗？"他向他的搭档喊道。

当然不会有人回答他。

丹尼尔离开了洗手间。她想象着他在检查各个房间，看他的朋友是否在那里。

当他回来时，眼睛里闪着光。

"好吧，"他说，"看起来就我们两个人在家了。无人陪伴。"

瑞亚惊恐得用鼻子急促呼吸。

"我现在可以跟你做个了结了，"丹尼尔笑了，"三十秒后，不再有瑞亚·德莱昂。那是你的名字吧，瑞亚·德莱昂？警察正在寻找你。嗯，实际上是找寻你和我。我们是昨天晚间新闻的明星。也许我可以干掉你，然后警察会发现瑞亚·德莱昂的遗骸被丢弃在河里。你觉得怎么样？"

她摇了摇头，而他的笑容变得灿烂起来。他显然很喜欢她的反应，喜欢她的恐惧。她吓坏了。

他若有所思地拍了拍嘴唇道："我们没有理由不找点乐子，对吗？我怀疑我的搭档不会吝惜我这样做。"

他走出洗手间，身后的门敞开着。

另一个人在哪里？他只是去趟药店，却离开至少有一个小时了，现在应该回来了。这并不重要了，瑞亚最多只有几分钟的时间，她需要充分利用这几分钟。

她使劲靠在管子上，抬起身子。管子发出嘎嘎的响声。然后，随着一阵突然的震动，它破裂了，淤泥浸透了她。

她获得了自由。有几秒钟，她只是重重地喘着气，一时间不敢相信刚刚发生的一切。她胡乱摸索着嘴里的破布，但它被塞得很紧，她的双手仍被绑在一起，一时间竟未能拿出来。她拿起手术刀，试图把它夹在她的双手之间，好割断扎带。

手术刀划破了她的手腕，血液渗了出来，跟扎带粘在了一起。她设法把它夹在手腕之间，试图锯开塑料扎带，但这是完全不可能的。刀片没有锯齿，一直在塑料扎带上滑动，无法调整切割的角度，而且她现在非常虚弱，几乎没劲儿了。

"小心点，你可能会伤到自己。"

他站在门口，手里拿着一块长长的灰色布条。她急忙后退，把手术刀朝他的方向捅去。

他走进洗手间，朝她脸上踢了一脚。炸裂的疼痛比她经历过的任何事情都要糟糕。她听到有什么东西嘎吱作响，整个世界变得模糊。手术刀从她指间滑落，咣当一声掉在地上。

他抓住她的手腕，猛地把她拉向自己，在地板上拖行，然后把她压在地上。她的喉咙被什么东西勒住了，是那块布条，她无法呼吸。她扭动着身体，想要挣脱，双脚乱踢却什么都没踢到。她想尖叫，却什么也喊不出来。

他把她被撕破的裤子拉到膝盖上，手指粗暴地抓她，伸进她的身体里。套在她喉咙上的套索松开了，让她呼吸了一下，她对着她的呕吐物尖叫起来。她闭上眼睛，祈祷这一切快点结束。他的呼吸变得沉重起来，喉咙里发出刺耳的声音。突然间，那双粗糙的手移开了。

她睁开了眼睛。他盯着她，脸色通红，眼睛睁得大大的。怒不可遏。

"这都是你的错！都是因为你长得太他妈丑了！"

套索又收紧了。她无法呼吸，无法尖叫，也无法呜咽。

她唯一的安慰是疼痛不像以前那么严重了。事实上，她几乎感觉不到了。

第六十章

奥唐纳看着监视器上的斯文森。他正在慢慢失去耐心，在审讯室里绕着圈子踱来踱去。奥唐纳希望这不会是另一个死胡同，她刚刚审讯完佐伊名单上的人。当然，他们都很紧张，就像任何人都会紧张一样，但没有一个人特别突出。

"那是斯文森吗？"泰腾加入了她的行列。

"是的，"她说，"他们在他离开家的时候把他抓走了。"

"他说他要去哪儿了吗？"

"他说他要去见一个朋友。"

泰腾点了点头。"搜查令有什么进展吗？"

"科赫正在努力解决这个问题。我不知道我们有没有足够充分的理由。"

"那就让我们试着给科赫一些更有力的证据，帮助他说服法官。"泰腾建议。

他们向审讯室走去。在走廊里，奥唐纳停住了。

"看看谁来了。"她说。

帕特里克·卡朋特大步朝他们走来，他的脸因愤怒而扭曲。

"警探，"他喊道，人还在几码外的地方，"我们的教会失去了凯瑟琳还不够吗？人们还沉浸在悲痛之中，而你却一直骚扰他们，试图把这场令人发指的罪行归咎于他们中的一个？"他充血的眼睛向外鼓起，衣服也有些蓬乱。他如此愤怒是因为凯瑟琳的去世，还是和他妻子怀孕有关？

"我们不想把什么事嫁祸给——"

"斯文森先生打电话告诉我说你们在审讯他。"

奥唐纳竖起了眉毛。"我以为他是给他的律师打电话。"

"哦，我确实以他的名义为他联系了一名律师，我向你保证。显然他不是你这周末骚扰的第一个人？还有几个教友给我发来消息，说他们受到了——"

"卡朋特先生，我们只是想找出害死凯瑟琳的人。我想你们教会的所有人也都希望如此吧？"

"我们希望将杀害她的凶手绳之以法。我们不想这样……这个……政治迫害。把我们的人一个个接走，打探消息——"

"你已经知道了，"泰腾说，"你的教友丹尼尔·摩尔，实际上是联邦调查局头号通缉犯名单上的杀手罗德·格洛弗。我们相信——"

"你认为艾伦和这件事有关吗？你跟他说过话吗？他是我认识的最友善的人之一。"

"卡朋特先生，请小声点，否则我就不得不——"

"更不用说他又瘦又虚弱了。你们真的认为他有能力和一个垂死的人一起实施那些暴力犯罪吗？你们有什么证据来支持那些荒谬的指控吗？你们逮捕艾伦只是因为他和丹尼尔碰巧是极为要好的朋友吗？"

斯文森和格洛弗是朋友？奥唐纳的大脑迅速运转起来，她得让卡朋特继续说下去。"我们认为斯文森先生掌握了关于他朋友的关键信息。你一定同意他应该把他所知道的一切都告诉我们吧。"

帕特里克似乎意识到他给了她太多信息。他停顿了一下，然后带着怒气低声说："我不能待太久，我妻子今天要出院。否则，我向你保证，我会坚持出席对斯文森先生的审讯。在他的律师来之前，你最好一个问题也不要问他。"

"我们不会的，"奥唐纳说，"我希望你妻子一切都好。"

他不屑于去回答她，一言不发地离开了。

"有点意思，"泰腾说道，"至少，我们找到了一个突破口。"

"是的。"奥唐纳拿出手机打电话给科赫。

"嘿。"科赫几乎立刻接了电话。

"搜查令办得怎么样了？"

"有一些延迟，法官可能还需要一个小时才能审查。"

"好吧，听着，我们有重要信息提供给你。帕特里克·卡朋特刚刚告诉我们，斯文森和格洛弗是朋友。"

科赫沉默了一下，然后说道："那我们就有足够的证据申请搜查令了。"

"斯文森现在在我们这里，我们会尽最大努力把他留在这里，但我们还不能逮捕他，目前还不能。"

"我想办法催他们快点办理。"科赫挂断了电话。

奥唐纳把手机塞进口袋，走进了审讯室。

"警探，"斯文森声音低沉地说，"我已经等了将近一个小时了。我希望能帮上忙，但现在是周末，而且——"

"我们感谢你的帮助。"她坐了下来，"我们只是想问几个问题。整个上午我们都在和教友们谈话——也许卡朋特先生在你给他打电话的时候已经告诉你了。"

斯文森坐了下来，什么也没说。奥唐纳注意到他左脸颊下方有一道很难看的抓痕。

"你对凯瑟琳·兰姆了解多少？"她问道，小心翼翼地进入审讯的节奏。

"我已经告诉了这里的探员，我和她交谈过几次。我们曾经一起做过慈善，仅此而已。"

"那丹尼尔·摩尔呢？"

"只是有过交集。我再说一遍，我已经告诉——"

"帕特里克·卡朋特说你和摩尔是朋友。"

他的眼神紧张地摇摆不定。"我不会称我们为朋友，我可能和他交谈过一两次。他是个友好的人。"

"你最后一次见到他是什么时候？"

"我不记得了，可能是不久前？我想他已经走了几个月了。"

"你知道他去哪里了吗？"

"并不知道。就像我说的，我们的关系并不亲密。"

奥唐纳觉得是时候给他施加点压力了。"你的那道划痕是怎么来的？"

他摸了摸自己的脸颊。"我刮胡子时划破了自己。"

她想起了在钥匙上发现的血迹。"你真是太粗心了。你说你只和凯瑟琳谈过几次，但在她的电话记录中，我们看到你给她打了十到二十次电话。"

他变得紧张起来。"正如我所说的，我们一起筹办慈善活动。我们计划好的……"

"是五个月前的那场慈善活动吗？"

"嗯……是，我想是的。"

"我们看到了那次活动的照片。你知道我们最初得到的照片里都没有你吗？"

"我忙着做一些行政工作。我想我没时间拍照。不过我用手机拍了一些，如果你需要证据的话——"

"斯文森先生，你误会了，"奥唐纳打断了他的话，"我们一开始拿出的照片中没有你。但当我们问摄影师时，他告诉我们你让他删除过去两年里所有关于你的照片。幸运的是，他没有删除。所以我们最终得以看到了所有人。"

她预料，当他明白了其中的含意后会睁大眼睛。他的目光似乎在房间里扫来扫去，好像在寻找出路。有那么几秒钟，他的身体僵住了，很紧张。

随后，他整个人都发生了变化。他的表情变得茫然，姿势也变得松弛。他靠在椅背上，强装微笑，牙关咬紧。"我现在要等我的律师来了。"

第六十一章

　　观看电影《不会结束的故事》是奥唐纳最早的记忆之一。有一天，她的父亲把录像带带回家，告诉她这是一部很棒的电影，充满了冒险情节。他说："你会喜欢的。"而她实际上还记得他的原话和他的微笑，因为这是她第一次体会到被父亲背叛。

　　电影一开始真的很不错，有奇怪的生物和黑暗的虚无。她的爸爸向她保证，接下来会出现一条美丽的毛茸茸的龙。她很兴奋地等着看龙，等着了解更多关于虚无的事情。但阿特雷尤和他的白马阿泰克斯必须先艰难地穿过悲伤沼泽，而进入沼泽的人和动物都会感到深深的悲伤。果然在半路上，阿特雷尤的马突然停了下来，被沼泽吞没了。

　　奥唐纳很紧张，等着看那匹马在朋友的鼓励下会如何突然出现，但是没有。它消失了。她疑惑地问父亲："它死了吗？"

　　"是的，但是快看——恶龙就要出现了。"

　　然而，父亲口中的那条龙终究没有出现。她歇斯底里地哭了起来，时不时地尖叫着指责爸爸对自己撒了谎，直到她妈妈走进来关掉电影。那个周末，奥唐纳哭了好几个小时。几天后，她又会无缘无故地抽泣。

她十几岁的时候又买了一张这个电影光盘，打算再看一遍那个场景，嘲笑自己幼稚的脾气，结果发现自己哭了，因为阿特雷尤尖叫着让阿泰克斯走开。她把电影光盘弹了出来，把它砸碎了。

现在，作为一个成年人，她偶尔会觉得自己好像正在试图通过悲伤沼泽。一步比一步更加艰难，直到停下脚步，让沼泽吞噬她，而这脚步声听起来几乎是平静的。

这就是她当下的精神状态。

二十分钟前，奥唐纳接到科赫从斯文森家里打来电话，说他设法弄到了搜查令，他们进了房子，发现里面空无一人。他说如果找到有价值的东西会给他们打电话的。

斯文森的律师来了，可以肯定的是，奥唐纳他们不会再从斯文森那里得到任何有用的信息，而律师会坚持让他们放了他的当事人。斯文森还没有被捕，现在还没有。他们没有任何确凿的证据。

奥唐纳拿出手机，打算给科赫打电话，但她的手指颤抖了。她转而拨通了丈夫的电话。

"嘿。"他的声音里有一丝冷淡。她几乎能感觉到手机的温度在下降。这天早上他们本该去动物园的。然而，她却待在这里。

"嗨，亲爱的。抱歉，我想今天又得加班了，出事了……"她想告诉他瑞亚·德莱昂的事：一名妇女走在她的管辖范围里，被凶手绑架，凶手会在喝了受害者的血后强奸了受害者。但她没有，因为很久之前她就发现与家人谈论工作并不是一个好主意。"不管怎样，我可能又无法按时回家睡觉了。"

"好的。"

"你能让内莉接电话吗？"

片刻的沉默之后，电话那头传来声音："妈妈？"

"嗨，宝贝。"

"猜一猜我手里有什么？"

"爸爸的手机。"

"不是，我的另一个手里。"

"我不知道。是什么？"

"你要猜一下哦。"

"是你的一个布娃娃？"

"不是。"

"呃……一个球？"

"不是。"内莉咯咯笑了。

奥唐纳微笑着说："那么，是什么呢？"

"我不会告诉你的。"内莉调皮地说。

显然，奥唐纳比她想象的还要差劲。她不仅无法让斯文森开口，她甚至无法说服她五岁的女儿。"我敢说，你拿的是狗便便。"

"哎呀！不，不是啦！"

"是臭烘烘的狗便便。"

"哎呀，妈妈！"

"我要告诉我的警察朋友，内莉现在手里拿着狗便便。"

"不是便便，是棒棒糖。"

"啊！这就是我下一个猜测。"她傻傻地笑了，"宝贝，我可能在你睡觉之前回不了家了。不过我会打电话来道晚安的。"

"你保证会打电话给我吗？"她带着明显的指责语气问道。

"好，我发誓。"

"好的，妈咪。"

"拜拜，宝贝。"

"拜拜。"

挂断电话后，她一直盯着手机发呆。几秒钟后，屏幕亮了，手机响了，是科赫打来的。

"嘿，"她说，"我正准备给你打电话呢。"

"我找到了一些东西，"科赫说，"斯文森的电脑有密码，我们被告知在技术人员拿到电脑之前不要乱动它。但我们在这里找到了一些光盘，我用我的笔记本电脑检查了一些，是自制的色情视频。斯文森似乎是主角。"

"然后呢？"

"有几段视频是他和凯瑟琳·兰姆的。"

"明白了，你认为她知道他在拍吗？"

"我们已经找到摄像头了，隐藏得很好。而且，在视频中看不出任何迹象表明她知道摄像头的存在。"

"浑蛋。"

"还有，我不知道这个信息对你有没有用，他在床垫下面藏了很多钱，有五千多美元。我首先想到的是毒品，对吧？但我在这里找不到任何毒品。我和警犬部门的人谈过了，他们会派条警犬来这里查看，以防万一。"

"这是个好主意。"但她怀疑是否能找到。这笔钱与毒品无关。

"这是目前掌握的情况，我们会继续搜查。"

"给我发几张这些现金的照片，一有新的发现就马上给我打电话。干得漂亮！"说完，她挂断了电话。现在她不再犯愁了，她知道如何让斯文森开口。

内莉没有拿着狗屎，但是斯文森手里真的拿着狗屎！

第六十二章

奥唐纳走进空旷而又灯光明亮的审讯室，泰腾紧随在她身后。斯文森试图表现得镇定自若，但奥唐纳早些时候看到他在房间里踱来踱去——他很紧张。

他们坐了下来，奥唐纳大声说道："霍莉·奥唐纳侦探和泰腾·格雷探员开始对艾伦·斯文森的询问。"

"我的当事人被捕了吗？"律师加里·纳尔逊问道。

他秃顶，下巴上有一颗大痣。他的下唇比上唇要厚得多，让他看起来像一只蟾蜍。他的声音带有沙哑的低音，这便更像了。

"不，他没有被捕，"奥唐纳说，"他只是来被问话的。"

"那么我想——"

"但是我们在搜查他的房子时发现了一些东西。"

"你们搜查了我的房子？"斯文森喊道，平静的表情荡然无存。

奥唐纳把搜查令的副本拍在桌子上。"斯文森，你要进入电影行业吗？我们在你的光盘里发现了一些有趣的片段。"

纳尔逊从桌子上抓起搜查令，浏览了一下。"我可以把它扔掉。

你们以虚假借口把我的委托人带到这里——"

"去试试吧，"奥唐纳冷冷地说，"我们所做的一切都完全在法律范围内。"

纳尔逊不理会她，眼睛盯着搜查令。"我想和我的当事人商讨一下。"

奥唐纳叹了口气。"又来？"她和泰腾走出了审讯室。

"你知道这家伙让我想起了什么吗？"泰腾问道。

"一只蟾蜍？"

"你也这么觉得？我一直期待着他能用舌头捉苍蝇。"

"这真的让人分心，"奥唐纳表示赞同，"也许这就是他的策略。他让我们感到困惑，然后拖着他的当事人跳下去。"

他们都笑了，这是一个紧张的笑容。奥唐纳感到紧张不安，她觉得泰腾尽管外表很冷静，但并没有好多少。

"奇怪的是，律师们总是在商讨，"奥唐纳说，"为什么不像正常人一样说话呢？除了律师，还有人总是商量吗？"

"没有。我想也没有人反对。普通人只会说'你错了'。"

"我有时会说'我反对'。"

"不，你没有说过。"

"是的，"奥唐纳承认，"我没有。但我妈妈曾经说过她反对我的语气。"

"那不一样，妈妈们可以随便说什么。"

十分钟后，门开了，纳尔逊说他们商讨结束了。

他们一坐下，纳尔逊就宣布："我的当事人持有的光盘是不能被采纳的。你们不能在法庭上使用它们，任何与你在这些光盘上所看到内容有关的问题也都是不能被采纳的。"

奥唐纳双手交叉在一起，生气地说道："我们已经讨论过这个问题了。搜查令允许我们搜查该房屋，用来——"

"用来寻找任何隐藏的人或凶器，或任何确定这些人（尤其是瑞亚·德伦和罗德·格洛弗，又名丹尼尔·摩尔）位置的任何文字或记录。"纳尔逊读着搜查令上的内容。

"没错。"

"那这些光盘呢？"

"我们在寻找那些文字和记录时发现了它们。"

"我对此没有意见，但我不明白你们为什么要看光盘的内容。"

"它们可能会与罗德·格洛弗和瑞亚·德莱昂的位置有关。"

"具体有什么联系？"

"嗯，他们可能持有与此相关的文件，"奥唐纳说，"或是瑞亚·德莱昂被关押地点的监控录像。"

"警探，你有些言过其实了。如果你想查看我当事人的电子媒体和电脑文件，搜查令上应该附有说明。"

确实应该有，他说得没错。奥唐纳想走出审讯室，去踹科赫几脚，他应该确保搜查令里有这个。他们耽误的每一秒都可能是瑞亚·德莱昂生命的最后一秒。她能怪科赫草率行事吗？她确实可以。该死的。

"嗯，我想法官会决定证据是否可以予以采纳。"她尖锐地说。在法庭上，采不采纳都有可能。

"如果你们是在围绕这一点来立案——"

"我们谈点别的吧。斯文森先生，我这里有你的通话记录。好像三个月前，你和凯瑟琳·兰姆几乎每天都打电话。"她拿出电话记录给他看。

"这是你们两个组织慈善活动两个月后的事了。"

"她是我的宗教顾问，"斯文森说，"她每天都和很多人交谈。"

"确实如此……但你们的谈话很短，没有一次超过五分钟。"

"我的信仰危机很快化解了。"

"泰伦斯·芬奇拍摄到你和兰姆小姐的关系时，你和她的谈话也发生在同一时期。既然我们已经知道你和她发生过性关系，你也知道我已经看过照片了，那我们就开门见山吧。你打电话约她见面——"

"警探，"纳尔逊说，"我的当事人不会——"

"是的，好吧，那又怎样？"斯文森大声问道，"睡牧师的女儿违法吗？"

"不违法，但勒索她是违法的。"泰腾说。他交叉着双臂，表情很严肃，甚至看起来有些吓人。

斯文森摇了摇头道："你疯了吗？我没有敲诈她。"

奥唐纳从箱子里拿出六张照片，一张一张地摆在桌子上。斯文森和凯瑟琳亲密地站在一起；斯文森和凯瑟琳在接吻；凯瑟琳试图挣脱时，斯文森抓住了她；斯文森和凯瑟琳——她在哭，而他几乎是在笑；然后，一张在斯文森家里发现现金的照片；最后，凯瑟琳的尸体赤裸地躺在血泊中。

"这些照片讲述了一个故事，不是吗？"奥唐纳问道，"让我们总结一下，你可以想象在有陪审团听证的法庭上，这听起来会怎么样。三个月前你开始和凯瑟琳·兰姆发生关系。我对这是不是一段真正的情侣关系表示怀疑。也许她喜欢这种刺激或禁果，我不得而知。但几周后，她决定终止你们的会面。然后，你告诉她你一直在偷拍她。你有你们的性爱视频。于是，你开始勒索她。我们看到凯瑟琳的银行账户一直在取款。我们可以把序列号和在你床垫下找到的现金进行比对——"

纳尔逊说："即使序列号匹配，他们也不能这样做。"

泰腾说："警察也许不能，但联邦调查局可以。我们愿意为这个案子投入大量资源。"

泰腾实际上已经告诉奥唐纳，他怀疑联邦调查局是否能做到这一点，但他虚张声势做得很好。奥唐纳继续说："也许你坚持让她继续和你做爱。我不知道陪审团会怎么想。"

纳尔逊大为恼怒："警探——"

"但后来发生了一件事，你榨干了凯瑟琳的血，她的账户几乎空了。她告诉你她付不起钱了，还要去告诉父亲。你知道她父亲会去报警。幸运的是，你手上有一张王牌——你的好朋友罗德·格洛弗。如你所知，我们有帕特里克·卡朋特的证词证明你们是好朋友。格洛弗告诉你没关系，他在这方面很有经验。于是你们去了凯瑟琳家，一起杀了她。在此之前，你还强奸了她。"

斯文森摇了摇头："这绝不会——"

"然后，你去告诉泰伦斯·芬奇删除你和凯瑟琳的所有照片。他可以做证。斯文森，你觉得呢？如果你是陪审员，你会做出什么裁决？有罪，还是无罪？"

纳尔逊转向他的当事人说："什么也不要告诉他们，我们以后会私下讨论的。他们没有任何证据，他们想要恐吓你。"

泰腾说："瑞亚·德莱昂是我们真正关心的人。据我们所知，她还活着。但每浪费一秒钟，她都可能会死。如果你现在坦白交代，把你所有的事都说出来，帮我们找到格洛弗和瑞亚，也许你就不用在监狱里度过余生了。"

"他们的案子取决于不可采信的证据。"纳尔逊对斯文森说道，完全没有理睬他们。

"真的吗，纳尔逊先生？"奥唐纳问道，"你要把当事人的生命押在上面吗？这实际上取决于法官。此外，即使没有光盘，我们也掌握着相当有说服力的证据。"

"更不用说我们还有电脑，"泰腾说，"一旦我们破解了你的密码，里面会有什么？我向你保证，局里肯定能破解你那愚蠢的密码。"

律师想要再次商讨。奥唐纳走了出去，泰腾跟在她后面。

佐伊在门外等着他们。"干得漂亮。"

"你怎么看？"奥唐纳问道。

"当然，你的解释漏洞百出，"佐伊说，"这不符合模式或证据，更不用说侧写了。这解释不了瑞亚·德莱昂和亨丽埃塔·菲什伯恩的情况。"

"是的。"奥唐纳无可争辩。

"但确实起作用了——他被吓到了。"佐伊指了指监视器，斯文森正在与他的律师激烈地窃窃私语。"斯文森没有犯罪记录，这可能是他第一次进警察局。他吓坏了，他的律师没法让他冷静下来，他会向我们交代的。"

奥唐纳点了点头："希望这些线索能引导我们找到瑞亚。"

"或者格洛弗。"佐伊阴沉地说。

门又开了，纳尔逊站在门口。他的当事人想要与警方达成一项协议。

第六十三章

经过一番说服，州检察官最终同意了。协议规定艾伦·斯文森要把他掌握的关于凯瑟琳·兰姆和罗德·格洛弗的一切都提供给警方。作为回报，警方不会提出指控，除非他参与了谋杀。纳尔逊和州检察官就各种条款进行了数小时的谈判。瑞亚可能快死了；格洛弗可能正在逃跑，也可能在策划另一场谋杀，这些都无法加快司法程序的节奏。

等他们回来继续和斯文森谈话时，外面天已经黑了。他们洗劫了零食贩卖机里的存货和奥唐纳的坚果。奥唐纳因为喝了加糖的咖啡而神经过敏，隐隐的头痛和恶心表明她的身体对这种虐待很不满。

这次，她有了耳机，这样佐伊就可以在另一个房间里为自己提供专业支持。

"你第一次见到罗德·格洛弗是什么时候？"奥唐纳问道。

斯文森说："我只知道他是丹尼尔·摩尔。他大约在十年前加入了我们的社群。我不知道确切的日期，有一天下午我们开始谈论棒球时，丹尼尔让我感到惊讶，因为他和我一样是白袜队的粉丝。

教堂里的大多数人都是小熊队的粉丝。"

"格洛弗根本不在乎棒球，"佐伊在奥唐纳耳边说，"他只是说了斯文森想听的话。"

"我们一起去看了场比赛。他看起来是个好人，和他在一起很有趣。他没有给人任何奇怪的感觉，我对他的性格判断很准确。"斯文森的语气是防御性的。

"嗯，好的，"奥唐纳不耐烦地说，"但你们的话题不仅仅集中在棒球上，对吗？"

"对。我们谈论工作，谈论女人。我经历了一场令人难堪的离婚，并把这件事告诉了他。他喜欢谈论色情。"

"什么类型的色情？"

"他从来没有透露过细节，都是以一种半开玩笑的方式谈论的，你理解吗？但是他感兴趣的东西在一般的网站上看不到。"

"他出于什么原因跟你谈论这个话题的？"

"我……我不知道，它一定是突然冒出来的。"斯文森似乎很困惑，好像他现在在谈论这件事一样，他无法理解情况发生了怎样的转变，"不管怎样，我们只是在开玩笑。除了几年后，我在网上——在暗网上——认识了几个人，他们创建了一个色情市场。"

"他们为什么要上暗网呢？"奥唐纳问，她已经知道答案了。

斯文森瞥了纳尔逊一眼，纳尔逊朝他点了点头。这是在协议规定范围内的，警方不能以这个罪名起诉他。"他们出售非法色情片。未成年少女，假死，兽交，一些非常粗暴的绑缚与调教、施虐与受虐。人们会花很多钱买那种东西。但我没有，我是正常的男人。"

"所以，你把这件事告诉格洛弗了吗？"

"我的意思是，我是在开玩笑，你明白吗？我们当时在喝酒，我告诉他我知道一个网站，在那里他可以找到满足他那古怪恋物癖的任何东西。这就是我们的对话。"

"所以你把他带进了那个网站？"

"我首先要教他洋葱网络和比特币的所有知识，他对此一无所知，在技术方面有点像恐龙。我对此一直感到很奇怪，因为他之前在技术支持部门工作。总之，他真的很喜欢这个色情网站。所以，我就带他浏览了一下。不仅是色情片，比如他告诉我他的护照有问题，去加拿大的时候移民局总是找他麻烦，所以我带他去了一个可以搞假证件的地方。我从未使用过这些服务，但我知道它们。"

佐伊说："他就是这样制造自己的假身份的。"

"他在色情网站里查看什么？"奥唐纳问道。

"不知道，我们没谈过这事，好吗？我问过他一次，他就告诉我他喜欢我妈妈的视频。这就是我们的对话。"

"然后发生了什么？"

"没什么。我们一直在一起喝酒，偶尔去看一场比赛。"

"问问他为什么几乎没有他和格洛弗在教堂里交谈的照片。"佐伊说。

"那教堂呢？"奥唐纳问道，"你们在教堂聊过吗？坐在对方旁边吗？"

斯文森不自在地换了个姿势。"在教堂里，我们都刻意避开对方。我听牧师布道时，不想待在丹尼尔这样的人身边，你懂吗？"

"你是什么时候注意到格洛弗对凯瑟琳·兰姆特别感兴趣的？"

"从来没有。我完全不知道。听着，我就知道这么多，好吗？几个月前他失踪了。我给他打了几次电话，他都没接，我也就没再联系他了。"

"他走后，你和他没有任何联系吗？"

"绝对没有。我的意思是，我在报纸上一看到他的照片，就应该告诉你们的，但我真的不知道他回芝加哥了。你可以查我的通话记录什么的。我说的都是实话。"

"如果我们发现你在说谎，协议就会自动失效。"奥唐纳指出。

"我明白。我跟他没有任何联系。"

"我们谈一谈凯瑟琳·兰姆吧。"

斯文森带着一丝警惕，又瞥了一眼纳尔逊，问："他们不会因为我的性事而指控我，对吧？"

纳尔逊说："除非你参与了实际的谋杀。"

斯文森又转向奥唐纳说："三个月前，我和凯瑟琳开始做爱。"

"这段关系是谁发起的？"

"我和她调情有一段时间了，只是玩玩，你知道吗？但有一天我开玩笑说我们应该在汽车旅馆见面，她答应了。"

和斯文森在一起，一切都是"开玩笑"。奥唐纳对这种人再熟悉不过了。他们会带着微笑说任何话，但你知道他们总是认真对待每一个字。他们会说"你的胸很美"，问你为什么不坐在他腿上，一直微笑，好像你听懂了他们的笑话似的。如果你有一点点敌意，你就是那个没有幽默感的贱人。你怎么做都赢不了。

凯瑟琳为什么会上当呢？这可能是一个渐进的过程，不是一蹴而就的。也许她对待斯文森"开玩笑"的方式是说服自己这其实是某种爱。或者她觉得有必要反抗，但真的被那个小妖精吸引了。他们可能永远也无从得知。

"但你并不常在汽车旅馆里做爱。"

"嗯，我们从来没有真的去过汽车旅馆，每次都是在我家里。"

"你在家里拍了性爱视频。"

"我这样做只是为了好玩。而且，不是只有她，你明白吗？这些视频中的很多女性都不介意，她们觉得这样做很性感。"

好玩，当然。"接下来发生了什么？"

"我想和她尝试一些其他的东西。我一提到这些视频，她就抓狂了。"斯文森睁大了眼睛，他的表情看起来很受伤，"我不打算把这些视频给任何人看，这是我为自己准备的。我告诉她我可以给她拷贝一份，但这只是让她变得更加难过。"他停顿了一下。

奥唐纳没再催促他。他们俩都知道，现金是凯瑟琳给他的。她等着他自己交代出来。

他叹了口气。"她想从我这里买那些视频，她说她有现金。我说不行，除非……"

关键部分来了，让我们听听他会怎样辩解。

"我的生意快要破产了，我需要钱，我告诉她这是一笔贷款。"

你当然会这么做了。流氓。浑蛋。奥唐纳突然希望她能放弃这个协议。他几乎没提供什么有用的信息。他们甚至无法因为他的供认而指控他，他将逃脱所有的惩罚。

"当她告诉你她没有钱的时候，你还告诉她这是一笔贷款吗？你怎么还留有那些视频？她不是从你这儿买走了吗？"

"她从没跟我说过关于钱的事，好吗？我以为她有一大笔钱，是她爸爸或者教堂什么的给她的。还有……好吧，我保留了一份视频副本。反正那是贷款，而且她不知道我还留着。我甚至不打算再看了。"

"后来呢？"

"然后帕特里克·卡朋特打电话跟我说她死了。那天他给很多人打了电话，不只是我。是的，我听说的时候有点吓坏了。我是说，我确实很难过，但我担心你们可能会误会。当我在教堂看到探员在看照片的时候，我想起有一次我看到泰伦斯在我们很亲密的时候给我们拍了一张照片。所以，我去让他把那些照片删了，但仅此而已。我跟凯瑟琳的死一点关系都没有，我发誓。"

第六十四章

佐伊坐在专案组情报室里第十次浏览笔录，希望能发现之前遗漏的东西。奥唐纳和泰腾还在审问斯文森，想抓住他话中前后矛盾之处，寻找任何能为格洛弗或瑞亚的下落提供线索的蛛丝马迹。

从斯文森家里找到的每一件证据都只是在进一步佐证他的证词。他到底是不是不明嫌犯贝塔、格洛弗的帮凶呢？

她试图想象一系列的事件与他们发现的证据相吻合。斯文森和凯瑟琳有过一段短暂的风流韵事，并录下了这个过程。与此同时，他对喝血的执念与日俱增，开始幻想着喝她的血。也许，他在做爱时咬了她。佐伊得再看一遍录像。他停了药，变得越来越不稳定。

然后，当凯瑟琳发现视频的事后，斯文森开始勒索她。最后，她威胁说要告发，于是他和格洛弗一起杀了她，并屈服于自身的欲望，喝了她的血。

一旦他做了第一次，他就必须再做一次。他已经停了药，无法控制自己的冲动。所以他和格洛弗合作，帮他杀了亨丽埃塔。然后瑞亚……

这是站不住脚的，证据显示不明嫌犯贝塔对凯瑟琳·兰姆没有任何性兴趣。勒索也不符合不明嫌犯贝塔的特征，他不是那种会主动的人。不明嫌犯贝塔没有计划，他跟在格洛弗后面被动行动。当然，这并不能解释所有缺失的部分——五角星和刀，以及格洛弗关于这一切的计划。

她印象最深刻的是，斯文森在整个审讯过程中都很镇定。当然，他们让他感到不安、害怕，但他没有表现出任何作为一个精神病患者会有的行为模式。他头脑清醒、理性。

她对整件事的看法都错了吗？格洛弗和他同伙的关系仅仅是两个冷血杀手之间的合作吗？

不。证据不支持这种说法，她的直觉也不支持这种说法。不明嫌犯贝塔失控了。

这只能说明一件事：斯文森不是不明嫌犯，他不是杀人犯。而格洛弗的同伙，真正的凶手，还在逍遥法外。

第六十五章

"对不起，"药剂师说，"没有处方，我不能给你开抗生素。"

"这是用于治疗感染的。"他又说了一遍，克制着内心的沮丧，不，是愤怒。他必须保持控制，"因一个讨厌的抓痕引发的感染。"

"我明白，先生，但我需要您出示处方。"

药剂师奇怪地盯着他。在他正常的外表之外，她能看到真实的他吗？真实的自己从皮肤里钻出来了吗？他条件反射似的摸了摸自己的脸颊，感觉和往常一样。

"你们有治疗癌症的药吗？脑癌？"他不确定专业术语是什么，也许他该把丹尼尔的最新检测结果带来，但他甚至不知道丹尼尔是不是把检测单藏起来了。

药剂师和同事交换了一下眼色。他似乎不明白发生了什么——她们觉得他很奇怪，也许她们知道凯瑟琳的事，也知道地铁站里的那个女人，还有现在正关在他家里的第三个女人。

"你是说止痛药吗？"

"不……某种东西……"他本想说"某种可以治愈肿瘤的东西"，

但这样说是愚蠢的，他知道这一点。如果真有这种东西，丹尼尔早就拿到手了。

这是他去过的第三家药店了，早些时候被耽搁了。他看了看时间，一阵眩晕使他靠在柜台上，晕了过去。

"先生，你没事吧？"

这怎么可能呢？真的已经是下午了吗？他试着回忆那一天的点点滴滴，对话的碎片。有那么一会儿，他感到惊慌，不得不在车里喘口气。但那也只是过了十分钟或二十分钟，对吧？

"先生？"

他转身离开了。排在他后面的那个人似乎缩到了一边，以免碰到他。他们都能看见刚刚发生的一切。他终于失去了控制。

他会去另一家药店。那个药剂师只是个贱人，和其他人一样，她不想帮他。丹尼尔是对的，有些女人就是婊子，她们只想让男人受苦。下次他会找个男药剂师谈谈。

然后，他看到了报刊亭。瞬间感觉有人在他的肚子上打了一拳似的。大多数报纸上面都有那个女人的照片——瑞亚·德莱昂，报纸头条都这么叫她，还有丹尼尔的照片。

但真正击中他的是凯瑟琳的照片。有一份报纸在头版刊登了她的照片。这不是报纸上常用的那张野餐时的漂亮照片。而这张照片上的凯瑟琳微微向旁边看，带着一丝悲伤的微笑，就像现实版的蒙娜丽莎。当他还是个孩子的时候，他的父亲曾经告诉他，蒙娜丽莎似乎总是在看着你，不管你站在哪里。这在当时吓坏了他。而现在他可以看到了。

凯瑟琳在看着她。

他心中黑暗的秘密——她知道人们在谈论什么。凯瑟琳知道他的事，关于他对血液的渴望。就像丹尼尔说的那样，她会告诉所有人关于他的一切。

那神秘的微笑，他太了解这一切了。他跟她说话的时候，她有多少次就是这样笑的？那是一个看穿他外表的人的微笑，看到了他扭曲病态的真实自我。

他跌跌撞撞地匆忙往家走去。与他擦身而过的所有人都盯着他看。他想闭上眼睛，这样就看不到他们在盯着自己看了。在回家的路上，他想起来自己其实是开车去药店，他把车停在了停车场。

这并不重要。他不会去停车场开车的。他可以走路回去，反正他家离得也不远。

下雨了。

他想回到家会先洗个热水澡，然后可以和丹尼尔一起看电视。

但那个女人还在洗手间。丹尼尔的大脑已经被一个想要感染他的恶性肿瘤吞噬了。

丹尼尔还在自己的身体里吗？他还能救他吗？丹尼尔曾多次支持过他。他欠丹尼尔的，所以他会竭尽所能地去救他。

他走到家门口，打开门，走了进去。有点不对劲，他一关上身后的门就感觉到了。丹尼尔在厨房里等他，手里拿着一瓶啤酒，脸上洋溢着热情的笑容。

"你湿透了！"丹尼尔快活地说，"你一定冻坏了，去换衣服——我给你泡杯茶。"

洗手间的门关着。他朝着洗手间走去，但丹尼尔走到他前面拦住了他。

"我们需要谈谈，你不在的时候发生了一件事。"丹尼尔说。

"什么？"他的声音很高。惊慌失措。

"那个女人设法挣脱了，她有一把刀。我必须去解决这个问题。"

他把丹尼尔推到一边，猛冲向门，门应声而开。

那个女人躺在浴缸里，一动不动，眼睛已经失焦点了。

就在这一刻，他终于明白了，丹尼尔已经无法挽救了，肿瘤已经把他完全吞噬了。要不然，丹尼尔绝不会这么对他。

"我知道你很不高兴。"肿瘤在他身后用谨慎的语气说。

"我保证我们会找到其他人，血液甚至会更好。但首先我们需要解决这个问题。"

他必须保持注意力集中，因为现在最重要的是阻止肿瘤也感染他。他看到地板上的手术刀，弯下腰把它捡了起来。

"看到了吗？她随身带着那东西。我不知道她是怎么拿到的，我想你可能有点粗心——"

他猛然转过身，把手术刀刺向肿瘤。肿瘤后退了几步，大叫一声，刀刃划破了他的肩膀。

"你到底在干什么？"肿瘤尖叫起来，"快把它放下，你这个疯子！"

他疯狂地挥舞着刀，挥成了狂野的弧线，切到了肿瘤的胸部。恐慌和愤怒在他心中翻腾，他现在真的失控了。

"天哪，"肿瘤脱口而出，跌跌撞撞地后退，他以和解的姿态举起双手，"听着，把刀放下，我们可以谈谈——"

又一阵挥舞，肿瘤手上喷出一股血。肿瘤转过身来，慌张地冲到门外。

他站在那里，盯着敞开的门。雨水积聚成洪流，从天上倾泻而下，撞击着地面，持续发出一种可怕的刺耳声，这与他脑海中的噪声相匹配。他对这一切的不公平感到愤怒，他们本来一直做得很好。

他关上门，跌跌撞撞地走进自己的房间，手术刀从手指间滑落到地板上。他情不自禁地抽泣了一声，一切都破碎了。他注意到桌子上的笔记本电脑。管理员给他发了一条消息，问他是否得到了他需要的东西。他一时慌了，以为对方说的是丹尼尔。关于肿瘤，对方是怎么知道的？每个人都知道吗？

但接着他又想起了那张图表，现在已经没用了。

他穿上了"戏服"，快速打出了一个回复："当然，谢谢。"保持控制的表象。戏服。伪装。

突然间，他觉得一切都没有意义了。女人走了，丹尼尔走了。尽管他努力控制局面，但一切都变糟了。

他尖叫着扯下跟自己的笔记本电脑连在一起的几根电线，在桌子上一遍又一遍地砸。他怒气冲冲地跑到厨房，抓起肿瘤留下的啤酒瓶，在柜台上摔了个粉碎。当他割伤自己时，感到手心一阵剧痛，鲜血淋漓。他在屋子里到处乱踢椅子、书、废弃的外卖盒，还把丹尼尔的电脑不停地往墙上猛砸，直到屏幕上出现了蜘蛛网般的裂缝，键盘按键散落得到处都是。

他喘着粗气走进洗手间，摸了摸女人的脸颊，使她脸上留下了一道红色的血痕。

　　她的身体还是温热的，他摸了摸她的脖子，感觉到了微弱但稳定的脉搏。

　　他打了个寒战，松了一口气。大雨倾盆而下，哗啦哗啦地打在紧闭的窗户上。

第六十六章

"你猜怎么着？"泰腾说着，走进了专案组案情分析室，"我刚和芭布谈过。"

"芭布是谁？"佐伊疲惫地问道。

"电脑奇才。那个给德古拉2号发特洛伊木马的人。德古拉2号在一个小时前回复了，然后注销了账号。"

佐伊一下子就明白了。"斯文森一小时前还在这里。"

"没错。"

"他会不会用手机注销了？或者——"

"一小时前我还和他在一起呢，佐伊。他没有用手机注销。"

"那这就证实了他不是格洛弗的同谋，不是不明嫌犯贝塔。"

"你听起来一点也不惊讶。"

她叹了口气说："其他方面的证据都说不通。德古拉2号在聊天时说了什么？"

"我问他是否从文件中得到了他需要的东西，他回复了'当然，谢谢'。"

"但是他没有打开文件？"

"没有，也许他发现这是个陷阱。"泰腾摇了摇头穿过房间，坐在一把空椅子上。

佐伊叹了口气，身体向后靠了靠。若有人看到此刻专案组案情分析室里忙碌的情景，根本猜不到这是周六晚上。大多数调查人员都在房间里，打电话，更新案情板，点击笔记本电脑。奥唐纳不在这里，但佐伊能听到她在房间外打电话，她听起来很生气。

马丁内斯把椅子滑到她的旁边。"我刚和瑞亚·德莱昂的医生通过电话。"他说。

"为什么？"

"我想弄清楚她为什么那么晚才下班回家。医生是那天与瑞亚通电话的人之一。总之，瑞亚患有严重贫血症。你觉得不明嫌犯知道吗？也许这就是他盯上她的原因吧？"

佐伊咬着嘴唇。"证据显示他并没有针对她，看起来像是随机绑架。但也许这影响了她血的味道，这可能会改变他的行为。"

"这就可以解释为什么我们还没有找到尸体。"

这是他们正在努力解决的众多问题之一。凯瑟琳和亨丽埃塔在被杀后不久就被发现了。尤其是格洛弗竟然还打电话报警，确保他们能发现亨丽埃塔的尸体。但离瑞亚失踪已经快四十八小时了，却还没有发现她的尸体。

"这是有可能的。"佐伊说。

"也许他们就是让她活着。"

佐伊说："或者不明嫌犯想让她活着，然后吃掉她的整个身体。"

马丁内斯叹了口气："你肯定能给一切带来积极的变化。"

"连环杀手中同类相食的行为并不罕见，这是吸血后的自然发展。"

奥唐纳怒气冲冲地大步走进房间，重重地走到佐伊身边。"我需要抽根烟休息一下。"

"好吧。"佐伊皱起了眉头，"你为什么要对我说这个？"

"因为我想让你和我一起。"

"我不抽烟。"

"我也不抽，但我还是需要休息一会儿。"

佐伊耸了耸肩，跟着奥唐纳走到走廊。她们穿过走廊，走进一个房间，里面有一张灰色的小沙发，一张放着几本杂志的圆桌，还有一个盆栽。一扇大窗户正对着高速公路。汽车驶过时，车灯闪烁着。奥唐纳步履沉重地走到窗前，大声地呼了一口气。

"这是什么房间？"佐伊环顾四周，问道。它看起来就像医生办公室的候诊室。

奥唐纳说："这是一间询问室。我们想让人们在这里感到舒适。这些人包括受害者家属、惊恐的目击者，诸如此类的人。在深夜，当你想用拳头捶墙时，这里也是放松身心的好地方。"

"你想用拳头捶墙吗？"

"我想捶我丈夫。"

"噢。"

"还有布莱特、曼尼，还有整个该死的部门。"

佐伊走向奥唐纳，不确定自己要干什么。

"我刚刚在和我丈夫打电话，"奥唐纳说道，"我周六晚上还把孩子丢给他看，他很生气。"

佐伊说："这并不全是你的错，只不过是因为瑞亚·德莱昂被绑架了。"

"我也是这么说的。但是，一小时前警局里的某个警探在脸书上发了一张他孩子睡觉的照片。猜猜他的脸书好友里有谁？没错，我丈夫。"

"那又怎么样？"

"我的丈夫，"奥唐纳解释说，"认为这个男人在家庭和工作之间保持着良好的平衡，想让我向他学习。"

"你可以向他解释，告诉他整个专案组都在这里。"

"他不想听这些，佐伊。如果你像我一样听他没完没了地抱怨，你就会知道了。"奥唐纳闭上了眼睛，"抱歉，就这样把你拖了出来。但我必须发泄一下，在这个该死的地方我没有其他人可以说话。"

"没关系的。"

"再说，你是一名精神病学家，对吧？你可能已经习惯了。"

佐伊皱起了眉头。"我是一名法医心理学家，跟我交谈的大多是暴力罪犯。"

"我现在很暴力，"奥唐纳说，"所以，对我来说是可行的。"

"我确定你丈夫会理解的。"

奥唐纳摇了摇头说："他不理解，无所谓了。我可能要从暴力犯罪组退出了，布莱特在几个小时前就告诉我了。我丈夫会很高兴的。"

"哦。"佐伊记得奥唐纳去布莱特的办公室找他谈过话。

"我很抱歉，是因为你和你前搭档的事吗？"佐伊又问道。

奥唐纳耸了耸肩。"这只是一部分原因。曾几何时，我觉得自己可以试着坚持下去，谣言总会过去的。如果我能处理好我的案子，至少布莱特会觉得留着我是值得的。但去年我查的五起命案中有两起还没结，现在这个案子也毫无进展。布莱特也不是傻子。没人愿意和我搭档，而且我和曼尼的事一直在困扰着我。"

"好吧，我怀疑布莱特是否真在意你是叛徒的谣言，"佐伊说，"就像你说的，他不是傻子。"

奥唐纳若有所思地把额头靠在窗玻璃上。"是我向内务部告发了曼尼。"

"噢。"佐伊不知道该怎么接话。

"我这样做，并不是因为我和他睡了，或是和内政部的人睡了，最后没有达成协议，不欢而散。所有的谣言都是胡说八道。但我确实出卖了他。"

她说话的时候好像缩成了一团，看起来像是一个迷途的小孩子。佐伊犹豫了一下，把手放在奥唐纳的肩膀上。奥唐纳看了她一眼，眼睛湿润了。"我不是一个顽固不化的人。有些警察很肮脏，但这并不妨碍他们成为好警察。当我身着制服的时候，我看到我的搭档从我们抓到的一个毒贩那里捞取了五百美元。他想和我一起分赃，我拒绝了，但我没有出卖他。这份工作……普通平民甚至不知道警察一天需要抵抗多少次诱惑。人们会失足犯错，尤其是当所有人都认为我们都很肮脏的时候。"

"曼尼这次为什么不一样呢？"

"他让毒贩按月付钱给他。他分别和两个辩护律师合作，每当他逮捕了毒贩，就会给毒贩一张律师名片，如果那个律师拿下了这个当事人，曼尼就能得到20%的报酬。我看到他两次从中间人那里拿钱。他一直跟我说我需要拿一些钱。这样，他就知道他可以信任我。你知道吗？我差点就这样做了。因为在那个节骨眼儿上，我要么做一个出卖他的人，要么跟他同流合污，我甚至无法判断哪种情况更糟糕。"

"但是你没有这样做。"

奥唐纳用手背擦了擦脸颊。"是，我没有。你也许以为我会为自己的骨气或别的什么感到自豪，但说实话，有一半的时间，我都在后悔。事情原本可以不这么复杂的。相反，我去了内务部，把我所知道的都告诉了他们，现在我成了这个部门的叛徒。"

"你做了正确的事情。"佐伊说。她感觉到自己的话空洞无力。

"是吗？嗯，他们不会为此而给我颁奖的。"

佐伊捏了捏奥唐纳的肩膀，沉默了片刻之后说："我有时会后悔追查格洛弗。"

奥唐纳眨了眨眼睛，显得很惊讶。"为什么？"

"他逃跑了之后，我的生活就不一样了。有些人认为这一切都是我瞎编的。我没有多少朋友，从那以后就没有改变过。我不需要这么做，真的不需要，我当时只是个青少年。我可以让警察做他们的工作。我所做的一切并没有让他锒铛入狱。他仍然逍遥法外，不停地杀人。所以我有时会想，如果我什么都不做，会发生什么。我长大后会去做别的事，会和朋友在一起，也许会像你这样组建家庭。

也就不会被这些破事缠身，不会收到他那令人毛骨悚然的信，更不会把我妹妹置于危险之中。"

两人沉默了几分钟，谁也没有动弹，也没有说话。

"我不再为自己感到难过了。"奥唐纳说。

"好的，"佐伊说，"我们走吧。我要把你的和我给你的名单上的人面谈的笔录看一遍，以防你遗漏了什么。"

第六十七章

2016 年 10 月 23 日，星期日

他的电话响了，吓了他一跳。他一直坐在厨房里，凝视着从窗户透进来的晨光。他到底坐了多久？一个小时，还是两个小时？

他模糊地认出了手机屏幕上的名字。他需要接听那个电话，就像他需要接听前四个电话一样，但他根本不想接听。接电话意味着要穿上他的"正常"服装。这意味着他必须在平静的外表下控制所有这些情绪、冲动和恐惧。

他做不到，他已经失去了控制。

"你不打算接电话吗？"丹尼尔问道。

丹尼尔昨晚回来了，脸上带着羞怯和歉意。他看了一眼朋友的眼睛，发现此刻真的是丹尼尔，而不是肿瘤。所以他让丹尼尔进来了。丹尼尔道歉了，他说没必要道歉。他知道是肿瘤造成的，而不是丹尼尔。此外，那个女人还活着。丹尼尔听到这个消息很高兴。

"不，"他说，"没关系。他们一会儿会打来的。"

但他知道这很重要。他任由自己的生活分崩离析。总有一天，会有人注意到的。丹尼尔一遍又一遍地告诉他，一定要保持自己的

生活习惯。

电话不响了。

"想去散散步吗？"丹尼尔问。

他惊讶地瞪大了眼睛看着他的朋友。丹尼尔从未和他一起散步过，这太危险了。

"如果有人认出你怎么办？"

"那张照片一点也不像我。"

确实如此。癌症已经吞噬了丹尼尔的身体，他的脸几乎像个骷髅头，脸上的皮肤像保鲜膜一样绷得紧紧的，他的头发一簇簇地脱落，整个人看起来糟透了。

应该没人会认出他。

他站起来，打开洗手间的门。"我们要出去一段时间。"他说。

那女人哀求似的看了他一眼，她看起来也不太好。他努力回忆上次让她喝水是什么时候。那天早上吗？前一晚吗？等他们回来他就得喂她喝水了。

他们肩并肩走着，路人都没人在意他们，这让他松了一口气。当他一个人走在街上时，人们总是盯着他看。但当他和一个朋友在一起时，没有人会注意到他。

也许人们只是觉得一个男人独自行走很奇怪。也许他们喜欢每个人都成双成对：一个男人和他的妻子、一对朋友、男朋友和女朋友、一个人和他的狗、一位母亲和她的孩子。必须成对出现，就像诺亚方舟上的各类生物一样。

"我们需要再去打猎。"丹尼尔说。

"我知道。但是……能等一等吗？再过几个晚上？"他不想把那个女人单独留在家里。

"你知道的，我们不能等了。"

的确，他们不能等了，因为丹尼尔时日无多。此外，他已经不再喝那个女人的血，给了她时间好起来。

他们大步走过一个报刊亭，他的目光被那张熟悉的面孔吸引住了。

凯瑟琳，她的眼睛正盯着他看，像一个现实版的蒙娜丽莎。他停顿了一下，有些慌张。她知道他的秘密，他所有的黑暗秘密。

"她会告诉所有人的，"他喃喃地说，"她知道。"

"如果我们阻止她，就不会。"丹尼尔说，就像他两周前说的那样。

"把这些报纸买下来，全都买下来。"

处于控制状态的人走近报刊亭老板。"《芝加哥每日新闻》，"他说，"多少钱？"

报刊亭老板给了他一本。"一美元。"

"我想全部买下来。"

报刊亭老板眨眨眼睛，一脸困惑道："全部？"

"所有的《芝加哥每日新闻》。"

"我这里有两百多份。"

"我全部买下。"他拿出钱包。

"我得数一数。"

这得数到猴年马月。在数报纸的过程中，凯瑟琳会一直盯着他看。

"不数了，我给你三百美元，全都买下来。"

报刊亭老板考虑了一下，然后点了点头，看上去很高兴。

他从钱包里拿出三张钞票。好在丹尼尔总是坚持让他随身携带足够的现金。信用卡上已经划出了一道痕迹。

装报纸的袋子很重，但没关系。能对凯瑟琳的凝视做点什么感觉真好。"我们回家吧。"他对丹尼尔说。

第六十八章

"我们需要从头开始重新审视这个案子。"奥唐纳说。

佐伊点了点头,认为她说得对。他们目前的方向使他们一无所获。他们不得不考虑其他可能性。

只有他们三个人坐在案情分析室里。那是在周日早上,专案组的其他成员还没有出现。佐伊怀疑艾尔伯特·兰姆是否在教堂布道。会众是否聚集在一起。她本想亲自去那里,参加凯瑟琳的葬礼,但奥唐纳坚持让他们离开,说在经历过前一天的事之后,他们的出现会带来麻烦。布莱特派了一名与此案无关的警探去观看整个葬礼过程,并拍了几张照片。

"让我们考虑一下格洛弗的同伙,也就是我们的不明嫌犯,根本不属于教堂会众的可能性。"泰腾说。

佐伊心头涌出一股突然袭来的愤怒,她几乎要对他厉声呵斥。不明嫌犯当然是教堂的。

也许他不是。他们有一丁点儿证据能证明他是教堂的会众吗?

侧写师的工作本质上不是寻找凶手——这一直是警察的职责。

侧写师需要给警察指出正确的方向。把嫌疑人的范围缩小到一个可控制的群体。但如果侧写师出了错，如果他的侧写有一部分出错了，凶手就可能在这一被严密监控的嫌疑人群体之外。警察会因为他不符合侧写师的说法忽略真正的凶手。那么，最糟糕的事可能就是坚持现有的侧写。

"好吧，"她说，"让我们假设我错了，不明嫌犯不是教会成员。"

泰腾听见她说这话时显得很吃惊，就好像她在用一种陌生的语言说话。

"在这种情况下，"奥唐纳说，"格洛弗选择凯瑟琳作为受害者是出于他的原因。也许她知道他的一些事，也许她看见他回芝加哥了，他担心她会告诉别人。"

"而且他在别的地方遇到了他的同伙，"佐伊说，"比如说，在暗网上。"

"我们知道德古拉 2 号在暗网上，"泰腾说，"就在吸血鬼论坛。"

佐伊等待着灵感的涌来，但她只感到阵阵的沮丧。她试着想象：格洛弗在暗网上接近一个陌生人，抛弃了他在现实生活中的所有魅力，取而代之的是聊天中的首字母缩写和表情符号。他还说服一个陌生人一起疯狂杀人。有时候，你会觉得一个想法错得离谱，它就像鞋子里的鹅卵石一样存在于你的脑子里。它分散了你的注意力，让其他的事情都变得很艰难，直到你把它取出来。

"我不喜欢这个说法，"泰腾说，"它说不通。格洛弗不会把十字架放在凯瑟琳身上。他会把它当作战利品。如果不明嫌犯不认识她，他也不会这么做，因为他不会意识到它的存在。"

"还有那些犯罪报告，"奥唐纳说，"里面提到的人和地点确实与教堂有交集。"

佐伊呼出一口气，如释重负："所以我们认为他之前在教会待过。"

"这的确符合，但他不在你给我的名单上。"奥唐纳说。

"也许，他一直表现得不动声色。"泰腾说道。

"他失控了，很可能无法忍受长时间的对话，更不用说警方的审讯了。"佐伊说。

"你问询的时候会不会没注意到一些古怪行为？面瘫？结巴？"

"不可能。"奥唐纳严厉地说。佐伊很好地辨认出了她的这种语气。当别人说她搞砸了什么的时候她就经常用这个词。

"那我们就假设他不是，"泰腾急忙说，"我们还有谁？"

"名单上的其他所有人都不大可能。"佐伊疲倦地说。

"但我们可以把每一个都过一遍，然后讨论原因。"

"那些不在名单上的人呢？"泰腾说。

"帕特里克的名单上有些名字并没有出现在你从艾尔伯特那里得到的名单上。"奥唐纳表示赞同。

他们把名单打印了三份，每个人都检查了一遍，寻找不一致之处。

"我多出了十二个名字。"奥唐纳说。

"我这里也是。"佐伊说。

"我有十三个，"泰腾说，"你们漏掉了一个。帕特里克·卡朋特不在这两份名单上。"

他说得对。帕特里克的名字不在奥唐纳从帕特里克那里拿到的名单上。当佐伊和艾尔伯特一起写下所有成员的名单时，他们忽略了帕特里克，因为当时显然她已经知道他是谁了。他们默默地盯着名单看了几秒钟。

"可能是帕特里克，他很符合，"奥唐纳说，"他很了解凯瑟琳，而且就住在我们标记为凶手可能的住址范围里。"

"不过，他已经结婚了，"泰腾指出，"他的妻子不会注意到奇怪的事情吗？"

奥唐纳说："她在医院住了快两周了。我认为不明嫌犯刚停药她就住院了。"

"他一直没再去教堂，大概是因为他的妻子。"佐伊说。

"他符合侧写吗？"奥唐纳问道。

佐伊说："他的年龄和外貌都符合。他可能有强迫症，在杀死凯瑟琳之后，他肯定会后悔，会有掩盖她尸体的冲动。"

"他的妻子不是告诉过我们关于纯洁的事情吗？"奥唐纳问道。

"正如德古拉2号使用的那个关于纯血的奇怪短语。也许她这个概念来自她的丈夫。"

"但他是一个可以被操纵的人吗？一个追随者？"泰腾怀疑地问，"他似乎很能控制自己，经常在会众中露面。他是格洛弗想要的那种搭档吗？我认为他不会那么轻易听从指示。"

佐伊点了点头。这是一个很好的观点，除了……"他在照片中并没有太多的存在感，"她说，"他出现过几次，但在所有这些画面中，占主导地位的都是凯瑟琳。凯瑟琳和格洛弗。也许帕特里克在社区里没我们想的那么重要。而凯瑟琳在教会则显得至关重要，事实上，这可能会导致他对凯瑟琳的攻击。他可能会把她视为一个在抢他位置的人。"

泰腾似乎持怀疑态度："这没有任何意义。你不是说艾尔伯特在照片里也很少出现吗？也许有些人不喜欢拍照，也许摄影师不喜欢他，也许他经常待在教堂后室里之类的。这些照片并不能代表全部真相。"

确实如此。佐伊很难想象格洛弗接近一位宗教顾问，试图操纵他去杀人。格洛弗想要一个不引人注意的帮凶。

泰腾说的某句话使她恼火。她并不喜欢不明嫌犯就是帕特里克的这个看法，她想往前推进。但有一件事是真的，却被他们忽略掉了。也许是帕特里克做了什么……

也许他帮不明嫌犯打掩护？或者……

她突然感到头晕目眩。

那些照片并不代表全部真相。

她把这些照片看作教堂生活的直观写照，但事实并非如此，不是吗？当然，凯瑟琳·兰姆和罗德·格洛弗在照片中显然比其他人更有主导地位，但这并不一定意味着他们在教会社群中就占主导地位。

这可能意味着他们在摄影师的感知中占主导地位。

在处理谋杀案档案的这些年里，佐伊认为照片可以代表整个案件。因为警察摄影师是专业人士，他们不会做出实际的选择，只是记录了一切。但这个摄影师根本不是警察摄影师。

还有一件事。

"摄影师也不在我的名单上，"她说，声音几乎像是耳语，"他出现在每一个镜头里，但他只是拍摄这些照片上的人。艾尔伯特和我甚至从未讨论过他。"

"他符合吗？"奥唐纳问道。

他符合吗？

完全符合！

"他是白人，中等身形。他拍的照片表明他对凯瑟琳和格洛弗都很感兴趣。他绝对是一个追随者。泰腾和我看到过他严格按照客户的指示行事。他给我们的照片没有太多的争论。但当斯文森要求他删除照片时，他也照做了。别人对他说什么，他就做什么。格洛弗很容易就会注意到这一点。他在教堂里待了很多年了。从照片来看，他和凯瑟琳走得很近。他是……"她正想说他可能有强迫症，但很快她意识到这无关紧要，她已经误读了证据。

"哦，天哪，"她呻吟道，"绕着圈子踱步。这不是一种强迫性的仪式。他拍了照片！"

那些脚印。走三步，转身面对受害者，然后重复一次又一次。她想起了泰伦斯·芬奇在他的工作室里，围着蹒跚学步的孩子转，从各个角度完成拍摄。

"这就是项链、五角星和那把刀的意义。这是一个场景设定。这些是他拍照的道具。"

"她太黑了，"奥唐纳说，"还记得吗？瘾君子托尼告诉我们，其中一个杀手说，'她太黑了。'我们一开始认为这是一种种族偏好，但也许他是在说她在照片中的样子呢。他正在翻看照片，发现照片拍得不够好。"

"那个托尼也提到过闪光，对吧？"泰腾说。

"我们当时认为这是他吸食强效可卡因造成的幻觉，但也可能是相机的闪光。"

"他为什么要拍下谋杀案现场的照片呢？"奥唐纳问道。

"我还不知道，"佐伊说，"凶手有时会拍下自己的犯罪过程，以便日后缓解性压力，但凶手杀人不是为了性快感。而且，如果是这样的话，他就不会用道具了。"

"等一下，"奥唐纳说，"你昨天没有和芬奇谈过吗？"

她谈过。他同意把斯文森的照片给她，并很快就挂了电话。整个过程真的是太快了。也许，正如她几分钟前所说的那样，他已经失控了，无法承受长时间的谈话。但也许是因为她用搜查令威胁他，而且他也知道如果他们真来搜查，就会有更多发现。

"我漏掉了，"她喃喃地说，"是他，我漏掉了。我们需要去一趟。"

"等等，我们没有确凿的证据，"奥唐纳指出，"给我一点时间。我要打个电话。"她走出去了。

佐伊闭上了眼睛。"我跟他谈过了。我本来想明白的，但我太分心了。如果瑞亚——"

泰腾说："我们还不确定，这只是猜测。"

佐伊没有争论。这远不只是猜测。它很契合，到目前为止是最契合的。她可以想象格洛弗在泰伦斯拍照时发现了他。也许他已经在那里看到了黑暗，就像泰伦斯有时在人们没有注意到的情况下抓拍那样。他赶紧拿出相机，想让他们猝不及防。格洛弗走近他，说他也喜欢摄影，进而帮助他，最终找出这个人的弱点。或者，当艾尔伯特·兰姆告诉他们，任何在黑暗中挣扎的人都可以接近格洛弗时，泰伦斯就去找他了。也许泰伦斯有话想说。

奥唐纳回到房间里，表情严肃而警觉。"我刚和斯文森谈过，他从未威胁要起诉芬奇。他威胁要揭露芬奇的秘密，那是他从格洛弗那里听到的，是他们私下谈话时听到的。"

佐伊的心沉了下去，这就对了。

"显然，芬奇对喝人血这个想法很是着迷。"

第六十九章

他把装着《芝加哥每日新闻》的袋子扔在地板上，报纸散落出来，凯瑟琳无所不知的眼睛从多个角度盯着他。她知道，她会告诉别人，他必须把它处理掉。

不。他必须集中注意力。首先他得照顾好那个女人。

他走进洗手间，蹲在她身边，轻轻地把她嘴里的破布拿掉。

"你能给我拿点水来吗？"她声音沙哑地低声说。

他点了点头，走到厨房，倒了一杯水。他把水放到她的唇边，慢慢倾斜，她慢慢喝了下去。水洒出来一些，顺着她的下巴流了下来。他摸了摸她的额头，发现额头不再灼热，这才松了口气。她正在慢慢好起来。

她现在恢复得足够好了吗？他能喝她的血了吗？

他差点去拿手术刀，但如果不小心杀了她，他就再也尝不到她的血的味道了。既然他知道了真正的纯血是什么味道，就不能再冒任何风险了。

"我现在有事要办，"他告诉她，"但我一忙完，就给你弄点吃的，好吗？"

"好的。"

他离开洗手间去拿报纸。他迅速扫了一眼最上面的那份报纸，看到了凯瑟琳的凝视。"对不起，"他喃喃地说，"我必须这么做，我很抱歉。"

"你只是在做你必须做的事。"丹尼尔坐在沙发上对他说，"不要道歉，该道歉的是这个国家和保险公司。他们迫使我们采取行动，是他们干的，不是我们。"

他把那堆报纸放在桌上，拿起了最上面的那份。

"我记得我拍过那张照片。"他悲伤地说。

丹尼尔说："就是在我们粉刷棚子的时候，美好的一天。"

"阳光正好照在她的脸上。这本该用作个人头像，但她注意到我在拍照，于是转过身来。她微笑着，露出她那标志性的笑容。"

"这是一张很棒的照片，"丹尼尔表示赞同，"但你必须处理掉它。"

"我必须处理掉它。"

他撕掉了那张报纸，把它揉成一团，扔在了地板上。然后，他拿起另一张报纸，也把它撕了。撕扯报纸的声音令他浑身发抖，就像是凯瑟琳的尖叫声。就好像他撕毁了她的照片，给她带来了痛苦。

"对不起，"他又说了一遍，"对不起。"他又撕了一张报纸，把它揉成一团。报纸堆在他脚边的地板上。

"你应该去拿火柴，一把烧了它们。"丹尼尔说。

"还要多久？"泰腾咬牙切齿地问。

奥唐纳望着窗外那幢孤零零的房子。"二十分钟。他们是这么说的。"

他知道这一点，他曾是个讨厌的孩子，反复问他的父母他们是否已经到了那里。该死的，房子就在那里，他们却还不能进去。

透过紧闭的百叶窗，他们可以察觉到里面的动静。泰伦斯·芬奇在家。

但他很危险，如果格洛弗也在场，那就更危险了。如果他们把瑞亚·德莱昂关在那栋房子里，很快就会演变成劫持人质的局面。这个时候，最正确的选择就是等待特警到来。

尽管如此，泰腾还是很难对抗不断促使他移动的冲动。这个房子就在那里。

"如果他们现在正在杀瑞亚·德莱昂呢？"他问道，"我们得行动了。"

"那是极不可能的，"佐伊坐在后座上说，"他们为什么要在这个时候杀了她？"

泰腾瞥了一眼另一辆车，科赫和赛克斯在里面等着。这是辆没有标记的车，而且他们跟房子保持着距离。但是，如果格洛弗或是芬奇朝窗外瞥了一眼呢？毕竟，芬奇可能是个重度偏执狂。如果他恰巧看到他家门口有一辆不熟悉的车……

泰腾看了看时间，十八分钟过去了。

皱巴巴的报纸铺满了整个地板。他拿着一张报纸，划了第一根火柴。报纸很快就被点燃了，他着迷地看着火焰跳动，报纸的颜色从白色变成棕色，最后变成黑色，火焰闪烁着。

　　之后，它熄灭了，只剩一缕轻烟未散。

　　他又试了一次，点燃了第二根火柴。这一次，报纸似乎还没烧完火焰就熄灭了。

　　"我觉得这张纸可能太潮湿了。"他说。

　　丹尼尔没有回答，他透过百叶窗往外看，皱起了眉头。

　　"我去拿食用油。"他喃喃地说。他去了厨房，拿了瓶食用油，又回到了客厅。

　　然后，他点燃了第三根火柴。这次火着得很快。

　　"那是烟吗？"泰腾眯着眼睛问道。

　　"该死，你说得对——那就是烟！"奥唐纳猛地打开了车门，"我们走，我们走！"

　　泰腾的身体如同一根绷紧的弹簧，一下子从座位上跳了起来。他从车里出来，一边跑一边从枪套里掏出枪。科赫和赛克斯也一边跑一边喊。

　　他们把车停在离房子很远的地方。现在看来，似乎太远了，非常远。泰腾冲向房子，风在他耳边尖叫，他祈祷着他们能及时赶到。他透过百叶窗的缝隙瞥见了一个明亮的橙色的东西——火焰。

　　"后面！"泰腾对科赫大喊大叫，"包抄房子的后面！"科赫改变了方向，向房子后面跑去。赛克斯放慢了脚步，突然转过身来对着房屋。泰腾不知道屋里那个人在干什么。他用枪指着窗户，跑步时枪口摇摆不定。他希望佐伊能待在车里，这里可能会交火。他的眼睛盯着窗户，移动着寻找目标。此刻，他条件反射似的，在脑海里对可能发生的各种情况做出预判，并预估着他自己的后援和可能发生的危险。

其中一扇百叶窗微微翻动了一下，后面有一个人影。

泰腾立刻改变了方向，远离窗户，冲向前门。

现在浓烟从几扇窗户的缝隙中冒出来，百叶窗后面火光闪烁。

客厅里浓烟滚滚，他咳得厉害。于是，他走到了洗手间，关上了门，他不想让那个女人窒息。他觉得应该打开窗户，把烟排出去。但丹尼尔告诉他，既然他们把那个女人带回来了，就得把百叶窗关上。

"丹尼尔，我要开窗！"他边叫边弯下腰无助地咳嗽着，声音沙哑。客厅的桌子着火了，正在燃烧。屋里很热，几乎无法呼吸。他的眼睛被烟熏得直流眼泪，整个世界变得模糊起来。

但是，大火终于让凯瑟琳安静下来，他感觉很好。

他走到窗前，打开窗户，把烟放了出来。他眨着眼睛，泪眼汪汪地望着外面的街道。他发现有人正在朝房子跑过来。当他的视线集中时，他看到了那人手里的枪。

"丹尼尔，警察！"他喊道。

"我能看见他们，"丹尼尔站在他身边说，"听着，我得走了。如果他们在这里抓到我，一切就完了。你知道的，对吧？"

他当然知道这一点，丹尼尔是个通缉犯。"走吧！我会拖住他们。"

他砰的一声关上了窗户。

丹尼尔冲进客房。很好，他可以从窗户走，走得越远越好，但他需要时间。

门锁上了吗？另一个人朝门走去，却绊了一跤，在他试图保持平衡时，打翻了食用油瓶。油洒在他的裤子上。

一瞬间，火焰蹿了起来。

泰腾比奥唐纳早一秒到达门口，他狠狠地踹开了木门，空气中充满了烟雾。火焰咆哮着，吞噬着门口的氧气，灼热驱使泰腾踉跄后退，他用手护着脸。他极力在浓烟中睁开眼睛，瞥见了家具的模糊形状——一把翻过来的椅子，一张沙发，一张咖啡桌。

再往里面，一个声音痛苦地尖叫着，是芬奇。

"快跑！"芬奇喊道，"丹尼尔，他们来了！快走！"

泰腾咳嗽着，跌跌撞撞地走进房间。透过滚滚的浓烟和蒸腾的热气，他看到芬奇扑腾着身体，他的衣服着火了。

"快跑！"芬奇又尖叫起来。

泰腾向芬奇扑去，撞到他身上时感到了震动，把他撞倒在地。芬奇扭动翻滚着身体，痛苦地尖叫着，衣服上的火焰在摇曳。泰腾拍了拍芬奇裤子上的火，把火扑灭了，隐约感到皮肤上的灼热。

"泰腾！"奥唐纳在他身后咳嗽道。

"窗户！"泰腾冲她吼道，"挡住窗户。格洛弗要逃跑了！"

奥唐纳又跑向了外面。泰腾透过朦胧的空气凝视着。瑞亚·德

424

莱昂在这儿吗?

赛克斯跑进屋里,手里拿着一个红色灭火器开始喷向火焰,空气中充满了白色的泡沫颗粒。周围的火焰熄灭了,只剩浓烟弥漫在房间里,无法看清事物。

"小心你的背后。"泰腾咳嗽着说,透过薄雾凝视着。

"格洛弗在这里吗?"佐伊在他身后喊道。

"我不知道,"泰腾嘶哑地说,"出去吧!检查外面的情况。"他站了起来,也将芬奇拉起来了。他朝赛克斯喊道:"把他铐起来!我去检查一下房子的其他地方。"

他的心怦怦直跳,穿过第一扇门,举着枪扫视着房间,他的目光迅速捕捉到浓烟后面的细节。

破碎的家具,地板和墙上都有血迹,一扇从里面锁住的窗户。格洛弗没有从那里出去。"没有人!"

他的手掌和手臂上剧烈的灼痛正在他因肾上腺素飙升而变得眩晕的大脑里蔓延,他强迫自己不去理会它。他一脚踹开了隔壁的门,转过身子,以为听到了什么声音。那是另一间卧室,有一张单人床和一个小床头柜。一扇大窗户,也是从里面锁上的。"没有人!"

他踢开了第三个门,强迫自己去检查洗手间,即使他看到那个女人倒在浴缸里。那里没有别人。

他又咳嗽起来,这次不是因为烟,而是因为恶臭。房间里昆虫嗡嗡作响。他蹲在浴缸旁,摸着女人的脖子查看脉搏。她又僵又冷,皮肤呈病态的苍白,苍蝇在她身上爬来爬去。

"这是瑞亚?"佐伊在他身后问道,声音沙哑。

"是的，"他说，"她早就死了。"

芬奇浑身发烫，非常痛苦。大火烧焦了他的腿和胳膊。他不停地咳嗽，肺里充满了烟。他弯下腰，干呕着。

丹尼尔逃走了。他给了他足够的时间，他对此深信不疑。

一个男人把他拉起来，走向救护车。人们走进他的房子，谈论着后援、技术人员和调度。

警方的谈话。

出于某种原因，没有人帮助那位女士。他回头看了一眼，以为隔着烟还能看到她。她朝他点了点头，几乎算得上友好地点头。

"你应该找她帮忙。"他低声说道。

"你在说什么，怪物？"那人朝他吼道。

"那个女人，我认为她需要医疗帮助。"

那人看着他，不敢相信。"她死了，你这个疯子。你杀了她。"

"不。"他试图解释，"她还活着——看！"

一个女人从屋子里出来，走近他们，用一双绿眼睛好奇地看着他，"泰伦斯，你还记得我吗？"

他记得，是她。"当然，你是侧写师佐伊·本特利。我们见过面。丹尼尔告诉过我关于你的事。"

"丹尼尔在哪里？"

他笑着指着客房的窗户。"他走了，从窗户逃出去了。"

"那扇窗户是从里面锁上的，"佐伊说，"我们派了一名警察守着窗户，没有人逃出来。"

他皱起了眉头。他从眼角瞥见一个动作，引起了他的注意。

丹尼尔靠在房子上,咧嘴笑着。泰伦斯试图捕捉着丹尼尔的目光。试图在警察注意到他之前示意他离开。

"你在看谁,泰伦斯?"

他不理她。"快跑,"他告诉丹尼尔,"快跑!"

"那里一个人也没有,"佐伊说,"瑞亚·德莱昂已经死了一天多了。"

跟她说话没有意义,跟他们任何人说话都没有意义。只有丹尼尔真的倾听他的话,只有丹尼尔能理解他。

"你必须要跑!"他一遍又一遍地对丹尼尔说。

但他的朋友只是在笑。

第七十章

佐伊仍然能感觉到喉咙中的灼痛，她深吸了一口气，就开始咳嗽。现场的医护人员已经让她吸氧了。她固执地拒绝去医院做检查，说自己没事。双臂被灼伤的泰腾已经被医护人员转移了。

现在佐伊再次回到泰伦斯·芬奇的房子，靠着一侧往里走，让两名抬着担架的男子通过。屋里的空气充满了烟雾和腐烂的味道，佐伊的呼吸变得更浅了。

奥唐纳站在客厅里，神情严肃地看着他们把尸体抬上担架。佐伊走向她。

"她身上爬满了苍蝇，"奥唐纳说，"还有那气味……芬奇似乎肯定她还活着。"

"他有妄想症，"佐伊指出，"而且可能还产生了幻觉。"

"你肯定经常都能看到这种事。"

"没有，患有精神病的连环杀手其实很少见。而且，他们当中大多数人会很快落网。泰伦斯·芬奇一直在听罗德·格洛弗的指示，这是我们没能早点抓到他的唯一原因。"

"特雷尔医生明天早上会对尸体进行全面的尸检。受害者的脸上沾满了污迹斑斑的食物，嘴里还含着一些，看起来他在她死后还喂过她。"

"我们什么时候可以审讯他？"

"他被严重烧伤，还吸入了大量烟雾。我估计得到晚上才能审讯他。"

佐伊又生出了一种熟悉的不耐烦，她现在就想和他谈谈。她需要知道他们为什么要拍那些受害者，还有罗德·格洛弗去了哪里。

"他在烧什么？"她看着到处都是烧焦的黑纸屑问道。

"报纸。我们找到了一堆《芝加哥每日新闻》。他把每一份报纸的第一页都撕了，这一页上有一张凯瑟琳·兰姆的照片。我们在沙发底下发现了几页没烧掉的皱巴巴的纸。"

《芝加哥每日新闻》。这场火灾可能是她和哈里·巴里合作的直接结果。

"都是同一页？"

"是的。"

佐伊看着摄影师拍下地板上的一些棕色污渍。

"这是血，"奥唐纳说，"到处都是血。洗手间、泰伦斯的卧室、客厅。哦，还有这边。"她走到冰箱前，打开了它。冰箱门里有几瓶浓浓的深红色液体。

她转向摄影师问："你给冰箱内部拍照了吗？"

摄影师瞥了她一眼说："还没有。"

"现在就拍吧。"奥唐纳手扶着冰箱门，身体侧向一边。

摄影师从正面拍了一张照片；然后移到旁边，拍了一张；最后又挪到另一侧去拍第三张。佐伊想起了她在犯罪现场照片上看到的侧面脚印，以及她最初的解释——那是某种强迫性行为的结果。如果她没有犯这个错误，瑞亚·德莱昂是不是就会活下来？她强迫自己打消了这个念头，以后有大把的时间来自我鞭笞。

"在泰伦斯的卧室里，我们发现了一种类似啮齿动物肢体的东西，可能是他从宠物店带走的一只仓鼠。"奥唐纳说道。从语气里可以听出她很满意，因为又一块拼图拼上了。"我们发现了一些塑料碎片和一个键盘上的一个按键。可能是一台笔记本电脑的。我们还没找到笔记本电脑的其他部分，也许他把它扔了。我们还发现了两个装满尿液的罐子。"

"尿？不是血？"

"没错，也许他也开始喝尿了。"

"也许吧。"佐伊想了一会儿说，"也有可能是因为瑞亚在洗手间里，所以他才尿在罐子里。"

"有可能，"奥唐纳说，"还有，有人在客房睡过一段时间。我告诉他们把它放在最后，因为我觉得你会想去看一看。"

佐伊惊讶地眨了眨眼。"谢谢你。"

"进去之前先戴上手套，穿上靴子。"

佐伊照她说的做了，然后走进那间客房，鞋子上的尼龙随着她的脚步声而起皱。

这间客房跟房子里的其他房间一样恶臭难闻。但是在死亡和火的气味之下，她感觉到了另一种恶臭。不知何故，这种臭味甚至更加难闻。这是汗水和疾病的味道。房间很脏，床单又脏又皱，散落了一地。

"据我们所知，这间屋子里没有血迹，"奥唐纳在她身后说，"财产物品也不多，大部分是衣服，但我们在衣柜底部发现了一个盒子。"

佐伊打开了衣柜。内衣、衬衫和裤子被扔在架子上。其中一个架子上放着一堆灰色领带，像盘绕成一团。最下面的架子上放着一个长方形的盒子。佐伊蹲下身子，把它抽出来，她的心怦怦直跳。她已经知道里面有什么了。

有那么一会儿，她又回到了十四岁，正在往格洛弗的床底下看……她打开盖子时双手颤抖。

"你怎么看？"奥唐纳问道。

"他的战利品，"佐伊说，她希望奥唐纳认为是吸入的烟雾让她的声音变得嘶哑，而不是其他原因，"我以前见过其中一些。"

几条撕破的内裤、一个手镯、一条细细的金项链。她捏起了其中一条内裤，上面有几个洞，好像被蛾子吃了似的。内裤已经很破旧了。多年前，当她最后一次看到它时，它还是相对较新的。

在战利品下面，她发现了剪报。那篇关于逮捕乔万·斯托克斯的文章，配上一张逮捕他的专案组照片，在这张照片上她站在角落里，然后是她和泰腾在犯罪现场的照片。另一篇文章，是哈里·巴里写的，报道了"勒杀凶犯"的被捕。还有几篇文章，也是哈里写的，报道克莱德·普雷斯科特在圣安吉洛的谋杀案。与许多连环杀手不同，格洛弗没有收集与自己罪行有关的新闻报道，他感兴趣的是她。

第七十一章

病房里有两张床，但只有一张被占用了。泰伦斯·芬奇穿着一件蓝绿色的病号服躺在里面，双手被铐在床上。他的胳膊和腿都缠上了绷带，正在进行静脉输液。医生告诉他们泰伦斯正在服用一些止痛药和抗精神病药。泰伦斯目不转睛地盯着前面的墙，在他们走进去的时候都没有转头。佐伊在床边的椅子上坐下了，奥唐纳坐在她旁边。泰腾仍然站在她俩身后。

"芬奇先生，我是奥唐纳警探，这是本特利博士和格雷探员，"奥唐纳说，"我们需要问你几个问题。"

他眨眨眼睛，迷迷糊糊地把目光转向他们。"本特利博士，"他喃喃地说，"我们见过。"

"你好，泰伦斯。"佐伊语气平稳地说道。

"我知道已经有人为你宣读了你的权利，"奥唐纳说，"但我还是想在开始谈话之前再为你宣读一次。"

佐伊一边向他宣读"米兰达权利"，一边仔细端详着他的脸。他似乎并没有听，他忽闪着的眼睛在往后看。佐伊飞快地瞥了一眼他看的位置，什么也没有。她怀疑，尽管他服用了药物，但仍然会产生幻觉。她怀疑，他在这里所说的任何话能否作为法庭上的呈堂证供。但佐伊并不在乎这些。泰伦斯·芬奇哪儿也去不了，只有他能帮助他们抓到格洛弗。

奥唐纳朝她点了点头。佐伊身体向前倾斜了一下。

"泰伦斯，"她说，"给我们讲讲罗德·格洛弗吧。"

他紧张起来，又朝她身后看了一眼。"谁？"

"你最初认识他的时候，他化名为丹尼尔·摩尔。不过你现在应该已经知道，他其实叫罗德·格洛弗。"

"不，"泰伦斯说，"他是丹尼尔，罗德是肿瘤。他想控制丹尼尔，然后杀死他。但丹尼尔还在身体里，他在那里。"

"好吧。"佐伊决定暂时回避这个话题，"告诉我们你是怎么认识丹尼尔的。"

"我有一些事情，"泰伦斯说，"我需要找人倾诉，一个理解我的人。我试着和凯瑟琳谈谈，但她只是说我应该去看医生并祈祷。祈祷没用，而医生只会让我吃更多的药，我讨厌吃药。"

"所以你就去找丹尼尔谈了？"

"我们的牧师说丹尼尔可以帮忙，所以我和他谈了谈。他理解我，他很清楚我在经历什么，他帮助了我。"

"他怎么帮你的？"

他耸耸肩，眼神越过她的肩膀，向后瞥了一眼。"他帮助了我。我们谈了谈，他教我如何在网上认识和我一样的人。"

"好吧，他什么时候搬来和你一起住的？"

"当他回来的时候。"

"从哪里回来？"

泰伦斯的脸上掠过一丝狡黠的神情。"他旅行回来。"

格洛弗对这个人说了多少？"好吧。所以丹尼尔回来了，他搬来和你住了？"

"是的。他生病了，不能开车，他需要我的帮助。我很高兴能帮助他——我们是朋友。"

"作为回报，他也想帮助你，对吗？"

泰伦斯犹豫了。"我们是朋友，他当然想帮助我了。但他病了，所以是我照顾他。他难以入睡，也不能开车。我想帮助他变得更好。"

"你知道他得了什么病吗？"

"脑癌。"

佐伊点了点头。"所以你想让他去看医生？"

泰伦斯摇了摇头，然后皱起了眉头，这个动作让他很痛苦。"医生从来不会告诉你真相，有一种药，医生不想让你知道。"

"什么药？"

泰伦斯考虑了很长时间。"你是医生，对吧？"

"我是法医心理学博士。"

"丹尼尔说你很聪明。你已经知道我说的药了，对吧？你想骗我吗？想让我说出来吗？像凯瑟琳那样？我不说，我不说！"他睁大了眼睛，手铐在他试图挣脱束缚时叮当作响。

"好吧，"佐伊赶紧安抚道，"你没必要说出来。"

他放松了下来。

"我可以说出来吗？"佐伊问道。

"医生们不会承认，"他嘲笑地说，"他们不想让人们知道。如果人们知道了，会引起混乱的。"

"你说的药是血液，对吧？"

他惊讶地眨了眨眼。"是的。"

佐伊对他微微一笑，仿佛他们在分享一个秘密。"这个秘密将被封存在这个房间里。奥唐纳警探和格雷探员不会告诉任何人的，对吗？"

"我们不会说出去的。"泰腾木然地说。

"所以你想让丹尼尔喝人血，好让他好起来？"

"是的，但他说这对他没有帮助。他有别的主意。"

"他的主意是什么？"

泰伦斯的视线转移了。"没什么。他说他没有健康医疗保险，所以医生不会给他治疗，就像我的健康医疗保险没能让我恢复一样。错的是保险公司，这都是他们的错。"

"丹尼尔想去伤害女人吗？这是不是他的主意？"

"丹尼尔从没想过要伤害任何人。"他的语气更尖锐了。

"好吧，但他想做点什么，对吧？让自己好起来。"

"不！这都是我的主意，所有这些都是我的主意。"

"好吧，你的主意是什么？"

"我想抽点人血，丹尼尔不让我这么做。"他以胜利者的姿势看着她的眼睛，好像他已经证明了自己的观点，"他不想要这些东西。他说如果血液不够纯净，那就不管用了。"

佐伊停下来，朝旁边看了看，好像在思考这件事。"所以这根本不是丹尼尔的主意，他试图阻止你。"毫无疑问，格洛弗表现得像一个关心泰伦斯的朋友，同时给泰伦斯植入他们应该从凯瑟琳开始的想法。凯瑟琳，她知道泰伦斯对血液的痴迷，她能为警察指明正确的方向。

"他说得对。"泰伦斯说，"我们需要纯净的血液。所以我建议去找我们认识的唯一纯洁的人。"

"是谁？"

泰伦斯睁大了眼睛，似乎又在看她的肩膀后面。他的嘴唇无声无息地动着，仿佛在向一个看不见的帮凶解释什么。佐伊抑制住了回头看的冲动。"泰伦斯，你推荐的人是谁？"

"凯瑟琳·兰姆。"他终于回答。

佐伊点了点头。"丹尼尔同意了吗？"

又是一个鬼鬼祟祟的目光。"他……他不喜欢。但他认同她是唯一一个足够纯洁的人。我这么做不只是为了我自己，丹尼尔也需要血。"

"这也是他的计划吗？把血抽好，这样他就可以喝了？"

泰伦斯犹豫了。"是的。"

"所以你去凯瑟琳·兰姆家取血，然后发生了什么？"

"她死了。"

"因为你抽了太多血？"

"是的，抽了很多血。"

"但是泰伦斯，"佐伊假装表现出困惑的样子，"凯瑟琳·兰姆是被勒死的，她被强奸了。"

"不，你错了，只是因为失血。"他提高了声音，"只是因为失血！这就是她死亡的原因，我抽了太多血。"他猛地握紧双手，手铐在病床的金属栏杆上发出咔嗒咔嗒的响声。

"好吧……"佐伊点了点头，轻声说道，"然后你给她拍了照片，对吧？你为什么要这样做？"

"我是一个摄影师。"他挑衅地看着她，"我拍摄不寻常的场景。"

拍这些照片并不是泰伦斯的主意，而是格洛弗的主意。为什么要这样做？只是为了性快感吗？但格洛弗的战利品盒里没有任何照片。"是丹尼尔让你拍这些照片的吗？"

"不是。"

"你在她脖子上戴了一条项链，对吧？上面有个十字架的那条项链。为什么要这样做？"

"她一直戴着它，这样能让画面看起来更好。"

"丹尼尔喝血吗？"

"不……他不想这么做。但我在他的咖啡里放了一些，也放进了他的食物里。"泰伦斯似乎对自己很满意，"这让他好多了，确实有帮助。"

格洛弗知道这事吗？他让泰伦斯在他的食物里放点血是为了表明自己才是发号施令的人吗？她有些怀疑。更有可能的是，脑癌破坏了格洛弗的味蕾，而他根本没有发觉这种味道。

"那丹尼尔为什么同意呢？"她问道，"如果你去给他提供纯血，但他又不喝，他为什么要去做那件事呢？"

"我……我也很困惑，都是因为医生给我的那些药。他确实喝了，这就是我们这么做的原因。这是我的主意，但他喝了血。"他说着，又猛烈地摇了摇头，"他想好起来，这就是我们这么做的原因，为了获取血。"

"所以，三天后，你们跑到地铁停车场又抓了一个女人。你们这样做也是为了得到血液吗？"

"是的。我想……我们的血快喝完了。于是，我们就去那里等那个女人。我们抽了她的血。"

"但你们也杀了她。"

"那是一个意外。"

"你为什么要画五角星？为什么把刀子插进她的肚子里？"

他表现出一丝犹豫。"只是一些道具，用来拍摄照片。"

"那这是谁的主意？"

他又用口型说了些听不见的话，转过身去，看着什么看不见的东西。她试着读他的唇语，但什么也读不出来。

"泰伦斯，这是谁的主意？"

"我的主意。"

"丹尼尔同意了吗？你们花了整整一个小时和一个死去的女人在一起，准备布景，然后拍照？"

"他是一个很好的朋友。"

"然后，你们又抓了瑞亚·德莱昂。"

他的头左右摇晃着。"谁？"

"我们在你家里找到的那个女人。"

"哦，对，她，是的。丹尼尔不想带走她，他从一开始就反对。"他的眼皮跳动着，"这都是我的主意。"

关于这个案子，佐伊相信他说的话。"所以，他就把她杀了？"

"不，不是他。是肿瘤，是罗德。"

她眼神尖锐地注视着他。"肿瘤杀死了她？你什么意思？"

"它试图这样做，她还活着，但它确实想要杀了她。它吸了她的血，勒住了她的脖子，试图杀死她。"他的眼神一下子聚焦了，眼里闪着怒火，"它做到了。"

泰伦斯愿意为丹尼尔的行为承担责任，但显然不是肿瘤在其中所起的作用。"然后发生了什么？"

"我把他赶出去了。我以为丹尼尔走了。他被肿瘤吞噬了，所以我用刀威胁他，他就跑了。"

"你知道他跑到哪里了吗？"

"不，但它并没有……"他又猛地拽了一下自己的手，手铐哐当一声，"没关系，他又回来了，他又变成了丹尼尔。他帮助了我，他又帮我让凯瑟琳闭嘴了。我们不想让她把关于血的事说出去。"

"这就是你烧报纸的原因吗？"

"当然，但这是我的主意，不是丹尼尔的主意。他帮助了我，他是个很好的朋友。我不会告诉他们的，我不会告诉他们的。"他又眨了眨眼睛，歪着头，好像在听别人说什么。

"泰伦斯，你能告诉我们丹尼尔第一次联系你是什么时候吗？"

"不，我不会再回答了，我不会，我不愿意。"唾沫从他嘴里喷了出来，"我把一切都告诉你了，让我清静清静。"

"再问几个问题，我们就让你休息。丹尼尔第一次联系你是什么时候？"

他低声说了什么，嘴唇用力地动着。她凑近身子听他在说什么。

他猛地抬起身，速度如此之快，她几乎来不及缩回来。他的牙齿在离她脸颊几英寸的地方咬了一下，她感觉到他的呼吸，闻到他嘴里的腐臭味。她把椅子往后推了推，厌恶和恐惧涌上心头。

"你们都给我走开！"他尖叫起来，唾沫四溅，"都走开！出去，出去，出去！"他在病床上猛然一跳，手铐在金属栏杆上发出刺耳的声音。"出去，出去，出去，出去！"

佐伊站起身往后退，差点撞到泰腾。他把一只手放在她的肩膀上，佐伊深深地吸了一口气。他们离开了房间，身后传来泰伦斯的阵阵尖叫声。

第七十二章

"这么说，格洛弗昨天就走了，"泰腾阴沉地说，"现在他大概是在去加拿大的路上。"

他们站在医院的走廊上，离泰伦斯病房的门只有几步之遥。止痛药的药效正在减弱，泰腾的胳膊开始疼得要命，他有点后悔没让泰伦斯当场烧死。

"也许吧，"奥唐纳怀疑地说，"他留下了大部分东西，包括一些现金。他没有使用信用卡，也没有去银行。而且据泰伦斯说，他不能开车。"

奥唐纳看着佐伊说："他对照片的事守口如瓶，所以我猜这是格洛弗的主意。"

佐伊皱起了眉头。"我同意，但我不明白这是怎么回事。格洛弗以侵犯和勒死女性为乐，而不是将她们的尸体摆放成奇怪的邪恶仪式场景。"

"也许那些照片只是杀害女性的一个奇怪的借口，"奥唐纳说，"也许格洛弗告诉泰伦斯，为了让自己好起来，他需要拍摄那些死去的女人，因为他可以从中获得某种精神能量。那泰伦斯就得把这个想法贯彻到底。试图理解一个疯子的逻辑，没有任何意义。"

佐伊说："但这其中的逻辑是一致的。泰伦斯的幻觉全是关于血的，对吧？至少一开始在他失控之前都是这样的。除此之外，他是完全正常的。所以他不会相信关于照片吸收心理能量的这类愚蠢的想法。不管格洛弗说什么，泰伦斯一定听得懂。"她沮丧地提高了声音。

泰腾担心地注视着佐伊。到目前为止，他非常了解他的搭档，足以注意到她现在的模式。一说到格洛弗，她的分析能力就会有所下降。她试图了解他的动机，但在她所侧写的所有凶手中，格洛弗一直让她捉摸不透。他站在她的盲区里。

"奥唐纳说得有道理，"泰腾慢慢地说，"那些照片不是为了性满足。所以它们一定服务于其他的目的。"

"也许吧，"佐伊不耐烦地说，"但我就是不认为他会说这些照片能治好他的癌症。"

"他没有告诉泰伦斯他需要治疗。"泰腾说。

"你什么意思？"奥唐纳问道。

"泰伦斯说，格洛弗告诉他自己没有保险。他没有说他快死了，也没有说医生无法治好他。他说的是医生不会治好他。"

"好吧，我们讨论过这个问题了，"佐伊说，"格洛弗会想办法把自己描绘成受害者。"

"但是他的话听起来好像问题出在钱上。死去女人的照片不能用来治疗癌症，"泰腾摇了摇头，"但是它们可以用来出售。还记得斯文森告诉我们的吗？"

"他说人们会花很多钱买这种东西，"过了一会儿，奥唐纳喃喃自语道，"他还提到了假死，但如果那些买照片的人知道这是真的……"

"我们假设格洛弗只是在暗网上购买非法色情作品，"佐伊睁大眼睛说，"如果他也卖了呢？有人愿意出多少钱？"

"也许很多，"泰腾说，"如果这些照片是真的。如果暗网上那些疯子知道这些是真的谋杀案的照片，如果他是这么做的，那就可以解释为什么他打电话向警察举报亨丽埃塔·菲什伯恩的案子。他需要媒体在他出售照片之前报道她被谋杀的事。"

"他就是这样向泰伦斯解释的，"佐伊说，"他需要钱，也许是为了治疗或得到私人医院的护理，这就是为什么他们不得不杀死那些女人并拍摄那些照片。我敢打赌，五角星和刀是真实的客户需求。"

泰腾难以置信地摇了摇头说："做你喜欢的事，钱自然会随之而来。"

"如果真是这样的话，"奥唐纳说，"他可能正在芝加哥接受治疗。"

"我们已经在这个方向上着手行动了，"泰腾说，"病人太多了。医院不让我们在没有搜查令的情况下查看病人的记录，而搜查令是不可能拿到的。"

"但我们现在可以缩小范围了，"奥唐纳说，"如果我们的假设是正确的，我们就能查出他以多少钱卖了那些照片，以及他是什么时候拿到钱的。我们可以找一家接受现金支付的诊所，减少需要查看的书面记录。如果这些交易真的存在，我们对有哪些诊所了解得越多，就越容易找到地点和病人的名字。"

佐伊闭上眼睛，脸色苍白。"我们必须尽快找到他。如果死去的女人是他的生命线，那么很快就会有另一个受害者。"

"我会打几个电话查一查，"泰腾说，"如果他卖了那些照片，在暗网上就会有痕迹。我会让分析师帮我们寻找。"

第七十三章

"幸运水母"穿着内衣坐在宝座上，盯着显示器，潜伏着，等待着。

他漫不经心地浏览了一下论坛，查看了一个关于约会应用程序数据库被黑的帖子，以及另一个关于热门网络摄像头应用程序中发现的新漏洞的帖子。他什么也没说，脸上挂着冷笑。

在推特上，"找到瑞亚"成了热门话题。他读了一些令人麻木的无聊推文，发现那是一片虚伪的海洋，一群人试图用他们所谓的发自内心的祈祷让同龄人相形见绌。

他设置了十个机器人散布关于瑞亚是非法移民的谣言，并在每条推特上加上"找到瑞亚"和"遣返瑞亚"的标签，当可想而知的愤怒爆发时，他打了个哈欠。

一些信息弹出来，喷子们猜到了这些谣言都是他的杰作，而大多数人都是抱着娱乐的态度，其中一个人觉得他太过分了。"幸运水母"傻笑了起来。

要是他能知道就好了。

另一条信息弹出来，他心跳加快，变得紧张起来。发信人是"千斤顶"。终于来了。他的手指颤抖着，咔嗒一声打开了信息。

"千斤顶"：我遭遇了一些挫折，我不能把最后一批照片发给你了。但你有我已经发给你的三张照片，你可以去媒体上核实，看看是不是真的。这些是瑞亚·德莱昂的照片，就在她死后几分钟内拍的。只有我手上有。

他感到一阵失望。他们一开始不是这么说的。他给了那个人明确的指示，不是吗？他把他的回复打了出来。

"幸运水母"：这不符合我们的协议。我没有拿到照片，你就拿不到报酬。

他立马收到了回复。

"千斤顶"：我需要这笔钱。我已经给你发了三张照片。如果你不给我钱，我们就结束了。

"幸运水母"：好吧，那我们就结束吧。

那人已经明确表示他需要钱，而且回复得那么快。他找不到愿意出这么多钱的人。绝对不可能。

"千斤顶"：好吧，如果我给你发点东西呢？更好的东西呢？但如果你想要的话，你得把欠我的钱还上，另外还要付新照片的钱。

"幸运水母"：那得是特别与众不同的东西。

他感到身体再次充满了能量。在社交媒体上攻击别人，一点也比不上此时此刻的感受。

"千斤顶"：我可以杀一个怀孕的女人。

"幸运水母"笑了起来，足足过了一分钟才回答。

"幸运水母"：这样做非常不错，但我要给你具体的指示。

第七十四章

2016 年 10 月 24 日，星期一

此刻，专案组案情分析室里站满了人。泰腾仔细观察了一下每个人，除了充血的眼睛和蓬乱的头发之外，大家都显得更清醒了。狩猎的刺激使他们保持着警惕。

嗯，还有咖啡。他们好像在进行一场比杯子大小的比赛。奥唐纳端着一个有她脑袋那么大的杯子出现了，而瓦伦丁端着一个大保温杯，不停地往他的一次性塑料杯里续水。就连佐伊也放弃了她新买的热巧克力，转而喝星巴克的浓咖啡。

"早上好，"布莱特说，"你们都知道，我们昨天逮捕了泰伦斯·芬奇，在他家发现了瑞亚·德莱昂的尸体。奥唐纳警探和本特利博士昨晚在他清醒过来后审问了他，但他没有给我们提供有关罗德·格洛弗下落的可靠线索。科赫和赛克斯警探，你们今天早上去了吗？"

"是的，"科赫说，"但他请了律师。"

佐伊说："他正在接受药物治疗，所以他的精神病症状可能正在减轻，这会让他更加谨慎。"

"无论如何，我们稍后再去那里，看看他是否变得更有条理。

如果他能带我们找到格洛弗，我们也许可以和他达成一项协议。"

赛克斯说："格洛弗的案子也有了一些进展。我们昨天和芬奇的邻居谈过，其中一个两天前还在芬奇的家里见过格洛弗。我们给她看照片时，她认出了他，但她说他现在看起来不一样了。我们让一位素描师画像，我们有了最新的肖像。"

"我们是否认为罗德·格洛弗还在芝加哥？"布莱特问道。

"嗯，是的。"泰腾说道。

房间里所有人的目光都转向了他。他停顿了两秒钟，然后说："昨天，根据对芬奇审讯得到的线索，我们推测罗德·格洛弗可能在出售他最近犯下的谋杀案的照片，以获取治疗癌症所需的钱。"

"卖给谁？"布莱特问道。

"卖给专门从事非法色情活动的暗网市场上的客户，"泰腾说，"我们晚上找了几位分析师，让他们浏览了我们从斯文森那里获知的网站。"

他们在局里的芝加哥办事处度过了一个晚上。泰腾、佐伊和瓦伦丁一直守在分析员旁边，直到其中一个烦躁的分析员礼貌地把他们三个赶了出去。最终，分析员在凌晨四点通过电子邮件发给了他们三个人。

"一个月前，一个名叫'千斤顶'的用户开始谈论出售一名被谋杀受害者的未曾公布的照片，"泰腾说着从桌上拿起了一个文件夹，"大多数回复的人都在揶揄他，但也有一些人很感兴趣。他最终出售了照片，随后在论坛上公开分享。"他从文件夹里拿出一张照片递给坐在他右边的科赫。

泰腾说："这是雪莉·瓦滕伯格的照片。她是2008年的一名谋杀案受害者，我们怀疑是被罗德·格洛弗杀害的。这张照片看起来是在她被杀后不久拍摄的。他最初想以五千美元出售这张照片，但因为质量不好，而且有人怀疑这张照片是假的，最后他以两百美元的价格卖了出去。然而，在论坛成员们意识到这张照片是真的之后，'千斤顶'的名声越来越大。他说他能设法拿出更多的照片。"

泰腾又拿出来两张照片，让同事们传阅。接下来是凯瑟琳·兰姆的照片。"这些照片都是在谋杀发生后不久拍的。我们知道他卖了八张照片，但只有两张和其他成员分享了。目前还不清楚他从这些照片中得到了多少钱，但据分析员估计，应该在八千美元以上。"

"为什么没人早点发现呢？"布莱特愤怒地问道，"那些照片在网上任何人都能看吗？"

瓦伦丁清了清嗓子："并不是任何人都能看，只有这个论坛的几个高级成员能看。你知道每时每刻有多少非法色情网站上线吗？超过整个暗网的百分之八十。成千上万的网站，目前有大约三千万的图片和视频在不断地交易。"

泰腾很了解这些统计数据，但他每次听到这些数据总会作呕。这就像在田野里搬一块石头，你知道下面会有爬虫，但这和亲眼看到它们爬行和逃跑是不一样的。这些图片和视频中的大多数拍摄的是未成年儿童，要在那堆积如山的罪恶中找到一些具体的东西，绝对是一项艰难而又令人作呕的任务。

泰腾花了一会儿时间让大家理解他们正在处理的是什么，然后他又继续说："'千斤顶'再次出现在论坛上时，他出售了亨丽埃塔·菲什伯恩的照片。他表示，其中大部分都卖给了一个私人客户，该客户事先委托'千斤顶'使用了特定的道具。"

"道具？"科赫皱起了眉头。

"那把刀和五角星。"佐伊说，"这些东西不符合芬奇或格洛弗的侧写，因为那不是他们的作案风格。这些东西，以及仪式性的身体姿势，都是第三人的幻想。"

"我们知道这位私人客户是谁吗？"科赫问道。

"不知道，"泰腾说，"我们正在试图找出真相，但整个事情都是在暗网的一次私下聊天中商定的。我觉得格洛弗也说不出他和谁谈过。这位私人客户从未分享过他买的照片，但他分享了这个谋杀案的其他照片。"他又拿出两张照片传给大家看。从某种意义上讲，这些照片是最糟糕的一批，因为是在亨丽埃塔还活着的时候拍的。照片上是她的脸部特写，脖子上缠着一条领带，张着嘴发出无声的尖叫。拿着领带的手臂清晰可见，是一个白种人的手臂。他的手紧紧地抓着领带，青筋突出，皮肤上有抓痕。这与亨丽埃塔·菲什伯恩指甲下的皮肤组织与格洛弗的相符。

泰腾等着照片被传阅，然后继续说："因为媒体当天就报道了谋杀案，证实了照片的真实性，所以每张照片要价四千美元。一些论坛成员把他们的比特币凑在一起，购买并分享了照片。我们不知道私人客户为他的照片付了多少钱。但这些照片都是根据他的要求量身定制的，我们猜想，如果出价过低，格洛弗是不会这么做的。"

他瞥了奥唐纳一眼，向她微微地点了点头。

奥唐纳接着说："我们认为，格洛弗用出售这些照片赚的钱支付他在一家私人诊所接受癌症治疗的费用。芝加哥有二十多家这样的诊所。"

布莱特皱起了眉头。"嗯,我们不太可能拿到针对那些诊所的搜查令。这是个值得继续查下去的线索,但未经证实——"

"有一家诊所引起了我的注意。"奥唐纳打断了他的话。

"塞莱斯特癌症中心。这是一家昂贵的诊所,病人存活率很高。有个特点很突出。第一,这个诊所的规模最小,正式员工只有六人。格洛弗会喜欢这样的,因为这样能认出他的人就少了。第二,这是唯一能接受现金支付的诊所。"

泰腾插嘴说:"我们认为格洛弗在芝加哥有一个熟人,能把比特币转换成现金。"

"今天上午我去了这家诊所,"奥唐纳继续说,"那里可以治疗他所患的脑瘤,治疗的费用与我们假设的大致相符。接着,我带着最新的格洛弗的素描像四处参观。我还向一个很容易受影响的年轻护士解释了格洛弗是怎么对待他遇到的女性的。那位护士解释说,她不能违反患者保密协议。但我不断地强调,我们有充分的理由申请搜查令。她还提到,病人在诊所接受常规治疗,11月2日两点半,如果我们能大量出动警力,可能会是一个好主意。我猜这就是格洛弗下一次治疗的时间。"

奥唐纳早些时候就把这一切都告诉了泰腾,但现在有件事引起了他的注意,关于素描像的事。是什么?泰腾咬紧牙关,努力集中注意力。护士根据画像认出了格洛弗,她很可能以前在新闻上看到过他的照片，但那张照片是几个月前拍的，当时格洛弗还很健康。那又怎样？有问题。

"这可能足够申请搜查令了。"科赫笑着说，"11月2日就是下周。如果他来接受治疗，我们就能抓住他。"

佐伊说："等那么久是有问题的，我们知道格洛弗在亨丽埃塔·菲什伯恩之后还在搜寻受害者，所以他们一开始才抓了瑞亚·德莱昂。但我认为瑞亚的谋杀并没有按计划进行，我也不知道他还有多少时间拍照。"

泰腾说："据我们所知，瑞亚的照片没有出现在暗网市场上。"

佐伊说："如果我们等到格洛弗预约的治疗时间，那他可能在这期间再次行凶。"

"我明白了，"科赫说，"我去看看能不能弄到那家诊所的搜查令。也许我们能查到他们的记录，找到格洛弗的线索。电话号码、地址、紧急联系人，这些信息都会出现在永远填不完的表格上。他一定会在什么地方露出马脚。"

"我们还会再和芬奇谈谈，看看能不能从他身上挖出点什么。"瓦伦丁说。

布莱特说："我们会把格洛弗最新的素描像发给媒体。"泰腾知道还有更多的谈话，之后会议才能结束。他想着那张素描像，想着格洛弗的变化。与会者一个接一个地走出房间，佐伊注意到他没有站起身来，便向他走过去。

"怎么了？"她问道。

"帕特里克·卡朋特怎么知道格洛弗生病了？"他问她。

"什么？"

"当我们逮捕艾伦·斯文森时，帕特里克·卡朋特出现了，他说艾伦不可能和一个垂死的人做出这些事。但是我们从来没有在媒体上提到过格洛弗快要死了或者他得了癌症。我们也没跟帕特里克提过。格洛弗在照片里看起来很健康。"

"也许格洛弗不久前告诉了帕特里克他得癌症的情况。"佐伊说。

"或者他是从别人那里听说的。"

"但我们知道，他在戴尔市时就被诊断出患有癌症。所以，帕特里克是上个月才知道的。也就是说，帕特里克要么与某个最近和格洛弗谈过的人讨论过这件事——"

"要么他本人和格洛弗谈过。"佐伊说。

"我们去和帕特里克谈谈吧。"泰腾建议道。

第七十五章

莱昂诺·卡朋特的生活就像无休止的过山车，在焦虑和解脱中不断地循环。她的情绪完全掌握在她未出生的孩子手中。或者更准确地说，掌握在他的脚上。

每次孩子踢她，她都感到一阵如释重负。他还在那里，他还活着。但过了一阵，他又没有任何动静，这让她开始担心起来。他是被脐带勒住了吗？他的小心脏停止跳动了吗？在医院里的时候，监护仪发出的让人安心的哔哔声，值得她忍受着这声音带来的不适。一旦医护人员切断了监护仪，她就只能任由"小撞撞"的动作摆布了。

她不应该给他起名字，这一直都是一个错误，她现在应该更有体会了。但是二十九周后，她就再也不能称呼他为"它"或"胎儿"了。

如果他超过两个小时没有踢她，她便会极为惶恐不安。她会侧身躺在床上，眼里含着泪水，低声对他说："来吧，撞撞。轻轻地踢妈咪一脚，轻轻地踢一脚。"

他一直都很听话，最终轻轻地踢了她一下，而她也冷静了下来。他已经成长为一个如此听话的小男孩了。

他十五分钟前踢了她一脚，所以，就像帕特里克开始开玩笑说的那样，现在是"一脚"，也就是又过了十五分钟。她感到很平静，这几乎就是幸福的滋味。她看着帕特里克喝完咖啡，然后目送他离开。她知道他非走不可，凯瑟琳走了，艾尔伯特还沉浸在失去女儿的哀伤之中，这个时候会众需要他。他们的社群在悲伤和恐惧的双重重压下已经分崩离析。警察频繁地介入使会众远离了教堂，远离了能慰藉心灵的地方。他们需要帕特里克来帮助他们恢复正常。

她和"小撞撞"可能好几个小时都见不到他，但她在这个家里似乎并不感到孤单。

尽管如此，当他们的目光相遇时，她还是看到了帕特里克因为担心而皱起的眉头。

"你确定你一个人可以吗？"他问道。

"当然。"

"也许我应该留下，艾尔伯特可以……"帕特里克的声音逐渐消失。她从他的眼睛里看到了真相——艾尔伯特做不到。她不确定艾尔伯特是否能恢复到可以回到教堂履行职责的程度。

"走吧。"她笑着说道，"我没事的，我会在床上休息。如果真出了什么事，丹尼尔会帮我的。"

仿佛是在暗示，他们的客人走进了厨房。莱昂诺看到丹尼尔瘦弱的身体，心里又一阵紧绷。可怜的人啊，癌症正从体内迅速吞噬着他，更不用说还被警察如此追捕了。一阵怒火在她体内燃烧。"小撞撞"踢了她一脚，仿佛感觉到了母亲的愤怒。

"早上好。"丹尼尔睡眼惺忪地说。

"你睡得怎么样？"莱昂诺问道。她听到他在床上辗转反侧。他告诉她，夜里疼痛变得难以忍受。

"就像一个婴儿。"他向她抛去一个微笑，并使了个眼色，"也许不如'小撞撞'那么健康。"

她咧嘴一笑，对丹尼尔的乐观感到惊讶。"他踢了我一晚上。"

"他会很好动的，"丹尼尔说，"像他妈妈。"

"我会回来做午饭的，"帕特里克说，"我不想让莱昂诺做饭。"

"别担心，"丹尼尔回答道，"我可以做我的丹尼尔特制鸡肉。"

帕特里克似乎还是不放心。"如果有什么不对劲，不要开车送她去医院，叫救护车。"

丹尼尔提醒他："即使我愿意，我也无法开车，我的朋友。"

"噢，对。"

"快走吧。"莱昂诺笑了，"我们可以的。"

丹尼尔离开了，给了他们独处的时间。帕特里克临走前紧紧地抱着她，好像不敢放手似的。她把他的手掌拉到自己的肚子上，这时"小撞撞"又踢了一脚，他们相视一笑。然后，他离开了。

她凝视着厨房窗外，陷入沉思，想起了可怜的凯瑟琳。她永远也体会不到生命在她体内生长的感觉，那些轻微踢在肚子上的感觉，是母亲和孩子之间的纽带。

莱昂诺擦掉了流到面颊上的一滴泪水。

然后，她想到了警察认为这一切都是丹尼尔所为，就好像他真的能伤害别人似的，更别说伤害凯瑟琳了。与莱昂诺和帕特里克不同，警察根本就不了解他。他们没有看见他走进无家可归者的收容所，和那里的男男女女们交谈，用微笑鼓舞他们，用一条温暖的毯子帮他们度过寒冬。警察没有听到他在教堂满含热情地祈祷。警察也没有看到他向莱昂诺倾诉自己所经历的暴力童年时，一滴眼泪从他脸上滑落下来。

而且，昨晚丹尼尔感谢她和帕特里克让自己躲起来，并告诉他们决定去自首时，警察也不在那里。他担心压力会影响莱昂诺怀孕，不想冒这个险。

而莱昂诺说服他留下来。他们都知道如果他自首，他可能就永远得不到他需要的治疗。癌症会要了他的命。在无罪释放之前，他就已经被宣判了死刑。

她正要起身，这时丹尼尔走进了厨房。

"我正要去休息一会儿，"她说，"随便从……拿点什么来喝吧。"她突然注意到他拿着什么东西，过了一会儿才意识到那是她的一双袜子。他奇怪地抓住它，双手紧紧地握着。他的目光似乎很遥远。

"噢，"她尴尬地说道，"我把这个落在客厅了吗？"

他对她微微一笑，向她走近了一步。"对不起，莱昂诺，但是——"

突然的敲门声使他们两人都僵住了。丹尼尔吓得睁大了眼睛。

"可能是一个邻居。"莱昂诺轻声安慰他，"她说可能会过来，给我一个她烤的蛋糕。你到后面去，她走的时候我会告诉你的。"

他犹豫一下，然后点了点头，迅速离开了房间。

莱昂诺站起身来，慢慢地走到门口，这时敲门声又响起了。

"等一下。"她叫道。她从猫眼里看了一眼，立刻认出了门阶上的那对男女。她下意识地决定不打开门。但他们已经听到她在里面，如果不让他们进来，他们就会知道她有所隐瞒。

她解开锁扣，打开了门。"你好，"她冷淡地说，"你们是上周出现在医院的人。泰腾和……佐伊，对不对？你们那天没告诉我你们来自联邦调查局。"

泰腾看上去有些羞愧。"对不起，卡朋特太太，"他说，"考虑到你的情况，我们不想吓到你。"

"多么体贴啊！我希望你们能对我们其他会众表现出同样的体贴。"

"帕特里克在家吗？"佐伊问。

"不，他出去了。"

"去哪儿了？"

"你得亲自打电话问他本人。"他此时在教堂，但她不打算告诉他们。

"卡朋特太太，我们能进来吗？"泰腾问，"我们需要问你几个问题。"

"帕特里克可能在上班，"她迫不及待地说，"我相信他会和你谈的。"

"几分钟就好了，"泰腾说，"我们不想占用你太多的时间。"

她可以拒绝他们。她几乎可以肯定，他们需要搜查令才能强行进入。她紧张起来，想叫他们离开，但话没说出口。如果她告诉他们不能进来，他们会起疑心，然后他们就会知道她藏了什么人。不，她必须让他们进来，他们才不会想要搜查这个地方。

他们没有理由怀疑任何事情。"当然，"她说道，心里感到一阵不安，她身体侧向一边，"请进。"

她领着他们来到厨房。丹尼尔可能把自己锁在房间里。她要做的就是回答他们的问题，然后让他们离开这里。尽管厨房里有四把椅子，但他们都没有坐下。

"莱昂诺，"佐伊问道，"你认识丹尼尔·摩尔吗？"

"当然，"她说，"他之前是我们教会的一员。"

"你最后一次收到他的消息是在什么时候？"

莱昂诺耸了耸肩。"就在他离开芝加哥之前，他告诉我他要离开是因为家庭危机。"

"考虑到他的身体状况，他开车你就不担心吗？"泰腾问道。

"他还能开车——"她几乎咬住了自己的舌头。她非常清楚事实是怎样的，但她一直都不擅长撒谎。这与保持冷静无关，她可以保持冷静，但是要全面构思另一套谎言，现实和虚构总是纠缠在一起。她很讨厌这一点。

"你要说什么？"佐伊问，"尽管他身体状况不佳，他还能开车？"

"不是。"

"那是什么？"

"我只是说他还能开车。"

泰腾说："但是你听到他的健康状况，似乎并不感到惊讶。"

"我只是以为……"她无可辩解，"我很累了，需要休息。我不能站太久——这对小撞……宝贝不好。"

"你为什么不坐下呢？"佐伊问道。

"我得去睡觉了，"她态度坚决地说，"请你们离开。"

“再问几个问题，我们就不打扰你了，”泰腾淡淡地说，“你、帕特里克最后一次和丹尼尔说话是什么时候？”

她坐下来盯着他。她不想再撒谎了，但也不想再多说一句话。

“他回来后联系过你吗？”泰腾问道。

沉默持续了很久，他们认为她会被沉默吓倒。她把手掌放在肚子上。“小撞撞”轻轻地踢了她一下，让她感到放心。她甚至不是一个人在面对。

“你知道丹尼尔·摩尔的真名其实是罗德·格洛弗吗？”泰腾问道，“他因谋杀八名妇女而被通缉，其中包括你的朋友凯瑟琳·兰姆。”

她让自己的思绪游荡，就像她偶尔会做的那样。她想到“小撞撞”，想到他们的家人，想到做正确的事情。这是善行真正彰显意义的时候。越是艰难，越难能可贵。

佐伊瞥了泰腾一眼，他叹了口气。“卡朋特太太，离开之前我能借用一下你的洗手间吗？”

她差点就拒绝了，不过话说回来，他们的次卫就在厨房对面。

“当然，”她说，“就在那边。”

他顺着她所指的方向走去，而她的眼睛一直盯着他，直到她确信他没有去别的地方。佐伊在她面前坐下。

“莱昂诺。”佐伊的语气轻柔，略高于耳语，好像她不想让泰腾听到似的，“有件重要的事你得知道。”

莱昂诺什么也没说，但她发现自己身体向前微倾，以便更清楚地听到佐伊的声音。

佐伊说：“我还是孩子的时候就认识丹尼尔了。他是我们的邻居。”

莱昂诺感到一阵惊讶，然后突然意识到了什么。

“你就是那个本特利女孩！”她低声说，热情地微笑着，“丹尼尔告诉了我关于你的一切。”

第七十六章

当莱昂诺说这些话时，佐伊不确定自己是否掩盖住了自己的震惊。

丹尼尔告诉了我关于你的一切。

莱昂诺说这话时既没有生气，也没有指责。事实上，不管格洛弗对她说了什么关于佐伊的事，都使她显得更友好了。

她强迫自己微微一笑。"没错，他离开梅纳德时我十四岁。我很了解他。"

"他告诉我你为联邦调查局工作；但我直到现在才意识到这一点。"莱昂诺小声地说道，显然不想让泰腾听到，"他说你们俩一直保持联系。"

佐伊感到头晕目眩，有时她根本不可能知道格沸弗说谎的目的是什么，甚至不知道他是否相信这些谎言。佐伊十几岁的时候，就发现他撒谎过几次，而他总假装只是在开玩笑。但有时，他自己也几乎相信了这些谎言。他真的认为他们"一直保持联系"吗？

也许他告诉莱昂诺这个故事是为了让他看起来更平易近人。这么说让他从一个没有家庭的单身男人变成了一个富有同情心的人，对邻居的孩子足够关心并一直保持着联系。

不管是什么原因，佐伊都可以利用。"他告诉你在梅纳德发生的事了吗？关于那些女孩的事。"

"他跟我讲过。"莱昂诺带着悲伤，睁大了眼睛，"他甚至说警察怀疑他。但你当时在场，所以你知道发生了什么事。"

佐伊不用费力气就能猜到格洛弗对这个女人说了什么。"他们抓住了凶手，"她说，"一个高中生，他在监狱里自杀了。"

莱昂诺点点头，她的目光扫视着走廊和洗手间的门。"但是你的搭档认为……"

"别管我的搭档怎么想，"佐伊平静地说，"我会保持调查的客观性。我们不想做任何假设。"

莱昂诺似乎稍稍放松了一些。"没错。"

佐伊措辞谨慎地说："我跟你说实话。有证据表明丹尼尔和那些罪行有关。但我觉得他在错误的时间出现在了错误的地点，如果我们不了解他对这些事情的解释……"她耸了耸肩，"他的情况看起来不太好。我们越早找到机会和他谈谈把事情弄清楚越好。这就是为什么我需要知道他什么时候和你说了什么。"

莱昂诺的眼睛微微眯了起来。"就像我说的，我最近没和他说过话。"

莱昂诺此刻乱了阵脚。佐伊快速思考着。"他自首会更安全，芝加哥警局正在找他。"

"我肯定他最终会自首的。"

*最终？*然后佐伊意识到这个女人在说什么。

"在他完成治疗之后吗？"

莱昂诺似乎想清楚了。最后她说："我不知道。但我怀疑他在监狱里不会得到他需要的治疗。"

佐伊怀疑莱昂诺知道格洛弗现在在哪里，她必须让这个女人看清楚整件事情的来龙去脉。"你知道他怎么支付治疗癌症的费用吗？"

莱昂诺的额头上出现了皱纹。"不知道。正如我所说，我们最近没说过话。"

"他在暗网上卖照片，受害者的照片。"她打开包，抽出一沓照片。她把这些照片一张一张摊在桌上。

"这是雪莉·瓦滕伯格，她去世时二十二岁。他强奸并勒死了她，然后把她像垃圾一样扔在沟里。这就是他拍的照片。"

莱昂诺厌恶地瞥了一眼别处。"你骗了我，你已经认定他有罪了。"

"是他骗了你。这个人你认识——凯瑟琳·兰姆。看这张照片，这是他拍的。他在网上卖了这张照片。"

莱昂诺的身体变得僵硬了。"我要你离开，出去，现在！"

佐伊知道自己犯了大错。她应该保持冷静，这样的话，莱昂诺可能会提供一些信息。但她现在决定要采取行动了，她把亨丽埃塔·菲什伯恩的照片放在桌子上。

莱昂诺瞥了一眼照片，脸上的血色一下子消失了。她看起来有些犯恶心。

佐伊指着那张照片说："这是亨丽埃塔，这是丹尼尔。但他的真名是罗德·格洛弗。我们需要你说出你知道的一切。我们必须在他对其他人做出同样的事之前抓捕他。"

莱昂诺摇摇头，闭上了眼睛。她的嘴唇扭曲着，好像要哭出来似的。

几秒钟后，洗手间里响起来马桶冲水声，泰腾走了出来。佐伊与他交换了一下眼色，摇了摇头。然后她从桌子上拿起照片，又把她的名片放在莱昂诺面前。

"如果你还想到了什么，请告诉我们。"她说着站了起来。

有那么一会儿，莱昂诺似乎想说些什么，但她始终没有说出口。

佐伊大步走出屋子，对自己很生气。她刚才已经快让莱昂诺开口了，她对此很有把握。如果她没有说错话，真相可能就会水落石出。佐伊确信莱昂诺原本想谈的。但相反，她让莱昂闭口不谈了，就像她经常跟人打交道那样。

"帕特里克可能在教堂，"泰腾打开车门说，"我们去找到他。如果需要的话，我们可以把他们俩送进警局的审讯室。"

佐伊点点头，坐到副驾驶的座位上。他们开车离开时，她凝视着窗外，把这座房子抛在身后。"她说格洛弗给她讲过我小时候的事。他说得好像我们关系很好。"

"格洛弗撒谎。他说的是人们想听的话，你知道的。"

"但是为什么要谈论我呢？"

泰腾叹了口气。"我知道你觉得有必要解释那些人做的每一件事，但你知道吗，有时候并没有真正的原因。他只是想谈论你，所以他就跟别人谈起你。他很自然地把你俩说得好像是最好的朋友，因为他说的每句话应该都会给他带来好处。"

"是的。"

他们默默地开了一会儿车。

"你不应该给她看那些照片，"泰腾说，"不适合她现在的状态。"

"她知道一些情况，我只是想让她说出来。"

"尽管如此，给她看一张死去的朋友的照片也有些太过分了。如果她向警方投诉——"

"她似乎并不关心她所谓的死去的朋友，"佐伊不耐烦地说，"她几乎没看那张照片。她似乎更对亨丽埃塔·菲什伯恩的照片感到难过。"她回想起刚才那一刻。

莱昂诺脸上渐渐失去了血色，她看上去并不感到厌恶或惊悸，而是……害怕。

"嗯，我不怪她，"泰腾说，"如果你给我看一张——"

"把车掉头。"佐伊脱口而出。

"什么？为什么？"

"她根本没在看亨丽埃塔——她在看照片里的手臂。"佐伊把照片拿出来确认了一下。亨丽埃塔·菲什伯恩被勒死了，袭击者的手臂清晰可见。他的皮肤上有好几处擦伤，最显眼的是那些长长的红色抓痕。莱昂诺以前见过这些抓痕，这就是她害怕的地方。她曾在格洛弗的手臂上看到过它们，当她看到照片时，她意识到格洛弗就是勒死亨丽埃塔的那个人。然而，这说明她最近见过他。他现在有可能就在帕特里克和莱昂诺的家里。

第七十七章

莱昂诺直到听到联邦探员的车开走了，才开始慢慢移动。她听说过"吓僵了"这个词，但在此刻之前，她还以为这只是解释一个人非常害怕的一种方式。现在她意识到，一个人就是有可能因为太害怕了，所以身体才会没有反应。

她试图说服自己这只是她的想象，她还没来得及看那张照片，那手臂上的划痕可能只是光线造成的错觉。就算不是，也没什么意义，对吧？手臂上的抓痕并不罕见。光在花园里干活儿，她的手臂就被刮伤了几十次。

不过，照片中的手臂还是有三处长长的划痕，与丹尼尔的手臂一样。

她问过他，他尴尬地解释说，癌症药物让他的皮肤变得干燥，他整夜发痒，有时会挠自己，直到流血。

如此具体的解释，他毫不犹豫地说了出来。当然，如果这是一个谎言，他会花点时间想出点什么来。她甚至给了他一些自己的保湿霜，他后来告诉她这很有帮助。

她回想起他说话时那张认真的脸。他一边解释一边挠，然后当他意识到自己在做什么时，他笑了。

没人能撒谎撒得这么好，这是不可能做到的。

他从未试图隐瞒他一直和泰伦斯·芬奇住在一起。这是他打电话给帕特里克时对他说的第一件事。他一直住在那里，最近发现泰伦斯可能参与了一件非法的事情，并且泰伦斯的行为越来越不稳定了。他说他只是需要一个地方住几晚，等待下次治疗。后来，当泰伦斯因涉嫌杀害凯瑟琳而被捕时，丹尼尔开始自责，说自己应该看到一些迹象的，痛苦和羞愧在他的眼里闪烁。

但现在莱昂诺有些困惑。泰伦斯真的有可能在丹尼尔住在他家里的时候杀了那些女人，而丹尼尔却没有注意到吗？

拍下被勒死女人照片的人不是袭击者，角度错了，所以如果芬奇拍了这张照片……

那三道抓痕……

此刻，她非常后悔在探员在场时没说什么。她没必要告诉他们丹尼尔在里屋。她只要建议和他们一起去警局录口供，或者让他们等帕特里克回来就行。

而现在莱昂诺和丹尼尔单独在家里。她认识他——他是个好心肠的人，但是……

她不可能把那些划痕从脑海中抹去。

她只是反应过度了。她看到了一张暴力的照片，这对她影响很大，她需要帮助。

她拿起手机，拨通了帕特里克的电话。

"嘿。"他说，几乎是立刻拿起了话筒。

"帕特里克，"她低声说，声音沙哑，"你能回家吗？"

"为什么？你怎么了？"他的声音很警觉，"是孩子的事吗？"

"不……我只是真的很需要你在这里。"

"好，我已经在路上了。等我一下。"他挂了电话。

她呼了口气。即使是与帕特里克的简短交谈也让她感觉好多了，哪怕这个愚蠢的过度反应有点傻。

突然间，她感觉到喉咙处有一根布绞索正在收紧，这一瞬她极度惊恐。

第七十八章

泰腾关掉了引擎，打开了车门，佐伊紧紧跟在后面。他轻手轻地向门口跑去正要敲门时，他们听到屋里传来哗啦一声。

泰腾拔出枪，打开了门。"在这儿等着。"

她无视他的指示，跟着他走了进去。泰腾静静地向前走着，动作流畅，双手紧握着枪，瞄准前方。他走到厨房门口时喊道："住手！放开她，举起手来！"

佐伊的目光越过泰腾的肩膀向前望去，心都要跳到嗓子眼儿了。

格洛弗站在房间另一头的柜台旁，一把锋利的刀抵着莱昂诺的喉咙。莱昂诺的脸涨得通红，气喘吁吁，眼睛惊恐地瞪着。她的脖子上松松垮垮地套着一双长筒袜。格洛弗很可能是在听到他们停车时，抓起了那把刀。

"我要杀了她！"格洛弗喊道，"把枪放下，否则我割断她的喉咙。"

"这是不可能的，"泰腾说，"把刀放下，就没人受伤了。"

格洛弗大笑起来。"我觉得我们可以都让一步，谈一谈条件。

佐伊，到屋里去，我要看看你的手。"他像蛇一样缓慢地从左向右移动着头部。

佐伊抬起手掌，慢慢地绕过泰腾。"我手里没有武器。"

"拜托，"莱昂诺喘着气说，"我需要——"

"闭嘴，"格洛弗厉声说道，"否则我一定会把这把刀插进你肚子里。"

佐伊的心怦怦直跳，她的眼睛紧盯着格洛弗。她看到了他的黑暗和空虚。多年前，当他发现她闯进了他的房子时，他的表情也是一样的。佐伊此刻的表情与几个月前遭到袭击时一模一样。一个意味着死亡的眼神，一张邪恶的脸。死神在她身后徘徊，等待着袭击。她呼吸困难，与莱昂诺喘息的声音交织在一起。刹那间，她知道她们都在格洛弗的控制之下，只有他能决定这件事的结局。

不！

这是一种孩子式的想法，是对未知的恐惧，知道妖怪要来抓自己的恐惧。但格洛弗不是那样的，他不是从沼泽里爬出来或是藏在床底下的生物。他不是怪物，他是一个人。她强迫自己看清他的真面目。

他生病了。如果死神在他头顶盘旋，那是因为他命不久矣。他皮肤憔悴，眼睛深陷。他头上有一块光秃秃的地方，可能是有人把他的头发剃光了，也可能是为了方便手术。他很瘦，几乎可以说是骨瘦如柴。

这个人崩溃了。这并没有让他变得不那么危险——他已经没什么可失去的了。

"格洛弗，"佐伊声音轻柔而又低沉地说，"如果你伤害她，格雷探员会开枪打死你。"

"也许吧，"他几近疯狂地笑着说，"但我会看到你看着这个女人死去时的眼神，这是值得的。"

他并非真的害怕泰腾的枪。和许多精神病患者一样，格洛弗对风险评估是有偏差的。他知道枪的存在，但威胁是抽象的、遥远的。对格洛弗来说，真正的恐惧伴随着痛苦。佐伊回忆起格洛弗对她的攻击，以及当她成功刺向他时，他眼中的沮丧。当马文向他开枪时，这种情况又发生了。当格洛弗真正感到疼痛时，威胁就变成了现实。

现在格洛弗一直处于痛苦之中，这才是他真正害怕的，而这一切的根源就在于他身患癌症。他要花费精力来应对疼痛，并由此产生强烈的恐惧。相比之下，枪几乎毫无意义。从这一点来说，他可能会希望被枪击，这样他就不用被癌症的痛苦折磨至死。

"如果你放下刀，"佐伊说，"我们会确保你得到你应得的癌症治疗。"她强调了"应得"这个词。在格洛弗的世界里，他有权得到一切。

"你想给我讲一个有趣的故事吗？"格洛弗咆哮道，"我调查过监狱医院，我知道我在那里会受到怎样的对待。恐怕我得拒绝这个慷慨的提议了。"

当然了，他已经考虑过这种可能性了，并且查询过了。佐伊回想起莱昂诺早些时候告诉她的话："我怀疑他在监狱里得不到应有的治疗。"莱昂诺重复了格洛弗告诉她的事情。对他来说，被捕就等于被判了死刑，那是一个缓慢而痛苦的死亡过程。

不，他想要别的东西——要么逃，要么死。也许，他现在所做的只是鼓起勇气逼泰腾朝自己开枪，让联邦探员终结自己的生命。一旦他准备好了，莱昂诺就会死。

"如果我们放你离开呢？"佐伊问道。

"离开？当我们终于得到我们想要的团聚？"格洛弗又动了动他的脑袋，"这么多年过去了，我们终于有机会好好谈谈，你却要我离开？"

"你想谈什么？"

"你最好能向我表达些许感激之情。"

佐伊眨了眨眼。"感激之情？"

"我成就了你，佐伊。你所拥有的一切都归功于我。我是你事业辉煌的原因。乔万·斯托克斯、杰弗里·阿尔斯顿、克莱德·普雷斯科特。我一直在关注这些报道。与此同时，我得躲在一间破烂的两居室公寓里，不停地确保警察不会用奇怪的眼神看我。为了得到一个可靠的假身份，不得不花几千美元，就因为一个流鼻涕的孩子曾经认定她的好邻居是个杀人犯。"

"你就是个杀人犯！"

"不！是学校里的那个孩子。警察这么说的。事实上，我还为他们的调查提供了帮助。"

她惊讶地盯着他。她突然想到，这些话说过那么多次，他自己可能已经开始相信了。也许，在他脑海中某个疯狂的角落里，他认为自己仍然可以摆脱这一切，可以证明自己是清白的。也许他撒谎是因为目前他还没有更好的办法。

"说谢谢！"他厉声说道。

"什么？"

"感谢我成就了你的事业，否则我现在就割断这个女人的喉咙。"

他不停地挪动着头。他为什么要这么做？

他已经失去了周边视觉能力，这就是他不能开车的原因。他看着她和泰腾，就像透过一条隧道一样。这就是他不停地摆头的原因。他要看着他们俩。

她决定检验一下她的判断。"我给你一个选择。这位探员和我从门口走出来，你可以穿过门离开这里，把莱昂诺留给我们。我现在从包里拿车钥匙给你。"

"不要。"他睁大了眼睛，挥刀的手握得越来越紧。

"只是车钥匙，"她说着，慢慢地从包里拿出钥匙链，它们甚至不是汽车的钥匙，钥匙在泰腾那儿——但这并不重要，"给你。"

她把它们扔了下去，故意把它们扔到一侧。

格洛弗转动整个脑袋，看着钥匙在空中旋转，然后掉落在地板上。随后，他猛地抬起头，看着泰腾和那把枪，向后退了一步。

"别动！"他咆哮道。

当他看着钥匙落地时，眼睛没办法同时注意到泰腾。

"你可以拿走钥匙，开车离开。"佐伊说道，"但是，要放了莱昂诺。"

泰腾看到格洛弗的头移动的样子了吗？他明白她在做什么吗？

泰腾当然看到了，也明白她的心思。她几乎能感觉到，他们一起应对这一时刻，彼此的思维是一致的。

"我要你先谢谢我。"格洛弗狡黠地说。他是在争取时间。

也许是在思考她给的方案，也许是在制订自己的计划。

也许他真的想让她感谢自己。有可能他一心想在死前从她那里得到感谢。他一直对她着迷。格洛弗的幻想一直是他行动的动力，也许这也是他的一个幻想。

"谢谢你，"她说，"你说得没错，我现在的一切都归功于你。现在你看，我给你让开了路。"

他威胁似的移动了身体。"不要——"

"发生在你身上的事是不公平的，"她说，"你是个好邻居，你是我的朋友，是我忘恩负义。"

"婊子！"他啐了一口。

"我不应该责备你。警方已经有嫌疑人了，对吧？因为我，你不得不离开你的家。"佐伊又移动了一步，接着又是一步。

格洛弗的脑袋跟着她移动。

"如果我当初不这么做，很多人就不会受伤了，对吧？"

她又移动了一步，缓慢、轻柔，但眼睛一直盯着他看。"你原本不想伤害凯瑟琳，但你不得不这样做。"

"是芬奇！这是芬奇的主意。"

"没错！"她加快了语速，提高了嗓门，试着让自己听起来很恐慌，表现得像是一个想迁就他的女人，"我相信你曾劝过他不要这么做，但你有什么选择呢？因为我，你没有健康医疗保险。这些照片能让你得到应有的治疗，对吧？"

476

泰腾挪动了一下身子,慢慢地朝墙边走去,格洛弗没有注意到。事实上,她几乎可以肯定他不会注意到。泰腾已经不在格洛弗的视线范围内。

佐伊说:"你还是可以做到的。"她并没有试图让自己听起来令人信服。格洛弗对被说服不感兴趣,他想看到她害怕的样子,这就是他的胜利。"车钥匙就在地板上,我不会阻止你的,我只是不希望任何人受到伤害。"

泰腾沿着墙边蹑手蹑脚地走着,确保不发出任何声音。

"你以为我会傻到相信你会放我走吗?"格洛弗问道。

"我不在乎你跑不跑!"她声音沙哑地说,"我会弥补。千万别伤害她!告诉我怎么弥补!"

他笑了,一个胜利的微笑。"对不起,佐伊。你没有办法弥补的。"

他的手攥紧刀柄,准备割断莱昂诺的喉咙。泰腾猛扑过去,迈出两大步穿过他们之间的空隙,抓住格洛弗的手腕。格洛弗大吃一惊,泰腾扭着他的胳膊,逼得他放下了刀。他尖叫了一声。

这一切都发生在一瞬间。格洛弗被打了个措手不及。

佐伊冲上前去抓住莱昂诺,莱昂诺跌跌撞撞地远离了格洛弗,差点摔倒。

"你没事的,你没事的……"佐伊在那个女人呜咽的时候反复地告诉她。佐伊扶她坐了下来,转身看着泰腾把格洛弗的双手铐在身后。

格洛弗哭了。

此种情形看起来有些奇怪。这个曾使她如此害怕，多年来一直纠缠着她的男人，却如此轻易地被打败了。泰腾甚至都没有出汗。

　　整个过程只用了三秒钟，也许是四秒钟。格洛弗的表情显得多么可怜。

　　也许此时轮到她夸耀一番了，"我希望癌症慢慢地杀死你"或者"你不应该杀死那些女人"。

　　她并没有这样做，只是淡淡地说："我给奥唐纳打电话，一切都结束了。"

第七十九章

2016 年，11 月 1 日，星期二

佐伊在伯奇代尔大道慢跑时，电话响了。这是她回到戴尔市后的第一次慢跑，她不得不对自己承认，她很想念芝加哥的湖滨步道。戴尔市有一些不错的森林小径，但没有一个像密歇根湖岸边那样广阔而美丽。

她瞥了一眼电话屏幕，来电者的名字随着她的脚步上下跳动。奥唐纳。

"喂？"她喘着粗气接通了电话。

"佐伊吗？现在合适吗？"奥唐纳的声音从佐伊的蓝牙耳机里传出来。

"是的。"

"你那头什么声音？听着像是风声。"

"我在跑步。"

"那我待会儿再给你打过来。"

"没关系的，怎么了？"

"我想告诉你泰伦斯·芬奇试图自杀。他设法把一些药片藏在手心，一下子就把它们全吃了。他现在正在接受自杀监视。"

佐伊放慢了速度，有些上气不接下气。"他说为什么了吗？或者是否留了便条？"

"他没有写字的工具，也懒得说为什么。但一直照顾他的警卫和护士说，在过去的几天里，他一直在乞求他们给他血。具体来说，他想要瑞亚·德莱昂的血。"

"也许他终于意识到她死了，"佐伊说，"若她在的话，他就有再喝一口她的血的希望。"

"有可能。他的律师说，由于他精神错乱，所以可能会判无罪的。"

"这可能行不通，"佐伊说，"我来告诉你为什么。"

"因为法定精神错乱的规则不适用于他吗？"奥唐纳问道。

"因为精神错乱的法律规则……是的，没错。他知道他的行为是有害的，有预谋，有计划。"

"是的，州检察官已经告诉我了。他说，他们会试着宣称麦克·纳顿规则适用，但这并不会奏效。"

"对。"佐伊擦掉了额头上的汗水，"他是疯了，奥唐纳。他一直饱受妄想和幻觉的折磨，且服用了治疗精神分裂症的药物。他应该住院，但是他会坐牢的。"

"好吧，这要由法庭来决定。州检察官正在追查血案。"

两人都沉默了一下。

"没必要故意使用双关语。"佐伊舒了一口气，凝视着穿透枝叶的阳光。现在是傍晚时分，太阳正在慢慢落山。她需要回家。"格洛弗呢？"

"医生估计他可能还有四个月的时间。他有可能在审判结束前就死了。"

就像他预测的那样。他会把所谓的死刑判决归咎于她吗？有可能。她不知道自己对此做何感想。

"昨天有两个行为分析部的探员来过这里。"奥唐纳说。

"他们想审讯格洛弗。不应该是你来做这件事吗？"

"我决定不审讯他。"佐伊说道。她开始往回走。

"为什么不呢？"

"我怀疑自己无法做到客观对待。"

"不过，这可以给你一个了结。"

"我不需要了结，"佐伊生气地说，"审讯应该是专业的。我们需要知道，格洛弗究竟是如何在两次谋杀之间的漫长时间里克服自己的冲动的。了解他童年的细节很重要，目前还不清楚他是否受到了父母的虐待。他给我的那些信，是不是他性幻想的一部分，还是满足了另一种需求？我还想知道更多关于……"

"好吧，好吧。我只是说如果你和他谈，你会做得更好。行为分析部的探员看起来就像两个蠢蛋。"

"他们不是蠢蛋，他们都非常有能力。"

"好吧。"

"嗯，一个人很能干，另一个也许是个傻瓜。"佐伊承认道，"尽管如此，我还是向他们做了简报，只要他们坚持听了我的简报，他们就会做得很好。我……我做不到。"

"因为他伤害了你妹妹？"

"也有这个原因。"她正要结束这个话题，但真相泄露了出来，"当我看着他的时候，我仿佛又回到了小时候。"

"我想这是有道理的。"奥唐纳过了一会儿才说。

佐伊穿过马路，向她的公寓走去。"有关于你的消息吗？他们要把你从暴力犯罪科调出来吗？"

"我不知道。"奥唐纳叹了口气，"也许吧。我还是没有搭档，而暴力犯罪科的人不能长期没有搭档。鉴于我是逮捕格洛弗的警探，我想这为我争取了一些时间，而我丈夫并不高兴。"

"你是怎么想的？"

两个人又沉默了几秒钟。"这是我最擅长的，"奥唐纳说，"我喜欢做这份工作，即使我和曼尼还有警局发生了那么多乱七八糟的事。"

"我能懂。"

"你呢？有新案子了吗？"

"没有，只是一些正在进行中的事情。"她在大楼的入口处停了下来，松了一口气，"我可能会调出行为分析部，我得到了一个职位。"

"真的吗？什么职位？"

"他们想让我负责 FBI 学院的侧写师培训工作。我会和新手探员一起工作，我还会负责所有被分配到行为分析部的探员。"

"这听起来正合你的胃口，"奥唐纳说，"你要去吗？"

"我不知道，可能会去。这是一份不错的工作，而且我也能做出一些重要的改变。这样我就不需要到处跑了。"

"有没有不好的地方？"

"嗯……没有，可能没有。"

"那么恭喜你，"奥唐纳说，"哦，还有最后一件事。莱昂诺·卡朋特没有失去那个孩子。真是死里逃生，她现在正在医院接受监护，但看起来他们会挺过来的，所以你那天可能救了两条生命。"

"很好。"

"以防你还在为瑞亚·德莱昂的事自责。"

"我没有自责。"佐伊说，但她的确自责过。

"好，很好。很高兴和你聊天，佐伊。我可能还会给你打电话，你是个很好的倾听者，你是我的私人心理医生。"

佐伊翻了个白眼。"我是一名法医心理学家。"

"是的，我想这就是我需要的。晚安，佐伊。"

"晚安。"佐伊挂断了电话。她抬头盯着自己的房子，感到一阵轻微的恐惧。这一天还远没有结束，她要做一件她很少做的事。

第八十章

佐伊在她的客厅里踱来踱去，她淋浴后的头发还湿着，背景音乐是碧昂丝的歌。尽管她刚慢跑完，她还是需要再次出门，墙壁在向她逼近。

"你看起来很紧张。"安德丽雅说。

她的妹妹站在厨房门口，穿着围裙，手拿一个长柄勺。佐伊不由自主地笑了。尽管安德丽雅两天前就已经飞过来了，但佐伊每次见到她还是会感到一阵喜悦。

"我不紧张。"佐伊说道。

"你的脚步在地毯上留下了一个深印。"安德丽雅说。

"你是在担心晚上的事吗？"

她本打算否认，但接着又重新思考了一下这个问题。"我不该让你说服我的。"

"这将会是一个美妙的夜晚。"

"人太多了。"

"包括我在内，才五个人，佐伊。"安德丽雅咧嘴笑了，"哪里多了？"

佐伊叹了口气，毫无诚意地说道："五个人，你说得对。这将会是一个美妙的夜晚。"

"会的，快来厨房帮帮我。"

佐伊顺从地跟着安德丽雅进了厨房。炉子上有三个锅，烤箱里有烤宽面条。空气中的混合气味真是太神奇了。佐伊在花盆旁停了下来，深吸了一口气。

"把那些蔬菜洗干净切一切。"安德丽雅指着一堆黄瓜、西红柿和辣椒说道，"把它们稍微切一下就好，不要剁碎。如果切得太小了，我会告诉你的。"

"我想我可以自己动手切黄瓜。"

"我来做裁判。"

佐伊开始洗辣椒。"妈妈今天给我打电话了。"

"哦，是吗？她说了什么？"

"她说想听听我们过得怎么样，但后来她花了十五分钟试图说服我辞职，回到梅纳德来，因为罗森伯格医生的秘书刚刚辞职，医生正在寻找有能力接替她的人。"

"那些千载难逢的工作机会是很难错过的，"安德丽雅说着，往蘑菇汤里加了盐，"她试图说服我接受同样的工作。顺便说一下，那个秘书两个月前就辞职了，罗森伯格医生可能也要退休了。"

"很显然，梅纳德有一些英俊的单身男子，"佐伊边说边切了一个西红柿，"她把整个名单上的人都给我念了一遍。"

"这么说，谈话很愉快啊？"

"我不知道你怎么能在那儿待这么久，我会疯掉的。"

"这种生活很平静。"过了一会儿，安德丽雅说，"当然，妈妈可能会……婆婆妈妈，但是她一天中的大部分时间都很忙。你把西红柿切得太小了。放那儿吧，我就要这么大块的。"

"现在你说完了吗？"佐伊问道，尽量不让声音里流露出希望。

安德丽雅最后搅拌了一下汤。"是的，但我不回戴尔市了。"

"噢。"佐伊专注于切黄瓜。

安德丽雅侧着身子朝她看了一眼。"你把它们都切碎了。我告诉过你，黄瓜也不要切了——"

"我做得很好。你为什么不想回到这里呢？"

"首先，我在这里有一些非常糟糕的回忆。"

"格洛弗在监狱里！再过几个月他就要死了，你不能让他毁了——"

"佐伊，我不喜欢住在这里。我不喜欢！我很抱歉。我知道你找到了属于你的地方，但这里不属于我。"

"好吧。"佐伊眨了眨眼睛，眼泪眼看就要流出来了，"那你打算怎么办呢？"

"你还记得马洛里吗？从波士顿来的？"

"是有触摸别人习惯的那个马洛里吗？"

"她并没有触摸别人的习惯。她就是有点喜欢用肢体来表达。"

"她总是对任何跟她说话的人动手动脚，她抚摩别人的肩膀，这显然是一种强迫症。"

"这不是……没关系。"安德丽雅听起来有些愤怒，"她想开一家餐厅。"

"这么说你要去她的餐厅工作了？"

"实际上她是建议我们合伙开一家餐厅。"

佐伊咬了咬嘴唇说："你想和马洛里一起开一家餐厅？"

"我还在考虑。"

"你们到哪儿去弄钱啊？"

"她刚从祖母那里继承了一笔钱，我想我可以借一笔贷款。"

"听起来很有风险。"

"一个以追捕连环杀手为生的女人竟然这么说。你看，你把它切得太小了。让我给你示范一下。"

"我手里拿着一把非常锋利的刀，现在不是告诉我该怎么切蔬菜的时候，"佐伊说着，砰的一声把刀摔在离自己手指咫尺之遥的地方。

"好吧。"

"你需要多少钱？"

"我们还没有弄清楚，但可能在三万到四万美元之间。"

"我可以借钱给你。"

安德丽雅哼了一声。"拿什么借？你的政府工资吗？"

佐伊转过身来面对她。"哈里·巴里的出版商愿意支付我的独家版权。"她对哈里说过，她再过一百万年也不会做这件事。而他却用那种沾沾自喜到令人恼火的口吻回答说，他给她一些时间考虑。"这些钱足够付你开餐厅要出的那份了。"

"我不能拿你的钱。"

"你不是拿我的钱，这是借给你的。并不是说给你之后，这钱就好像和我没有任何关系了。"

"哦，佐伊。"安德丽雅的声音嘶哑了。她冲向佐伊，狠狠地拥抱了她。

佐伊闭上眼睛，用双臂环抱着她的妹妹说："但只要我去你们的餐厅要免费用餐。"

"没问题。"

"你也不能告诉我怎么切蔬菜。"

"除非是在你的梦里。"

她们拥抱了几秒钟，直到一声敲门声才使她们分开了。

"他们来了。"佐伊擦拭着眼睛说道。

她走到门口，安德丽雅跟在后面。她打开了门，泰腾正准备再次敲门。马文站在他身边，克莉丝汀·曼卡索在他们身后。

"我们带了酒，"泰腾说道，然后他皱着眉头，看着她和安德丽雅，"你们俩没事吧？"

"我们在切洋葱，"安德丽雅故意用鼻子嗅了嗅说，"把那个瓶子给我。"

第八十一章

安德丽雅做了一盘奶酪和水果，在千层面准备好之前，她打算拿它们来作为开胃菜。他们五个人坐在客厅里喝酒，大部分时间都在听马文说话。这位老人有一种不可思议的能力，能吸引住每个人的注意力。

"就在昨天晚上，我们还在读书俱乐部讨论这个问题呢。"他说着，转身面对曼卡索问，"你参加过读书俱乐部吗？"

"没有，我不能说我参加过。"她笑着回答。

"你应该来我的读书俱乐部——你会喜欢的，你会很适应的。"

马文又微微皱了皱眉。"不过你太年轻了，那里的大多数女人都是四五十岁。但我想她们会喜欢你的。"

"你觉得我多大了？"曼卡索皱起眉毛问道。

"好吧，我不喜欢猜测女士的年龄，但对你，我就破一次例。三十？不，等一下……二十九。"

曼卡索瞥了泰腾一眼。"我喜欢你爷爷。"

泰腾叹了口气说："所有人都喜欢他。"

佐伊感到有些不自在。她太专注于自己，过于在意自己的姿势和举止，努力让自己看起来像是在参与谈话，但尽量不说任何重要的话。她是不是笑得太多了？她把手放在膝盖上，但似乎显得过于刻意，于是她把手拿了下来。然后她试着放松地往后靠，但不知怎么的，沙发有点不对劲。

她从不关心别人怎么想。但是邀请他们过来，让她对一切都太在意了。这是令人不安的。

"你觉得我们应该告诉马文，克莉丝汀已经结婚了吗？"安德丽雅低声问她。

佐伊回答说："我认为马文知不知道都无所谓。"

有那么几秒钟，她没跟上谈话的主题，于是她试图坐直身子。当她重新参与谈话时，马文正在向行为分析部的主任解释如何才算真正意义上的抓住凶手。

"主要是看眼睛，"他说，"要看着他们的眼睛。"

"真的吗？"曼卡索似乎过得很开心。

"'眼睛如此透明，透过它们可以看见灵魂。'古蒂耶如是说。"

"是戈蒂耶，"泰腾翻着白眼说，"他说的是女人，不是杀人犯。"

"你知道，泰腾，当我需要上法国文学课的时候，我一定会给你打电话的。"

佐伊站起身来说："千层面可能做好了，我去拿。"

"我去拿吧。"安德丽雅说道。

"不用了，我来做就好。"佐伊急匆匆地去了厨房。一离开众人的视线，她就猛地呼出一口气，身体靠在了柜台上。她花了片刻时间让自己的神经稳定下来。

"需要帮忙吗？"曼卡索在她身后说。

佐伊转过身来。"不，"她脱口而出，"我可以的。"

曼卡索走进厨房。"谢谢你邀请我，"她说，"我过得很开心。"

"哦。太好了。"佐伊感到了一股令人惊讶的宽慰。

"你现在能给我答复了吗？联邦调查局训练部的助理局长一直在唠叨我。"

"我……我还需要一天的时间来考虑。"

"这是一个很好的职位，佐伊。非常适合你。"

"我知道。"

"侧写师培训材料已经过时，需要从头开始重写。"

"这一点我无法反驳。"说完，佐伊突然想起了千层面。她迅速打开烤箱，用烤箱手套抓住托盘。

"这看起来好极了。"曼卡索说。

"安德丽雅做的。她对意大利菜很在行，她要在波士顿开一家餐厅。"这些话从她嘴里说出来感觉很奇怪，但也多多少少流露出一些开心的意味。

她们回到了客厅。

"听着，我只是说，如果不是鱼干的，那还能是谁干的？"马文在问泰腾。

"马文，你太荒唐了。这条鱼不是什么犯罪高手——"

"是我送给你的那条鱼吗？"曼卡索坐了下来。

"这条鱼是你送给他的？"马文问道。

"是的，"曼库索表示，"我喜欢鱼。我办公室里有一个大鱼缸，家里也有一个。我给泰腾的鱼叫蒂莫西，这条鱼是一个坏蛋。"

"我应该知道这条鱼在搬来和我们一起住之前接受了联邦调查局的特殊训练，这就能解释通了。"

泰腾说："马文，这只是一条金鱼。"

"这不是金鱼，泰腾。这是一条丝足鱼。如果你对鱼有一点了解，你就会知道的。"

"你还懂鱼？"泰腾难以置信地问道。

"我对鱼很了解。"马文瞥了曼卡索一眼，"我喜欢鱼，它们很吸引人。"

"真的吗？"泰腾说，"说出三种鱼的名字。"

"嗯……丝足鱼和金枪鱼。"

"这才两种。"

"你知道吗，泰腾？你真是个讨厌鬼。我不想跟这里的女士谈论鱼的名字，让她们感到厌烦。我们可以讨论更有趣的东西，比如，我们可以谈谈你八年级时候的地理老师，还有发生过的事情。"

"好吧，"泰腾不情愿地说，"你是鱼类专家。"

"我当然是。"

"我想知道地理老师的事情。"安德丽雅说。

"以后再说吧。"马文说，"这事不该在饭前谈。"

"好吧，"佐伊说，"我们吃饭吧。"

"我能先说段祝酒词吗？"马文问道。

"嗯……当然！"佐伊说道。

"马文——"泰腾有些不耐烦地说。

"安静点，泰腾。你爷爷在说话呢。"马文举起酒杯，"六个月前，我的孙子告诉我他要去匡提科。我并不感到激动，因为我知道我会和他一起去，因为他一天都离不开我。"

泰腾翻了翻眼皮，一言不发。

"我一直知道泰腾是个好人，但他在洛杉矶似乎一直都过得不开心，我认为他不适合当联邦调查局里的人。但我们来到这里，他最终找到了一位才华横溢的搭档。突然，我的孙子开始笑得更多了。"

佐伊的血液都涌到了脸上。

"他不怎么谈论你们单位。但当他每次提及的时候，他会带着极大的钦佩和热情，我现在看到他最终找到了自己的归宿。你们是幸运的，因为你们在联邦调查局找不到比他更好的探员了。"

泰腾的嘴微微张着，好像在模仿前面讨论过的鱼。

"所以，谢谢佐伊·本特利博士，你是一个如此不可思议的女人。感谢你们三个把那些疯子从街上赶走，让我和安德丽雅这样的人晚上能睡得更好。"

他把酒杯举高了一点。"致行为分析部的探员们。"

第八十二章

马文说完祝酒词后，佐伊胸口的石头落了下来。她仍然感到紧张不安，但她可以稍稍放松下来品尝安德丽雅做的美味佳肴了。令她惊讶的是，她很喜欢这种陪伴。吃完甜点后不久，曼卡索就离开了。马文谈了谈他自己经营餐馆的经历，给了安德丽雅很多建议。佐伊去厨房洗碗，让自己清静一会儿。她的小厨房无法处理安德丽雅的五道菜，锅和脏盘子堆在小小的水池里。

泰腾走了进来，她正在擦洗一个平底锅，清理一块特别顽固的烧焦的番茄酱。他抓起一条毛巾，开始擦干湿盘子。

"没关系，我可以完成这里的任务。"佐伊说。

"我想帮忙。"泰腾拿起一只酒杯擦了擦，"最好提醒一下安德丽雅。如果她听了马文的建议，她的新餐厅可能会倒闭。"

佐伊把干净的平底锅放在一边，开始擦洗千层面托盘。"我不会为她担心——她知道自己在做什么。"

"我相信她会的。"

他们沉默了一会儿。

"一切都好吗？"泰腾问道。

"当然，有什么理由不好呢？"她意识到自己紧咬牙关，强迫自己放松下来，"这是一个非常美好的夜晚。"

"嗯。"泰腾把干酒杯摆成一排，"你知道，我突然想到，在本案中我们实际上有三个不同的明显特征，三个侧写。"

"是的。格洛弗，芬奇，以及给格洛弗提出要求的客户。"

"有先例吗？我不记得有哪个连环杀手为了满足别人的要求而作案。"

"连环杀手有时会把媒体对他们的报道理解为一种要求。"佐伊说，"当然，对媒体进行定性分析是没有意义的。这个案子特别有意思的地方在于本案中实际上有三个人。我们从没试过对第三个人进行侧写，但值得一试。把互联网想象成一种迷惑受害者的机制是很有趣的。格洛弗的客户不需要主动去贬低受害者，因为通过电脑屏幕的过滤器看到她就可以了。这和其他网络喷子的心理过程非常相似。行为分析部应该多研究一下这个课题。我们应该和曼卡索谈谈……什么？你为什么那样看着我？"

泰腾微微一笑。"没有理由。"

"好吧。"正当他伸手去拿另一个湿盘子时，她正把洗过的几把勺子放在一边。他们的手指触碰了一下。佐伊突然意识到他们近在咫尺。泰腾比她高大得多，她的头离他的肩膀只有几英寸远。如果她稍微把头抬一下，她就能碰到他。她回忆起他在汽车旅馆房间里抱着自己的感觉，然后在他令人安心的陪伴下入睡。

她向前迈了一小步，清了清嗓子。"我不习惯有客人过来。"

"哦？我可以给你一些建议。首先，蕾哈娜的歌通常不适合作为晚餐的背景音乐。"

"哦，是吗？有什么更好的吗？"

"几乎都比这强。但爵士乐也可以很好，比如迈尔斯·戴维斯或者艾灵顿公爵……"

佐伊哼了一声。

"哦，对不起，"泰腾生气地说，"很明显，蕾哈娜比二十世纪最受欢迎的爵士音乐家要好得多。"

"在你矫情地教训我音乐品位之前，我想说的是……比我想象的要好。"

"嗯，我很高兴。"

"我很高兴你能来。"

"当然，随时可以。"

她还想多说几句。这些话从她心里冒了出来，她想倾诉出来。她很高兴他调到行为分析部，他们最后成为搭档。当她和他一起工作时，感觉一切都更顺利了，仿佛他有一种技巧，能软化现实的尖锐边缘。在某种程度上，他使她变得完整，因为他可以把她从偶尔陷入的单行道上推下来，给她一个不同的观点。她从没和谁合作得这么好过。有人给了她升职机会，但她拒绝了，因为这意味着她再也不能跟他做搭档了。她说她妹妹要去波士顿，她很难过，因为在很长一段时间里，安德丽雅都是唯一理解她的人。但现在她觉得她不需要抓住安德丽雅了，因为她知道他就在那里。联邦调查局探员不再是一个敌对的群体，因为终于有人拯救了她。

"你知道，我们合作得很好。"她脱口而出。

"我也这么认为，"泰腾高兴地说，"看，我们这么快就洗完了碗。"

"对的。"她朝他笑了笑，"局里最好的洗碗工。"

致　谢

　　这本书是佐伊·本特利三部曲中最难写的一本。因为我弄清泰伦斯·芬奇这个人物形象的螺旋式推进方法，同时保持正确的小说节奏，编织出一个令人满意的谜团。这几乎是一个不可能完成的任务。如果没有那些一路支持我的人，这一切都不会发生。

　　首先，我要感谢我的妻子利奥拉。她帮我理通了剧情，想出应对困难场景的办法。接着，她通读了初稿，告诉我必须怎么做才能把它塑造得更流畅。当人们问我如何写书时，我答案中有很大一部分内容都是关于利奥拉的。任何想要写作的人都应该有一个属于自己的利奥拉。

　　克莉丝汀·曼卡索是第二个阅读了初稿的人，她不得不做所有事情中最困难的一件事——告诉我这么做行不通。告诉我初稿的剧情铺陈的节奏感出了很大的问题（剧情节奏感极为糟糕），如果我不解决这个问题，这本书就会深受其害。这促使我做了几处重大的调整，使这本书得到了极大的改善。

　　我的父亲看了修改稿，确保我对泰伦斯·芬奇心理状态的描写没有出现差错。多年来，有个做心理学家的父母一直让我受益匪浅，而这显然是另一个好处。

我的编辑杰西卡·特里布尔收到了最终稿，并在深思熟虑后给了我中肯的批注，这些批注后来帮助我纠正了一些严重的问题。也正是因为这些批注，艾伦·斯文森的整个次要情节被重新改写，在这个过程中，这本书再次得到了极大的改进。

我的策划编辑凯文·史密斯参与进来，帮我想出了如何重写书中几个关键时刻的办法，并提出了深思熟虑的意见和建议，对最终稿的完成具有非常宝贵的指导意义。在他的指导下，奥唐纳、芬奇和格洛弗的形象都变得更加鲜活。

斯蒂芬妮·周为这本书做了最后的编辑(和杰西卡一样，她也参与了前两部)。她敏锐地发现了一连串的错误，在这个过程中她教会了我一些关于美洲狮和瞪羚的知识。

我的经纪人莎拉·赫什曼是第一个帮助该系列出版的人，从那以后她一直为我提供支持。

夏格·西格勒给了我一些摄影方面的建议，帮助我把芬奇的角色塑造得恰到好处。

加利·利奥尔帮我弄清楚了凯瑟琳尸检的一些细节。如果没有他的帮助，我自己几乎不可能发现这些细节。

致我在"作家角"的朋友们，没有你们，我的整个写作冒险都不会起飞：你们是我所能期待的最好的朋友。感谢你们在我写作之路上迈出的每一步所给予我的帮助和鼓励。